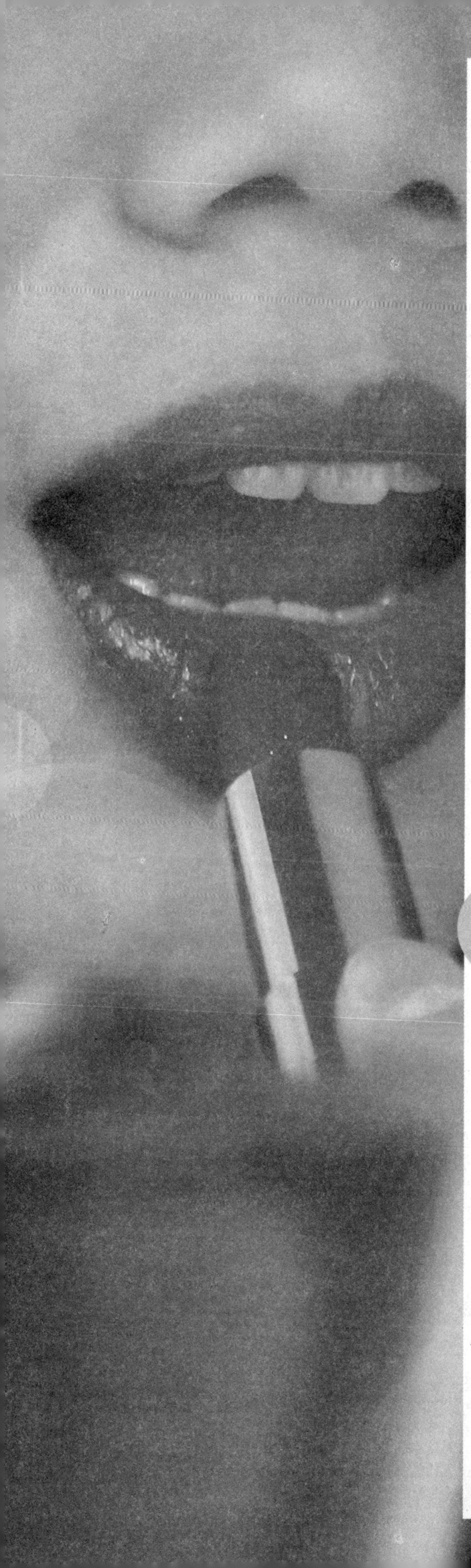

迷情姐妹

案情亲情爱情都市言情
天意人意生意总难如意

张文钧 著

武汉出版社
WUHAN PUBLISHING HOUSE

1

过了阴历二月，天气就渐渐地暖了，尤其这座素有“小昆明”之称的西南小城，早春的气氛就格外浓。城东的碧阳坡和照壁山已是郁郁葱葱，一派勃勃生机；与它隔河相望的紫龙坡近些年种了许多花果树，逢春来更是姹紫嫣红，桃李盛开。坐落在山凹中间的南柯市，顺着蜿蜒如带的碧阳河向两岸伸展开去，便形成了一个山环水绕的秀丽城镇。南柯的历史，据《地方志》记载，也就三五百年。从明朝征边开始，到清朝康熙年间设土司府，再到民国年间改府设县，渐渐才有了些城镇的规模。近几年来，这座原先仅有七八万人口的地级市，竟魔术般地变幻着，平地冒出许多的高楼大厦，且一栋比一栋洋派欧化，风光耀目，就像一个个不知从哪里发了洋财回来的阔佬，昂立在街头相互攀比着自家的身价。于是街道两旁就有了五花八门的商行店铺和标新立异的招牌字号。大街上也就车水马龙，人潮涌动。不经意间你就很难再回忆起当年小城镇的温馨与宁静，古老和安详。当然，热闹的景象主要还是集中在几条市中心繁华地段。溯流而上两公里外的旧城区，现代文明的脚步却显得滞重而缓慢。那些用青石板或鹅卵石铺垫的街道和小巷两旁，大都还是老式的镶板木屋和封砖瓦房。房屋像褪了色或剥脱了彩粉的油画，将岁月磨损的痕迹凸现得更加突出。门槛和窗棂已经朽坏，用铝皮或钢筋加固了的。板壁的木纹深深陷进去，砖墙早已风化，袒露出一条条的灰缝，瓦檐上滋生出一层茸茸的青苔，足以想见年代的久远……虽然早几年街上也有拆了门窗，凿了砖壁开个烟酒店、百货铺或饭馆什么的人家，但生意却十分清淡。早一些的午后六七点钟就把店门关了，便又还原老城原有的寂静。

老城的沿江街片区一带距市中心约两公里，虽然环境优美，依山傍水，从商业价值的角度来说，暂时还没被圈进房产商们开发的战略地图。坐落在沿江街中段的石家院，就幸存到了二十一世纪初也即是我们故事发生的那个年代。

说起石家院，老城区的住户大约没有不知道的。倒回去几十年，或者再追溯到解放前的石家米店，这栋砖木结构的青砖瓦房，可算得上南柯小城有点脸面的大户人家。

石家祖上也不是南柯的土著。不过从石家的上一辈的上一辈算起，已经在这里居住了近百年。当时号称石家米店的老屋很似江南水乡富裕人家的深宅大院，后院有一大间蓄米的米仓。这栋老屋最早修建于清光绪三十二年，先是经历一场百年难遇的水患，几乎将石家院冲得片瓦无存。再后来便是抗战年间发生的“黔南事变”。小日本鬼子从湖南经广西直向西南紧逼，民国政府抵挡不住，便下令搞“坚壁清野”，让城里的老百姓全部疏散，然后一把火将南柯烧成一片焦土，石家院当然在所难免。抗战后重建的石家米店，规模已远不及当年。解放后国家搞粮食统购统销政策，石家米店从此不复存在，那块朱漆大匾便当作柴火烧了。现在石家院是在老屋的框架上改造的，砖木结构的三层青砖楼房，前门临街，屋后是一块三百多平方米的园子。石家这一辈的当家人石二奶便经常向儿女们提及当年石家米店的兴盛和荣耀，说起来绘声绘色，如数家珍。自然也不免说起辛酉年间的大水，甲申年间的大火，说得活灵活现，仿佛她亲历一般。其实别说当年石家米店的辉煌，就是那两场致命的水患火灾，石二奶都还未嫁给石二爷，算不得石家的人。那水患火灾的事，她是过了门以后才听婆婆说的。

石家有个规矩，每年清明节后第三天，是给去世的祖宗挂青扫墓的日子，这规矩延续了几十年没改变过。到了石二爷去世，石二奶当家，老人照例要按祖上传下来的规矩办，从不轻易更改时日。今年刚过了清明，石二奶早早便向儿女们打了招呼。那意思是说有什么事你们先去铺排好了，该办的早办，免得到上坟时又扯精作怪，误了祭供祖宗的大事。所以石家每年到坟上挂青，除了远在广东的大女儿石依蕙不能来，其他在南柯的石家后辈，是一个都不能缺少的。

到了这一天早上，石二奶忙得屋前屋后张罗。香烛纸钱一样样收拾好，挂坟标的竹竿捆扎起来，掘土的锄头，铲草的镰刀无一不是亲手准备。这一天正好逢着双休日，天气又格外地晴朗，就说好了要到坟上去杀鸡供饭的。所以一大早儿媳妇郭志凤就到市场上买菜去了，石二奶忙完了手上的活，却始终没见到孙子石筑的影儿。她估摸着年轻娃儿一定是贪睡懒觉，就上了三楼石筑的房间。房间的门是紧关着的，石二奶连连敲门喊了几声筑筑却没听反应，便晓得那娃儿不在屋里。就又下了楼，径直来到后院，后院只有大儿子石依宝正在花园里弄花。才初春哩，靠西墙的几垄百合花竟开了，花骨朵红里透白，水淋淋像从河里刚洗了的绫缎；再过去是一盆君子兰，几株山大栀子，也都是青枝绿叶，欲开未开的样子。再就是靠东墙那一垄月季花，大约有十来株吧，前一阵石二奶连花苞都没见着，这一阵就铺天盖地绽满枝头。花色有粉红的，有大红的，还有紫红的，很有一种喜庆临门的感觉，打老远石二奶就闻到一阵扑鼻的清香。

石二奶生有一子三女。石依宝是二奶的长子，高中毕业后顶替他爹石二爷，在粮食仓库当保管员。石依宝结婚后，生了石筑没几年就患了尿毒症。为治病单位没少花钱，后来还是他在广东的大妹石依蕙出二十万在广州为大哥做了换肾手术，总算保住石依宝一条命，此后便从单位办了病退。现今四十多岁的人，退下来一不上班二不管家事，就迷上了栽花养鱼喂鸟儿。才几年工夫，原来杂乱的后院竟让他整治得像个小花园似的。

石二奶来到园子里，隔着一盆玉兰花对石依宝说：依宝，筑筑一大早到哪里去了，今天不是要到坟上挂青的么？石依宝正在给一盆杜鹃花修剪枝蔓，听石二奶在喊，忙转回头答道：妈，你就别管了，到时他准会来的。年年不都是今天么？那龟儿子昨儿一整晚都没归家……石依宝大约还想往下骂两句，一看老娘脸色不高兴，便打住了。石二奶说：那你快给他打手机，不是听说筑筑他三姑才给了他手机么，年轻人一玩野了什么都记不住……石二奶一边说一边就要走下石坎来催石依宝。那石坎有些高低不平，她怕跌倒，便伸手去扶旁边的花架。说也怪，石二奶刚迈开步，那花架便摇晃起来，接着只听晄当一声，一盆花从木架上摔下来，砸在地上弄了个粉碎。几枝花茎上刚绽出的嫩苞也折断了。石二奶仔细一看，竟是她最心爱的那盆石竹花，顿时心里莫名其妙就生出一种不祥之感。她一脚踏在石坎上，一脚还留在原地，就呆了。石依宝听见响声，扭头一看是花钵摔碎了，忙过来扶住石二奶，问道：妈，您老没摔着吧？石二奶也不答话，转身就往屋里走。

且说一盆石竹花摔碎了，石二奶心里怎么就无端地生出异常感觉呢？这话得从头说起。原来石二奶家里从不栽花养草，那年石筑出生，头天夜里石二奶就做了一个梦，梦见一丛花儿开得艳如云霞、香飘四溢。那花红黄白各色互为映衬，在迷蒙中恍来惚去，若有若无。石二奶一梦醒来，就听见石二爷说依宝媳妇在医院产下个胖儿子。石二奶喜不自胜，亲自下厨煮了一锅荷包蛋，用饭盒装了，出门打了部的士就往医院跑。医院旁边小巷正好就是一排花市，石二奶下了车，眼前猛地一下就跳上来一丛鲜花。那花开得一朵朵鲜艳夺目，与昨晚梦里见到的一模一样。石二奶心里就奇了，世上真还有如此巧合的事哩！便上前去问那卖花的这花叫什么名？卖花的说大妈，这是石竹花。石二奶一听就更奇了，心想这花也姓石？难怪昨夜里梦见它，石家跟着就添了个继承香烟的后代哩。于是便对卖花的男人说：大叔，你这盆石竹花我买了……说着又看贴在花钵上的标签写着二十元的价格。石二奶也不还价，接着说：大叔，我这先给你十元的订金，回头取花时再付你十元行么？那卖花的忙不迭地点头说行行行。石二奶付了十元钱，就乐呵呵地直奔妇产科去了。

小孙子满月那天，在操办满月酒的宴席上，石二奶就笑着向大伙说了娃儿出生那晚她做的梦。说如何梦见一丛丛鲜艳夺目的花，醒来就听说儿媳妇在医院生了个大胖小子，于是她如何去医院，就在医院旁边的小巷花市上，梦里的花就应验了，且花的名称也奇特，叫石竹花。石二奶一番话说得绘声绘色，妙趣横生，让那些三姑六婆媳妇嫂子听得满堂皆惊，都说奇了奇了。于是便有了许多恭维的话、奉承的话和吉利的话。斜对门的邻居王三奶就说：二奶呀，是个大吉兆哩，说不准你们石家要出贵人了……石二奶被众人捧得心里乐滋滋的，当即又让儿媳妇郭志凤把才满月的小孙孙递过来抱在怀里，说乖孙孙，奶奶给你取个名，叫石筑。竹子的竹再加个巩字。众人连说这名取得好，好听好记，意思还深哩，俗话不是说：“花开一瓣瓣，竹生一串串。”这一串还不知要串出几个小弟弟来的……石二奶那天乐坏了。此后那盆石竹花被她老人家当个宝贝似的，先是供养在二楼的阳台上，后来石依宝在后院弄了花园，才移下来养在园子里。翻了几次盆，又换了个景德镇的青瓷花钵。那石竹花挺争气，年年开得枝繁叶茂，花团锦簇，可万万没想到的是，二十年了，偏偏在今天给砸了个稀巴烂。不就是一钵花么？可为什么不是别的花，偏生又是石二奶最喜爱的石竹花哩？所以老人心里才耿耿于怀，不知所以。

石二奶回到屋里客厅坐定，心里七上八下乱糟糟的像打翻了五味瓶。接着便又想到石筑这孩子去年高中毕业没考上大学也就罢了，家里说是愿花钱让他到北京去读自费，可他横竖不肯。现在虽然进了高考补习班，成天同学啦朋友啦就这么玩着。要么就呆在房间里上什么网整天不出门，就没见他把功夫用在补习上。如今社会吸毒呀、偷摸扒窃什么都有……石二奶再不敢往坏处里想，便走进自己的房间。房间里有个佛龛供奉着观音菩萨的玉石立身像。往常哩，家里有什么不顺心的事，石二奶总到菩萨面前烧香祈祷，求观音大士保佑平安顺利，化险为夷。此时石二奶进了房间，先给观音菩萨烧了三炷香，双手合掌站在佛龛前念了一大串菩萨保佑平安无事顺顺当当的心愿。完了，石二奶便又走出房间回到客厅，这才想起给石筑打手机的事。于是坐到电话机旁，拨了号，只听话筒里传来嘟嘟嘟的声音，连拔了几次总是不通，无奈，才把话筒放了。这时二女儿石依苹和女婿耿林锋带着他们的女儿棠棠进了门，棠棠今年五岁，一副天真活泼的样子，进门喊着外婆外婆就向石二奶怀里扑来。耿林锋手里提着只大公鸡，说是给外公上坟的，随手便将公鸡放在大门边上。石二奶刚才还见那公鸡在耿林锋手上蹦着，怎么一放下来就没了响动。石二奶起身一看，却见公鸡歪巴着头贴在地上，像是死了。石二奶用手去摸摸，公鸡毫无反应，再摸，脖子和脚都僵硬了。石依苹见状，忙问耿林锋：公鸡死了？耿林锋一脸疑惑地答道：怎么就死了呢？我一路提着分明是活蹦蹦的，这就怪了。于是就用脚去撩那公鸡几下，果然没了动静。石二奶顿时心里又咯噔一下，心想怎么今天一大早尽出怪事？石依苹见石二奶脸上不高兴，以为是母亲怪她买了只死鸡，忙解释说：妈，这只公鸡是才从市场上买来的，死就死了，我们再去买一只就是。说着就要返身出门。石二奶阴着脸说：算了算了，前两天你嫂买了一只还关在笼子里，你把这只提到厨房去让你嫂烧水打整了。石依苹答应着提了死公鸡去厨房。郭志凤从市场买菜回来，正在厨房里忙着弄饭，见石依苹拎了只死公鸡进来，便一脸的惶惑，问道：咋买了只死鸡？石依苹忙说：嫂，你说怪不？这公鸡买来活蹦蹦的，进门放在地上就死了……

石二奶转身回到客厅，还没顾得上坐下，却见门口人影一闪，三女儿石依茜已站到她跟前。石依茜今天穿了件米黄色的牛仔套装，肩上挂个坤包，进门便把坤包往沙发上一丢，双手勾着石二奶的颈脖亲昵地娇声说道：妈，好想你……石二奶将石依茜的手拨开，说道：别假惺惺，不知你忙什么？十天八天也不回家看看。坐在沙发上看电视的耿林锋就接口说：妈，你说我们三小姐还忙什么？不就忙着把别人的钱往荷包里揣？石依茜反唇相讥道：锋哥，你眼红啦，有本事也去赚个十万八万的，别让我姐跟了你受穷。耿林锋被石依茜两句话就堵了嘴，不再说话。石依茜已在耿林锋对面坐下，摸出包口香糖，扔了一块给耿林锋，自个剥开一块丢进嘴里慢慢嚼着，有一茬没一茬地与石二奶和耿林锋搭话。

石二奶正在弄些香烛纸钱什么的，她手在干活，眼睛却直顾往门外瞅。此时约莫十点来钟，春天的太阳已经斜照在窗棂上，光线从窗格子里洒进屋来，把明媚和温暖洋溢了整个客厅。开着的大门仿佛就成了一道电视屏幕，只见穿了花花绿绿的男人女人走过来走过去，时而大车小车摩托车自行车一闪即逝。石二奶就这么望着，却总也不见石筑进屋，石二奶也就叫石依茜再给石筑打手机。石依茜拨了号，说还是打不通。石二奶就有些坐立不安了。她一大早就想着石筑，生怕他今天又跑到哪儿玩野了忘记上坟。这上坟的事，石家谁都可以商量着不去，唯独不能少了石筑。什么叫香烟后代？石筑才称得上石家独一无二的香烟后代。往后石家的门户要靠他去撑持，石家的财产要靠他去继承，石家的后代要等他去繁衍，这上坟挂青敬奉祖宗的头等大事，石筑不在场怎么能行？石二奶这么想着，就突然看见门口有人影晃动。老眼睛有点花了，还以为是石筑哩，定睛一看，却是两名公安干警。两名公安一身铁灰色警服，神态庄严。石二奶一见这阵势，心里就咯噔一声，直感到血往头顶上冲，想站却没站起，两条腿像生了根不听使唤。

两名公安一高一矮。高一点的那位走在前面。他见客厅里坐着人，就问：这里是石筑家吗？石二奶眼睛直盯着他们，想答话仿佛那嘴让人给针缝了似的，就是张不开。石依茜先是侧着脸在与耿林锋说话，听见有人问话才扭过头来，漫不经心地向来人瞅了一眼。再一看原是熟悉的，忙站起来满脸笑着说道：哟，邓科长，什么风把您给吹来了，快请坐……那高个子公安干警就是市公安局刑侦科的科长邓桦。石依茜开美容美发厅，开茶楼，免不了要经常与公安打交道，在公安局里认得几个人，平常见面开句玩笑也是很随便的事。可今天邓桦科长听了石依茜招呼，不理也不答，就立在那里，一脸的庄严肃穆。等石依茜走到他面前时，邓桦反倒像审讯犯人似的问道：你怎么在这里？石依茜被问得有点唐突，答道：这是我家，我干吗不能在这里？邓桦又问：那石筑是你什么人？石依茜答道：是我侄儿。邓桦啊了一声，就对旁边的那矮个子公安轻轻耳语了几句，又回过头来对石依茜说：我们今天执行公务，要找石筑的父母亲说话，他们在家吗？石依茜与公安说话的时候，郭志凤和石依苹已从厨房出来，郭志凤听说是为石筑的事，心里早七上八下，忙走上一步说道：我是石筑的母亲，二位公安同志有什么事，请坐下说。这时石依宝正好从后院进来。郭志凤又对邓桦说：这是石筑的父亲。邓桦严肃地看了郭志凤和石依宝，说道：你们是石筑的父母，那好，我们是为石筑的事来的，有要紧事找你们谈，能不能……邓桦看看周围，似乎有些不方便，就说能不能换个地方说话？郭志凤就说请二位同志上楼吧，说着就在前面带路，四人依次上了楼。

自打从两名公安进门以后，石二奶就一直心惊胆跳、六神无主。她心里猜想准是石筑这孩子闯祸犯事了。但又不知是犯了什么事？就更加慌张着急。心想无怪今天一打早就事事不顺当。先是无端地打碎了石竹花，再就是活蹦蹦的一只公鸡提进门就死了。此刻石二奶坐在竹椅上怎么也站不起来，她让石依苹到房间里找了两粒降压灵，胡乱地吞了。石依茜看母亲那副慌张的神态，就说：妈，你别急，没什么大不了的事，公安局我也认识几个人，万一有事，咱家出点钱，上上下下打点打点，没有摆不平的。石二奶说但愿但愿，菩萨保佑祖宗荫护。又说今天自己是去不了坟上了，要儿女们去挂青时多给祖宗磕几个头，保佑石筑逢凶化吉，平安无事。母女几个就这样安慰着。约莫过了半个多钟头，才听楼梯响动，接着两名公安走下来，郭志凤跟在后面，手上捏着一团手巾直揩眼泪。公安下了楼，也没跟屋里的人说话就出大门，开车走了。

郭志凤送走公安，就转过身来对石依苹他们招招手，也不说话就上楼去了。石二奶明白郭志凤是不想让她知道石筑的事，就坐在椅子上闭目养神。

石依苹、石依茜和耿林锋上了二楼的小房间，一进门，就见石依宝坐在书桌后，两眼直勾勾地盯着窗外，也不跟大家招呼。郭志凤上了楼背对着门站着，待石依苹刚进屋还没坐下，郭志凤便一头扑过来，抱着石依苹大声地哭了。那哭声里有一种撕肝裂肺的悲嚎，听了让人不寒而栗。石依苹忙搂住郭志凤连说：嫂嫂，你别哭，有什么事好好讲。郭志凤还是一个劲地哭。石依茜性子急，就忍不住了说道：哥嫂，石筑出了什么事？你们总得先给我们说个明白，一个闷头不吭气，一个只顾哭，你们让我们来干啥？石依茜这么一说，郭志凤这才止住了哭声，抬起头来说道：二姑、三姑，昨晚石筑把人杀死了……

石家的人无论老少，纵然把石筑想得再坏，也不至于想到会把人杀死的这个地步。杀人抵命，欠债还钱，这是我们中国人几千年自然形成的价值判断标准，何况现今还是法制社会。石筑杀死人，犯了人命案，对石家来说无疑是灭顶之灾，事情当然不像石依茜先前估计的那么简单了。这时郭志凤渐渐不哭了，正要安静下来把公安的话告诉大伙，楼下就传来棠棠大呼小叫的喊声，像是在一个劲地喊外婆。众人一听知道是石二奶有事了，就都一起出门往楼下跑。

原来石依苹他们跟郭志凤上楼的时候，棠棠也跟着上去了的。郭志凤说石筑杀死人的事，棠棠也听到了，后来她下了楼，石二奶就问楼上在说些什么？小孩子口无遮拦，棠棠就告诉外婆说石筑哥杀死人了。石二奶先前只当石筑是与人打架什么的，被公安抓了，才找上门来。万万没想到石筑居然犯的人命大案，把人杀死了。这一消息犹如五雷轰顶，石二奶本来血压就高，又有心脏病，当即就感到眼前一黑，从竹椅歪倒在地上。大伙奔下楼时，只见石二奶侧身躺在地上，双目紧闭，脸色青黄，棠棠伏在她身旁一个劲直喊外婆。众人七手八脚地把石二奶扶起，将老人平躺在长沙发上，耿林锋就忙着拨120叫救护车。这时石二奶慢慢就把眼睛睁开了，嘴里喃喃地想说话，好一阵才勉强吐出几个字来：快……快打电话，让依蕙……依蕙回来……

这时救护车的鸣叫声已经越来越近了。

2

石家到石二奶这一辈，在南柯已经居住过三代人了。石二爷父亲的父亲是在光绪三十年间从江西迁到贵州的。老祖宗归天后只给石家留下了根独苗，那便是石二爷的父亲。石二爷的父亲去世，也只给石家留下了一女一男，二爷终归是个独子。到了石二爷哩，就一心巴望多添几个支脉，让石家人丁兴旺，气象繁荣，香烟有继。到底人算不如天算，打从石二奶进了石家门槛，第二年生下儿子依宝后，一连串就是依蕙、依苹、依茜三个女儿。三个女儿虽然个个水灵精秀，如花似玉，总也未遂石二爷心愿。二爷去世时，临终托付给石二奶，石家要得人丁兴旺，后继有人，就指望在石依宝身上了。

到依宝这一辈，石家已经是三代单传。石二奶就经常在心里念叨，宝呀宝，你可得给你爹，给石家争口气。从此老人屋里就请了送子观音菩萨的像，供在佛龛前，早晚烧香祈祷，让大慈大悲的观音菩萨保佑石家一门人丁兴旺，添子添孙，吉祥纳福。石依宝当然也够争气的，结婚第二年媳妇就甩了个带把儿的小子出来，乐得石二奶半夜睡觉都笑醒了哩。那年石依宝才二十五岁，来日方长，可一年又一年过去，石依宝的妻子郭志凤总没怀上，再后来，石依宝就病了。这病又非同一般，是得了那种非但不能生育且有性命之忧的尿毒症。幸亏石家门高户大，花得起钱，石依宝到广州大妹石依蕙那儿换了肾，命是保住了，再生儿育女只好免谈。

石家，仅留下个四代单传的孙子石筑。

眼下，石筑竟犯下人命大案。杀人是要抵命的，对石家而言，不啻是灭顶之灾，简直是灭门大祸了。唯一可望继承石家香火的单传后代石筑性命危于一丝，系于一缕，你叫石二奶一个七十多岁的老人怎么不撕心裂肺，血冲顶门？

石二奶进了医院，安顿完毕，石依茜忙摸出手机给珠海的大姐石依蕙打电话。电话接通后，石依茜就简短说了石筑犯了人命案和母亲住院的事，让石依蕙尽快赶回南柯。

石二奶在医院急救病床躺了两天，又输氧，又吊针。中午刚刚苏醒过来，石依蕙就风尘仆仆地赶到了。她是坐了飞机到省城，从省城机场打的士回到南柯。石依蕙进了城连石家院那边也没去，就让的士司机直接将她送到医院。

石依苹和石依茜一直守护在石二奶的身边。两个妹妹一见大姐依蕙进来，眼珠儿都湿了。石依蕙拉住两个妹妹，嘴里说别哭别哭，自个儿眼泪倒先流了出来。石二奶大约是听见了石依蕙的声音，就微微睁开眼睛，想说什么，嘴嚅动着，终于没说出来。石依蕙赶紧半跪在床前抚着石二奶的手说：妈，您老别急，我来了，我们姊妹兄弟会想法救筑筑的……石二奶仿佛听懂了，脸上就露出一点欣慰的表情，闭上眼又睡了。石依蕙就向依苹和依茜问了母亲的病况，说是赶紧到劳务市场找一个看护员，石筑的事，还得大伙去想办法，不能整天泡在医院里。

石依蕙从医院回到石家院，一进门，就听见哥嫂在说话。郭志凤说：依宝，你天塌下来都不管，我一个妇道人家，家里一摊子事忙不完，还要跑公安局上看守所……石依宝就闷声闷气地答道：生了个孽子，他不想活了，莫非还要让我陪他一起死？郭志凤说是你的儿子，怎么说这种话？石依宝就连声说我怎么会有这么个儿子，我怎么会有这么个儿子……石依蕙踏进门槛，说哥我回来了。石依宝看见石依蕙，说：大妹，你来了好，你来了好，这个家我撑不下去了。郭志凤早迎上来，一把抱住石依蕙就号啕大哭。

石依蕙把郭志凤扶回沙发上坐下，就说：哥、嫂，我刚才在医院跟依苹依茜说了，吃了晚饭一家人坐下来商计商计，石筑出了这么大的事，妈又在医院里躺着还没有脱离危险哩，总得商计个办法出来，该去做什么好有个头绪。石依宝答道：大妹，家里的这些事，哥没得用，没出息，全拜托你了。郭志凤接着说：人姑，能救得筑筑的一条命，嫂下辈子变牛变马报答你。石依蕙听了鼻子一酸，差点又要哭，说：嫂，你哪能说这些格外的话，石筑是你的儿，是我的侄，还是妈的命根，我能不管吗？

吃罢晚饭，一家人把门关了，就坐在客厅里商计，说去说来，也没拿出个主意。大家就排着队数自己认识的人，有没有在司法机关工作的？石依茜就说公安的人她认得几个，但不知管不管用。唯一那个到家里来报案的刑侦科长邓桦比较熟悉，当时又一本正经，石依茜气得背地里咒骂他得性病艾滋病，所以再也数不出有点作用的人物来。耿林锋倒也说出两个人，一个是市检察院的副检察长苗时忠，另一个是市法院行政科的科长张和民。虽说与二人没有什么深交，但愿去活动活动，也许还能帮上些忙。话到这里耿林锋显得有点为难，说现在的世道，谁肯白帮忙哩？再说这还是人命关天的大案！于是便摇摇头不再往下说。石依蕙听了耿林锋的话，知道他言外之意是什么了？就说：林锋，你倒是把话说明白了，是不是要送礼啊？耿林锋说：姐，我就怕人家不肯收哩，再说，要送也不是小数。石依茜就接着说：锋哥，你别支支吾吾了，你在政府机关工作，消息灵通，像石筑这样的大案，敬菩萨烧香供佛得花多少钱？耿林锋想想，说：不好估计，这要看通到哪一层，越往上胃口越大。石依茜说：锋哥，不管通到哪一层，石家宁肯赔钱，也不能赔命的。郭志凤忙接着说：小姑，话虽这么说，论家境十万八万我们赔得起，要再多了……这时石依蕙就拉着郭志凤的手，说道：嫂，钱的事，你就别操心。说罢石依蕙从坤包里取出一张银行卡，摆在面前的茶几上。接着说道：我知道筑筑的事要花钱，而且要花大钱，动身回来时就先打了五十万在卡上。这钱是用来为筑筑买命的，石筑要是逃不过这一劫，我们石家就要绝后了。要是这五十万不够，我再通知公司财务多打些过来，只要能救命，我当姑的，花再多的钱也心甘情愿……石依宝盯着那张闪闪发光的银行卡，说：大妹，你花那么多钱值吗？万一钱花了，人也没了，还不落得人财两空。石依苹说：哥，你不管就好了，干吗尽说泄气话，大姐一番好意都是为了这个家。石依宝就连忙点头说：好，好，我不管，你们该怎么办就怎么办。

这一晚也没商计出个结果，一家人就闷闷地散了。

临睡前，石依茜向石依蕙大致讲了石筑那天杀人的经过。正好头一天的《南柯晚报》发了一条标题为：《为争一条板凳，杀死一条人命》的消息。石依茜就把报纸递给石依蕙。

消息是这样写的：

4月6日晚，本市铁路家属区宿舍附近发生一起凶杀案，记者通过市公安向有关办案人了解了事件经过，情况是这样：下晚7时左右，犯罪嫌疑人石筑与女友在火车站旁快快小餐馆吃饭。当时餐馆顾客较多，石筑从座位上起身去点菜时，他的坐凳被同来吃饭的铁中高三（2）班的学生赵兵拿走。石筑为取回凳子，与赵兵发生争执，继而相互推打。同赵兵一起吃饭的几个同学想帮赵兵，石筑自知寡不敌众，忍气离开餐馆。晚上十时许，赵兵单独回宿舍时，在距家门约一百多米的拐弯处被凶手用刀刺中胸部，其后被路人送往铁路医院抢救无效身亡。犯罪嫌疑人石筑杀人后畏罪潜逃，在开往昆明的一列火车上被公安铁路干警抓获，目前警方正对这一凶杀案作进一步调查取证。

石依蕙长叹一口气，说道：唉，家境好的孩子，争气的少哇！倒是那些贫苦人家的孩子才知道发奋……

石依茜问：姐，石筑这案子怕是一时两时也办不下来的，你制衣公司那么多事，丢得开吗？

石依蕙说：那边都安排好了，有人管着，办完筑筑的事再说吧，睡觉。说是睡觉，石依蕙躺在床上却睡不着，满脑子不是母亲的病就是石筑这桩人命关天的大案。

石依蕙记得她是在石筑出生不久就离开家去广州的，那时父亲还在世，一家人为石筑的出生高兴透了，满月那天还办了八桌酒席，都说石筑长得乖，她姊妹三个就抢着抱小侄儿，你吻过来我亲过去，像争一块宝。那情景还历历在目，一晃就快二十年了。其间石依蕙也回来几次，父亲病逝，依苹结婚，最后一次是母亲的七十大寿。那是三年前，石筑那时刚上高中一年级，敦敦实实的一个小伙子，而且聪明伶俐，正是可树之材哩。可万万没有想到稀里糊涂为一点鸡毛蒜皮的小事，竟把人杀了，你说这孩子就怎么恍惚到这一步，把人命当了儿戏。他那里在牢里吃苦不说，一家人就为此不得安宁，母亲还差一点送了命，石依蕙真是百思不得其解。

回来两天，石依蕙也拿不出什么办法。虽说现在办事要花钱，但钱揣在手上却又找不到地方去花。敬菩萨还要找到庙门哩，你连庙门都没找到，捧着香上哪儿去供奉？十万八万只要有人愿收，她拱手相送绝没有一丝一毫的怨言，但现在是敬香无路求神无门，石依蕙心里已经到了六神无主的地步。白天，她就在病房里陪着母亲，老人不能说话，睁开眼看见依蕙也是一种精神上的安慰。

下午郭志凤来了，石依蕙就突然想起，说：嫂，你们去看过被害人的父母了吗？郭志凤说：没有哩，听说人家恨死我们了，我哪里敢去。石依蕙说：再恨也得去，去向人家赔礼道歉嘛。要不我们先给人家送两万块钱，表一点心意。郭志凤就说大姑你说了就照你的办。

到吃晚饭的时候，石依苹与耿林锋来了。耿林锋说是听到一个消息，李家栋表哥调到市法院当了副院长。李家栋是姑母的儿子，他母亲是石二爷的亲姐，只是自从姑母姑父去世后，大家就很少往来。原来只听说李家栋在县里工作，当过县委副书记什么的，大约是最近才调到市法院的。这消息对于石家来说，无疑是一线希望。有一个内亲在司法机关工作，至少为石筑案件的好转留了一点空间。石依蕙就让耿林锋赶快去打探李家栋表哥的住址，明天好去登门拜望。

石依蕙再问了些事，就与郭志凤去赵兵家。她二人先到银行取了两万块钱的现金，揣好了出门就招手打的。姑嫂俩上了的士，司机问去哪儿？石依蕙说去铁路家属区宿舍。司机把车发动，一个执勤交警不知从哪儿冒出来站在车门边，用手指头敲着玻璃窗。司机扭头一看是交警，忙熄了火，满脸堆笑地打开车窗。交警就指着车说你违章停车了。也不等司机解释，便摸出一叠单据，刷地扯下一张，递到司机手里。石依蕙从后排伸头一看，是十元罚单。司机就苦笑说同志现在天都快黑了也没注意。那交警二话没说，刷地又扯下一张扔到驾驶台上。这次还是十元。司机就不再说话了，伸手从裤包摸出一把票子，拣了二十元乖乖地递过去。交警接过钱转身走了。司机一边发动车，一边就强盗土匪地骂开了。那意思是当了二十年工人，下岗了帮人跑的士，动不动就挨罚款，这些交警简直是在抢劫哩。石依蕙听了司机一路骂，直到车停了他似乎意犹未尽。下车付钱时石依蕙就摸了一张二十元递给司机。司机正要退钱，石依蕙说不必了，刚才那个地方不让停车，是我们害了你哩。说罢便与郭志凤走了，只听那司机连说谢谢，天下还是好人多。

石依蕙姑嫂二人到铁路家属区居委会一问，便顺利地找到了死者赵兵家。二人来到门口，门虚掩着，轻轻敲一下便开了。只见正门的客厅里坐着几个人，石依蕙就问是赵师傅家吗？一个四十多岁的中年男人冷漠地站起来，一听说眼前的妇女是石筑的母亲，赵师傅本来有点迷惑的眼神一下就充满了敌意，脸也绷紧了，冷冷问道：你们来干什么？郭志凤一时竟呆了，不知如何回答。石依蕙走上一步，自我介绍了身份，接着说石筑犯了大错，我们为你儿子不幸遭难深感悲痛，今天特地来问候，表示抱歉……说话的时候，石依蕙就看见屋里正中的条柜上摆着一个铁红色的大理石骨灰盒，骨灰盒后面墙上挂一副黑色相框，相框里镶着赵兵的相片。那是一个十七八岁的小伙子，长得白白胖胖且充满了几分稚气，脸上还流露出天真无邪的笑容。石依蕙真还有点不敢面对这张照片，她急忙把目光挪回来，正好目光又落到赵师傅脸上，那脸色是愤怒且带着仇恨。石依蕙还想说点什么，忽然就听见隔壁的房间里传来女人的哭声，那声音像穿越了一道阴森的洞穴而来，显得凄楚悲切，有一种万劫不复般的沉痛。石依蕙渐渐就听明白了，哭喊的女人是死者赵兵的母亲。大约刚才外面有人进去告诉她石家来人了，女人就突然勾起了儿子惨死的伤痛。这边赵师傅一听老婆在呼天喊地哭儿子，一股怒气也跟着窜上心头。大约原是要发火的，一看两个女人也可怜巴巴地一直还站着，就忍住了，一边挥手一边说道：你们走你们走，有什么事别上家里来，到公安局说去……石依蕙知道今天办不成事了，只得拉着郭志凤出了门。

第二天说好了去找表哥李家栋。

耿林锋已经问好了李家栋住的地方，就在市法院旁边三号宿舍楼二单元五楼。李家栋原是紫源县的县委副书记，去年初才从县里调到市法院担任副院长的，他爱人罗英也跟随丈夫调到市妇联工作。李家栋在县里是以清廉出了名的，之前一直分管政法，紫源县的政法部门多次受到省市表彰，这多少与李家栋坚持公正办案的原则分不开。

大家见了面，说了些阔别多年的家常话。李家栋问及舅母的身体，于是就提到了石筑的事。郭志凤把事情经过大略向李家栋说了，李家栋听着，脸色就渐渐地沉下来。待郭志凤说完，他才问石筑今年多大了？郭志凤说二十岁。李家栋听罢叹了口气，说道：今天你们姊妹几个来，我也明白你们的来意了。按情理说，这个忙我是肯定要帮的，一家人嘛，这么亲的关系，我要不帮忙哩，你们会骂我李家栋不是人，没得人情味。可我要帮这个忙哩，说真话我是没得这个能耐。像石筑这么大的案子，别说我只是个副职、副院长，就算是院长、市长，他们也不敢冒天下之大不韪去知法犯法呀……李家栋说话很慢，一字一句，说到最后还是把门封了：这个忙他帮不了也不敢帮。郭志凤就说：表哥，石筑犯了人命案，妈为这个事急得高血压病发了，如今住在医院里还没解除病危。大妹这次从珠海来，就是看能不能想点办法保住石筑一条命，这也是为了妈老人家着想。我们姊妹几个来找你，就因为你懂法律，能不能出点主意，也算帮你躺在医院的舅妈吧。李家栋的妻子倒显出一副很性急的样子，说家栋你看在舅妈面上，也要想个主意才好。李家栋沉思良久，说道：我实在没有办法帮这个忙，心里很愧疚。这样吧，我给你们介绍个律师，叫夏慧天。这位律师在南柯市很有名气，前两年有个判了死刑的抢劫杀人案，家属不服一审判决，二审上诉，请他当辩护律师，都给翻过来了。要是能请他接手这桩案子，说不定石筑还有一线希望。不过夏律师是个大忙人，手头的案子多，就怕他不肯接手新的案子。石依蕙说：家栋表哥，我这两天也正琢磨着请一位律师哩，你正好说到我心里去了。尤其是这位夏律师，一定要设法请到才好。李家栋说他先与夏律师联系，情况如何尽快给石依蕙回电话。双方留了电话号码，石依蕙一行才起身告别。回家的路上耿林锋把李家栋臭骂了一顿，说他一脸正经假装廉洁，仿佛不食人间烟火，其实都是他妈的胆小怕事明哲保身。石依蕙就说：林锋，你别怪家栋表哥，历史上包公还亲手斩了侄儿的头哩，现实生活中要多有几个像家栋表哥这样公正廉明的法官，大家活着都要踏实些。

到了第二天早上，李家栋的电话果然来了，说是夏律师最近手头有好几个案子，怎么也不肯再接受这桩大案。石依蕙在电话里说表哥，那我亲自去找夏律师行么？李家栋说怕不行吧，我和他多少算老交情了，他都没答应，你去了也没用。石依蕙还是不肯放弃，说那你把夏律师的电话给我，我自己去找他。李家栋就把夏律师的电话号码与办公室地址告诉石依蕙，石依蕙一一记下，说了谢谢，就把电话挂断了。

石依蕙打完电话看见石依宝坐在旁边，心里就犯疑了，平常他总离你远远的，现在却主动找上来了。忙问道：哥，你有事？石依宝没有看石依蕙，只是呆滞地对着窗外，这时窗外的天色阴沉沉的。石依宝就说：大妹，天要下雨了。石依蕙也就转过头去看看窗外，说道：天阴得很，还闷哩，是要下雨了。忍了一阵，石依宝才说：大妹，我看石筑的事，你也不必再操心了。

石依蕙有点茫然，问道：哥，你就想跟我说这个事？于是看着他。石依宝的头发有点乱，其间还夹杂着几根白发，像没打理过的草地上早枯的荒草；脸却是灰暗的，有点儿阴沉，就像他此时正在凝视的那块天空。石依蕙看见石依宝这副显得过早苍老早衰的模样，心里又不觉出生几分感叹和怜悯。良久，石依宝终于点点头，说道：大妹，我知道你的一番心意，你是真心想救石筑，但这是没用的，没用的……说着说着，石依宝眼里就有两滴泪珠在眼眶里打转。他仿佛说不下去了，就紧紧地咬着牙。

石依蕙心里更明白她哥潜在心底的那份痛苦，就说道：哥，石筑的事我们怎么去做，该花多少钱你都别管了。你身体不好，就安心休养。现在石筑关在大牢里，妈住在医院里，你别让我们再增加负担就阿弥陀佛了，好吗？石依宝却说：大妹，只怕你花了钱，也救不了石筑的命……石依蕙说：刚才还说了叫你别管又来了。钱是我的，想怎么花就怎么花，就算白花钱救不了石筑，我心里也踏实、也无悔……

3

石依茜开的“茜子茶楼”坐落在仙子桥畔的拐弯处。茶楼背靠一片小山林，面江而立，是那种既不显山露水，又十分别致幽雅的好去处。

时下兴起的茶楼，其实并不是那种专供喝茶品茗的闲适地方，说白了，大部分茶楼就是为那些偷情男女们开设的幽会场所。光顾茶楼的顾客，一是生意场中的大款老板之流，二是有些实权的官场中人。有权有钱的人带个小蜜情人什么的，又不敢在大庭广众招人耳目，就选择了这种隐蔽性极强，高雅而不乏情调的茶楼作幽会场所。再说，你要没带小蜜情人也没关系，茶楼就有专门的职业小姐陪你喝茶聊天唱卡拉OK，至于还干不干别的什么那是他们自己的事了。

石依茜白天大部分时间都在“茜子美容美发厅”那边照料。茶楼的生意主要是晚上，虽然交给吴姐管理，但她偶尔还是要来看看。今晚石依茜到了茶楼已经快九点钟了，吴姐正在吧台里登账，见了石依茜忙说公安的邓科长来了，说是有事找你，正在二楼的4号包房里等着。石依茜一听说是邓桦，想起那天在家里他那副道貌岸然的模样心里就来了怨气。想到：你邓桦是什么根底，别人不明白姑奶奶我还不明白，猴子演猴戏装什么正人君子？所以石依茜听后只对吴姐哦了一声，算是说知道了。她也不急于上楼，就问吴姐今天有多少客人？包房都满了没有？吴姐就一一作了回答。看看没有事情可问了，石依茜才磨磨蹭蹭上了二楼。4号房间的门半掩着，邓桦斜靠在沙发上，穿一身便服，正盯着电视机看一部三级片，见石依茜进来就转了个身想说什么。石依茜就装出一副笑脸说：邓科长，今晚好雅兴。邓桦也不起身，就说道：什么雅兴，我是专程来找你的。石依茜说道：你不怕我侄儿的事牵累你么，还敢来找我？邓桦这才翻身坐起，拿着遥控关了电视，说道：依茜，我知道嘛，你准是生我的气是不？石依茜忙说：我敢生你大科长的气？巴结还来不及哩。邓桦就做了个委屈的表情，说道：其实早两天我就想来找你的，总是忙，打电话吧，又怕说不清楚。依茜，你想想，那天我与铁路派出所的所长一块上你家。要让他知道我们是熟人，今后我还敢为这事帮你吗？再说，你当时一大家子人我又不认得，要有个外人什么的，会不会碍了事也不知道，所以那天就没理会你。我们干这行的，凡事都要考虑周密一点才好，你说对不对？邓桦这么一解释，石依茜觉得他还真有几分道理，反倒是自己错怪了人家。就说还是邓科长想得周到，哪像我们这些平常人木头脑筋。说罢在邓桦旁边坐下，从坤包里摸出一盒中华烟，给邓桦点了一支，自个也点了。刚才吴姐已安排了茶水和小点，邓桦几乎没动过。石依茜按了铃，服务小姐进来问老板有什么吩咐，石依茜就让她去叫吴姐安排送啤酒和卤菜。二人说着话，酒菜跟着就上来了，于是边喝酒边谈起石筑的事。邓桦说：依茜我不瞒你，像你侄儿石筑这样的案子，一般情况下都要判死刑的。如果要是碰上严打，那执行就快了，幸亏目前还没听到这方面的风声，只要案件拖下来，好歹总对你们有利。石依茜说道：邓科长，事情到了这一步，死马也要当活马医了。只是我们家也没得过硬的关系，钱哩，是没得问题的，就想请你帮忙出出主意，看看从哪方面去活动才好。邓桦叹了口气，说道：其实我这刑侦科科长就是分管这类案件的。要是你侄儿没弄出人命来，就算搞了个一二级残废，我拿在手头也好处理，现在弄的是个人命关天的大案……邓桦说到这里就忍住了，端起杯来喝了两大口啤酒，接着又说：出了人命，就算有人想帮你们，也得掂掂这案子的分量，弄不好羊肉没吃上，反沾了一身骚。石依茜听邓桦那口气，也不知他葫芦里卖的是什么药，就试探着说：邓科长，你讲的那些，只好慢慢去想办法。不过我侄子在看守所里，你总得网开一面，多行方便，不要太亏了那娃儿。邓桦说：这个事你就尽可放心。那天你嫂子不是去看了？还送了吃的用的。看守所周怀忠所长是哥们兄弟，熟得很，哪天我带他上这儿玩玩。石依茜听邓桦来了兴致，就问道：不知金局长这个人怎么样？好不好接近？石依茜指的是公安局局长金玉康。邓桦说：金局嘛，这个人够仗义的，也没有多少爱好，就喜欢打几圈麻将，哪时我约了他一起喝几杯。石依茜听邓桦乐意帮忙，立马就改口笑着说：邓哥，那就说定了，把金局长和周所长都请了来，小妹我做东，大家好好玩玩，来，为邓哥的关心，我敬你一杯。邓桦忙说哪里哪里，端起啤酒杯一口便与石依茜干了。

两人一边谈一边喝，邓桦约莫喝了四瓶啤酒，已有五六分醉意，两只眼睛就色迷迷地在石依茜身上乱跳，时不时还伸了手去拍拍石依茜的一双腿。石依茜今天穿了条牛仔短裙，上身套了件打结的高腰红真丝衬衫，那肚脐眼和半个小肚皮白花花露在外面，一双修长的腿玉如莲藕。其实邓桦对这位姿色可餐的女老板垂涎多时了，只是平常难得有机会与她单独在一起，今天饮了酒，借了些酒性，又趁着石依茜正有求于他，就有点跃跃欲试，不能自已。石依茜虽说未婚，却早就是过来人，自家又开着茶楼，往来的大都是偷欢野合之辈，什么事心里会不明白？此刻石依茜明知邓桦要干什么？就来个半糊涂仙，既不想让他得手，更不可让他失望。好色的男人有时就像一条狗，你把骨头悬在那里，他吃不着也舍不得离开。眼看邓桦有点按捺不住了，石依茜就做出恍然大悟的样子，说道：哎呀，只顾喝酒谈事，差点把邓哥给冷落了。邓哥，我让吴姐叫个小姐来陪你……邓桦就装出一副醉态说：有你陪就好了，还找什么……伸了手就去挽石依茜的腰。石依茜眼疾身快，顺势就站了起来，端着酒杯说：邓哥，小妹今天再敬你一杯，侄儿的案子，往后就仰仗着当哥的了。说罢一口就将满满一玻璃杯啤酒喝了个底朝天。邓桦也端起杯来喝，等他放下杯子时，却见石依茜苗条的倩影在门口一闪而逝。邓桦好生败兴，吃了点卤猪肝和几颗脆皮花生，正想走人，就见一个妩媚妖艳的小女子推门进来。也没等邓桦开口说话，小女子嗲声嗲气娇态可人喊着哥呀哥，好久不见你了，于是一股浓浓的劣质香水味就把邓桦整个儿淹没了……

安排小姐侍候了邓桦，石依茜才离开茶楼，回到石家院都快十一点钟了，自个儿掏钥匙开了门，就上了三楼的房间。

石依茜没结婚，尚属待字闺中的那类大龄姑娘，所以石家院这边就还留着她自己的房间。只是她整天里忙着在外边做生意，自个儿办的茜子美容美发厅和茜子茶楼都有住的地方，所以十天半月也难得回来一晚。最近石依蕙从珠海回家，就住在石依茜房间里，好在那房里是张双人床，石依茜这一阵差不多每晚都要回来陪陪大姐，有些事，也好趁晚上这个时间与石依蕙商量。石依茜推开房门，却见石依蕙正在给珠海那边通电话，好像是关于公司里的事，她就自个儿上隔壁的卫生间里洗了澡，再回来时，石依蕙已经上床了，斜靠在床头想什么似的。床头柜上的花瓶里插着一把栀子花，进门就扑来一阵馥郁的清香。石依茜也跟着上了床，拉一床毯子盖着肚子，斜靠在石依蕙身边，姊妹俩就东一句西一句摆谈着。石依蕙先说了请律师的事，说是李家栋表哥推荐了一位姓夏的律师，名声很大的，问石依茜认不认识？石依茜就说只听说有这么个律师，既有口才，又有肚才，去年还办了个起死回生的大案，只是不认识罢了。接着石依茜又说了今晚邓桦去茶楼找她的事。石依蕙问邓桦是谁？石依茜说是市公安局刑侦科的科长，石筑杀人的事，就是他来家里通告的。石依蕙听罢就来了兴趣，说：依茜，你一定要设法与姓邓的搞好关系，找机会多接触他。石依茜就笑了，说：姐，还用得着我找机会吗？那邓桦浑身的骚气，整个儿的就是一条色狼。平常在我茶楼里吃喝带玩小姐全是免费的，小姐玩厌了竟打起姑奶奶我的主意来。石依蕙就说：妹，你快点找个男人结婚就免得人家有分非之想了。石依茜说道：没劲，现在的男人没一个靠得住的。我开茶楼来来往往的还见得少么？老婆再是年轻漂亮，她们的男人大都要偷偷摸摸跑出来啄一口。比如你吧，还说你年轻时像林青霞一般的花容月貌哩，可我姐夫……石依茜歪头看看石依蕙，见她那脸色有点不大对劲，突然才觉得自己失了口，忙说：姐，不说了，睡觉。说罢就顺势躺下，翻身睡去。

因为石依茜的一句话，这一晚石依蕙失眠了。

还在读高中的时候，同学们就说石依蕙长得像台湾当时正走红的电影明星林青霞。那时正时兴琼瑶热。林青霞主演琼瑶小说改编的电影一部又一部在大陆播放，什么《心有千千结》、《几度夕阳红》等等。石依蕙其实并不在意自己像谁，心想一个女人纵然长得花容月貌，国色天香又怎么样呢？靠着姿色作了本钱，总有一天红消香褪、花残柳败将又如何？再说石依蕙从小性格内向，不善张扬，并不愿意拿了几分姿色去卖弄。高中毕业没考上大学，也不声张就去了广州，在一家制衣厂打工。这人的命，说来也是个定数，该你红该你发怎么拦都拦不住。在几百名从各地拢来的打工妹中，不乏美艳如花的苏杭淑女，靓丽多姿的川中秀妹，而制衣厂老板的儿子金满一眼就把石依蕙锁定了。人世间往往就有这么巧合的事，原来金满最崇拜林青霞，凡是大陆播放林青霞主演的影片，他是每场必看，从不错过，而且有的片子还连看几场都不厌，房间里贴满了林青霞的剧照。再说金满本人倒也是一表人才，爱好文艺，且弹得一手好吉他，常把自己比作秦汉。当他第一次在厂里看见石依蕙时，几乎就惊呆了。那天石依蕙正好休班，上身套了一件苹果色的羊毛开衫，下身着一条喇叭裤，一头秀美的长发飘在肩上，惊得金满还以为是林青霞本人到了广州哩，一问，原来是他老爸厂里的打工妹。以后事情的发展当然就顺理成章，无论怎么样，这段姻缘仿佛是天作之合，郎才女貌，石依蕙没有理由拒绝的。结婚后两人倒是过了一段温馨的家庭生活，不久就生了女儿金晶。后来，金满的父亲因病去世，金满继承老爸的产业，正式当了制衣厂的厂长。石依蕙却只管在家相夫教女，过着近似旧社会那种封闭似的太太生活。她哩，从来不施脂粉、不尚时髦，虽然家里阔绰富裕，她反倒不知怎么去花钱。渐渐地，金满就很少回家，一问，总说厂里业务忙，应酬多。石依蕙是个没有心计的女人，就听之任之。再后来，就传闻金满在外面买了别墅，包了个年轻漂亮的时髦女人，石依蕙才去追究，问明了那女人的身份。那个叫宋小倩的女人石依蕙是见过的，原是一家广告公司的公关小姐，常到制衣厂拉广告业务，七拉八拉就把别人的老公拉到她怀里去了。金满在外面有了新欢，两口子的日子还过得下去么？后来就协议离婚，金满把在珠海的一个制衣分厂给了石依蕙。石依蕙去珠海后，不久就成立了“石惠制衣公司”。事业倒是发展起来了，可一个女人没了男人，没了家，连女儿金晶也让她爸送到美国读书去了，石依蕙常常就有一种失落和无奈的感觉。所以刚才石依茜提到金满，无端就勾起了她对许多往事的回忆，也触动了心里的创伤。记得前几年回南柯，遇到几个老同学老相识都很羡慕她，羡慕她的成功和富有。其实哩，石依蕙对自己始终保持着良好的心态，既不穿金戴银摆富，也不颐指气使显阔。有时候，她反倒羡慕那些平凡的朋友同学，希望像她们那样有一个温馨的家，两口子过着丰衣足食的生活。那样的日子，才是亘古不变一生一世都享用不尽的……

待石依蕙一觉醒来，已经是早上九点多钟，石依茜不知什么时候已经起床走了。石依蕙翻身起来，拉开窗帘，阳光从云层中透出来，恍恍惚惚地折射在床头柜的栀子花上，白色的花朵就显得格外鲜艳夺目，绿叶也是亮铮铮的十分灿烂。窗外正对着后院的花园，却见石依宝正在整理园里的花木。石依蕙就去隔壁的卫生间洗漱，再回房间穿了衣服，才慢悠悠地往楼下走去。往日起得早，大都是郭志凤从粉馆买了早餐，下楼来就有吃的。这时郭志凤已去上班，石依蕙也懒得再去厨房弄吃的，便想到上街去吃辣鸡粉。石依蕙吃了辣鸡粉回到石家院，就又想到给夏律师挂电话，可连续挂了三次都是忙音。没有挂通电话，石依蕙向后院走去。园子里，石依宝还在弄花。春末夏初，正是花草茂盛的季节。红的月季，玫瑰、牡丹，白的梔子、玉兰，紫的杜鹃、芍药，黄的紫罗兰、荷包……石依蕙随便数了一遍，大约也有二十多个品种吧，许多花都是她认不得也叫不出名来的，只感到园子里五彩纷呈、琳琅满目。这个后院，在石依蕙心中留下的记忆是最深的。小时候大部分的生活，都与这个后院分不开。就是现在种了几株夹竹桃那儿，原来是家里的茅房，再过去一点是猪圈，鸡窝。夏天里绿头苍蝇到处飞……当小姑娘时候的记忆还历历在目，而今却已时过境迁，物是人非，一切都似乎在瞬息即逝，快得你来不及去追回。

4

石依蕙昨夜没睡好，刚才睹物生情，感叹一番，便觉得心里像压着块铅沉甸甸的。刚走回客厅，就见石依茜进门来了。石依茜说道：姐，我给你办了个手机卡，你人在南柯，老用珠海那边的手机通话不划算嘛。石依蕙就说：是的是的，我还想着什么时候让你去办哩，没想你倒先办好了。石依茜就从包里把手机卡取出来递给石依蕙，还告诉了手机号码。石依蕙换上新卡说试试，就又给夏律师拨了电话，可还是拨不通。于是又给石依苹拨，电话接通了。石依苹那头说：姐，我正要给你挂电话哩，有个事要告诉你。石依蕙就问是什么事？石依苹说电话里不方便说的，学校马上要放学了，下班我就到石家院来。

石依苹要告诉石依蕙的事，得先从耿林锋说起。

耿林锋大学毕业后分到市民政局，一干就是十来年，现在哩，还是福利科的一个科长。去年局里的刘副局长调走了，领导班子就剩下一位伍局长主持工作。伍局长对耿林锋的工作能力和业务水平都表示满意，年初开了个党组会，提议报耿林锋升任副局长接替刘副局长的工作。报告送上去了，一搁三四个月没有音讯。单位里有谈得来的同事就私下里对耿林锋说：耿老弟，生命在于运动，升官在于活动。你老弟也不活动活动，那处级干部职位就凭空从天上掉下来？耿林锋听了也不答话，脸上就露出点无可奈何的笑容。其实不用同事提醒，耿林锋早就心知肚明了的。社会上那些民谣总不是空穴来风吧：不跑不送，原地不动；又跑又送，提拔重用。远的姑且不说了，与民政局相邻的旅游局，那位新提拔的副局长贾光乔，三年前还是人家局里喊东往东走，指西往西去的小车驾驶员。就因为他哥哥在城里开了家有点档次的酒楼，三天两头请了有关人物吃喝不够还揣红包，当弟弟的才两三年里当了行政科长又升副局长，这可是耿林锋明明白白看着的。而他一个堂堂的本科生，十年弄下来仅混了个科级干部。耿林锋当然不会不知道目下官场上的某些歪门邪道，也不是自命清高甘于寂寞，只是碍于囊中羞涩。家里虽然有几万元积蓄，石依苹可是一把手捏得紧紧的，说是要换房，那钱是用来买商品房留着的。耿林锋思去想来别无他法，情急中就生出了歪主意。现在因为石筑的事，石依蕙带了大把钱回南柯，正急着要找庙门敬菩萨哩。恰好耿林锋认得检察院的副检察长苗时忠，何不借了苗时忠的名，在石依蕙那里先弄个十多万块钱出来，上下去打点一番，先把副局长的职务搞到手，至于苗时忠那里多少拿一点应付应付，也算为石筑的案子尽了力。这是一举两得的事，何乐而不为呢？耿林锋把主意想好了，昨日下午下了班才去跟石依苹说。当时石依苹正在卧室的房间里批改学生作业，耿林锋就凑上去坐到书桌旁边，说道：依苹，你猜我今天找谁了？石依苹也没抬头，答道：你不是要找检察院的苗时忠吗？是不是找到了？耿林锋就靠在书桌边，说道：算你猜对了，苗时忠答应帮忙哩，说是只要石筑的案子转到检察院，他一定尽力去办。石依苹一听脸上就来了笑容，忙停下笔说：我现在先给姐打个电话……耿林锋一把将石依苹按住，说：别忙别忙，老苗那家伙胃口大，一张嘴就要那么多……耿林锋说罢伸出一个巴掌。石依苹问道：五千？耿林锋就哈哈地笑了，说道：依苹，你当这是开后门上重点中学？我们单位老陈去年为了让儿子去你们二中的高中重点班，跑你们莫校长家三趟，烟酒礼品不算，光现金就揣了三千。石筑这可是人命关天的大案……石依苹本来对社会上这一套就深恶痛绝，只是因了石筑的缘故与母亲的病情，她才不得已参与进来，干一些她自己都觉得卑鄙下作的事。刚才耿林锋那笑声分明是说她不谙世故，五千元就可以找人家帮忙办人命官司。于是心里就不耐烦了，说道：好了好了，你别再绕弯子，说明白点苗时忠到底要多少？耿林锋就把声音压低了说：五万。石依苹一听就没答话了，额头上似乎还浸出一层薄薄的汗珠。她整了整鼻梁上的眼镜，半晌才说道：这么多？老苗这心是不是太黑了点。耿林锋说：依苹，哪有你这样没见过世面的，帮忙办一宗人命大案，五万块钱就嫌多了，你姐可是带了五十万来的，这五十万能救一条命，我看也值。石依苹说：带了五十万元就得花完么？再说，我姐外出闯荡二十年，钱也来得不容易。上次父亲去世她回来，硬要给我五万，我死活不接，我再穷，日子总能过得下去，也不至于靠别人资助。这样吧，今晚我先想想，明天再给姐去电话。

石依蕙刚才听了石依苹说的半截话，实际上就是五万块钱的事，这种事在电话里不方便说。等到下班以后，她才直奔石家院，把苗时忠愿意帮忙但要五万块钱的事告诉了石依蕙。她说：姐，这钱送得送不得？你自己考虑。石依蕙说：这有什么好考虑的，你打个电话给林锋，让他下了班到石家院这边来吃晚饭，你也带了棠棠早点来，今晚一家人聚聚，转身又对石依茜说：三妹，下午我俩去买菜，我亲自下厨做一桌正宗的粤菜给大家尝尝。石依茜就笑着说：姐，你就别糟蹋我们的胃口了，你那点手艺我还不清楚？三姊妹就都笑了。

晚饭由石依蕙操厨，做了几道粤菜，菜虽做得不怎么样，但这一餐饭是石筑出事以后一家人吃得最开心的。饭后郭志凤和石依苹忙着收拾。石依蕙说林锋你来一下，就带着耿林锋上了三楼的房间。进了屋里，石依蕙也没说什么，就从壁上取下一个小提包，从包里摸出一个新崭崭的活期存折递给耿林锋。耿林锋接过存折，虽然心里早明白是怎么回事，却故意显出一脸的惶惑。石依蕙这才说道：这是给姓苗的五万块钱，我想现金拿着不方便，就以你的名义办了个折子，你明天就去取了给他。耿林锋显得有点迟疑地说道：姐，人家狮子大开口，一下要这么多，我让依苹与你商量商量……没等耿林锋说完，石依蕙说道：有什么好商量的，拿人钱财，替人消灾，我还怕他不收呢！石依蕙说话的时候，耿林锋就瞅了那存折一眼，这时他就为自己的弥天大谎而感到一阵寒战，拿着折子的手也抖将起来。好在石依蕙并未看见，她正把小提包挂回墙壁上去。待石依蕙转回身来，见耿林锋还站着没动，就说道：林锋，你代我谢谢苗检察长，石筑的案子请他尽最大的力帮忙，事情办好了，我今后还要感谢他的。耿林锋明知钱已到手，却不得不做出一副十分为难的样子。说道：姐，钱拿出去，万一没办成事咋办？石依蕙就显得挺轻松地笑了，说道：林锋，你都工作十来年了，连社会上基本的游戏规则都不懂？你不懂，人家姓苗的可是懂的。孙猴子要没那两下功夫，敢去偷王母娘娘的寿桃吃？说完也不等耿林锋答话，就自个先走出房间。耿林锋也没勇气打开存折，他小心地把折子揣进西装的内衣口袋，就跟在石依蕙后面下楼。到了楼下客厅，大家就说要去医院，正等着他们下来。石依蕙说那快到门口打的吧。众人就笑了，笑得石依蕙丈二的和尚摸不着头脑，问我说错了什么，你们都笑。棠棠说三姨买轿车了，你还打的呢，咋不笑你。石依蕙转脸看依茜，石依茜就笑笑说：早订了部夏利，近来家里事情多，要跑关系要跑医院还要做生意，两条腿怎么跑得过来……于是大家就坐了石依茜的新车去医院看石二奶。

石二奶的血压总难稳定下来，时高时低反复着。大夫说了已经没有多大危险，心脏的毛病已控制住，只是老人年纪大了，再受不得刺激。其实大家也明白，石二奶一半是身病一半是心病。只要石筑的案件一天没有结果，老人的病一天就不会痊愈。于是大家都约了法，在石二奶跟前少提石筑的事，要提，都往好的方面说。今天石二奶见一家兄弟姊妹都围在她身边，脸上就有了几分喜色。她就把目光落到郭志凤身上。石依蕙明白妈要跟嫂子说话，就推了推郭志凤说妈叫你哩，郭志凤忙走上几步，站在石二奶身边。石二奶就问道：志凤，你去了没有？郭志凤就点点头说：妈，我去了的。石二奶又问道：那……罗仙姑她说些什么？郭志凤答道：我把石筑的生辰八字都给了罗仙姑，她测了，说我们石筑是属虎的，犯了青龙，是星象相克，可能不吉利。石二奶听罢脸上就阴了下来，说道：你给她说我们家筑筑犯的事了么？郭志凤说：没有哩，我要都告诉了她，还让她算什么来的。石二奶又问：罗仙姑说了没有，这灾星怎么解的？郭志凤答道：罗仙姑说，要是她算准了，让我三天以后再去。石二奶忙说：那你去，你一定要去……

石依茜在一旁听得云里雾里，就问石依蕙：姐，妈和嫂在说什么了？神秘兮兮的。石依蕙说：妈叫嫂去找仙姑占卜算命了，问石筑的凶吉。又对石依茜解释道：现在都信这个，在广东那边，凡是商家开业，下基、庆典一类的大事，都要先找风水先生和易经专家测算日子的，就是出远门，也要问好个时辰才动身。石依茜就不屑一顾地笑了，问道：那你这次回家，去找仙人占卜了没有？石依蕙说：去了呀。这次家里石筑出这么大的事，我接了电话慌透了，心想再忙着赶回来也得去找高人测个凶吉。我们那边有个号称南海诸葛的大师，据说他易经八卦相属风水无所不通，珠海一带的商家都把他说成了活神仙。那天临回来时我找他，只说家里有紧急的事让我回去，请大师预测是凶是吉有何结果。这位大师问了我生辰八字，看了我的面相，什么话也没说，就给我写了四句话。石依茜忙说：姐，那四句话怎么说了？不是胡编乱造的吧。石依蕙使了个眼色，把石依茜领到门口，从坤包里小心取出一张折叠的信笺，递给石依茜。石依茜接过来展开一看，只见上面用毛笔工整地写着：

人力难抗命
破财求平安
心心会二人
家在双重山

石依茜反复念了几遍，说道：姐，什么意思呀？我不懂。石依蕙说：你看你，这么明白的意思都不懂，我说给你听。第一句“人力难抗命”。依茜，你念头一个字和尾一个字看看。石依茜照她姐的念法，就念出了“人命”两个字，石依蕙就说：怎样，我可没给人说家里出了人命大案，可那位大师第一句就点出来了。石依茜听了连连称是，说服了服了，果然是大师高人。石依蕙又说：依茜，你再看第二句，看出什么来没有？石依茜说：这第二句不是就让我们花钱图平安么？石依蕙又说：你注意这个“破”字没有？破字一分为二，拆开来一边是‘石’字，另一边是‘皮’字。这个石字就指我们石家，还有这皮字，俗话不是说“不死也要脱层皮”么。看来我们石家这场劫难真的大哩，这怕是个定数了。石依茜听得心里倒抽了口冷气，就又问：姐，后面两句呢？那又是什么意思？石依蕙说：后面两句我也还没琢磨透，要等应验了才知道的。这时病房里棠棠在向石二奶告别说要回家。她二人忙进去与母亲说了几句话，叮嘱老人安心养病，石筑的事正在托人办会有好结果的。

众人刚出了病房，就见请来护理石二奶的徐姨站在门口，徐姨仿佛有什么话要说，一脸为难的样子。石依蕙向来善解人意，知道徐姨一定有什么难以启齿的事要说，就问道：徐姨，你有事？徐姨就面带愧色，吞吞吐吐绕了半个弯子才把话说完。尽管如此，石依蕙还是听明白了。原来徐姨的女儿在北京师范大学念书，学校近期要组织学生到深圳参观考察。女儿写信回家要路费，徐姨一时拿不出钱来，就想支点工资寄给女儿。

石依蕙与郭志凤去职业介绍所物色看护人员时，知道徐姨原是机修厂铸造车间的党支部书记，一年前就下岗了。丈夫也是厂里的工人，现在留守厂房，每月只发三百元的生活费。偏偏这样的家庭，一儿一女都有出息，儿子才考入省城工业大学，女儿在北师大就快毕业了。石依蕙当时就感叹徐姨夫妻俩这么贫穷困难，都还供养了两个大学生真是不容易。于是就想起“梅花香自苦寒来”那句古诗，当时就以月薪一千二百元请徐姨照看母亲。徐姨这一阵干得很勤快，二十四小时都守在病房里，石二奶也非常满意。这下徐姨提出支取工资，石依蕙很能理解她的难处，就问徐姨要多少？徐姨说女儿写信要五百块。石依蕙当即就数了五百元钱递给徐姨。

石依蕙与郭志凤并肩下楼，楼道上郭志凤抽抽泣泣地哭了。石依蕙问；嫂，你怎么了？郭志凤说道：大姑，我命苦啊，要是石筑能像徐姨儿女一样争气有出息，我就宁愿去扫大街给人倒屎倒尿也心甘情愿的。人嘛，不就活一个希望么，我还有什么希望呢……郭志凤这么与徐姨一比较，真就觉得自己活得不如徐姨了。徐姨虽说经济困难，生活穷苦，但有一儿一女像两朵花鲜灿灿地开在心头，活得就有信心有希望有奔头。而她呢，就算家里有钱堆着金山银山她也活得沉重活得无趣了。

5

石依蕙终于拨通了夏律师的手机。

话筒那边传来一个中年男人浑厚的声音：请问哪一位？石依蕙忙回答道：夏律师吗？我是市法院李家栋的表妹，我想与你面谈一下关于……对方不等石依蕙把话说完，就回答道：啊，知道知道，那个案子李院长给我说过了。实在对不起，我近来较忙，手头上接的案子多，怕一时应付不过来耽误了你们。石依蕙听对方的口气是回绝了，但她不甘心，又说道：夏律师，那我们见见面总可以吧，我想把情况与你谈谈。对方又说道：有这个必要吗？我不接这个案子，谈了也没有用的。石依蕙心里暗自骂道：什么了不得的人物，连见面都不让，正想放了电话，对方突然又说：这样吧，明天下午三点钟你到华夏律师事务所来，我给你介绍另外一位律师行吗？石依蕙心里就想，你介绍别人总得与我见面吧，到时我可不放过你的。就问了华夏律师事务所的地址，说好明天下午三点钟准时见面。

华夏律师事务所设在汇中大厦三楼，第二天下午三点钟差十分，石依蕙已经站在事务所的接待室窗前。管接待的一个女孩问明了石依蕙的来意，就指着里屋第二间房说那是夏律师的办公室。石依蕙穿过一条门廊，就见门上的木牌上写着“夏慧天律师”五个黑体字，门却大开着。这时石依蕙也不知为什么心里就突然有点紧张起来。这个夏慧天何许人也，竟然拒她于千里之外。为了让自己显得平静些，石依蕙就站在门口拢了拢头发，完了，她故作轻松地跨进门去，就看见一个穿一身浅灰色西装的男人站在一排书架前面翻书。那男人背对着门，中高个子，挺拔的身材，从背影看去倒也显出几分英俊之气。石依蕙心想可能就是夏律师了，轻轻走到办公桌前那把接待客人的红木椅旁边站着，书架前的男人似乎听到了响动，便转过身来，这时石依蕙的目光与男人的目光就自然地相遇了。几乎是同时，两个人的脸上都先是表现出一种疑惑，然后是一种意料之外的惊喜。

中午的阳光给明亮洁净的办公室增添了几分温馨祥和的气氛。打开的窗户有一阵阵清风拂面而来，虽然室外是一个人声鼎沸、车水马龙络绎不绝的世界，但对于室内的石依蕙与夏慧天来说，就有一种沧海桑田风雨如晦的感觉。两个阔别了二十多年的老同学的不期而遇意外重逢，是天意是命运的安排抑或是一种巧合呢？石依蕙后来听夏慧天解读南海诸葛大师写给她的第三句话，就相信这是天意是瞑瞑之中不可抗拒的神的意志了。

石依蕙今天穿一身深蓝色带暗条的职业套裙，绛红色的衬衣领翻在外面，那头短发很利落地拢在耳根两鬓。这是一种职业女性的打扮，但却显得矜持高雅，仪态大方。就在刚才那瞬间的惊喜之后，石依蕙的脸色就渐渐暗淡下去，原先的怨气就不由自主地表现出来。夏慧天却被突如其来的惊喜激动着，一边说：石依蕙、石依蕙，怎么会是你呢？太意外，太高兴了……就几步走到石依蕙身边。他想与她握手，一看石依蕙并没有那个意思，忙拉了拉椅子说：老同学，真不知道是你，我先表示道歉，行不，快请坐……夏慧天还激动着一时语无伦次。石依蕙也不坐，只把坤包丢在椅子上，满腔怨气地说道：夏争光，几时改名换姓当起大律师了，做了名人，连老同学都不肯见了啊。夏慧天就一边忙着冲茶，一边解释道：依蕙，早几天要知道是你，别说你找我了，你只电话里喊一声夏争光，我若是走不动爬了也要爬着去见你的。女人的怨气就像早晨的雾，阳光出来，风一吹就散了的。夏慧天那两句话果然就是阳光和风，石依蕙那点怨气经不住轻轻一吹就云消雾散了。这时夏慧天已经冲了一杯特级毛尖茶摆在石依蕙旁边，那针一般的细叶就在玻璃杯里浮沉，淡淡的茶香飘溢在空气中。夏慧天索性把开着的门掩上，请了石依蕙在沙发上坐定，自己才端了茶杯在她对面坐下。石依蕙这时就笑着说：夏争光，你要不改名，哪用得着我怄了几天的气，左一个电话右一个电话总打不通，急死人了。夏慧天就解释道：依蕙，实在对不起，前几天到柳州办个案，经济纠纷，开庭时间就把机子关了的。石依蕙就问；你什么时候把名字改了？夏慧天笑道：你没听那名字多俗气，争光。我父亲当初还是宣传部长哩，真想不明白干吗会给我取出这样带着浓厚意向色彩的名字来，大学毕业后就改名了。石依蕙点头，说：原来那个名字是有点俗气，我倒喜欢你现在这个名字。慧天，是智慧的慧吧，这两个字我听得出来，一定蕴含着什么，有一定的道理的。夏慧天笑笑，也不作答，就问：依蕙，我们高中毕业二十几年了吧，石依慧说："文革"结束那年，还记得吗，粉碎"四人帮"的那一阵，我们一起演了个活报剧，剧本还是你写的哩……石依蕙一时谈得兴起，把自己来干什么的事也忘到九霄云外去了。俩人就摆着高中那一段生活，如烟的往事一幕幕跃上心头，有悲有欢，有喜有愁，仿佛十天十夜，三月两月也说不完，叙不尽。外面的走道上已经没有了脚步声，整栋办公楼就显得静悄悄的。一抹西斜的阳光从窗外透进来，落在书架的玻璃门上，光线折射过来，映在石依蕙因兴奋而红润的脸上，那面色就显得更加年轻，仿佛有一种青春的光泽在眉宇间飞扬。夏慧天偶尔与她对视时，两人仿佛从对方的眼里又看到了少男少女时期的那段影子。

在感叹昔日的光阴过得快时，眼前的时间也过得快，不知不觉就到了六点多钟了。石依蕙一看表，忙站起来说：完了完了，正事没谈哦，都六点过钟了。慧天，老同学可以请你吃餐饭吗？顺便说点正事。夏慧天也跟着站起来，没说答应，也没说不答应，一副模棱两可的样子。石依蕙就问：是不是给夫人请假啊？夏慧天笑着说：没有那么严重。女儿今年中考，正在关键时候。这样吧，我还是打个电话回去，免得她们母女俩老等我。夏慧天就拨了电话，话筒里传来一个女孩甜甜的声音，问老爸有什么事？夏慧天说婷婷，爸爸在外面吃饭不回来了，你赶紧吃了饭到学校上晚自习，晚上爸爸来接你。那边女儿就左一声老爸右一声老爸别又喝醉了让我老等。父女俩就开着玩笑，显得非常亲密和悦。待夏慧天打完电话，二人就关门下楼，到了楼下，夏慧天说：依蕙，你说去哪里好？石依蕙说：出去这么多年，故乡都陌生了，你说吧，找个清静的去处，我还跟你谈点正事呢。夏慧天就招手打的，上了车夏慧天对司机说到在青竹园酒楼。大约十来分钟，的士在河对岸公园旁边一幢小楼房门口停下，夏慧天抢先付了钱。石依蕙下车一看，果然是幽静的地方，红墙绿瓦中式楼房，两侧是茂林修竹林阴环抱。石依蕙就跟着夏慧天上了二楼，一位服务小姐把他们领进一间中式房间。小包房里倒也显得典雅别致，一色的古典风味，壁上挂了两幅仿真的名人字画，一幅民间的蜡染图。窗户半开着，竹影就在窗户间摇曳。服务小姐上了茶，接着就有乐声从四下里传来，这是那首古典名曲《良宵》。委婉轻柔的音乐伴着老同学久别重逢的好心情，石依蕙与夏慧天品着茶，随意地谈着点刚才未尽的话题，仿佛悠游在月白风清的山水之间。

酒菜已经上来了，两个老同学也不拘礼客气，就倒了酒，相互敬了。三杯过后，夏慧天说：依蕙，说说你侄儿的事吧，有什么要求和打算你都说，我就是把手头所有案子都甩了，你的事，我一定倾尽全力来办。夏慧天说话的时候，石依蕙看着他，他是真诚的，脸上有一种让人深信不疑的坦荡。石依蕙就说；慧天，对我侄子杀人这件事，我虽是打老远跑了来，但心里却是没有一点底的，所以感到无所适从。现在有你，不论是作为一位对法律了如指掌的律师也罢，还是作为一位老同学也罢，我都很需要你指点迷津。我现在可以给你说一句实话，无论花多少钱我都不在乎，只要我侄儿石筑能免于死刑，我的目的就达到了。当然，如果换成别的律师，我可不敢这样说的。夏慧天听了石依蕙这么一说，心里就明白这场官司是不可以通过正常手段去运作了。石筑的案卷材料他没有看，但这起凶杀案的大致过程他是从《南柯市报》的报道和同事的口中知道的。按《中华人民共和国刑法》第三百三十条的解释，像石筑这样无端行凶致死人命又畏罪潜逃的恶性案，是肯定要判处死刑的。但《刑法》里有两条可以因此免于极刑的解释：一是患有精神病，神经不正常者；二是年龄不满十八岁的未成年人。这两条显然对被告人石筑都不适用。那么，除此之外作为律师他就再也没有足够可以让石筑死里逃生，免于死刑的辩护理由。再就是石依蕙刚才说了愿意花大钱不惜代价保住人命，夏慧天与司法部门打交道长了，当然不会不知道钱的神通，某些冤假错案往往都是徇私舞弊贪赃枉法的结果。执法部门里不乏见钱眼开接受贿赂的公安政法干部，而夏慧天当了七八年的律师，这种现象恰恰正是他深恶痛绝的。现在哩，老同学间的感情与法律的公正像天平一样摆在他面前，他不得不作出选择。两人又喝了点酒，夏慧天才说道：依蕙，这个案子我接了而且绝对用心去办。但现在还没看案卷，是不是我先把案卷看了以后，我们再找时间商量。现在有一个情况你们必须抓紧办，那就是尽量拖时间把案子留在公安这边，拖的时间越长越好，只要案子没往检察院送，我们无论采取什么手段都有了宽裕的时间去准备。公安那边有熟人吗？石依蕙答道：有的，我三妹与刑侦科的邓桦熟，邓桦说了愿意帮忙的。夏慧天听了说道：那就好，邓桦我知道，那小子很讲义气的。他与金玉康局长的关系也不错，你们通过邓桦再联络上金玉康，至少先把案件压下来。石依蕙听了点头称是，说：慧天，我一个女人，没有主见，一不懂法律，二不懂社会上的这些关系，成天急得六神无主，现在有了你，我心里总算踏实多了。来，我敬你一杯，拜托了……夏慧天端起酒杯，忽然就看见石依蕙眼里闪着两滴晶莹的泪花。两人碰了杯，便一饮而尽。夏慧天放下酒杯，说道：依蕙，为什么哭了？石依蕙用手摸了眼泪，含着泪笑道：我哭了吗？不，慧天，我是激动哩。刚才我一直在想，都二十年了，怎么一见面就能认出你来？那电视电影里总说隔了七年八年就不认识了，老同学老朋友见面竟形同路人，擦肩而过。我现在才明白全是胡编乱造。夏慧天也笑了，说道：我现在不看电视的，电影院也被拆掉盖了商厦，当官的忙搞政绩，开发商忙赚钱，南柯人的文化生活就是逛大街。两人便又说了些闲话，其间夏慧天出去了一趟，回来再说石筑的案子时，夏慧天说让石依蕙过些天到律师事务所办了委托手续，他才方便进行下一步的工作。说得差不多了，石依蕙站起来说：慧天，今天就这样了，你哩，还要去学校接女儿，我家里也还有一大堆烦不完的事。说完便对站在门边的服务小姐说买单。服务小姐就说刚才这位先生已经买过了。石依蕙就一脸怨艾地看着夏慧天，说道：说好了，今天我请你的，巴结律师的机会你总得让给我啊。夏慧天就笑着说那下次吧。

很长时间没喝那么多酒，下楼的时候石依蕙感到自己的脸热乎乎的，身子却轻飘飘，好想找一个地方依托。夏慧天却十分得体地跟在她身边，保持着一种很适当的距离。石依蕙多么想挽住他的手，靠在他的肩上，但她绝对没有这种勇气，直到夏慧天招手叫了的士，为她开了车门，二人才握手告别。

6

回到石家院，石依茜就问姐你上哪里去了，怎么打手机也不接？石依蕙说手机搁在包里了，吃饭也没听见。问与谁吃饭，干吗喝了那么多酒？石依蕙就卖了关子说你猜？石依茜当然没猜出，石依蕙才把与夏慧天见面，发现他原来是老同学的事告诉石依茜。后来又说了夏慧天让她们抓紧做公安这边的工作，先把案件拖下来再想对策。石依茜说这样也好，我明天跟邓桦说，正好周末了请金局长吃饭。

第二天石依茜先跟邓桦通了话，邓桦在电话那边说没得问题，他负责请局长，说再叫看守所的所长周怀忠，吃了饭四个人正好凑一桌玩麻将。石依茜电话里就说：邓哥，那就先谢谢你了，我等你的消息。到了第二天下午，邓桦的电话来了，问石依茜安排在哪儿，金局长与周所长都说好了的。石依茜回答说城里闹哄哄的，不如上西郊的沉香园去，反正大家都有车，很方便的。又说邓哥我先到沉香园订了房间等你们，你约了金局长周所长早点过来。挂了电话石依茜回石家院把情况告诉石依蕙。石依蕙就让石依茜赶紧去取一万元的现金，说是给邓桦和周所长打麻将开销的。至于金局长那里，初次见面不好造次，改日专门到他家去拜望。

石依茜出了石家院，就去银行取了一万元现金，专门要了五十元面额的两叠。取钱出来一看五点钟了，便开了夏利车直奔西郊沉香园酒楼。石依茜把包房订了，把菜和酒水安排妥当，就站在包房的阳台上翘首恭候。不到十分钟，只见一辆公安的警车从路那边疾驰而来，石依茜估计是邓桦他们了，忙下楼去接。石依茜刚走到楼下，警车已经停稳，接着就见邓桦从驾驶座走出来，去开后座的车门。门打开了，金玉康大腹便便拱身出来。因为胖的缘故，他下车时就像被人从车上推下来一个圆滚滚的布袋，半天腰杆都没伸直。石依茜赶紧走过去扶他一把，金玉康抬头看见石依茜就笑了笑。邓桦正要介绍，金玉康说不用了不用了，我们见过的。茜子美容美发厅的女老板，还开了茶楼，很能干……说着就把手伸过来与石依茜握手。石依茜虽然早就认识金玉康但并不熟。那时他带了老婆到茜子美容美发厅洗面，有两次石依茜在场，死活不肯收费，所以金玉康就认得她了。今天金玉康穿一件派牌夹克衫，头发梳理得光生生的，还打了摩丝，显得很有官派。至于周怀忠，石依茜知道他在看守所里对石筑是特别关照的，只是不认识罢了。邓桦就相互介绍、握手。周怀忠中等个子，马形脸显得有些黑瘦，正好与白胖的金玉康形成反衬。

进了包房，大家就抽烟喝茶，也不谈什么止事，谈话间当然免不了对金玉康的恭维颂扬。我们中国人有个优秀的传统，喜欢说好听的话，在家里对长者对混得有头有脸的族人，大家对他自然是要经常美言称颂。在单位一把手听的恭维话最多。酒席上受颂扬的是主客，请了人家来免不了有所求，就要把好听的话说得他心里舒服，但是好话一说过头便成了拍马屁。比如刚才石依茜称颂金玉康很有官相，邓桦就说金局长已经进了市委常委肯定还要往上升。周怀忠就说凭金局长的能力当省公安厅长绰绰有余。金玉康在那里听得神魂颠倒，一边拍着将军肚一边眯着眼睛笑。大家闲谈了一阵就唱歌，这时电视里播着张惠妹的《我可以抱你吗》。金玉康就说不唱这个，那是年轻人的玩意儿，太新潮了。石依茜忙翻了歌单，邓桦说金局长喜欢唱《少年壮志不言愁》。石依茜翻到了，用遥控打开了影碟机。这时音乐就响了，荧屏上出现一位武警战士庄严升旗的画面。金玉康握着话筒连说献丑献丑，就一本正经唱“几度风雨几度春秋，风霜雪雨搏激流……”，那姿态有几分慷慨激昂状。完了大家就忙鼓掌。周怀忠唱《西游记》主题歌《敢问路在何方》，邓桦接着唱《乌苏里船歌》，再下来就到了石依茜。石依茜点了《兵哥哥》，唱得情深意切，韵味十足，很有点宋祖英的原唱风格。大家就欢迎她再来一首。石依茜便拉了金玉康合唱《心雨》和《夫妻双双把家还》。这时酒菜已经上桌。全是龙虾、螃蟹、山鸡、甲鱼一类山珍海味。服务小姐开了茅台一一斟满，照例是要客套几句的，石依茜说道：不好意思，今天承蒙三位领导赏光，尤其金局长忙中抽闲，给小女子好大的面子。我这里先敬局长一杯，说罢就与金玉康碰了杯，金玉康连说谢谢，便与石依茜同时干了。石依茜又分别敬了周怀忠与邓桦。金玉康说都是自己人不必敬去敬来的了，我回敬石小姐一杯。于是二人又干了一杯，金玉康就说随意随意，大家就随意喝酒吃菜。邓桦怕冷场就摆了两个黄段子。先一个大家说没意思，邓桦又摆第二个。说的是有个开小饭馆的女老板，经常让附近农村种莴苣的两兄弟给她送货。头一天哥哥送了一篮去，第二天弟弟又送一篮去。那女老板看了弟弟的莴苣就虎着脸说道：你家哥哥昨天送进来的又粗又长，让我十分满意，你今天送来的又小又短，我一点都不满意。下次你别来了，叫你哥来吧。大家听了就笑，说那女老板不会说话，自个儿作践了自己。石依茜也不怎么害羞，只是捂了脸笑，金玉康虽然也笑却笑得十分勉强，石依茜就以为金玉康倒也是个正人君子的。后来有一天邓桦到茶楼来才悔不迭地告诉石依茜说不该摆那个黄段子。石依茜问他何故？邓桦说我们金局长那个“小弟弟”出了毛病，不管用了的。北京上海各大医院都去治过，钱花了不少小弟弟仍然软弱无能。又说依茜你看我那天不是明戳了局长大人的痛处么。邓桦还说你看我们南柯三天两头的扫黄大行动，上头来任务要搞，上头没下任务也要搞，为什么来着？我们金局那个东西不行，他干不了，别人没日没夜地干，你说他能平衡吗？于是就扫黄，打击卖淫嫖娼，让人家也干不成。那天经邓桦一说，石依茜终于明白南柯市打击卖淫嫖娼为什么取得重大成就，还受了省里表彰上了省报头条，原来都是金局长小弟弟的功劳。

酒也喝得差不多了，饭菜也吃了。金玉康对黄段子又没兴趣，大家就打麻将。

服务员在擦桌子收拾打扫卫生的时候，石依茜暗示邓桦与周怀忠，趁着金玉康没注意分别把五千元现金给了他二人。二人也没推托就收下，今晚有了赌资也就放心地玩。

说金玉康对女人没兴趣，不好色，可打起麻将来他老兄可是登徒子，彻头彻尾的“好色之徒”。他十三张牌摸上手，且不论进张如何，就开始做色了，清一色做不成至少也要做个混一色，平和他是绝对不干的，他说那是小儿科毛毛雨。

第一把金玉康做条子没做成，他不要的万字和筒子摸了就开。周怀忠坐他下手，就拣了个便宜，连吃了三块牌，眼看金玉康的条子混一色成了气候，周怀忠却自摸了。金玉康就嘲笑他说：和了第一把，要挨千刀万剐。老周今晚你输定了……说罢便摸了四张码子撂在周怀忠面前。他们下的注是二十元一块码子，混五清十。这一把周怀忠自摸翻倍。金玉康石依茜各开四张，邓桦的庄家，就开八张。周怀忠一边收码子一边就苦笑着说：金局，我老周哪一次不是挨你剐的，上星期在吉元楼就输了一千二，气还没喘过来呢。说话间牌就砌好了。邓桦下庄，就该石依茜做庄了。石依茜拿起牌就是一把混一色的架子，碰一个红中或进一个二、五筒就听牌了。她也不动声色地就想着这把牌怎么打。金玉康的牌大约也不错，碰了个发财就猛开筒子和条子。石依茜就明白金玉康在做万字的混清，正好自己又不要万字，摸了万字就毫不犹豫开掉。金玉康连吃了个边三万和沓八万。周怀忠忙在对面叫起来说石小姐，石小姐你悠着点好不好……说着伸手摸了张五万上来再不敢开。想一想就换了个红中开出去，这边石依茜就喊碰，碰了红中开九筒。邓桦就叫起来说庄家混一色的筒子满出来了，各位小心。金玉康没摸上万字却摸了张五筒上来，毫不迟疑就开出去了。石依茜听二五筒，她也不和金玉康的那张五筒。周怀忠也摸了张筒子再不敢打，换了张条子开出去。邓桦也跟着开条子。该石依茜摸牌了，她一伸手就抓了个二筒上来，自摸。她也不说话便把牌一摊。大家一看庄家混一色自摸，每人就十张码子二百元，周怀忠就说这钱怎么长眼啦，尽往热火的地方钻，石小姐生意上赚，连打牌也得心应手。石依茜忙说各位领导不好意思。石依茜接着做庄，第二把庄没坐稳就让邓桦和牌了。接下来就该金玉康的庄。金玉康打牌很投入，不苟言笑，一本正经，尤其这把又轮到他做庄，就更加不可等闲视之。

牌摸上来，刚开了两张，石依茜就知道金玉康又在做万字颜色。哪晓得下手周杯忠的牌好，没等金玉康成气候，周怀忠已和牌。邓桦就语意双关地笑道：老周，你又坏了金局的大事。周怀忠忙向金玉康陪笑说是金局一年不开张，开张吃三年，好戏还在后头。金玉康一把牌没有和，却摆出一副大将风度说先赢的是码子后赢的是票子，走着瞧吧。于是又继续打。三人都各有小平和，也没出大牌。金玉康却是一把也没和。到了第三圈，又该金玉康坐庄了。刚摸了几手，金玉康连碰两坎字：白皮和南风，就把众人给吓住了。大家一时又摸不清金玉康的牌数，只见他筒条万都在开。接着邓桦打出一张东风，又给金玉康碰了。这时周怀忠就连说字清字清。石依茜其实早知道金玉康是在做字清，只是装着含糊。这时她摸进一块北风，见堂子里已经开出两块北风了的，金玉康肯定碰不起，就先留下，换一张牌开出去，那张北风她是要等金玉康听牌了再开。又摸了两圈，她见金玉康插进一张牌，便明白他的字清听了。就装着糊涂问道堂子里的北风是谁开的？周怀忠说是我早开的。石依茜就说：堂子里都两块北风了，我就不信金局长吊北风。叭地一声就把北风开出去。金玉康也不伸手摸牌，也不说话，慢悠悠摸出一支香烟点上，吐出一口长长的烟雾，然后才把牌一摊。众人一看，金玉康手头四块牌，还有一坎西风外，正是独吊北风。这把牌就成了坎放字清，按规定是两个清一色，最大的牌了。再连庄上翻倍，便成了四个清一色。每家开四十个码子就是八百元，三八二千四百元。金玉康一边数码子一边就笑着说：怎么样，你们那些机关枪小钢炮成不了大气候，我一颗导弹全他妈炸平了。接下来金玉康继续坐庄又和了把混一色，气氛就紧张起来。之后虽然各有和牌，都很难再有超得过金玉康的，到深夜一点钟散场，他是当然的大赢家。

下楼时周怀忠说我输了两千多，邓桦说老周你情场得意赌场失意就伸了手去摸石依茜的屁股。石依茜正想推开他的手，邓桦凑近她耳边说：依茜，赵兵的父亲又上局里来了，还找了金局。石依茜问道：金局长怎么说了？邓桦说：金局长让我抓紧落实材料。我说还有几个见证人没找到，先拖它一阵再说。石依茜说：你看着办，拖的时间越长越好。邓桦又说：那你先上金局家去，我这边才好办事。说罢已到楼下，就在石依茜屁股上轻轻拧了一下。金玉康和周怀忠早上了车，石依茜忙过去招呼告别。金玉康说小石有空到家里来玩。石依茜说要来的，又说：金局长，你让胡姐来洗面，最近我刚进了一批法国正宗的洗面奶，效果挺好哩。又与周怀忠打了招呼，说有空上茜子茶楼来喝茶。邓桦开了车在前，石依茜的车跟在后面直接进了市区。分手后石依茜顺路到茜子茶楼看看，时间已经到了两点，就问吴姐怎么还没关门？吴姐说二楼三号包厢还有两位客人。石依茜走进吧台与吴姐结账。大约又过了十多分钟，就听见楼梯响动，接着就有一男一女两位客人前后走下来。那女的走在前面，看模样约莫三十多岁，内里着一件紧腰衬衣，外面套的枣红色纯毛开衫。长发是用发夹拢了披在脑后。人长得漂亮不说，气质穿戴也十分得体。她从吧台走过时石依茜却看出她似乎哭过，眼圈是红的还留着泪痕，也没等后面的男人就径直撩开门帘出去了。后面的男人就走过来买单。男人穿一套质地讲究的西服，打了领带，鼻上架着眼镜，那模样却有点文质彬彬的，不像生意场中的人。石依茜怎么就觉得有点面熟，仿佛在哪里见过，一时又想不起来。吴姐翻出结算单说是一百三十二块钱。那男人从西装内包摸出皮夹子，掏出一百五十元钱也不等退钱转身就走了。等男人出门以后，石依茜问吴姐这两位客人以前来过没有？吴姐说来过几次的，以往要走得早一些。

与吴姐结完账已经两点半，石依茜不想再回石家院，就上了二楼自己的房间。

7

这晚夏慧天没接到女儿婷婷，家里因此闹了一场风波。

夏慧天与石依蕙分手时才九点钟，离女儿下自习的时间还有一个小时。他就去办公室取一个材料，准备拿回去加班的。一时那材料不知放在哪里了，就把抽屉翻了一遍。待把材料找到时，已经是十点五分了，夏慧天赶紧下楼打的直奔学校，赶到女儿教室时灯光早灭了。他慌忙给家里打电话，呼叫声一直响又没人接。夏慧天这又才打的回家，还没进门就听到屋里吵闹的声音，他也不忙进屋就站在门口听。就先听婷婷说下了自习我没见爸爸来，景岗说要送我……婷婷话没说完就被她妈打断了。余英说你不会在学校门口等，分明就是指望景岗送你还狡辩……婷婷说人家景岗真心怕我有事。她妈又说景岗就是千方百计找了机会送你，现今社会上男男女女乱七八糟，十五六岁就谈情说爱以为我不知道，你那死老爸上哪里喝晕了头……夏慧天再不想听就把门推开了。进门就说道：余英，一点小事何必发那么大的火。余英这时正在气头上，兜着豆儿找不到锅炒哩。夏慧天进门说是小事，也就如火上浇油了。于是冲过来站在夏慧天面前，瞪着一双气红了的眼睛说：夏慧天，你说景岗送婷婷回家是小事，好，我再让你看看是不是小事，看你宝贝女儿干了些什么……说完就转身冲进卧室，很快抱了一把东西出来丢在茶几上，然后就一样样翻开了给夏慧天看。其中有景岗送给婷婷的生日卡、圣诞卡；有春游时婷婷与景岗两人的照片，其中还有一本精美的缎面笔记本，是婷婷十五岁生日时景岗送的，里面有景岗为婷婷写的祝语；有婷婷断断续续写的日记，其中写到景岗的部分，余英用红笔在下面加了杠。这时婷婷看见余英拿了她的日记本，就说妈你侵犯人权，窥人隐私是犯法的……就要去夺那本子。余英就紧紧把笔记本攥在手里，婷婷没有夺回笔记本就哇的一声大哭着跑进自己的房间去，反手把门关了。夏慧天顾不得余英唠叨，怕婷婷出什么事，就忙去安慰女儿。殊不知婷婷已经把门反锁，无论夏慧天怎么喊都不开，只听房里传来婷婷一阵阵抽泣声。

夏慧天回来坐在沙发上，沮丧得不想讲话。他突然觉得与余英已经无话可讲了。近一年来，为婷婷的事他已经与余英发生过多次争吵，主要原因是在对待女儿的问题上发生分歧。余英总认为婷婷瞒着她做了不正当的事。比如去年中秋节几个同学在麦德士给景岗过生日，婷婷就谎称是在学校举行中秋赏月晚会。后来余英医院一位同事说中秋节在麦德士看见婷婷与几个同学，这就成了余英再不相信女儿的端倪。当时夏慧天说女儿长大了有自己的朋友，有自己的秘密，不要管得太死，即使发现婷婷有错也该循循善诱，帮她改正。余英说她瞒住你不给你说怎么知道？于是就发生了第一次争吵。还有一次余英下班回家正巧碰到景岗来找婷婷借学习资料，这一切就构成了余英心中驱之不去的噩梦，也就认为是夏慧天袒护女儿的结果。今晚景岗送婷婷回来刚进小区花园又让余英撞个正着，所以才爆发了抖出婷婷日记卡片那一堆所谓的证据。夏慧天翻来看了，余英拿到的几样东西并不足以证明婷婷与景岗之间有什么超出一般同学的关系。生日卡、圣诞卡是当今男女孩子们的时髦赠品。笔记本上那几句祝福语也怕是从哪本书上抄来的并无伤大雅。那张婷婷与景岗两个人的照片，是春游时婷婷与景岗在河里玩水，大约是被同学偷拍了的。至于婷婷的日记，夏慧天不想去翻看。作为律师，即便不是律师他都认为应该尊重别人的隐私。别说看女儿的日记，就是余英与他结婚前收藏的一些个人文字，他都从不去看。夏慧天所以不看婷婷日记还有一个原因，那就是他相信女儿，相信女儿有自己的判断力和自制力，根本就不认同婷婷与景岗之间会有什么超乎同学之外的关系。正因为这样，夏慧天与余英的分歧就更加不可调和了。

夏慧天不说话，余英就觉得他是站在女儿一边与自己对抗，就连哭带闹地说夏慧天不管家不管女儿，也不知跑到哪里跟别的野女人鬼混去了才误了接婷婷的时间。夏慧天原想让心里平静一点再劝说余英的，现在听她一直闹下去好像没个完，索性起身进了书房，把门反锁了。

书房是夏慧天工作、读书、整理材料和写辩护词的地方，更重要的可能还是他安妥灵魂的精神家园。也许是受了"文革"中父亲被迫害的影响，夏慧天从年轻时就渐渐形成一种与世无争淡泊功名的心态，这种心态与中国禅宗安静定虑的空灵境界一拍即合。所以大学毕业分到边远县城乡镇的中学教书。父亲虽然沉冤昭雪、出狱平反不久就去世了，但凭着原来老宣传部长的旧关系，夏慧天走动一下就可调到市里来的。但他没有，在边远乡镇中学一待就是七八年。那时余英也在区乡卫生所工作，结婚后生了婷婷。婷婷一天天地长大，余英就说夏慧天你不为自己也得为女儿着想。好在那时夏慧天在省、市乃至全国的一些文学刊物上发表了数十万字的散文小说作品，称得上南柯地区的知名作家了。当时市政协正在编地方文史资料，欠缺写作人才，便一纸公文将夏慧天借调到市政协文史组，之后正式办了调动手续连余英也调市医院工作。凭了夏慧天的能力进了机关，只需稍稍用劲便可步入仕途混个一官半职绝对是轻而易举的事,更何况现任政协主席还是当年他父亲的老部下。可是夏慧天既不想从政也不再继续向文坛进军，成天埋头研读法律文书又自费读了中国政法大学函授班，不久便拿到了律师证，五年前索性辞去公职当了职业律师。

夏慧天进了书房，才觉得心里沉静了许多。搬进这套新居的时候，夏慧天在书房里为自己设置一处禅堂。禅堂上没有佛像，没有香炉法器，只有一只用来燃点檀香的瓷瓶。禅堂正中墙壁上挂一幅中堂，是一个大大的楷书"禅"字。两旁是近代名僧印光大师的一副联语，上联"慧风扫荡障云尽"；下联"心月孤圆朗中天"。"禅"字和联语是南柯一位老书法家的力作，专为夏慧天写的，且装裱得十分精致。夏慧天自己改名为"慧天"，正是取了联语中上联"慧风扫荡障云尽"的"慧"字与下联"心月孤圆朗中天"的"天"字。夏慧天的书房是极少对外人开放的，所以一般人也就不知道他名字的来历更不知道他参禅的经历了。

此时，夏慧天脱去西服，换了一身布衣，就很随意地在蒲团上打了个如意坐。

禅是什么？千百年从来就没有人说清楚过，夏慧天当然就更说不清楚了。但他始信“心静即佛”这句话，所以每每遇到不顺心的事，苦恼的事，抑或心生杂念诸物纷扰的时候，夏慧天就在蒲团上面壁而坐，以安静定虑的禅境帮助他调养心态，抵御诱惑。进入城市以后，夏慧天就以自己特殊的方式面对变革时代中人心浮躁、精神裂变和道德伦丧的大千世界。余英多次指责夏慧天这样做是对她的消极抵抗，是逃避现实逃避责任。夏慧天从来不去争辩，他我行我素，坐怀不乱，以不变而应万变。

第二天晚上夏慧天去接婷婷回来的路上，想与她谈谈昨晚发生的那场风波。因为从一早上起，婷婷赌着气没有与家人说话。清早去了学校，中午回来埋头吃饭，吃了饭丢下碗便进了自己的房间。下午放学回来依然故我，饭桌上夏慧天就想缓和一点气氛，问了两句话婷婷也没答理，放下碗就又到学校上晚自习去了。夏慧天知道女儿正面临初中毕业考试的备战状态，虽然她的各科考试成绩都相当不错，且排名在全校初中生的前十名之内，但倘若不解开她心里的疙瘩，老与她妈怄着气，似必就会影响毕业和升学考试的正常发挥，所以想利用这个时候开导她。出了校门，夏慧天说：婷婷，昨晚都怪爸爸不好，去接你晚了，让你妈妈对你发生了误会。婷婷突然停住了脚步，说道：爸，你以为我妈做的那一切都是误会？那你就错了。我妈简直是在诬陷，是侵害我的个人权利。她凭什么要悄悄拿我的像片卡片？凭什么要偷看我的日记？再说，我和景岗是同班同学又都爱好文艺，所以在一起的时间就多一些，妈妈就偏要说我与景岗怎么样……夏慧天想缓和婷婷对余英的怨气，就说：婷婷，其实你妈妈本意也是为你好……婷婷一听就更加不服了，说：为我吗？我看我妈是恨不得把我逼死了才好哩。说罢就埋头往前走。夏慧天忙跟上去说：婷婷，你不要把问题看得那么严重，我承认你妈对你是过份偏执，狭隘，但你完全可以坦然面对……婷婷就冷笑了，说道：爸，在对待妈妈的偏执、刁难甚至无理取闹时，我知道你都在容忍、宽恕甚至回避，但我可没有你这么深厚的修养。今后我妈要再这样对待我，我就……婷婷没有再往下说。但夏慧天明白，甚至有一种预感，婷婷欲说而未说的话里隐藏着一种强烈的反叛情绪。这种情绪已经积蓄在心里很久了，一旦爆发，后果将不堪设想的。他还想再跟婷婷说话，但婷婷已经大步流星地往前走了，显然她再不想听什么。

临睡觉的时候，夏慧天想把婷婷思想上那些危险的因素告诉余英。走进卧室，余英正在看业务书。最近医院又要进行业务职称晋级考试，去年她没有评上副主任医师，所以今年就很想拿下这个职称。夏慧天说：余英，你能不能先放放自己的事，我们谈谈婷婷。余英毫无响应的意思，仍然拿着书，只冷冷地说道：医院马上要搞职称考试，你是知道的，别烦我了好不好？夏慧天问道：是你职称重要，还是女儿重要？余英说：当然是你宝贝女儿重要，可她现在长大了，毛干翅膀硬，我还管得着吗？夏慧天听余英这样说，也不跟她争辩，就在床边的椅子上坐下来，心里想着自己竟像只皮球，让她母女俩你踢过来我踢过去。再想幸亏也只有母女俩，要多有几个不就变成了一场足球赛，非把他踢得皮破嘴歪伤痕累累了，于是心里不免暗自好笑。说道：余英，婷婷也是你的女儿你当然该管的，但要注意点方法，最好希望你不要在女儿面前提景岗的事，孩子们都是同学，无非就接触多一点。余英听了就冷笑道：接触多一点？说得多轻松。夏慧天，请你百忙中抽时间到我们医院妇产科去调查调查。从今年元月到现在就有八个中学生到医院打胎，其中一个初中生还不满十五岁。你说，我不看管她紧一点，万一哪一天出了事，我这当母亲的脸往哪里放？婷婷她往后还做不做人？夏慧天想余英的话也不无道理，如今电视电影包括书刊在这方面的影响很大，性的开放加上年轻孩子的无知和好奇，早恋甚至发生性关系的事时有发生。于是又说：你的担心固然有理，我是怕你处理不好万一激化……没等夏慧天说完，余英就挥了手说：好了好了，请你别再打扰我行不？说罢就又拿起书来看，不再理睬夏慧天。夏慧天无奈，便脱衣上床，随手取了本书靠在床上看，书捧在手里却总是想着婷婷这件事。于是就决定过些天去学校找婷婷班主任老师谈谈，免得心里总不踏实。

但这两天夏慧天总是抽不出时间去找老师，有一个案子即将开庭，他的辩护词还缺几个旁证材料，需要去找证人落实。又抽点空闲翻阅了《刑事诉讼法条例》，希望能找到一丝半点为石筑杀人案的辩护根据。关于这个案子，夏慧天心里一点把握都没有。当初李家栋找到他，说了案子情况，夏慧天又专门找来《南柯市报》发的那篇报导看了。觉得这样恶性的凶杀案性质很明显，几乎没有可能找到为了之开脱罪责的理由，再加上手里接的案子多，就当面谢绝了。谁知道凶手是石依蕙的侄子，而夏慧天与石依蕙初中三年又是最相好的同学。从这一层关系来说，夏慧天不仅接了案子还要想方设法帮助石依蕙实现她的心愿。现在根据《中华人民共和国刑法》规定，只有将石筑年龄改到十八岁以下。这样做不仅有很大难度，即使能够做成，夏慧天就会感到既丧失了律师的职业道德也违背了他做人的准则。所以夏慧天就非常矛盾不知该不该把作假证的事告诉石依蕙。

到了第三天下午五点过钟，夏慧天去永丰公司找一个证人取证回来，的士正好经过南柯二中门口，夏慧天才猛然想起何不趁现在去学校找婷婷班主任，于是让司机停了车，付了费便向学校大门走去。

婷婷初三的班主任是位姓石的女教师，去年开家长会的时候他见过一次。石老师是教语文的，三十多岁，样子很文静，长得清秀端庄，尤其鼻梁上那副眼镜无意间使其更透出几分知识女性的矜持稳重。夏慧天顺着一排林荫道向学校办公楼走去，到了办公楼脚的一排长廊下，恍惚看见玻璃长廊里贴着一排照片，其中好像有一张就是石老师的。便凑近去看，原来那是学校一年一度评选的优秀教师的光荣榜。排列在最前一名的便是石老师，光荣榜的简介写了石老师的名字叫石依苹，曾荣获过南柯市三八红旗手、南柯市优秀教师的光荣称号。夏慧天心想石依苹会不会是石依蕙的妹妹呢？二十年前仿佛记得石依蕙是有两个妹妹的，只是不知道名字罢了。

夏慧天转身进了教学楼，才上到二楼，就见两三位老师陆续下楼，看那样子是下班的。夏慧天就问其中一位上了年纪的女教师，说是找初三（2）班的石老师。女教师说上到四楼往右第一间。夏慧天直接来到石老师办公室，只见办公室里就剩一位女老师埋头在书桌上写什么。正要问话，那女教师已抬起头来，夏慧天一看正是石老师，忙打招呼。石老师就很客气地站起来问夏慧天有什么事，夏慧天就自我介绍说是夏雨婷的父亲，想找石老师了解一下雨婷近来在校的情况。石老师忙请夏慧天坐了，大致把夏雨婷的各科成绩给夏慧天做了介绍，说夏雨婷这孩子很优秀，今年全市初中生毕业统考排第三十名，在全校应届生中也位居第六。夏慧天就说谢谢学校和老师的教育和培养。他一向对女儿的成绩心里有数，也就不想问得再多。接下就试探性地了解婷婷课余时间与某些男同学有没有过分亲近的表现？或者是否听过同学们有没有关于婷婷这方面的议论？石老师听罢就笑了，说道：夏先生我知道你的意思，现在别说初三学生，就是初一学生里都有谈情说爱的事发生，学校对这方面是很重视的。但我们又很难把正常的男女同学互相关心帮助与谈情说爱严格区别开来，据我对夏雨婷同学的了解，我没看出她有这方面的迹象，更不知道她与其他男生有过于亲近的关系。夏慧天听石老师这样一说，心里自然就踏实了许多。不过他还是问了景岗的情况，就说前一阵听雨婷的妈妈说雨婷与景岗接触多一些，心里不太放心。石老师说景岗是班上的文娱委员，成绩也好，与夏雨婷不相上下，所以相处得好一些也有可能，但绝不至于达到谈情说爱这一步，我作为班主任老师甚至可以担保。

石老师把话说到这一步，夏慧天也就不便多问什么了。与石老师说话时他偶尔就去注意石老师的相貌与石依蕙有许多相似之处，心想八九成准是石依蕙的妹妹，此时石老师问还有事吗？那我们边走边谈吧，我还得上学前班接女儿去。夏慧天只得站起来。石老师锁了办公室，两人就一块下楼。一边走石老师再三叮嘱夏慧天，说夏雨婷性子倔，个性强，要在升学考试时稳定她的情绪。到了楼下，夏慧天正想问问石老师是不是石依蕙的妹妹。话没说出，一楼办公室出来一个女教师，也说是到学前班接儿子的，两人就约了同行。夏慧天也不便再问，说了声谢谢就自个儿走了。

8

今天说好了要去金玉康家。上午石依茜与邓桦通了电话，邓桦说你们吃了晚饭去正好，今天金局有任务回不了家，那个东西送给胡姐就行了，金局会知道的。接着又告诉了金玉康宿舍的地址，单元和楼层。下午石依茜开了车与石依蕙去银行取款。石依蕙一手取了十万元现金，回到车上石依茜就说：姐，一次送这么多？石依蕙说：舍不得孩子套不得狼的，这么大的事嘛，少了怎么拿得出手？石依茜说：姐，这种事你就不懂了，要循序渐进，像动物园里的园丁喂猴子一样，不要给它吃饱。吊着胃口，让它老记着你有吃的。石依蕙就笑了笑说：鬼精灵，你这比喻还真形象，你说，送多少？石依茜想了想说：那就五万吧。石依蕙说道：那我钱都取出来了，总不能搭大笔现金在家里。石依茜说：我来安排，邓桦那里两万，看守所周所长那里一万，剩下的先搭着临时急用。二人说着话就到了石家院，姊妹俩上楼把该送给谁的现金都分好。金玉康的五万就用一个精致的礼品袋装了，上面再盖了两条中华香烟。

吃罢晚饭，石依茜开了车直接去公安宿舍，二人按照邓桦说的单元楼层顺利地找到了金玉康家。按了门铃，门开了，就见一位中年女人伸出头来正要问话，石依茜喊一声胡姐。女人一见是石依茜，满脸笑容将她们让进屋来，嘴里说稀客稀客，小石妹子今天怎么走错路了。石依茜忙说是专程与我姐来看胡姐的哩，于就介绍石依蕙说这是我大姐，在广东珠海开了制衣公司的。胡姐与石依蕙握了手，招呼姊妹俩坐下了，忙倒茶端水果。便又说小石妹你那里洗面效果真不错，你看胡姐脸上是不是比以前白嫩多了？石依茜说胡姐本来肤色就白嫩嘛，往后多来洗洗，再做做面膜，我那里买了进口的增白美容面膏，效果挺不错。石依蕙就笑着说：胡姐快去试试，我们女人嘛，就想着永葆青春永葆美丽哩……三个女人一场戏，这戏不管是真是假，反正唱起来也挺和谐，胡姐就显得格外高兴。三人又扯些闲话，石依茜就装着无意地问：金局长搞公安工作真辛苦，晚上都没回家的？胡姐就摇摇头，一副怨艾的口气说道：这公安工作就是这样，人家越闲他就越忙，节假日都没休息就不说了，一有什么紧急情况就非要去处理。这不，昨天棉毛纺织厂工人又上市委请愿去了。两三百号人坐在市委大院不走，说是拆了他的厂房搞开发，每人每月发两百元生活费太少，要市委给安排工作，要么就提高生活补助费。市委王书记给老金打了电话，要公安二十四小时监视。你说，市委书记来了指示，老金他这局长敢动一步……听得出胡姐表面上在怪怨丈夫，言外之意却是夸奖老公如何了得。这时石依蕙忙给石依茜使了个脸色。石依茜就站起来提了礼品袋说胡姐：你们家房子装修好新潮的，我参观参观……说着就与胡姐走进侧门一个房间，那房间正好是卧室。石依茜忙把礼品袋双手递给胡姐，说是孝敬金局长和胡姐的。胡姐就做出要推却的姿态，石依茜忙拉着她的手说：家里的事，还要麻烦金局长帮忙哩……

胡姐其实不知道石筑的事，就是平常收了别人的礼她多半也不问的，只是金玉康回来时就如数告之这是某某人送的，至于金玉康如何去帮别人办事她也无须过问。

石依蕙和石依茜回到石家院，一进门，就见家里贴满了书页一般大小的黄红绿各色纸条。门上、窗边、桌子脚、楼道口……到处都是。纸条上用毛笔写着些歪东倒西的咒语，不外乎是“驱魔逐邪”、“天神护佑”、“菩萨显灵”之类。字条的边上都剪出一道道齿形，上下还粘了鸡血贴着鸡毛。石依茜忙问：姐，这是搞的哪样名堂？阴森森的，吓死人了。石依蕙说；这是咒符，大约是嫂嫂今天去找罗仙姑消灾解结了。仙姑送了这些降妖伏魔的咒符让她拿回来镇邪气的。正说着郭志凤就出来了。石依蕙问道：嫂，你今天去找罗仙姑了？郭志凤答道：下午去的，仙姑今天做了法事，帮石筑解结，还请神仙画了符，说是贴在家里镇邪的。石依茜好奇，就说道：嫂，仙姑怎么做的法事，你说来听听。郭志凤就把下午去找罗仙姑的经过说了一遍。

下午，郭志凤用红纸封了六百六十六块六角六分钱的红包，一只六斤重的公鸡，六斤大米，说是都是要六，六六大顺才能吉利。罗仙姑家住在城郊的茅草坡，郭志凤是坐了公共汽车去的。到了罗仙姑家，仙姑已安排两个女弟子整理了法扬。法场就在罗仙姑的家里堂屋，门窗都关严了的，窗户还蒙了黑布，一丝光也不透。法案上就点起了香烛，罗仙姑与她的两个女弟子都穿了法衣，然后开始杀鸡祭祀神灵。这时女弟子把米铺在一个簸箕上，再把一个写了石筑生庚年月的纸人平放在米上，两个女弟子端着簸箕，仙姑就闭了眼睛双手合十开始作法。法堂里顿时烛光摇曳、烟雾缭绕，那气氛就像进了阴曹地府一般，十分恐怖。仙姑念了一阵，便在那纸人上吹一口气。待她吹了三口气，就见那纸人飘飘惚惚地慢慢立起。此时仙姑说玉帝降临了，便与玉帝对起话来。仙姑说玉帝告诉她，石筑是虎命犯了青龙煞星，是前缘注定的。三百年前青龙杀白虎，三百年后白虎杀青龙。前因后果，互为报应。仙姑便问玉帝如何化解？玉帝说白虎星虽有牢狱之灾，并无杀身之祸。他投胎的人家行善积德，有天星护佑、贵人指点。至于何时解脱？此乃天机，不可泄露。仙姑送走玉帝，长袖一挥，便见昏暗的法堂里撒满咒符，飘飘摇摇落在地上。这时簸箕上的纸人恢复了原状，两个女弟子才将咒符拣起，粘了鸡血贴上鸡毛，让郭志凤带回家张贴。

石依茜听了说道：花六佰多块钱就买了几张鬼画符，不值不值。石依蕙就笑着说：嫂嫂几百块钱还买了几张鬼画符，我们花了十多万，现在连张鬼画符都没买着。这时郭志凤转身就看见石依宝从楼上下来，正在撕楼道口那张写了“天神护佑”的咒符。郭志凤忙跑上去拉住他，说：依宝依宝我求你了，这咒符贴在这里又不碍你的事，你撕它干吗？石依宝说：你正事不干成天就信神信鬼，这几张破纸条也能救得了石筑的命么？郭志凤说：这是妈叫去办的，救了救不了我图个吉利。石依蕙上前拉住石依宝，说：哥，你别撕了，如今到这个份上，为了救人，冷灶热灶都烧它一把火，是人是鬼都敬他三炷香，鬼神受了礼，说不准也要给我们办事的。石依宝摇摇头，坐到沙发上看电视去了。

石依茜说是还要到茶楼去看看，出门开着车走了。石依蕙刚回到楼上房间，手机就响了，一听是夏慧天打来的，就问：老同学，你的案子忙完了吧？那边夏慧天答道：完了完了，依蕙，你明天上律师事务所来一趟，把委托手续办了。办完手续，我也好开展工作。石依蕙忙说当然当然，就约了明天上午去。

第二天上午石依蕙准时去了律师事务所，夏慧天已在办公室等她。夏慧天先领石依蕙到财务室填了委托书，交了费。完了，回到办公室，夏慧天说还有一件事要办，那就是要亲自到看守所去找石筑，委托书要当事人签字才算生效。石依蕙说回来后只去看过石筑一次，正想再去看看他的，就与夏慧天约好下午一起去。说好了时间石依蕙想走，夏慧天说：依蕙，你再坐坐，我问你件事。石依蕙便又坐下，夏慧天说；依蕙，你是不是有个妹在二中教书？石依蕙说：是呀，那是我二妹，叫石依苹。夏慧天说；你这二妹真行，还评上省市的优秀教师。石依蕙说：怎么从来没听她说过？我这个二妹呀，清高得很，当今社会上歪风邪气那一套总看不惯，要说为人师表是当之无愧的。

石依蕙从律师事务所出来以后，就约了石依茜上街买些食品和生活用品之类的东西，再让石依茜把送给周怀忠的一万元现金带上，到了下午三点钟就开车去律师事务所楼下接夏慧天。夏慧天已提了公文包站在门口等候，石依茜问道：姐，他就是夏律师？石依蕙答道：怎么了，不像？石依茜风趣地说：像，像。我估摸的律师就他那副样子，长得英俊，又有风度，往法庭上一站，就能镇住人的。石依蕙就笑了，说：你是看港台电视剧多了，剧中的律师都是演员扮的，哪一个不是俊男子？说着石依茜已把车停稳。石依蕙在车窗里招招手，夏慧天看见了，便几步走过来，开了后座车门坐进去。石依蕙回头对夏慧天介绍说：慧天，这是我小妹依茜。石依茜忙转过身来与夏慧天握手，说道：夏律师你好，久仰大名幸会幸会。夏慧天就笑着说：你别幸会了，我们早在二十多年前就见过面的，初中那阵我与同学去你们家玩，你扎了两个小辫在后院扔沙包，一个沙包还扔在我头上撒我一头沙子哩……三人便都大笑。石依茜说：夏律师记性真好。夏慧天忙说：什么律师，叫我夏哥就好了。石依茜就叫声：夏哥。夏慧天应了，说：这样多亲热。说罢石依茜已发动车子，三人在车上一路谈笑着向郊外驶去。

小车一出闹市区，石依茜加快了车速，十多分钟便到了看守所。周怀忠听说石依茜他们来了，让干警将石筑领到办公室，就亲自出门来迎接。大家见了面，夏慧天认得的，就握手问好，石依茜向周怀忠介绍了石依蕙，大家寒暄几句，跟着周怀忠进了所长办公室。坐下后夏慧天说明来意。周怀忠就说：这样最好，有你夏大律师来代理这个案子，家人心里也踏实，今后有事只管来找我。周怀忠正说着话，两名干警已领着石筑进来了。像石筑这样的重犯一般是不能取拷的，因为周怀忠的关照，所以石筑进来时将两手揣在裤兜里，一副大大咧咧的样子。石筑先喊了大姑小姑，也不等别人叫就自个在凳子上坐了。那神态悠然自得，像是在熟悉的朋友家里做客，除了身上那件狱服外，一点没有犯人猥猥琐琐的样子。

石依蕙说：筑筑，这位是夏律师，今后由夏律师当你的辩护人。石筑忙站起来说道：夏律师，谢谢你。夏慧天看石筑时，就觉得这小青年面目和善，眼含灵光，一副聪明可爱的样子，全没有一般人想象的那种杀人犯的凶相。于是挥挥手让石筑坐下，说道：石筑，你姑让我做你的代理律师，今后负责为你的案情作辩护，你个人有什么意见和要求？石筑无奈地笑笑，说：夏律师，杀人要偿命的，我怕你也没有回天之力吧。夏慧天很欣赏石筑的坦然，说道：我当然会尽力争取，这是我的职责嘛，但是还要你配合，希望今后我们能合作得好。石筑点点头表示愿意。于是夏慧天打开公文包，让石筑看了委托书的内容。待石筑看完，再问他有没有什么问题？石筑说没有，就在委托书上签了自己的名字。

夏慧天与石筑说话这一阵，石依茜示意周怀忠进了旁边的一个房间，将用信袋装的 万元现金塞到他手里。周怀忠正要推辞，石依茜忙指着外面努努嘴，意思是别让外面听见。周怀忠不再说什么将钱揣进裤兜。二人出来时，石筑已经签好字，石依蕙正交代他要遵守狱规，注意身体之类的话，末了把带来的食品生活用品让干警检查后交给石筑。石筑抱了一大包东西说了再见随即跟着干警走了。

回来的路上石依蕙让石依茜直接把车开到青竹园酒楼，她说慧天我还欠你一餐饭今天补了。夏慧天笑着说你这分明是绑架哪里是请客吃饭？石依蕙说你夏律师面子大，我还要找两个人来陪你的。说完便取出手机给石依苹学校打电话，石依苹接了电话，石依蕙就说：依苹，你下了班告诉耿林锋一起到青竹园酒楼吃晚饭。话筒那边石依苹问是什么事？石依蕙说：别问那么多，你来就知道了。夏慧天一听石依苹要来，心里自然十分高兴。

到了青竹园酒楼，石依茜去把菜单订了，三人便在包房里喝茶闲谈。约莫半个多钟头，石依苹与耿林锋牵着棠棠上楼来了。石依苹进门看见夏慧天，一时不知所措。夏慧天忙站起来相迎，说道：石老师没想到吧，又见面了。石依蕙忙介绍说：依苹，夏律师是石筑的辩护代理人，我初中的老同学。石依苹腼腆地笑笑，伸出手去与夏慧天握手，说：原来我姐请的律师就是你呀，听说夏律师架子大，电话都不肯接。夏慧天忙解释：别涮我了，我和你姐是老同学，再加上你是我女儿的班主任，凭这两点，我夏慧天愿为石家效犬马之劳……夏慧天说着就转身对耿林锋问是石老师的先生吧？忙与耿林锋握手，各自介绍了情况。石依苹又让棠棠叫夏伯伯，夏慧天抱着棠棠问长大干什么？棠棠答道学赵薇阿姨当还珠格格，众人就都笑了。石依苹感叹道：现在电视里的清宫戏乱七八糟，把娃娃都教坏了。石依茜反驳道：二姐，你就不知道，清宫戏里学问大呢，比如那个和珅，一肚子的坏水可人家皇帝老儿就是喜欢他，你说为什么？石依苹说：这还用问？会拍马屁呗。夏慧天就笑了，说道：拍马屁也是一种学问哩，前一阵我在书摊上看见两本书，一本叫《马屁经》，再一本叫《拍马屁技巧》，全是教人如何去阿谀奉承巴结讨好上司的。我看中国文化的博大，除茶文化酒文化等等，马屁文化也算源远流长的了。石依茜故作认真地说：夏哥，你说在哪里卖？过些天我去买它一本来研究研究。众人就笑她研究了也没用，说你一个平头老百姓，想拍马屁还找不到马屁股哩。

说着笑话菜就上来了，大家随便入座，服务小姐斟了酒。石依蕙说：今天一家人小聚，慧天，我也不把你当外人了，来，共饮一杯。这一杯酒干了，石依蕙叫吃菜吃菜。大家正吃着，夏慧天说道：依蕙，读初中时常到你们家去玩，那时依茜就像棠棠那么大。依苹呢，我印象中还在读小学，一转眼二十多年，今天见了你们姊妹几个，感慨颇多，我也不说敬，就与你们三姊妹，每人共饮一杯，四人便同时干了。夏慧天又把酒斟满，说是还喝一杯，石依蕙端起杯来正要奉陪，夏慧天却道：慢，我们还是行个酒令助兴。我随便说一句打油诗，轮到谁了，就往下接，条件是必须接上最后一个字。接得上的，我喝酒，接不上的她喝酒。如何？石依苹问道：夏哥，那中间接不上的咋办？夏慧天说，那继续往后推就行了。我们请林锋来当证人，耿林锋说：同意，我保证公允。夏慧天说那我们开始了，便略略沉思，念道：“一别同窗二十年。”说罢便看着石依蕙。下一句要接年字，石依蕙端着酒杯想了想，念道：“年年岁岁换容颜。”大家连说好句好句，夏慧天认输一杯，端起来喝了。下面该石依苹，要接容颜的颜字，她也不用考虑，随口说道："颜色销损人老去。"众人又忙拍手说一句比一句更佳，夏慧天又喝一杯。接下来到石依茜，就问道：最后一个是"去"字？耿林锋说：来去的去，还没想好吧。我们三妹要被罚酒了。石依茜说：你们又没规定时间。夏慧天说：好的好的，依茜你慢慢想，我们吃菜等你。石依茜说：夏哥，我想好了。耿林锋说：那你得先读出来看看合不合规则。石依茜就昂起头，念道："去找老天还本钱。"众人先是一怔，再琢磨，果然是句好结尾。夏慧天连说：好好，这一句妙极了。时光过去，人一天天长大变老，怨谁呢？当然只能怨老天了，我认我认，于是端起杯来又喝了一杯。耿林锋说道：我把四句诗写下了，各位且听：

一别同窗二十年，
年年岁岁换容颜。
颜色销损人老去，
去找老天还本钱。

石依蕙听了笑道：慧天，你与依苹是文人，我哩，与依茜算是商人吧，四个人就凑了一首诗，我听了还挺有趣，接下对石依苹说；依苹，你与慧天都是文人，来点高雅的。石依萍忙说：夏哥，我们俩都是学中文的，按时间算你还是我的学兄。又是学富五车，才高八斗的文人，今天学妹斗胆将古人的姓名作品编成上联，请学兄你对下联。我们这叫速对，要求基本工整对仗，时限三秒钟。超过三秒钟你喝酒，没超过三秒钟我喝酒，行么？夏慧天笑道：你们看，学妹要考我了。石依蕙就让耿林锋计时，耿林锋说声开始。石依苹便念道："曹雪芹写《石头记》。"话刚落音，夏慧天立即应道："白居易唱《长恨歌》。"众人一听说对得好对得好，石依苹只得端起酒来喝了。吃了菜，说道：果然才思敏捷，学兄，我不信你应得那么快，再来。于是稍加思索，又念道："苏东坡高歌《大江东去》。"夏慧天一时没接上来，就在想。耿林锋开始报时：1秒，2秒……正要再报，夏慧天突然应道："辛弃疾浅吟《春已归来》。"应对倒也工整切意，只是石依苹却未读过辛弃疾这首词，疑心是夏慧天胡编了的，就道：学兄，《春已归来》不知是辛弃疾的哪一首词句，你若说得出，我就喝，说不出就是你胡编乱造的，要罚三杯。石依蕙和石依茜附和，说石依苹说得有理，要夏慧天读出这首词，要么就是临时凑了骗人的。夏慧天便笑了说道：这首辛弃疾的词我若读出来依苹喝一杯酒就不公平了。石依茜心想夏慧天可能用的是缓兵之计，想推脱了的，就说道：夏哥，你若读出来我们三姊妹各喝一杯，怎样？夏慧天笑道：这还公平，辛弃疾这首词的词牌名叫《汉宫秋》，也不知背不背得全了，于是便皱了眉头，思索有顷，读道：

春已归来，看美人头上袅袅春幡。无端风雨，未肯收尽余寒。

年时燕子，料今宵梦到西园，浑未辨黄柑荐酒；更传青韭堆盘。却笑东风从此，便熏梅染柳，更没些闲。闲时又来镜里，转变朱颜。清愁不断，问何人会解连环？生怕见、花开花落，朝来寒雁先还。

夏慧天一口气朗读下来，把这道《汉宫秋·立春日》读得有声有色，字正腔圆，不由得众人一齐拍手称快。耿林锋道：夏兄要是没有这么好的记性，当得了律师么，你们姊妹三个赶快喝酒。她姊妹三人端了杯一饮而尽。石依苹说：学妹造次了，请夏哥原谅。夏慧天便笑着说：不敢不敢，今天开心，所以顺便读了与大家凑兴，不过我们干律师这一行的，真还需要点背功。在法庭上，你总不能拿了辩护词照本宣科吧。大家又喝酒吃菜，随便说了些闲话。散席下楼时石依蕙走在夏慧天的旁边，见他摇摇晃晃的，忙扶住他的手腕，说：慧天，没醉吧？夏慧天转过头，只见石依蕙红润的脸上闪动着几许神秘的表情……

9

下午一上班，邓桦就直接去了金工康办公室。金玉康大约也才到，正在往保温杯里冲茶，见邓桦进来，就顺便也给他冲了一杯。邓桦接过茶，坐了，便问道：金局，找我有事？金玉康也不答话，找了抹布去拭桌子，才又回到办公桌的椅子上坐下，肥胖的身躯把那皮椅子坐得嘎嘎直响。坐下了，金玉康才从抽屉里取出一份文件，是局党组会议纪要，说道：邓桦，昨天下午局党组开了个会，决定把石筑的案子交给你负责，主要任务是去落实有关证人的材料。这个事你可以与预审科的马小明和罗丽配合搞，但负责人是你。现在案子还在你手头吧？邓桦答道：还在我那里，有些材料需要重新核实，另外还有两个证人没去找。一个是当时石筑吃饭时那家快快餐馆的老板。另一个是与石筑一起吃饭的女朋友。这两个人又特别关键，他们都是事件发生前的直接见证人，特别是石筑那个女朋友，暂时还没找到。金玉康听罢就哦了一声，说道：现在让你负责这个案子，主要是考虑你工作比较细致，有办案能力。我们一再强调要重证据，尤其是这种人命关天的大案，一点都马虎不得，更不能搞错。邓桦，草菅人命的罪名我们可担不起，你说是吗？宁可慢一点，细致一点，但绝不能因为上面一加压力，就打乱了我们的工作思路，搞乱了我们的手脚。上面领导只听反映，但具体办事还是我们，搞错了归咎下来还是我们的责任，懂吗？邓桦忙说：金局的指示很好，我一定照办。心想上星期金玉康还催他抓紧核实材料，说是社会上反映不好，死者家属已经上告到市政法委去了。可才过了没几天，金玉康的话就变调了，这无疑是石依茜去金玉康家以后发挥了作用。

邓桦回到自己的办公室，心里就有一种乐滋滋的感觉，石筑这个案子，他是两头都落了好处。从石依茜那边说，他帮了她家的忙，介绍她们认识了金玉康和看守所的周怀忠，现在又是石筑案子的负责人，这样一来石依茜还能不对他邓桦感恩载德，俯首贴耳吗？再一个是金玉康那里，他受了石家的好处，自然不会忘记是他邓桦出的力，那么今后就会更加信任他，再往后，提拔个副局长也是有希望的。所以这种两头讨好的买卖，邓桦觉得自己实在干得高明。邓桦关了办公室的门，忙给石依茜打电话，说是有好消息要与她谈，晚上到茶楼见面。

下班后邓桦就去应付一个饭局，是银行保卫科宴请公安的张副局长，吃得差不多了，邓桦说家里有点事就提前告辞了。

邓桦到了茜子茶楼，却见石依茜站在吧台前与吴姐说话。石依茜转身见了邓桦进来，忙说邓哥你先到楼上包房里坐坐，我与吴姐谈点事马上就来。说着就让服务员领了邓桦上楼。邓桦进了四号包房，只见茶几上早准备了小点、饮料，泡了毛尖。服务员请邓桦坐了，便倒茶敬烟。邓桦一支烟没抽完，石依茜就满脸堆笑带着一阵香风走进来，整个屋子顿时光彩四溢满目生辉。两人打了招呼，石依茜说：邓哥，刚才又到哪里潇洒去了，满口的茅台香味。说着便在邓桦旁边坐下。两人开了几句玩笑，石依茜就问：邓哥带来什么好消息，说来听听。邓桦笑着说：听了好消息你可得谢我的。石依茜说：那当然了，我是要好好感谢你哩。邓桦这才把金玉康下午与他的谈话说给石依茜听。第一哩，说金局让他负责石筑的案子，明摆着就是让他从中周旋，设法帮忙。第二，金局话里有不慌结案要慢慢拖下去的意思。凭这两点，你们石家要摆平什么关系就有充裕的时间了。石依茜就问：邓哥，市里领导有没有熟悉一点的关系？邓桦说：市政法委书记不在家，到省党校学习去了，现在是副书记老曾在主持工作。曾书记是个老好人，但不管事，找他也没多少用。市里领导有一个人是可以搬得动的。这个人叫骆力铭，是常务副市长，管得宽，只是有点不好接近。石依茜问：那骆力铭有什么爱好兴趣，摸准了对症下药。邓桦说道：骆市长别的爱好兴趣我不知道，前一阵听说他玩了个歌舞团的女演员。石依茜就笑了，说道：你们男人都好这一口，他当市长，敢玩情人的，也真够大胆了。邓桦说：色胆包天嘛，公安部李纪周不比骆市长官大？他都敢玩，骆市长还怕什么？石依茜问：那女演员没结婚吧？邓桦答道：怎么没结婚，孩子都四五岁了，她老公我认识，是《南柯晚报》的编辑，叫习锦宏。去年初骆力铭亲自出面，安排习锦宏当了《南柯市报》驻省城的特派记者。习锦宏还以为拣了美差，高高兴兴上省里去了，其实是中了骆市长的调虎离山之计。你想想，老公不在家，女演员与骆市长多自由。石依茜又问：那骆市长真够鬼的，他做这种事，也不怕被人知道？邓桦道：哪会有不知道的，只是不说罢了。前一阵听说习锦宏已有所察觉。大约是听到风声了，正在与女演员闹。看来女演员与骆市长是玩不下去了。石依茜听了笑道：邓哥，哪一天你介绍我认识个当大官的，如何？邓桦一听便急了，说道：依茜，你总不能只想攀高枝，把我掷在一边吧？说着就伸了手去抚石依茜的腿。石依茜忙拿开了邓桦的手，做出一副认真的样子说道：邓哥，我石依茜从心里是真真实实把你当兄长的。侄儿这件事情，你帮了我们那么大的忙，石家人随便哪一个也终身感激你一辈子。从今以后我们兄妹再不说个事，只当兄妹一样。俗话说山不转水转，说不定哪一天你也有用得着小妹的地方，我石依茜就是拼了命也要还你这份人情……

石依茜把话说到这个份上，邓桦就是再怎么样痴迷倾慕她，也不好撕破脸皮做那种强人所难的事。再说，石家虽说现在遭了劫难，但依蕙依茜姐妹俩都是有点资产的人，你邓桦傍着她们，今后还怕没钱用，没女人玩么？想到这里，邓桦便笑道：依茜，想不到你还认真了呢，邓哥我不过给你开开玩笑罢了。今后我们俩兄妹有什么事都好商量，为你侄儿的事，我邓桦绝不会有半点含糊。石依茜就笑道：那小妹真是三生有幸，认识邓哥这样仗义的好兄长了……二人又扯了些闲话，邓桦就起身要走。石依茜忙说：邓哥你先坐下，小妹要表示点意思。说罢便打开坤包，取出两叠百元大票递给邓桦，说道：这是我的一点心意……邓桦忙推托说也没有帮什么忙，受之有愧。石依茜也不说什么，就将两万元塞进邓桦的皮夹。邓桦连说谢谢，就又要走。石依茜复又将他留住，然后从坤包里摸出一把钥匙，放到邓桦面前的茶几上，说道：花源宾馆，816房间。邓桦没有去动那钥匙，一脸疑惑地问：依茜，你葫芦里卖的是什么药？石依茜就笑了，神秘地说道：有位小鸟伊人在房间里恭候你。小姑娘长得挺靓，是新出道的，你好生调教调教。邓桦恍然大悟，这才明白石依茜为他开了宾馆的房间，还包了个小姐在房间里等他。这种美事，邓桦哪里享受过，就笑笑地看着那把钥匙。石依茜又接着说了那女孩子是下午找上门来的，说是来坐台。后来电话里听说你要来，我怕那小女子坐台被糟蹋了，就叫吴姐去宾馆开了房间，叫小女子在房间里等着。你进门时我不正在与吴姐谈话吗？我是问她安排得怎么样了。吴姐说都安排好了，才把钥匙给了我。石依茜说着就站起来，把钥匙递到邓桦手上，接着说：小姐的费用都由我包了，你别再付钱，想玩多久就玩多久，就是别把身子骨玩砸了。邓桦就笑着说哪能哪能，便把钥匙塞进上衣口袋。正要出门，石依茜提醒道：你穿了这身警服去，别把人家小姐吓跑了。邓桦说一下班就被拉去吃饭，也没来得及换衣服，回家换了衣服再去。

邓桦回到家，他妻子宋琼约了几个牌友在客厅里打麻将，宋琼见邓桦回来了，忙说邓桦快来帮我换过手，我去把儿子安排睡了就来。邓桦只得坐在牌桌上接着摸牌，人虽在家里，心却早飞到宾馆里去了。邓桦才打了一把牌，宋琼就回来了，邓桦急忙让位进了卧室。他先把那两万元藏进柜子，匆匆换了一身便服，出来对宋琼说今晚还有任务就走了。

邓桦出门打了部的士直奔花源宾馆而去。宾馆坐落在河西岸的碧玉桥边。邓桦下车付了钱，刚走进宾馆大门便随手去摸钥匙，岂知一连搜了几个荷包都没摸着，忽然想起一定是忙中出错，换衣服时忘记把钥匙取出来了。去让服务员开门吧，觉得不太妥当，房间里分明住着个女人，让服务员开门就多一个人知道，多一个人知道就多了一份危险。去敲房间门吧，那更不妥。于是只得又打的返回家里，在警服口袋里摸出钥匙，才又匆匆出门打的来到宾馆。

俗话说好事多磨。邓桦从茜子茶楼出来就一直想着宾馆房间里的那位小鸟伊人，听石依茜介绍说又是一位刚出道的靓女，心情早急得如一把火在燎。这下刚踏进宾馆大门，就见金玉康与一位客人站在电梯口说话，俩人大约都有七八分醉意。金玉康硬说要送那人上楼，客人却坚持不让送，于是就站在电梯门口推推拉拉亲亲热热说些酒话。邓桦见了正要躲闪，殊不知金玉康一转身却看见了他。邓桦只得硬着头皮迎上去，金玉康说道：小邓，来，我给我介绍，这位是省公安厅人事处的杨处长……邓桦忙点头哈腰伸了手去与杨处长握手。于是才知道今天晚上金玉康接待杨处长，刚吃了饭从外面回来。杨处长一行正好又住在花源宾馆，金玉康把他送回来的。邓桦忙说：金局，杨处长不让你送，那我就代你送杨处长回房间好了。两人又推让了一阵，最后还是决定由邓桦送杨处长上了电梯，金玉康才转身走了。

邓桦把杨处长送到六楼的房间，安顿好了，这才顺着楼道直上八楼。一边上楼一边就想今天真他妈扫兴，好好的一桩事，把兴致都全给败了。想着就来到816号房间门口,邓桦取出钥匙伸进锁空轻轻一转，门就开了。他闪身进去，反手顺便把门给扣死了。房间里只开着一盏彩色壁灯，光线是紫色的，极暗。朦胧中邓桦就看见绒布沙发上坐着一个女孩，紫色的光线从正面照在女孩的脸上和一头披发上，那样子有点像个幽灵。

邓桦按了门边的开关，顶灯就亮了，整个房间顿时光彩四溢。那女孩仿佛是靠在沙发上睡着了，一阵响动和突来的强光才把她惊醒了似的，忙站起来，眼睛却盯着脚下的地毯，并不看进来的是什么人。因为女孩是站着的，邓桦就有了机会去审视她。邓桦对于女人，就像老练的顾客对于商品一样,是非常讲究质量和品位的。

邓桦隔着一张大床看那女孩，只见她上身着一件荷叶边的果绿色长袖衬衫，下身穿一条米黄色的水洗布休闲裤。脸上也没施脂粉，只是勾了点眉儿，唇上涂了点淡淡的口红，女孩模样长得还真够漂亮，秀美中透出几分妩媚清丽，姣态可人，一点不像邓桦经常见到的坐台小姐，反倒像个才出了校门的女学生。女孩见邓桦这样看她，脸越发的红，站在那儿极不自在，连大气也不敢出。邓桦这才慢慢走过去，用手摸摸女孩的脸蛋，笑着说道：别怕嘛，我也不会吃人的，来，坐下。女孩很听话地就坐下了，把手夹在并着的两腿之间，显得很恭顺。邓桦也顺势在女孩旁边的扶手上坐了，伸出手去抚她的头发，问她的名字。女孩就回答道叫雁儿。邓桦就与雁儿聊起来，问她今年多大？喜欢哪位歌星？看过什么电影？雁儿开始拘谨，渐渐就放松了。邓桦是这方面的老手，对于那些老道的坐台小姐，只要看上，三下五除二就搞定了，他才没工夫慢慢给你聊哩。可对于雁儿这类初出道的女孩，那是绝不好鲁莽造次的，要像哄猫儿一样哄她们。猫儿第一次见到陌生人总是很惧怕的，但你把它哄熟了，它就会自个儿跳到你怀里来。邓桦看看那女孩已经很放松了，就自我介绍，说姓莫，做生意的。雁儿就问莫老板做什么生意？邓桦就说除了走私、白粉、枪支弹药不做，其他的什么都做，末了又说还有一样生意不做。女孩便笑了，问道还有什么生意不做呢？邓桦说皮肉生意不做，因为没本钱……说着早把手从雁儿的脸上摸到胸口，解开衬衣纽扣，一只手就捂住了雁儿的乳房。雁儿很自觉地把乳罩退了。邓桦一边揉着雁儿的乳房，一边问道：雁儿，你以前与男人干过没有？雁儿答道：我只和男朋友……邓桦说：刚见面时看你那么紧张，还以为你是处女哩，原来不是的。雁儿忙问：我不是处女，莫老板就不要我了？邓桦说哪里哪里，一双手就往雁儿身上乱摸。雁儿早就把脸伏在邓桦胸口，一副羞答答的娇态。邓桦早已欲火中烧，就一抽身将雁儿抱起，往席梦思床上走去……

10

耿林锋去了两次鲁尚志家。鲁尚志是组织部的副部长，原组织部长调到省里去了，新部长初来乍到，也不太管事，组织部的工作，大抵都由鲁副部长说了算。据说民政局报耿林锋为副局长的事，市委常委会早通过了的，可到组织部这里就是没见下文。耿林锋第一次去鲁部长家时，是从石依蕙那里拿了五万块钱的第二天，正巧鲁部长不在扑了空。第二次再去，鲁部长在，但家里有客人。好像是哪个县的副县长，耿林锋有点面熟，但一时想不起来了。但他可以肯定那家伙也是来“联络感情”的，要不何必搞得那么神秘，见耿林锋进门忙把脸转过去看电视。耿林锋在鲁部长家坐了，想等那位副县长走了好给鲁部长送礼，可那位县长大约也是才到，该办的事还没办，就也不走。两人都在盼对方先走，而那位副县长绝对没有走的意思。耿林锋无奈，只好先告辞了。这一天下午，局里让耿林锋到市委三楼会议室参加一个扶贫工作会议。耿林锋中午就把三万块钱用一个金维他的盒子装好了，到了会场，几十个人的会议，他开到一半就溜了出来，转身上了五楼组织部办公室。鲁尚志办公的地方他来过，走近一看，只见门虚掩着，露出一条三指宽的缝。耿林锋往里一看，里面没有别的人，只有鲁尚志单独坐在办公桌前大约在看文件。耿林锋喜不自胜，忙轻轻敲了两下门，里面就传来请进的声音，耿林锋满面笑容走了进去，顺手又把门掩上。嘴里忙说鲁部长您好您好。鲁尚志很客气地站起来握手，说小耿你坐你坐，忙又去倒茶。耿林锋在沙发上坐了，鲁尚志说小耿实在对不起，上次到家里正有客人没留你多坐。耿林锋忙说了几句客套的话，心想组织部乃是众目睽睽之地，不便久留，也不等鲁尚志再问什么，就站起来说：鲁部长，我亲戚从海南带回一盒补药，平时也没什么孝敬您，一点小意思请您笑纳……就从包里把盒子取出来，也不直接递给鲁尚志，自个儿把药盒子放到沙发背后的文件柜顶上。鲁尚志是明白人，嘴里连说小耿你客气了，忙又站起来送耿林锋，临出门握手时耿林锋就感到鲁部长把他的手握得很紧很有力度，再不像进门时那般蜻蜓点水一掠而过。耿林锋走回会议室时心里乐滋滋的，那心情犹如商人做成了一桩大买卖。

又过了两天，市里召开干部廉政建设报告会。散会时耿林锋看见鲁尚志走在前面，就故意跟上去，抢在鲁尚志前面一步。鲁尚志侧过身来看见耿林锋，就靠近过来，低声说道：小耿，你的任职文件正在打印，过几天就会下发了，好好干。耿林锋忙说谢谢鲁部长关心，鲁尚志拍拍耿林锋的肩，再不说什么，就自个走了，那意思耿林锋猜想大约是收了礼的一种回应吧。

第二天上班时，局里就传说伍局长的儿子要在五一节办婚事。这种事哩，伍局长没发话，也不通知，局里的同事大都一筹莫展，也不知这礼该如何送。其实整个局里的人都知道，伍局长这个人不善张扬，为人正派，属于那种快六十岁了只想安全着陆光荣退休的正处级干部。所以儿子要结婚的事，他大约是考虑到一旦让同事知道，必然都要送礼，这样反倒影响了他的清白。可别人送不送耿林锋不管，伍局长这份礼，耿林锋心想无论如何是要送的。一来耿林锋升任副局长，是伍局长大力推荐。二来哩，伍局长眼看就要退休，接班人选的问题，上面要征求伍局长这位老领导的意见。从这两点着想，耿林锋就决定要趁这个机会向伍局长表示一点心意了。

眼看离五一节只有几天了，耿林锋装了个五千元的红包。他心想伍局长姓伍，送五千元算个吉利数。吃罢晚饭，耿林锋就直接去了伍局长家。伍局长家里一屋子人，大多是些年轻的男男女女，好像都是伍局长儿子的朋友。耿林锋一问，说是伍局长不在家，接着伍局长的妻子陈姨就出来了。陈姨是认得耿林锋的，忙要请他上屋里坐。耿林锋说陈姨你忙你忙，屋里那么多人我就不凑这个热闹了。你们家大喜事，我一点小礼不成敬意。说着就把红包塞到陈姨手里，陈姨正要推让，耿林锋早转身大步走了。

第二天下午耿林锋刚进单位大门，办公室主任老何说：耿科长，伍局长找你哩，让你到他办公室去。耿林锋答应着，就转身拐弯先去了伍局长办公室。伍局长见耿林锋进来，不冷不热地说小耿你坐。耿林锋坐下就问道：伍局长，你找我有事？伍局长说：有点小事让你过来一下。说着就去把门关了。耿林锋正在纳闷，伍局长也不忙着说话，先端了茶杯喝了两口茶，才慢悠悠地问道：小耿，你昨天下晚到我家去了？耿林锋一听，就明白是昨天送礼的事，忙笑着说：去了去了。老局长，你家里儿子娶媳妇，那么大的喜事，我们当下级的，也该去恭贺恭贺，讨杯喜酒喝。再说，伍局长你平时那么关心爱护我，这点情我耿林锋还是要记的……没等耿林锋再往下说，伍局长就挥挥手让他停住。然后说道：小耿，我俩共事那么些年，也算有点感情吧。我儿子娶媳妇，你去祝贺我不反对。可你带了那么大的礼去，你敢送，我可不敢收哇，这一收，不就成了变相受贿吗？大道理我不说了，礼金你带回去。伍局长从办公桌抽屉里摸出个红包，走过来递给耿林锋。耿林锋一下木在那里，接也不是，不接也不是。就难为地说道：伍局长，你总得给我点面子嘛，我真的是一片心意，绝没有别的意思。伍局长说：小耿，你的心意我领了，但这份礼，我真的不能收。伍局长大约明白耿林锋不便接，就把红包塞进了他西服的上衣口袋。

耿林锋见伍局长退了红包，心里不免有些羞愧，忙站起来要走。伍局长又示意他坐下，自己也在耿林锋旁边坐下了，才认真地说道：小耿，凭工作能力你是没话说，又是老牌大学生，正儿八经的知识分子。所以局党组研究的时候都认为你是副局长的最佳人选。只是这个事上报都两三个月了，也不知卡在哪里？前两天我遇到组织部的鲁部长，他说最近要下文的，大概过了五·一吧。这件事耿林锋心里有数，但表面上却装着很豁达的样子，说道：伍局长，不管我能不能提拔，反正跟着你工作，我有十分力也要使出十二分来。伍局长说：提你任副局长是没问题，你想想，民政局现在就我一个老杆子唱独脚戏，明年就要退休了，就算等政府换届，最多还有两年，这工作总得有人接上来呀，你说是不是？耿林锋忙说了几句谦虚的话，才告辞出来。

虽说伍局长退了礼金，但耿林锋却感到心情特别舒畅，下班回到家吃饭时还多喝了两杯酒。吃完饭，石依苹说：林锋，几天没上医院看妈了，今天去看看。耿林锋忙说好的好的，就帮着石依苹收拾了碗筷，完了，两人带了棠棠打的去医院。

石二奶心脏病较前一阵好多了，血压虽还有点反复，但基本稳定。老人的情绪也渐渐恢复正常，不再像往时那样唉声叹气，怨天尤人。这大约一半得力于药的疗效，一半还得力于郭志凤告诉她罗仙姑作法显灵的事。罗仙姑不是说了石筑虽然犯了青龙煞星，但有贵人相救，便可逢凶化吉。前一阵石依蕙、石依茜都说公安局里有人帮忙，又请了一位有名的律师。石二奶就说这些都是贵人哩，应了罗仙姑的卜卦。

石依苹与耿林锋带着棠棠进了病房，棠棠就扑到病床前喊着外婆外婆。石二奶抚着棠棠的头问这问那，显得异常高兴，又让徐姨从床头柜里取了些奶糕、蛋饼之类给棠棠吃。棠棠一边吃蛋饼，一边就逗着外婆笑。这时石依蕙也进病房来了，大家就扯了些家常事。石依蕙借故把耿林锋叫到门口，问道：林锋，你送去的东西，人家怎么说？耿林锋知道石依蕙要问那五万元的事，心里早有准备，说道：姐，你放心好了，苗检察长绝对没问题，东西他收了，说是只要石筑的案子转到检察院，他会有办法的。石依蕙听了点点头，表示很满意，接着便说道：现在案子可能要拖在公安这边，暂时不送上去。但能拖多久说不准，我们要尽量把工作做在前面。如果还要用钱，你只管说。耿林锋忙说不用了不用了。

从医院回到家，待把棠棠安排睡了，石依苹就问道：林锋，刚才姐跟你说了什么？耿林锋答道：姐就是找我问了苗时忠的事，我把情况都说了，姐挺高兴的。石依苹又问：苗时忠倒是说了些什么？耿林锋答道：现在案子还在公安手里，人家苗时忠也使不出劲，他说了只要案子转到检察院，他一定帮忙。石依苹听罢冷笑一声说道：这些腐败分子，还没办事就把钱揣了，谁知道他今后帮不帮忙？说完便转身进卧室去了。

耿林锋匆匆忙忙洗完澡，从卫生间来到卧室，石依苹已经上床，正躺在床上读《红楼梦》。耿林锋掀开被子躺在石依苹旁边，说道：依苹，这《红楼梦》你都看两三遍了，不累？石依苹答道：古人都说了，好书不厌百回读嘛，我才读第三遍哩。又专心读书，没有再与耿林锋搭话的意思。耿林锋就伸手在石依苹腿上撩了一把，说道：依苹，告诉你一个好消息。石依苹反问道：是石筑的事吗？耿林锋听了就有点扫兴，说道：怎么成天就是石筑石筑，还有没有点别的？石依苹就问：那你还有什么好消息呢？耿林锋凑到石依苹耳边，说道：正式告诉你，我要升副局长了。石依苹听罢就淡淡地一笑，说：恭喜你，要涨工资么？耿林锋说：工资当然要涨，但不多，可上了副处级就算领导干部，这可是鲤鱼跳龙门总算跳过去了，跳过了龙门今后才大有可为。石依苹说：你跳不跳龙门我不管，我现实得很，只关心涨工资。耿林锋说：依苹你这就不懂了，如今当官的谁靠那点工资过活？社会上民谣不是说当官的‘工资基本不用，老婆基本不动……’耿林锋知道说漏了嘴，忙打住，就伸手去解石依苹的内裤要干事。石依苹反诘道：不是说老婆基本不动么？耿林锋忙说动的动的，就急不可耐翻身压在石依苹身上……

11

这天下午石依茜没事，就约了石依蕙去逛街。石依蕙回南柯二十来天了，也没好好上街看看，说去就去吧。姊妹二人出了石家院，顺着老街的路慢慢向市中心走去。

南柯市这两年变化快，到处高楼林立、商铺成行，石依蕙心里想，才几年没回家，故乡怎么就面目全非了。她印象中那个温馨宁静的山城，早被一片繁荣和喧嚣打得粉碎，留在心中的，当然只是昔日的那个梦。一路上让石依蕙最伤感的莫过于她原来就读的那所中学，如今被改造成商业区，校园中间那株百年皂角树早已不见了踪影。石依蕙站在商场的门口感叹一番，指着这里那里告诉石依茜，说这里是原来的校门，那里是她毕业时读书的教室……石依茜笑了，说：姐，你没老嘛，干吗就婆婆妈妈怀起古来了。

姐妹二人看了首饰店，逛了女人街，就进了市中心最大的服装商场。从一楼到了三楼，三楼是服装展销大厅，不少名牌服装厂家的商品琳琅满目。石依蕙来到一个模特面前，只见那模特穿了一件月白缎子碎花旗袍，旗袍的领口略高一点，中袖，款式显得非常典雅高贵。石依蕙的制衣公司也制作旗袍，但看了这款旗袍的款式和精巧的做工，就有点自叹弗如。营业员见石依蕙老盯着旗袍看，就过来说：小姐，这款旗袍是台湾名牌厂家生产的，质地和款式都很新颖，纯真丝缎面的，想试试吗？石依茜正从另一边走过来，见石依蕙正在与营业员说旗袍，就说：姐，你就试一下嘛，这款旗袍你穿了一定很适合。石依蕙心就动了，暗想：买了这件旗袍正好拿回公司当样品哩。于是。她就让营业员另取一件，到试衣房里去穿了。石依蕙换了旗袍出来，到镜子前一照，果然显得十分清丽高雅，整个儿一位古典少妇的形象。石依茜就在一旁惊叹道：姐呀，你这副装扮，整个儿是一位典型的东方美人了。石依蕙自我感觉不错，就想再看看侧面，于是做了个转身的姿势。这一转身就看见一个小女孩挽着夏慧天的手走过来，同时间夏慧天也看见了石依蕙。两人忙打了招呼，夏慧天对女孩说：婷婷，这是石姨，你们石老师的姐姐，爸爸的老同学。婷婷就笑盈盈地看着石依蕙，说道：石姨好，石姨穿这旗袍特靓。石依蕙牵着婷婷的手说：婷婷，石姨老了还靓得起么？你才真靓哩，看这双眼睛水灵灵的多美。夏慧天又对婷婷说：这是小石姨，你们石老师的小妹。婷婷忙说：小石姨好。石依茜问：夏哥，今天怎么有空逛商场了？夏慧天答道：婷婷早就闹着买裙子，今天是星期天，就带她来了，挑了半天，也没选中一件满意的。石依茜就拉着婷婷的手说：走，小石姨给你当参谋，保你称心。说罢便拉着婷婷走了。

石依蕙虽与婷婷和夏慧天说话，身上却仍穿着那件旗袍，路过的人就不断地回头打量，露出一种欣羡的目光。待石依茜拉着婷婷一走，穿衣镜前就剩下石依蕙与夏慧天。石依蕙显得有点不好意思，腼腆地摸着身上的旗袍向夏慧天解释说无意间走过这里，看见这款旗袍挺典雅的，就试了试，不知买不买？夏慧天说道：依蕙，旗袍这类服装可不是随便什么女人都能穿的，第一要看身材，第二要看脸型。这款旗袍穿在你身上，分明就是专门为你定做的，你不买谁买……说话间刚才那位营业员就走过来讨好了，她对夏慧天说道：先生，看你太太穿这件旗袍多美，既有风韵又有气质……石依蕙的脸顿时就红了，也不知说什么好。夏慧天本想纠正营业员的话，但一想又觉得毫无必要。就打断营业员的话，说道：小姑娘你别夸了，我知道你们卖的这款旗袍好。营业员却说：先生，我可不是夸我卖的旗袍好，我是夸你太太穿了旗袍特漂亮……夏慧天说：好吧好吧，你别再说了，这件旗袍我们买了。营业员就不再往下说。石依蕙忙进了试衣间换衣服。石依蕙刚一离开营业员便对夏慧天说：先生，请到这边开票付款。夏慧天就无可奈何地笑了笑，心想这假先生只有当下去了，就跟着营业员去了收银台。收银台的收款员说：先生，这款旗袍标价1800元，迎接五一黄金周优惠促销打九折，实价1620元。夏慧天暗暗庆幸临出门多揣了些钱，否则就得出洋相了。于是取出皮夹付款。待石依蕙从试衣间出来，就见夏慧天正收票，忙走上去喊道慧天慧天……石依蕙还没住口，夏慧天就已经转身回来了。那营业员早把石依蕙换下的旗袍拆叠好、装了盒子又套上袋子递到夏慧天手里。夏慧天接了，说道：依蕙，依茜和婷婷还没来，我们上休息座那儿等她们吧。二人到了休息座。夏慧天要了两杯柠檬汁，就面对面坐了下来。刚坐下来石依蕙说：慧天，那营业员乱开黄腔，真不好意思，夏慧天笑道：没什么，就当她是导演好了，导演把戏安排好了，我俩就演呗。石依蕙就去打开坤包，说：那我把钱给你。夏慧天伸手压住石依蕙的坤包，脸上顿时显出一副认真的表情，说道：依蕙，我知道你办公司当老总，经济很宽裕，不在乎几个钱。我哩，一个律师，自由职业者，收入也过得去，虽然不是很丰厚，这一千多块钱还拿得起。这件旗袍你喜欢，就当老同学送给你的礼物……石依蕙坚持道：不行不行，送礼总得有个名目，比如生日啦、节日啦，你凭什么……夏慧天便笑了，说道：这就对了，再过三天，五月一日是你生日，我提前送生日礼物总可以吧。

夏慧天一句话，搅得石依蕙心里酸甜苦辣也不知是什么滋味了。眼眶里就有两滴泪花在跳动。她想忍住，忍住，那泪珠终于还是禁不住涌了出来。二十来年过去了，人生经历了那么多的悲欢离合，沧海桑田，走过了多少坎坷曲折。但有一个人还记得你的生日，送给你一份生日礼物，这是多么珍贵的心灵财富啊！如果此刻不是在人流涌动的商场，要是另换一个地方，只有她与夏慧天单独在一起，她真的会不顾一切地扑到他怀里大哭一场。

夏慧天递过去一张纸巾，说道：依蕙，我没有伤害你吧？石依蕙接了纸巾，拭着眼角的泪珠，深情地说道：慧天，谢谢你还记得我的生日，也谢谢你送给我的生日礼物。于是又笑了笑，继续说：连我都不记得自己的生日了，自从离婚以后，我就再也没过过生日。要不是今天你提醒，我真的又忘了。夏慧天说：依蕙，你知道我对你的生日为什么印象特深，因为那时你们家有个习俗，到了生日这天，你母亲就要煮许多红鸡蛋，让你送给同学。我哩，就老记着五月一日上你们家要红鸡蛋，对么？石依蕙就笑着说：你这个馋鬼，难怪还记得我妈煮的红鸡蛋哩。夏慧天说：生日那天给孩子煮红鸡蛋是当地风俗，图吉利。依蕙，那今年我们给你做生日吧。石依蕙问：你说我们，那就还有很多人吧。夏慧天说：至少还有依苹，依茜，还有耿林锋……石依蕙不等夏慧天说完，忙摇摇头，说道：慧天，如果生日那天有你陪伴，我就很满意了。话刚落口，石依蕙就为自己贸然提出这样的要求大感意外。

这时石依茜挽着婷婷回来了。婷婷笑眯眯地对夏慧天说：爸，小石姨给我买的连衣裙，还有一件汉弗莱的T恤衫，你瞧……夏慧天看了婷婷的衣裙，说：婷婷，你又让小石姨破费了，快谢谢。婷婷说了谢谢，大家就告别。待夏慧天与婷婷一走，石依茜看着那件装旗袍的袋子，说：姐，你真买了？石依蕙说：你不是说好么，好的就买嘛，可不是我付的钱。石依茜就睁大眼睛，说：姐，一千多元，忍心敲人家夏哥的竹杠？石依蕙就笑着把营业员怎么说的，夏慧天怎么去付款的事给石依茜说了。石依茜就笑道：也别怪人家营业员搞错，夏哥是文质彬彬的才子，你是品貌端庄的淑女，怎么看都像一对夫妻……石依蕙拧了石依茜的胳膊一下，说：少耍贫嘴，依茜，等哪一天我们悄悄量了夏慧天的身材，再去买一套西服送他。石依茜说：那你可得加倍奉还，一套名牌西装也要三四千哩。夏哥要倒赚了，二人说说笑笑就出了商场，径直回家了。

晚上，石依蕙躺在床上，夏慧天的影子老跟着她，无论是睁了眼还是闭了眼，总见夏慧天在她前面，那张庄重而又带着虔诚的国字脸，那颀长的身材总是不停在石依蕙的面前晃动。时而，影子又变成初中那个留着平头朴实的夏争光。石依蕙的脑海仿佛变成了时空不断交替的电影画面，而夏慧天却是这电影的主角。

已经十一点过钟了，石依蕙的手机突然响起来。她打开接了，是公司的肖禹打来的。问有什么事，肖禹说没有，只是很想念，所以挂了电话过来问问。自从石依蕙回到南柯以后，肖禹大约两三天就要打一次电话过来，有时候是谈公司和厂里的事，大多数时候，肖禹就直接说很想念她，如果没有夏慧天的出现，肖禹在石依蕙心中多少也许还有点位置。这件事，就得从头说起了。

石依蕙与金满离婚时，金满将珠海一个制衣分厂作为夫妻共有财产的一部分分给石依蕙。根据当时的评估，那座离珠海城区二十公里的小厂连厂房带设备大约六百万元。石依蕙在广州时，纯粹的典型家庭主妇，对制衣行业一无所知。到了珠海，面对几间厂房和大堆制衣机以及几十个工人一筹莫展。好在原有的几位技术人员维持着，厂子勉强生产下去却毫无起色。半年后，石依蕙在媒体登了广告，通过职业中介机构寻求，以年薪十万聘请高级管理人员。在五六个应聘者中，石依蕙挑选了肖禹。根据肖禹提供的应聘简历，石依蕙知道他毕业于北京企业管理学院，曾在深圳、广州、佛山几家制衣厂担任过副厂长、厂长一类的职务，对制衣行业有丰富的生产和管理经验。当时石依蕙问肖禹，你在别的厂家干得好好的，年薪也不低，干吗要跳槽到我这里。肖禹说他需要的是一个能让他有独立去办企业的机会。石依蕙说那我们正好各取所需，我有工厂但我不懂生产不懂管理。我就需要一个像你这样的人才，我可以把工厂生产经营权都委托给你，我只管理财务。就这样，肖禹进了石依蕙的制衣厂，半年以后，在肖禹的建议下，又在珠海成立了“石惠制衣公司”。石依蕙任公司董事长兼总经理，总管财务。肖禹任公司副总经理兼制衣业务厂长。两三年下来，制衣公司资产已超过千万，而且“石惠”牌衬衣和休闲装已悄悄打进武汉、长沙、重庆等内地市场。这一切，勿庸置疑地归功于肖禹，肖禹的年薪，也随之增加到二十万。

在两年多的接触中，石依蕙万万没想到，肖禹竟爱上了她。

肖禹当时三十五岁，比石依蕙小三四岁。一个三十五岁的未婚男人爱上了一位已经离异、又大他几岁的女人，石依蕙认为这是绝对不可能的。正因为石依蕙认为不可能，所以平时在与肖禹的接触中从未设防。肖禹经常开着厂里那部帕萨特，一会儿把石依蕙从工厂接到公司，一会又从公司将她送回工厂。节假日时期，肖禹还约了石依蕙喝咖啡，看电影，打网球，打保龄球。石依蕙一则把肖禹当做一位难能可贵的助手，二则把他当个小弟弟看待，偏偏就没想到肖禹竟然公开向她求婚。

石依蕙说：肖禹，放弃你的念头吧，这是不可能的，绝对不可能的。

肖禹说：不，石总，你总得给我个理由，为什么我不能爱你？

石依蕙答道：因为我年龄比你大，因为我是离了婚的。肖禹，你的条件很好，你完全可以找一个年轻漂亮，甚至还有高学历的女孩。

但肖禹认为石依蕙拒绝他的两条理由不成立。他从不在乎石依蕙过去的婚姻，也不在乎石依蕙的年龄。肖禹说他既然说出了爱石依蕙就一定要将爱情进行到底！

有一次石依蕙开车回工厂，肖禹坐在她旁边。车刚走上山区公路的时候，肖禹就有点想搞个生米煮成熟饭、木已成舟什么的，突然就将手伸到石依蕙的腿上。石依蕙立即将车刹住，撩开肖禹的手，认真地说道：肖禹，我告诉你，我是一个很传统的女人。我不反对你爱我，但你因此而做出过激的举动，伤害了我的自尊，那么，我宁可公司关门工厂倒闭明天就把你辞退。当时肖禹十分难堪，一连说了许多道歉的话。但最后肖禹还是补充了一句，他说：石总，我是不会放弃你的。如果你将选择一个可以托付终身的人，那将是我！

石依蕙也许还没想到把终身托付给肖禹，但她在回南柯时，已经把制衣公司与工厂全部托付给了肖禹，包括过去她主管的财务这一关口，也交给肖禹管理了，如今的石依蕙倒成了真正的甩手掌柜。她之所以相信肖禹，正好建立在肖禹对她那份执著的爱。对一个爱你又献身于你的事业的男人，还有什么可以不放心的呢？所以在离开珠海后，石依蕙多少就有点愿意接受肖禹了。而现在，她心里却有了夏慧天。一个自认传统的女人却爱上了别人的老公，连石依蕙自己都感到不可思议！

石依蕙已经隐隐感到：对夏慧天的爱是脱了绳的野马，可放而不可收了。

12

吃了晚饭，石依蕙与郭志凤去医院看了石二奶。从医院回来，石依蕙来到楼上的房间，也懒得开灯，就坐到书桌前，心里感到一种莫名的忧郁。这莫名的忧郁，大约来自回家的路上郭志凤的两句话。郭志凤说：大姑，明天五一节，你想吃什么好的，嫂给你弄。郭志凤并不知道“五一”这天是石依蕙的生日。但这几句话却勾起石依蕙在商场与夏慧天谈生日那件事。当时她正说到生日这天如果有夏慧天的陪伴就心满意足了。话刚说完石依茜和婷婷就回来了，再没有听夏慧天说什么。到了这个时候也没有回音，石依蕙便有点后悔那句话是白说了。

石依蕙正沉迷在自己的胡思乱想中，手机突然响了。一看来电显示，是夏慧天的，急忙就接了。电话那头传来夏慧天浑厚热忱的声音：依蕙，明天是你的生日，说好了的，我单独陪你……石依蕙心里突然有一种溢满了激动的感觉，但为了控制自己的情绪，就故意装作很平淡地说：慧天，这样太难为你了，我真的不好意思。夏慧天那边回答道：依蕙，老同学怎么又客套了，再说，能单独陪你过生日，我高兴都来不及哩。石依蕙正想说什么，夏慧天又接着说了：这样吧，地点我已经选好了，明天一早你等我的电话。石依蕙一时也找不到话再说，就把电话挂了。

第二天石依蕙起了个大早，到卫生间洗漱完毕，回到房间正等着夏慧天的电话哩。石依茜却风风火火从茶楼那边赶过来了，还在楼下就大声叫着姐呀你起床了没有？石依蕙在楼上答了话，接着就听咚咚咚地上楼声，石依茜进了房间，喘着气说：姐，今天我们找地方开心去。这么些日子为了石筑的事，都快把人闷死了……石依蕙一边叠着被子，一边就懒洋洋地说：要寻开心你去好了，姐今天哪儿也不想去。石依茜一听就急了，忙撒起娇来拉着石依蕙的手说：姐呀姐，现在是五一黄金周，全国人民都放假休息，你想办什么事也办不成。再说你看看窗外，天公作美万里晴空风和日丽正好到郊外去散散心。你可别把自己装成老太太孤家寡人独守空房……石依茜找了一切理由做石依蕙的思想工作，心里就怕她姐不参加今天的活动。其实她哪里知道石依蕙早与夏慧天有约，石依蕙当然不便明说。等石依茜在那里又是鼓动又是开导了半晌，石依蕙只得随口问她约了哪些人准备到哪里去寻开心？石依茜就说约了哥哥、嫂子、石依苹、耿林锋，还有邓桦和周所长，准备再约夏慧天，但要石依蕙打电话。石依蕙一听就知道撞车了。按说趁了五一黄金周这样的好机会，一家子再加上邓桦这些热心帮忙的朋友在一起聚聚，也是情理中的事，可偏生又与她和夏慧天的计划撞在一起。这时石依茜就一个劲地催她快给夏慧天挂电话，说通知晚了人家另有安排就不诚意了。石依蕙虽然不情愿，但也不想因为自己一己私心扫了大家的兴致，于是拿起手机拨夏慧天的号码，正好夏慧天那边是忙音。石依蕙说：暂时打不通，依茜那你快去准备准备，她是存心把石依茜支开再与夏慧天通话。石依茜说正好约了石依苹一起上超市买食品，就下楼开车接石依苹。石依茜刚走，手机就响了。石依蕙一看是夏慧天打来的，忙接了。夏慧天说他已经联系了七星坪度假山庄，马上打的到石家院来接她。石依蕙就把刚才石依茜约大家出去，也约了夏慧天的计划说了。夏慧天说这样也好，就算大家给你过生日哩。

石依宝是坚持不去的，他说早约了朋友到家里打麻将。郭志凤说是给石二奶炖了鸡，要上医院送饭，也不去。耿林锋带着棠棠来了，石依茜与石依苹上街买了食品饮料之类搭在车上。邓桦电话里说他开了车与周怀忠自己去，现在就等夏慧天了。约莫等了十来分钟，夏慧天才匆匆赶来，说是有点小事耽搁，让大家久等了。于是五个大人一个小孩挤一车，石依茜开了车向郊外驶去。离了市区，石依蕙才想起来，问石依茜是要去哪里玩？石依茜说去七星坪度假山庄，坐在后坐的石依蕙与夏慧天就相互看了一眼，会意地笑了。

小车一出闹市区就别是一番景象，时令已是春末夏初，清晨的阳光把新绿的山山岭岭映衬得格外苍翠浓郁。杜鹃花红的、紫的一蓬蓬绽放在绿荫丛中。沿路两旁田野里油菜花在阳光之下更加金黄灿烂，带了清新气味的菜花香一阵阵从车窗外扑面而来，仿佛要把人给熏醉了一般。石依茜听了大家齐声赞叹，就把车速放慢了，说道：怎么样？让你们出来欣赏大自然呼吸新鲜空气，还不高兴哩。石依蕙知道这话是对着她来的，就笑道：怎么不高兴，我们一车人都高兴得叫你姑奶奶了……石依茜问：姐，七星坪你去过吧？石依蕙说：怎么没去过，读初中时还来了两次呢，慧天，你还记得不？夏慧天当然记得，初一下学期来过一次，临毕业那年又来过一次，说着车已经驶入七星坪地段，沿着一条清澈的河床与两岸的奇峰怪石、老树竹林渐入佳境。

小车沿着河边的水泥路渐渐进入了七星坪，七星坪因对岸的七里岭而得名。河的两岸是一片开阔的鹅卵石沙滩。沙滩上奇形怪状的石块常年被雨水冲刷，显得光滑明亮、洁净如玉，喜欢玩石的人常拣了去，称为七星石。河道北岸的七星岭翠峰耸立，峭壁岩缝间时有山泉飞涌，溅出一条条亮晶晶的水花。河的南岸半山上是一个布依族村寨，寨子掩映在松柏竹林间，顺着一条弯弯曲曲的石级便可抵达寨上人家。二十年过去了，石依蕙印象中的七星坪似乎没有多少改变，依然是那样山清水秀，古朴自然，只不同的是，村寨下面开阔的河岸边开设了度假村，砌了几间土不土，洋不洋的小楼房，又在河滩上搭了些红红绿绿的帆布棚子，撑了些太阳伞。车还没到达，远远就看见沙滩上河水里满是来度假的游人。划船的，玩水的，吃烧烤的，把一个清幽平静的环境弄得一片喧哗。

石依茜直接把车开到一间帆布小黄房子旁边。邓桦与周怀忠已先到了。正在那里等候。下了车，有不认识的，石依茜就介绍握手。石依蕙是第一次与邓桦见面，握手时就热情地说道：邓科长，我真不知怎样感激你。邓桦忙说：大姐，你太客气了，叫我小邓就行了，用得着邓桦的地方，尽管说就是。众人握手言笑一番，就在黄房子门前的太阳伞下坐了。石依茜与石依苹就把食品饮料水果之类搬出来，摆了满满一桌子。众人一边吃一边就欣赏风光，说长道短。石依茜说大家先聊聊，要走也别走远了，待吃了中饭再自由活动。

石依蕙坐了一阵，趁大家谈兴正浓，就抽身踩着沙滩作散步状，走着走着就看见村寨脚下那株老枫香树。这株老树在石依蕙印象里是最深刻的了。于是便加快脚步走过去。

二十多年前，石依蕙与同学们来七星坪春游时，那年她才十五六岁，花一般的少女年华，就觉得这株古树已经很苍老了。斑驳的树皮上结满了厚厚的苔痕，枝叶像伞一样扩散开去，盘根错节的根蔓在草丛中弯曲绵亘，申展着一直爬到旁边的岩壁上；树脚下那块青石板依旧光洁如玉，刻在石板上的“护寨树”三个阴字几乎都被风雨磨砺得分辨不清了。石依蕙站在树下，心想她二十多年前看见这株古树与现在的形状仿佛没有变化，而人哩？石依蕙想到从今天起她就进入四十岁了，四十岁的女人意味着什么呢？石依蕙心里不由生出些许淡淡的惆怅。

石依蕙还沉浸在回忆中，就感觉背后有一个脚步声在向她走来。回头一看，原来是夏慧天，就笑道：你也来了。夏慧天说：我知道你一定在这里。就找来了。石依蕙双手抚摸着枫香树，苦涩地笑着说：慧天，站在这株古树下，你有什么感想？夏慧天凝着眉头，显出一脸的无奈，说：依蕙，你知道由于我父亲“文革”一开始就受迫害，我的整个学生时代都是在压抑中度过的。但时光如果能够倒转，我仍然愿意回到童年，回到我们一起在这株古树下吃野餐的那个时代。石依蕙突然问：慧天，你父亲的问题后来怎么样？夏慧天抬起头，仰望着茂密的树林，叹道：1979年平反了，还补发了一大笔工资。可无论怎么补救，都补不回我父亲遭受的冤屈，更补不回我们一家遭受的屈辱和苦难。依蕙，你知道我为什么辞了公职，为什么要当律师吗？我是希望世界上少一点冤屈多一些正义……夏慧天发觉有点控制不住自己的情绪，忙打住，说：走吧，依蕙。大伙正在等你吃中餐哩。

石依蕙与夏慧天回到黄房子时，酒菜已摆到饭桌上了。石依茜中午安排吃野味。餐桌上尽是黄焖野兔、烤野猪、清炖蛇汤、爆炒山鸡之类。大家就稀里哗啦把一桌山珍野味往肚子里填，一边吃一边说这肉好嫩那肉好香。石依蕙心里就琢磨，这人真是越吃越怪了，鸡鸭鱼肉吃腻了，就把这些山里的小动物拿来换口味，肚子都快成野生动物的葬身之地了。石依蕙一想到山林里活蹦乱跳的小动物都被切成碎块上了餐桌，就不忍心再去吃，只夹了些葱蒜配菜送饭。邓桦见了就说道：大姐你在广东吃不到这些山珍的，比如娃娃鱼，这可是我们贵州独有的特产……石依茜说：邓哥你就别劝我姐了，现在她正在大发慈悲哩。周怀忠忙问道：大姐信佛教是么？石依茜却说：我姐信什么佛教，她是天生的菩萨心肠。夏慧天说：提起佛教，大家倒可以上七星岭的七星寺去看看，才修复好了的。石依苹说：别去别去，那山路简直不是人走的，前两个月与同校老师去了一趟，差点没从岩上摔下来。石依蕙却说：慧天，我倒是想去看看哩。上七星寺没有西藏佛教徒几百里三跪一拜朝佛那么难吧！

饭后，石依茜、耿林锋、邓桦和周怀忠四人正好凑一桌玩麻将。石依苹领着棠棠到河边沙滩上拣七星石。夏慧天就与石依蕙一同去登七星寺。

二人顺着河岸过了石桥，再穿过一丛竹林就到了山脚下。石依蕙说：慧天，你记得吗？那年我们春游也上了山的，山上的寺庙“文革”初就被红卫兵砸了，只剩一堆废砖破瓦，什么时候修复了？夏慧天就告诉石依蕙，三年前他在市政协会上与几位委员共同拟了一份提案，为落实党的宗教政策，也为了发展南柯市的旅游业，增加旅游点的人文景观，建议政府将砸毁的七星寺重新修复，没想到这个提案很受市委和政府的重视，专门召开常委会研究，当年就拨了款，去年八月份基本完工，只修了间大雄宝殿和几间耳房，不过多少已经有了点寺庙的规模，只等逐步完善罢了。石依蕙就笑着说：慧天，看不出你对南柯市的文物古迹还很有感情。夏慧天就摇头笑笑，说南柯这类地处西南边远的小城，史称荒蛮烟瘴之地会有什么稀罕的文物。一座咸丰年间的石板桥，一排同治年间抵抗少数民族起义的城墙都叫文物古迹，要让三朝古都的专家听了，又要笑我们夜郎自大的……

二人说着已经登上上山的路，这路早年原是青石铺的，年长日久已经残缺不全，再加上前两年修寺庙，包工头却把原来路上好一点的石板都撬开弄到山上修庙去了，便用些乱石垫在路上，行走十分艰难。难怪山下这么多游人，上寺庙去的却寥寥无几。二人刚走了一小段，石依蕙只顾听夏慧天说话，一脚踏空，就往旁边的灌木丛倒去。夏慧天眼快，忙伸手去拉，刚拉着石依蕙的手，自己却并未站稳，两人就一齐倒在草丛里。夏慧天一张脸正好压在石依蕙的胸口上。夏慧天慌忙翻身起来，再去拉石依蕙，问她伤着没有？石依蕙摇摇头，脸上漾出羞怯的红晕。

这回二人小心翼翼，不时互相搀扶着，拐了两处山弯，就见凿在石壁上的“七星寺”三个楷书大字。字是早年建庙时刻上去的，如今已涂上一层红漆。顺着刻字的石壁登上去，终于看见绿荫丛中的青瓦红墙。进了山门，原来那堆废墟上，果然耸立起一座崭新的庙宇，正殿门口的“大雄宝殿”四个朱漆烫金大字显得格外醒目。寺庙的规模不大，比起石依蕙曾经朝拜过的名刹古寺实在微不足道。但她想这毕竟是故乡唯一的佛门圣地，心里就不由生出几分敬意。

大殿门口有十几个游人，大约都是来敬香的。殿门的香炉上几炷檀香还飘着青烟。石依蕙说慧天我们也去敬香吧。夏慧天不置可否，只跟在石依蕙后面进了大雄宝殿。殿堂里其实还很不规范，中间的佛坛上仅供了释迦牟尼的莲花坐像，旁边有一尊观音菩萨手持净瓶的白瓷像。两侧倒也塑了许多的罗汉，加上一个个怒目金刚，便也增添了几分庙宇的庄严肃穆。二人进入殿内，石依蕙虔诚地向佛敬香，一举一动显得非常庄重。石依蕙所做的一切，夏慧天全看在眼里。到了外面就问道：依蕙，你真相信菩萨会保佑我们什么吗？石依蕙就睁了一双惶惑的眼睛反问道：佛菩萨不保佑，这么多善男信女来给他们烧香磕头为的什么？夏慧天就笑了，说：烧香磕头祈求保佑，那是人们一种善良的心愿。如果认为烧香磕头了佛菩萨就能解救自己，那只是一种对佛教的误读罢了。佛经说的因果报应，六道轮回指的都是个人造业的结果。就是不烧香磕头，只要你心里充满仁慈和智慧，发大悲心存四宏愿。就像你在餐桌上可怜那些被屠杀的小动物一样，有了这样的善根，也不用谁保佑，你自己都是菩萨了……石依蕙听夏慧天说得自己似懂非懂，就问道：慧天，你几时也信佛了？夏慧天说：佛教博大精深，内涵丰富，里面的学问大得很哩。说我信佛，其实也并不准确，我是把佛教当做一种人生的哲学来研究的。但我只学了点皮毛，主要是对禅宗的兴趣浓一些罢了。石依蕙说：我信佛只知道烧香磕头，行善积德，哪里懂得你讲的那么多道理。慧天，这庙里怎么不见和尚？夏慧天突然就笑了，用手往旁边一指，说道：说和尚和尚到。石依蕙转身看去，果然就见耳房门口正走出一个和尚来。那和尚约莫三十多岁，穿一身藏青色圆领方袍的僧衣，裤腿束着绑带，面目和善，眼含慈光，此刻正带了微笑向这边走来。和尚走近了，开口说道：夏律师几时来的，失迎失迎……边说就双手合掌，在夏慧天面前打了个躬。夏慧天忙回答道：净光法师，我们许久不见了，今天陪一位分别多年的老同学到庙上敬香，就说顺便来拜望你哩。说罢就介绍净光法师与石依蕙认识。二人道了恭，净光法师说：石施主慈颜善目，福缘不浅啊。石依蕙不懂净光法师说的福缘是什么意思，忙看着夏慧天，夏慧天便替她回答道：我这老同学心地善良，从经济上说，也算有福吧。

净光法师说请二位到耳房喝茶。夏慧天与石依蕙就跟着净光法师进了寺庙旁边一间平房。石依蕙见屋里陈设简朴，窗明几净。案头上的录音机正开着，一首梵乐如清风徐来，沁人肺腑；半炷檀香青烟袅袅，散发出阵阵幽香。趁着净光去泡茶，夏慧天就介绍说和尚是成都佛学院毕业的，寺庙建好后宗教局专程请了来做七星寺的住持。因为和尚刚增补进政协，就与他熟悉了。说话间净光已经端了茶上来，喝茶时，夏慧天与净光谈了些寺庙的建设状况，其中就谈到了上庙的山路问题。净光说七星坪度假山庄开办以后，许多游人都很想到寺庙来看看，也有不少善男信女是诚心来朝佛敬香的，只因为山路毁坏严重，一般人就望而却步了，说到山路，自然又是资金问题。净光法师已经写了两次报告到宗教局，但迟迟不得落实。夏慧天说市里很快要开政协会了，到时再联络几位委员写个提案，专门说修七星寺山路的事。石依蕙没答言，只认真地听着。

说话间石依蕙的手机突然响了。电话是石依茜打来的，说是要回城里了，催他们快下山。二人忙告别净光法师，顺着原路往回走。俗话说上山容易下山难。刚走几步，石依蕙便不敢下脚了。夏慧天把手伸过去，石依蕙很自然地挽住了他的手。俩人一路没说话，就这么紧紧地搀扶着。到了山下，走入了平路，他们的手却没有松开。石依蕙多么希望这条路长一点，再长一点……让她挽着身边这个男人，永远走下去……

13

因为金玉康的默许，石筑的案子在市公安已经搁了一个多月。死者的父亲赵师傅就一直不断地向上反映。先还是找公安，公安这边的答复总是那句话：正在落实材料，调查取证。后来赵师傅就写了状子，寄往市政法委，市政府、市人大、市委，上面照例把这些材料转到市公安局。金玉康也懒得看，如数转到办案组邓桦手里。赵师傅花钱花精力搞那些东西，我们领导同志成天日理万机，忙完了还要应酬吃喝，哪里有时间去看哩，最多是由办公室的小秘书们签个字盖了公章。是属于哪一个部门管的就转到哪个部门去。这些材料堆在文件柜里有一大堆，邓桦也不看，偶尔就揣了一两封在皮夹里，到茜子茶楼喝茶时给石依茜看。石依茜说道：邓哥你让我看这些东西干吗，我知道你够义气帮大忙就行了呗。邓桦就说：依茜我可不是向你表功来的。你看这些材料市委市政府还有人大都盖了公章，让我们“速办”。这案子再拖下去我邓桦可要落个抗上瞒下的罪名了。石依茜说：没那么严重吧，有金局长顶着，再说你不是还没找到见证人，比如那天与石筑一起吃饭的那个女孩柯小芽……邓桦说：那是我故意不去的，就留这么一条尾巴了。要是把柯小芽的证词都落实了，我还敢不往上报？石依茜说：邓哥，上次不是说了吗，你再找找柯小芽，万一她的证词对石筑有利呢？邓桦摇摇头说：没用的，据石筑供词交代的情况，柯小芽从饭馆出来就与石筑分手了，她能知道什么？不过按正常手续还是要去找找她。哪天我再去一趟吧。两人又扯了闲话，石依茜问道：邓哥，花源宾馆那儿条件怎么样，不行再叫吴姐换个地方。邓桦说：依茜，你把我当什么人了？这么好的宾馆房间，还有位小美人伴着，我再不满意，大约就是想当皇帝了，你又不能给我配个三宫六院七十二妃子什么的……石依茜就笑了，说：邓哥呀，你当那皇帝干什么，整天有太监跟着不自由哩。邓桦笑笑就说要走，石依茜说：邓哥，哪天把雁儿叫过来看看，只听吴姐说是个小美人儿，也不知美得像什么模样？邓桦说：再美也不如你呀。石依茜撅了嘴说道：看你，又来了。邓桦忙赔礼，道：对不起对不起，我兄妹俩不说这个……转身就走了。

其实邓桦对雁儿是非常称心的。雁儿不仅小鸟依人，而且非常温柔自重，邓桦几次另外给她些钱，雁儿坚持不受，她说茜子茶楼的吴姐已经说好，每月给她六千元，不准再收客人的小费。有一次邓桦给她买了一套连衣裙和一双皮鞋，说了多少好话雁儿才收下。又一次邓桦给她买了部手机，雁儿无论如何不要，她说拿了也不知干什么用。邓桦说怎么没用呢？有了手机我叫你也方便呀。雁儿这才收下。有时候，邓桦也来了好奇，想了解一点雁儿的身世，但邓桦一问到这方面，雁儿总是东拉西扯地回避了。

邓桦从茜子茶楼出来，一看表才九点多钟，就想起两三天没见雁儿，有点牵挂哩，就用手机往宾馆房间打电话，机子响了一阵没人接。邓桦估计雁儿不在宾馆，就又给雁儿打了手机，雁儿接了，邓桦问雁儿你在哪里？雁儿说在郊区一位亲戚家。邓桦说你上宾馆来吧，我想你哩。雁儿说我这里离城有点远，晚了出来也不方便，再说……雁儿还想说什么，邓桦打断道：雁儿来吧，打的过来我报销，今晚真的很想你。我现在就到宾馆房间去，你可别让我老等啊。邓桦关了机，便慢悠悠向宾馆走去。进了房间，把门关上，灯开了，坐下来抽了支烟，才脱了衣服到浴室痛痛快快冲了个热水澡。

邓桦从浴室出来，也懒得再穿衣服，赤裸着身子躺到床上，拉了条毯子盖住，然后就一门心思等着雁儿快来。邓桦以前也像这样等过雁儿的，于是又想入非非，想着那千娇百媚的小美人儿进来了，然后就看见她一层层剥掉衣衫，退掉乳罩，脱去内裤……于是那莲藕一般光洁的玉体就呈现在雾一般迷蒙的光线里。这时她再去浴室冲了热水澡，喷上香水，散着一头披发，轻盈盈娇滴滴如梦中仙女向床上走来……邓桦想着想着就睡着了。也不知过了多久当他睁开眼睛时，雁儿已躺在他身边。邓桦就问雁儿你怎么现在才来？雁儿就说我不是告诉你我在郊区亲戚家么，晚了又没公共汽车，好不容易来了一部的士，我才打的过来的。邓桦也不追究雁儿的话是真是假，就一把将她搂过来要干事。雁儿说：莫哥，我今天来月经了。邓桦一摸果然夹了带子正是红中，顿时就像泄了气的皮球。问雁儿你电话里怎么不说？雁儿说要说你也不听，邓桦自认霉气，便松开雁儿翻身又睡了。

第二天下午，邓桦进了办公室就对罗丽说：罗丽，我们今天去把柯小芽的证词落实了。罗丽问道：邓科，现在就去？邓桦点点头说：你收拾收拾，我去把车开出来，马上就走。

柯小芽家的地址，是通过提审石筑知道的。石筑说他也没去过柯小芽家，只知道她父亲是036厂的工人，叫柯大中，她们家就住在厂里的家属区宿舍。

036厂在西和村，离市区大约五公里。上世纪六十年代搞大三线建设，许多北方的国防工厂举家搬迁到大西南，光南柯市当时就有五六家这样的厂。这些国防工厂到了八九十年代纷纷改产，有的生产电子配件汽车配件，在市场经济大环境下能搞得好的不多，于是有的搬迁有的倒闭。036厂实际上早已名存实亡，工厂下马后，工人调走的调了，下岗的发几百元生活补助费。原来鼎盛一时的国有企业，如今大都仅剩下一幢幢废弃的厂房和一堆堆只能当破铜烂铁的机器。

邓桦将车开到036厂家属区宿舍停了，就去家属委员会问柯大中家的地址。家属委员会主任看他们是公安的，知道有事，就亲自领了邓桦和罗丽到柯小芽家。到了家门口邓桦对居委会主任说谢谢了你回去吧。居委会主任是明事理的，转身就走了。

这是一长排六十年代初修建的宿舍房，没有楼层的。屋面盖了水泥瓦。柯小芽家住在靠边上，便又用牛毛毡旧木板搭了个棚，像是厨房。门口堆了些煤炭木箱之类的杂物。一眼就看出这人家的简陋和贫穷。邓桦走在前边，见门虚掩着，便伸头往里看，却见一屋子堆了许多小药瓶儿，一个四十多岁的中年妇女正在给瓶子贴标签。那女人一脸蜡黄，两眼浑浊，像是有病的样子。邓桦轻轻敲了门，那妇女便抬起头来，问道同志你们找谁？邓桦说这里是柯大中家吗？那女人一听就紧张了，忙站起来问同志，我家老柯出什么事了？罗丽说没事没事，我们是来找你女儿柯小芽的。女人像是松了口气，说道：我们老柯下岗了，没活干在给人家跑的士，我看你们是公安的，就以为他犯事了哩，同志你们坐……女人一边喊坐，一边东张西望，像是在找凳子。那屋里堆满了小瓶儿，中间的一条高凳上摞着大叠的标签和糨糊。女人忙把高凳移开，腾出一点空间，再找了条小木凳让邓桦和罗丽坐了。妇人一边忙活，一边就说在家没事，给人家农药厂贴药瓶标签。罗丽就问贴一张标签多少钱？女人答道两分，从早到晚也可挣个二十来块钱。又说她大儿子在南京念大学，女儿小芽今年还考呢。要真考上了还不知咋供得起。话说间已经收拾好了。见邓桦罗丽已经坐定，知道他们是来找女儿的，才对室内喊道：小芽小芽，有同志找你，接着就听屋里一个女孩应了一声，说是把手上一道数学题解完了就来。女人说你先来，别让人家同志老等。于是便对邓桦和罗丽解释，说小芽去年没考上好专业准备今年重考，正抓紧时间复习哩。说话间就听里屋的门嘎吱一声，一个女孩从门内闪身出来。

之前邓桦正在听女人说话，待听见门响，转身一看，不由得惊呆了。你道这柯小芽是谁？原来就是雁儿。邓桦此时恨不得找个地洞钻进去，目光在屋里晃荡，也不知往哪儿看才好。于是忙伸手往包里摸，摸出一个小笔记本出来，煞有介事地翻着，仿佛在找什么。尽管今天邓桦一身警服，仪表威严，柯小芽还是第一眼就认出了他。只是柯小芽万万没有想到，自称莫老板的嫖客，原来竟是一位公安干警，所以认出邓桦时，先是一阵惊愕，脸上显出很慌张的表情。后来想他们绝不会是为宾馆包房的事而来，反而就镇定了。于是就装出一副无所谓的样子，问道：你们找我？邓桦想说话没说出来，就转身给罗丽使了个眼色，罗丽明白邓桦是让她问话，就说：你就是柯小芽？柯小芽答道：我就是柯小芽，你们找我有事就说。罗丽就笑着说：看你，多漂亮的小姑娘，说话怎么硬邦邦的，一点也不温柔。柯小芽的母亲忙说：小芽，人家公安同志好好问你，咋就这样回答。邓桦本来不想说话的，见柯小芽不高兴，便想缓和一下气氛，也免得老是尴尬着不是办法，就对柯小芽说：柯小芽，我们是市公安局的，找你了解一下四月六号你与石筑一起的情况。

提起石筑，柯小芽一双水灵灵的眼睛就有点暗淡了。柯小芽与石筑其实并不是一个学校的，前年市里举办全市中学生运动会，两人都是田径组的运动员，所以就认识了。去年高中毕业石筑没考上大学，柯小芽也因录取专业不合心意，两人都进了补习班，渐渐便熟悉起来不久就交了朋友。石筑杀人那天下午，原是邀了柯小芽到快快小餐馆吃晚饭，饭才吃到一半，石筑喝了点白酒，说是菜不够，再去让老板炒两个菜。石筑这边起身刚走，就见邻桌的五六个中学生中的一个没凳子坐，过来就把石筑的凳子拿走了。柯小芽没阻拦住，待石筑回来，一看凳子不见了，问柯小芽，说是邻桌的那个学生拿走了。石筑就去问那学生要回凳子，那学生就是铁中的赵兵。赵兵不给凳子，大约说了几句不中听的话，石筑就与赵兵推推搡搡地动起武来。赵兵的几个同学一看要打架，都围上来帮忙。柯小芽怕石筑吃亏，忙拉了他回来。石筑当时饭也没吃好，付了账与柯小芽走了。一路走还一路骂赵兵，柯小芽劝了半天，石筑就说这几个家伙敢当着我女朋友的面欺侮我，他妈的想找死了……后来柯小芽回了家，过了两天才知道石筑杀死赵兵的事。此后，她曾到看守所去看望石筑，石筑对柯小芽说，这件事你装着不知道就行了，所以柯小芽就闷在肚里，一直没给人提起。刚才邓桦和罗丽找她，柯小芽心里也琢磨大约是为这件事来的。现在邓桦已把话挑明了，柯小芽就说道：那天我是跟石筑在一起，你们想问什么就问，我知道的都给你们说……

邓桦忙解释说：柯小芽，我们想请你到局里说，因为案子关系重大，还要做笔录，你看，现在能不能跟我们去一趟？

柯小芽的母亲听女儿说了几句，大约也明白是为了一桩什么案子扯到女儿，要找她了解情况。只是还有点不放心，就问道：同志，不关系到小芽吧，这孩子平常挺听话的，最近晚上有时总不回家，问哩，说是在同学家里住，我就怕她惹出什么事，当父母嘛，揪心……柯小芽闷声站着，眼里早含了两滴泪珠，听她母亲这一唠叨，就沉不住气了，说道：妈，你说这么多干吗，我跟他们去……说着就自个往外走，一边走一边说：走吧，我跟你们上公安局。

柯小芽刚出门，邓桦和罗丽也站起要走，临走时就安慰柯小芽母亲，说这案子绝对没有柯小芽什么事，只找她去问问情况，问完了就送她回来。柯小芽母亲连声说谢谢送他们出门。

三人在路口上了车，到公安局时，邓桦就借故有其他事，让罗丽和另一干警小马询问柯小芽。又一再交代要好好说，别逼她，问完以后一定要小马开车把柯小芽送回家。

14

从七星坪回来以后，夏慧天在他书房的蒲团上怎么也坐不住了。就是坐着，也是心猿意马，满脑子都想着石依蕙。

多年来，夏慧天一直把参禅作为自我修身养性的业余功课。每每到了空闲时间就往蒲团上一坐，面对一个大大的“禅”字就进入了息心静虑，无思无我的空灵境界。那时他读《六祖禅经》，非常赞叹慧能禅师“心迷法华转，心悟转法华”两句偈语，渐渐就做到任你外界风雨雷电，只要沉得住气，心就安之若素，就会拨开云雾。这时候智性的光芒便是云散天清的大日如来，遍布一切方所。而这些天禅师的教诲仿佛不灵验了。到蒲团上坐不到十分钟，心就开始天马行空四处乱奔，而且越是想静虑的时候心就越乱，前两年，同行们曾开玩笑说你夏慧天仪表堂堂满腹学问，分明是块风流才子的料，就算不去花街柳巷歌厅舞厅潇洒，也该找个红颜知己暗度陈仓。人生一世草木一秋，你何必假清高装正神苦了自己。现实的诱惑也罢，同行们的开导也罢，夏慧天守心如铁，坐怀不乱。而现在哩，石依蕙是一枚巨大的重型炮弹而不是一颗石头，把夏慧天多年的修炼炸得遍地横飞。

夏慧天在蒲团上坐了一个多钟头，眼看天色渐渐昏暗下去，屋里顿时就黑下来。他本不想起身去开灯的，突然手机响了，夏慧天只得站起到书桌上拿起手机接了。电话那头就传来石依蕙温柔的声音：慧天，我是依蕙，你在哪儿哩？夏慧天忙答道：啊，是依蕙，我在家里。石依蕙就问他有没有空？如果方便的话现在就上茜子茶楼来。石依蕙虽然没说到茜子茶楼做什么，夏慧天忙回答说我没事，很快就到。

夏慧天匆匆换了衣服，出门就招手打了部的士，说是上茜子茶楼。进了门才想起没问石依蕙是在几号包房，便去服务台询问，吴姐听是找石依蕙，忙亲自出来把他领到楼上二号房。夏慧天轻轻敲了一下门，里面就传来石依蕙说请进的声音。夏慧天推门进去，顿时就被屋里的景象镇住了。

房间是精心布置了的，窗台和音响柜上都摆着鲜花。屋子中间添了一张红木小圆桌，桌上一钵水仙花灿若云霞，旁边的烛台上燃着一支红烛，烛光曳曳；另一边玻璃杯中云雾茶正散着热气，飘出一股淡淡的茶香；音箱里传来《二泉映月》的古曲，那声音轻如微风，若有若无。石依蕙穿了那件月白碎花缎子旗袍，端坐在小圆桌旁边，见了夏慧天进门，悠然欠起身子说道：慧天，没想到你来得这么快，坐吧。桌子对面留着一条凳子，是给夏慧天准备的，两人便对面坐了，说是对面，因那红木圆桌极小，中间间隔也就两尺吧。

夏慧天刚坐下，服务小姐泡了茶再端些开心果、话梅之类的小吃进来。夏慧天一脸疑惑地问：依蕙，你这是怎么了，有事么？石依蕙便笑道：会有什么事呢？请你喝茶不可以吗？夏慧天忙说：谢谢，谢谢，就正了眼去看石依蕙。石依蕙今天虽然着了旗袍，脸上仍然与平常一样不施脂粉没有一丝化装的痕迹。夏慧天心里想：石依蕙属于那种天功造化的女人，她不化妆也许比化了妆更美。就说：依蕙，你穿这件旗袍真的很好。他原来想说美的，说到很字时就突然改做好了。石依蕙笑道：那该谢谢你哩。夏慧天说：我之所以说好，这旗袍不仅适合你的身材、长相，也适合你的性格。我老是觉得你从外表到内心都有一种东方女人的神韵，所以这件旗袍就把这种神韵增加到了极限……夏慧天突然停住，继而又说：依蕙，你不会说我是在奉承你吧？我是真心的。石依蕙就莞尔一笑，说：就算你奉承，我也喜欢听。我没有你说的那么有神韵，但你说了我心里就很高兴。石依蕙说着剥一颗开心果递到夏慧天手里。

一个自认传统的女人此刻已把传统道德忘到九霄云外。一个拜倒在禅祖脚下守心如铁的男人现在早心猿意马。原来感情这支利剑是可以穿越千年时空，刺透铜墙铁壁的武器，什么东西能阻挡呢？

两人就又一边喝茶，一边嚼着开心果。夏慧天问道：依蕙，我从未见过你化妆，若天下女人都像你，那卖化妆品的商店要关门，生产化妆品的工厂可要倒闭了。石依蕙就笑笑，也不答话，就将茶壶提起来，在桌面上洒了几滴茶水，然后用手指沾了在桌面上横着写了“素面朝天”四个字。夏慧天就笑着说现今三十岁上去的女人，敢素面朝天就稀少了。待夏慧天说话时，石依蕙又沾了水在素面朝天的“天”字上竖着写了“夏慧”两个字。连着原来的“天”，就成了夏慧天的名字。字行是这样摆的：

夏
慧
素 面 朝 天

写完了，石依蕙就含情脉脉地看着夏慧天，说道：慧天，古人说女为悦己者容，我可是素面朝你啊，不见怪吧？夏慧天微微摇着头，一双手就紧紧握住石依蕙刚才写字的那只手，俩人的头渐渐地靠拢，嘴唇就相吻了……

过了许久，当两张含嘴分开的时候，石依蕙的眼里已噙满泪水，她喃喃地说道：慧天，我知道不该这样……但我太爱你了。这是我一生中第一次真正爱一个男人，在我本该去爱的那个年代我从未爱过，结婚后也不知道爱是什么。到了现在，都四十岁了，我心里才唤起那种感觉，仿佛没有你我就活不下去似的……慧天，原谅我……夏慧天坐到石依蕙旁边，用纸巾为她拭着泪，说道：依蕙，你不用伤心，我们谁也没有错，不存在谁原谅谁的事。倒是我应该谢谢你给了我勇气，使我敢于面对，其实我心里早就渴望着你了，幸亏今晚你给了我这个机会，让我们可以敞开心扉……石依蕙将头靠在夏慧天肩上，说道：慧天，我知道你有家，有妻室儿女，我不要你对我负任何责任，更不要你离婚。我只要你心里有我，常给我打电话，空了，就陪我喝一杯茶，我也就心满意足了。除此，我真的不敢有再多的奢望……俩人又相依缠绵着，谈了彼此的心事。幸福的时刻总是非常短暂的，尽管夏慧天说今晚是星期六，婷婷不去上晚自习，所以不忙着回去，就一直坐到了十二点钟。石依蕙才说：慧天，你还是该回去了，你不比我啊，我是自由身，无羁无绊，独来独往的，你还有一个家……说罢便起身从沙发上拿过一个礼品袋，说道：这是我给你的礼物，一套西装，比了你身材买的。你穿了不适合，还可以去换哩。夏慧天推辞道：依蕙，你这是……还礼呀！石依蕙就点点头，笑道：古人说“投之以木瓜，报之以琼瑶……”彼此有了赠物，穿在身上常常才会想着对方哩。夏慧天接过礼品袋，笑道：那我回去后就成天穿这套西服了……

出门的时候夏慧天说：依蕙，我送你回去。石依蕙说：不用了，你自个走吧，依茜玩麻将去了，说好十二点钟来接我的。

夏慧天回到家，余英还没睡，见夏慧天提了个礼品袋进来，问道：慧天，你一整晚到哪里了？夏慧天答道：有个案子的当事人请去喝茶，谈点案件的事。余英眼睛就盯着看那个礼品袋，说买了什么好东西让我看看。说罢也不等夏慧天回答，就抓过袋子，礼品袋“报喜鸟”西服几个字就印在袋上，余英便冷笑说：哟，我们夏慧天什么时候也注意起形象来了，两三千块钱的西装也舍得买。夏慧天本来不善撒谎的，进门时余英一问，情急中就编了个谎话应付余英，现在余英再问到西服，索性就把谎话编下去了。说道：那个案子本来是不想接的，人家非要找我，怕我推托，今晚硬要送点礼物，我也不知道值多少钱。说罢也懒得再与余英啰唆，就自个上卫生间去了。

第二天上午，夏慧天到法院去了解手头一个案子的开庭时间，无意间碰到了李家栋。李家栋热情招呼夏慧天到自己的办公室坐。一边给他沏茶一边就问：夏律师，我表妹家里那个案子，听说你接了，有什么进展，可不可以给我透一点风啊！夏慧天就笑道：李院长，你真狠哩，找了块硬骨头让我去啃，我啃得动吗？李家栋就笑了，说：南柯市的骨头你都啃不动了，还有谁敢去碰？说说，让我们也了解点情况。夏慧天就简略地把了解到关于石筑案子的情况说了。顺便买个人情，说道：这个案子难度太大，本来是不接的，但你李院长的面子摆在这里，我再敢得罪谁也不敢得罪你院长大人。不过哩，我这边尽力吧，你老兄是石筑的表舅，也总得设法网开一面，保住那孩子一条命吧。李家栋这时就不说话了，摸出烟来点着，吸了两口才说道：这个案子嘛，从亲戚这个角度说，无论如何我是该帮忙的。但从法律角度说哩，这又是个人命关天的大案，所以考虑去考虑来，我只好回避了。法律条文上有回避制度的……李家栋绕了半天，最后拿出“回避”两个字把事情撂了。

夏慧天回到办公室刚把事情处理完，正准备给石依蕙挂个电话，转头一看，却见石依蕙站在门口。忙放下话筒，问道：依蕙，你怎么来了？石依蕙就一本正经地说：夏律师，我不能来吗？你是我们请的代理辩护人，找你是该找的啊。夏慧天把石依蕙让进办公室，笑道：好像有什么感应似的，正准备给你挂电话，你就来了。石依蕙就娇羞地笑道：想你嘛，所以就想来看看你。夏慧天给石依蕙冲了茶，在她旁边的沙发上坐了，说道：我也是，一不留神就想你。石依蕙被说得有点不好意思，忙端了茶杯假装喝茶，那茶还烫，她就轻轻地吹着气。夏慧天说：依蕙，今早起我到法院办事，碰到李院长了。石依蕙问：你碰到我表哥了，那他说了些什么？夏慧天就把与李家栋谈话的内容告诉了石依蕙。说到李家栋对石筑一案的态度时，夏慧天就有些责难地说李家栋也太不够人情，你们这么亲的关系，他找人说句话，也违法不到哪里去。石依蕙说：最初我们也是这样想的，所以才去找他。殊不知家栋表哥一开始就封门了。后来我和嫂子商量，嫂子说虽然是亲戚，也不能让他白帮忙的，总得表示表示。我就让嫂子带了三万块钱送上家去，家栋表哥死活不肯收，硬让我嫂子揣回来了。夏慧天点点头，说道：也难得李家栋这样的人，共产党的干部要都要像他那样，也就犯不着花大力气去反腐败了。石依蕙说：尽管这个事家栋表哥不肯帮忙，但从内心里我还是敬重他的。再说他在官场上也没什么背景，就凭着这点正直无私能混到这一步也不错了，我们也不想为了石筑的事将来害了他。夏慧天说：依蕙，你总是很能宽容人的。石依蕙笑笑：将心比心嘛。好，不谈家栋表哥了。慧天，我找你真的有事。夏慧天说：什么事你说，我去办。石依蕙说：我想出一点钱修七星寺的山路。夏慧天听了，一脸惶惑地看着石依蕙，说道：依蕙，你家里那么大的事情摆着，花钱的日子还长哩，再说，这也是政府的事。石依蕙说：慧天，你不要阻拦我了。石筑案子该花的钱我还得花，但七星寺这条路，我一定要修。

夏慧天听石依蕙说话态度非常坚决，就觉得她一定是经过了深思熟虑的，于是说道：依蕙，你是不是在做善事，造桥补路，修阴功积德，那可是老太太们才做的哩！

石依蕙说：那你就当我是修阴功积德做善事的老太太好了。

夏慧天就笑了，嬉戏道：好的好的，依蕙老太太，您要我做什么？只管吩咐。

石依蕙也被逗笑了，随即就收敛了笑容，认真说：慧天，你估算一下，从山脚到寺庙门口的石阶路，大约需要多少资金？

夏慧天想想，说：不好算，我又不是搞土建的。不过我们可以找这方面的行家，让他去实地勘察，先拿了个预算来……夏慧天停了一下，又说：依蕙，这样大的事，总不能悄悄做吧？

石依蕙点点头，说：那你看怎么办？反正我有个条件，一不要留名，二不要张扬，影响的范围越小越好。当然，比如城建局、旅游局什么的，我就怕和这些职能部门打交道。干脆我们俩分工，资金由我出，事情由你办。

夏慧天猛一下想起了什么，拍着额头说：我怎么没想起来，这件事操作过程应该由政府来办嘛，只要给骆力铭那小子说一声，有人愿意捐资修七星寺的山道，还怕他不赶紧督促下面的人去处理，哪用得着我们瞎操心。

石依蕙忙问：骆力铭是谁？

夏慧天说：我大学时的同窗，现在是南柯市的常务副市长。

石依蕙说：那也好，本来我不想惊动那些官老爷的，但现在做什么事没有他们出面还真不行。

夏慧天笑了，说道：依蕙，现在不比从前要你去找当官的，如今是当官的要来找你了。这两年市里重点抓招商引资，你只要说是到南柯搞投资建设，政府领导准把你当财神爷侍候。去年山阳县还闹了个笑话：一个从广东湛江越狱逃犯到县里宾馆住下，不知在哪儿印了几张名片，说是广州某某集团公司董事长兼总经理，准备到山阳县投资一个亿搞这搞那。弄得县里像天上掉下个财神菩萨金童玉女。四大班子一齐出动，一边考察一边吃喝玩乐，轰轰烈烈忙了三天，第四天下午各位领导正在宾馆豪华包房宴请这位“老总”。广东的公安和市里的公安就进了包房抓人……下面的事我就不说了。现在有内部文件说要保密，免得丢了我们领导的面子。

石依蕙听了笑道：人家县里领导也是一片好心，为发展地方的经济嘛，谁晓得会碰上骗子。说完一看墙壁上的挂钟已指到十二点。忙站起来说我该走了。夏慧天说上我们家吃午饭去。石依蕙突然就笑了，说还真想去看看你太太哩，不过今天不去了，改日吧。临出门就丢给夏慧天一个情意绵绵的微笑。

15

石二奶出院以后，身体明显不大如往常那般硬朗了。临出院时医生一再给石家人说，老人上了年纪，血压高，心脏又有病，千万别让她急，一急就会犯病的。所以关于石筑的事，大家就统一了口径瞒着她。都说花了点钱，各方面的工作做都通了，还有在法院当副院长的表哥李家栋也愿意帮忙，石筑现今在看守所有熟人关照，也没受苦，到时最多判个十几二十年的。等判了刑再慢慢活动，迟早会回家。石二奶听了就点头，说你们不要怕花钱，俗话早说了有钱能使鬼推磨的。鬼都能使唤得动，还怕人使唤不动么？从医院里回来的第二天，石二奶就关了门在她房间里抱出个红木首饰盒，里面是老人几十年的老陈货：两只玉手镯，一把金锁，三只金戒指和一对金耳环，还有两条金项链都是24K纯金还带了宝石的，再就是一个五万块的定期存单。那晚吃罢晚饭当着一家人的面，石二奶就哗啦啦把这些金银首饰倒在桌面上。嘴里就说这是我几十年攒下来的私房，首饰你们拿去当了，存单的钱你们取出来，只要是为了救筑筑，什么地方用得着你们就去给人家送。不要怕花钱，钱去了还挣得回来，人去就回不来了……石二奶说着说着就声泪俱下。石依茜就说你老别伤心了好不好，刚从医院回来别又弄出病来叫我们怎么办？郭志凤说妈你老别操心钱的事，大姑那里从珠海带了几十万还没用完哩。大家七嘴八舌地劝着石二奶。石依蕙待大家说完了才开口说：妈，你老人家的心思我们懂，你是怕家里拿不出钱来救筑筑？钱我是带了来的，万一不够什么时候用多少我让公司汇过来，你老别动这些首饰了，留下来将来石筑娶媳妇给她作纪念……无论大家怎么开导石二奶横竖不听。石依蕙心里就想，石筑出了这么大个事，虽然家里有钱大伙都在努力，可她当奶奶的总不能没有心意，要拿出钱去给石筑办事，老人心里才踏实哩。于是就答应再把首饰换了钱去活动，让嫂子先收起来。石二奶这才安心了。过后石依蕙对郭志凤说：嫂，你给妈保存好了，她老人家几十年的攒积，我可不忍心动的。

早晨，石二奶让徐姨端了椅子到后院，她在院子里晒太阳。虽然入了夏，早晨的太阳不烤人，石二奶心情好一些，就看园子里的花。那盆石竹花经石依宝后来换了个好花钵，又换了土浇了肥，竟然又长得青枝绿叶还开了花。见石竹花又蓬蓬勃勃，石二奶心里就更高兴。再看那一园子的月季、栀子、杜鹃、美人蕉……全都红黄紫白，五彩缤纷，阳光一照，露水未干，那花就格外地鲜艳夺目。

也不知几时，石依蕙端了条板凳在石二奶的旁边坐着。石二奶转身见了石依蕙，正要说话，石依蕙倒先开口说：妈，回来都一个多月了，总没陪你老人家坐坐。石二奶笑着，说：我晓得你为筑筑的事整天忙，要真忙出个眉目，你也该回去看看，金满在厂里事多，回家也总得有人照顾他。一提到金满，石依蕙就沉默了。与金满离婚三年多了，石依蕙只让哥嫂和两个妹妹知道，说了不要告诉石二奶的，怕她难过。刚才石二奶提到金满，石依蕙就有点支吾，没正面回答。不过她又想这件事总瞒着母亲也不行，就说道：妈，我告诉你一个事，你也不用操心，我跟金满离婚了。石二奶一听，脸色就沉下来了，说道：你们日子过得好好的，干吗就离婚了呢？再说我看金满那人也不错，家里也算个大户……

石二奶见过金满三次，一次是金满与石依蕙刚结婚不久，回南柯来过春节。一次是石二爷去世时金满与石依蕙回家奔丧。再一次石依蕙接了石二奶到广州她们家住了一个多月。在石二奶的印象中，金满算得上是个好女婿。于是她暗自庆幸女儿找了个好郎君，嫁到了好人家，这一点总算是石二奶心中最大的慰藉。所以当石依蕙告诉她与金满离婚的消息，老人就格外地想不通。于是又说：蕙，是不是你没有把金满侍候好，人家嫌弃你了？石依蕙说：妈，不是这样的。石二奶又问：那是为什么了？离婚总得有个说法。石依蕙说：妈，这件事我与你也说不清楚，你老晓得就行了，别问那么多好不好。于是又告诉石二奶，说是她与金满离婚以后，自己在珠海办了制衣厂，专门生产服装等等。又说他们的女儿金晶已经由她爸送到国外读书去了，在那边生活已经适应，还经常来电话哩。石二奶听石依蕙提到外孙女金晶，不禁又感叹一番，说你们俩真狠心，十几岁的小姑娘就舍得让她到外国去读书。石依蕙就从皮夹里摸出金晶在美国华盛顿白宫前照的一张照片给石二奶看。石二奶拿了照片，戴在老花镜左看右看了一阵，说没想到金晶都长成大姑娘了，这么漂亮真像你年轻的时候。

母女俩正说着话，徐姨端杯开水拿了药瓶子过来，说是石二奶该服药了。石二奶接过水杯服药时，徐姨对石依蕙就：大姑，有句话我想问，成吗？石依蕙说：徐姨，有什么话你只管说。徐姨说道：前一阵我在医院照护二奶一个多月，如今她老人家也出院了，我不知道大姑你们还留不留我？石依蕙说：徐姨，我妈住院这一段多亏了你看护，我们一家都挺感激你的。现在妈出院了，老人毕竟上了年纪，家里总得有个照料。你要愿意就留下来，我们真还舍不得你走哩。徐姨听了连忙点头。石依蕙又说：在家里买菜煮饭打扫卫生啦事情就可能多一些，我给嫂说说，再给你增加两百块工资，你看行不？徐姨忙连说谢谢，接过石二奶的水杯和药瓶子就进屋去了。

徐姨一走，石依蕙就问石二奶：妈，你说徐姨好吗？石二奶连连点头，说：好，好，挺会做事的，性子也温和。只是人家原来是一个什么党支部书记，到我们家干这些事，也够委屈的了。石依蕙说：妈，你不懂，这是社会分工，我厂子里有十几个党员，还不照样给我打工。石二奶说：我是不懂。“文革”那阵都说党员工人是领导阶级，怎么现在都被你领导了？石依蕙就无奈地笑笑，说道：妈，这些事我们也说不清楚，别管他了。

这时候徐姨在后门口喊道：大姑，有人找你。

石依蕙答应着，就起身向屋里走去。进了屋一看，只见客厅的沙发上坐着一个中年男人，一时觉得面熟，却又想不起在哪儿见过。那男人看见石依蕙，脸上顿时显出一点诧异的表情，站起来问道：哟，这位妹子，还记得我么？石依蕙这才猛然想起那天傍晚与郭志凤打的去赵兵家，这人不就是那个挨罚款的驾驶员师傅么？忙说：想起来了，上次坐你的车，还让你挨了罚款，师傅你坐你坐。徐姨给驾驶员沏了茶，石依蕙在他对面坐了，问道：师傅有什么事？那男人说：我姓柯，叫柯大中，是036厂的工人，下岗了，不是正在给人家跑的士么，那次你和一位妹子坐我的车还多付了钱……石依蕙便有些疑惑，就问：柯师傅就为这点小事来？柯大中答道：那事我记着你的情哩，我是为女儿柯小芽的事来的，没想到就这么巧碰着了。前几天我不在家，回来听家里的说来了两位公安找我们小芽去问事。后来我问了小芽，才知道她和你们家石筑是同学。石筑杀人那晚，与小芽在一起吃饭……

石依蕙只知道石筑杀死赵兵那晚与一个女同学在一起吃饭，但具体情况就一无所知了。于是说道：柯师傅，石筑的父母都不在家，我是石筑的大姑，事发后才从广东回来的，你要有什么事，问我也行。柯大中说：其实我想问问有没有这桩事，也怕把小芽给扯进去。家里生活挺困难的，她今年还要参加高考……柯大中说着就有点伤感起来。石依蕙忙安慰道：柯师傅，回来我了解一些情况，没听说过我们石筑的事牵扯到别人的，恐怕与你女儿也没有多少关系，你不必操心。柯大中听了就点点头，那神色仿佛又还有什么难以启齿的事。石依蕙看出来了，就问道：柯师傅，还有什么事你只管说，我要不知道的，家里还有其他人哩。

柯大中想了想，还是把他这次来的目的向石依蕙说了。柯大中说他大儿子柯小明在南京读大学，家里经济困难每月就只给他寄二百元生活费。昨天柯小明来信说收到他妹柯小芽寄去的两笔汇款，总计二千五百元。心里就琢磨小芽哪来那么些钱，后来就分析了是不是从石筑这儿借的？石依蕙听了说这事就更不知道了，就怕连石筑父母也未必知道。柯大中就说女孩子的钱来路不明当父母的心里就慌，所以总想问个明白既然你们不知道就算了。说罢柯大中起身告辞连说打搅打搅。

吃中饭的时候石依蕙问了石依宝和郭志凤，说是有没有见过与石筑一起吃饭的那个女同学？二人都说没有。到了下午，石依茜回来，石依蕙就把柯小芽父亲来过的情况给她说了，问认不认识柯小芽？石依茜说不认识，但最近邓桦要去找柯小芽，不知去了没有？石依蕙说那一定是去了，柯小芽的父亲说有两名公安到他们家了哩。石依茜说那我打电话给邓桦联系。

石依茜打了邓桦的手机，邓桦接了电话，说：依茜，我正好要找你哩，明天周末，金局长牌瘾发了，说是让你约两个人找堂子开牌局，另外我正好有一件事要给你说。石依茜听说金玉康想打牌，忙说：邓哥，你放心，我来安排，先吃晚饭再打麻将，落实了地方我明天再给你去电话。

收了手机，石依茜对石依蕙说：姐，明天下午请金局长吃饭，你也参加，顺便认识了。最好让夏哥也来，与公安沟通沟通，摸摸他们的底，夏哥肯定愿意的。石依蕙说：这样安排也好，你落实了地点我好给慧天去电话。石依茜说就上一品香酒楼吧，那儿的菜不错，环境也可以。就给一品香酒楼挂了电话，说是订明天下午的晚餐，让留个好点的包房。

第二天下午五点多钟，石依茜与石依蕙先到一品香酒楼安排了酒菜。接着夏慧天也来了，三人正说着话，金玉康与邓桦也随即到了。金玉康一见夏慧天就握手连说夏大律师夏铁嘴好久不见，又忙什么大案？夏慧天说：金局长你就别开玩笑了，我这外号都是让你叫出来的。金玉康没见过石依蕙，但心里已猜着八九分，就问这位是……石依茜忙作了介绍，二人又握了手。

菜上来了，服务小姐上酒。今天金玉康是主客，服务小姐正给他面前的酒杯斟酒时，金玉康忙用手盖住说不行不行，我最近服中药，不能沾酒的。大家一听就有点扫兴。夏慧天说金局长你怎么不给面子。邓桦忙解释说各位各位，金局长的老毛病一直没治好，最近正在服一位名医的中药，真的不能沾酒的，这样吧，我喝双份，金局长那份就算我的。只有石依茜明白金局长所谓的老毛病指的是什么，就打了圆场说，也好也好请邓桦科长代酒。

主客不喝，大家喝起来就不带劲。这样倒好，多一点儿机会与金玉康谈石筑案子的事。夏慧天说：金局长，石筑的案子我接了，心里没把握，老兄能不能提供点情况。金玉康嘴里嚼着一块红烧排骨，慢悠悠地把骨头吐到餐桌上，想了想，说道：老弟，在座的都不是外人，说真话，我还想帮这个忙，这起凶杀案纯粹是小孩子意气用事引起的，也没啥大冤大仇。前一阵我让办案组的邓桦压着，好让你们在外做做其他方面的补救工作。邓桦，你说是不是？邓桦忙接口说：是这样的，金局很关照了。金玉康又接着说：案子在我手里是拖不下去了。被害人家里逼得紧呀，市里省里甚至连北京都发了状子，上面也来了批示，催我们速办。这样吧，我先想想，过两天拿个主意，到时邓桦再告诉你们。

金玉康要拿什么主意他不说，反正是对案件有利的，大家也不便再问，就又喝酒。敬金玉康的酒，都由邓桦喝了。

吃罢饭正准备开牌局，金玉康手机就响了。一听是市委办公室来的，说是要召开一个紧急常委扩大会，让金玉康马上到市委三楼办公室参加。

金玉康站起来无奈地笑笑，说你们看我这官当得累不累，休息时间还要开常委会，就向大家告辞。邓桦说金局我开车送你。金玉康说算了算了，你酒也喝得快半仙了，你不要命我还要命呢！我打的走。说罢与大家握手。

金玉康一走，夏慧天说我也得告辞了，待会我还要到学校去接女儿。石依蕙说那我也走了，慧天我们一起走吧。

房间里就剩下石依茜与邓桦，邓桦从内衣口袋里摸出两把钥匙递给石依茜，说是宾馆的钥匙还给你。石依茜问道：邓哥，你不用了？邓桦猛地捶了一下自己的头，说：你们干的好事！石依茜大惑不解地说：邓哥，你是怎么了？我们给你包了房间请了小姐你玩腻了倒说我们不是人。一把就将邓桦手里的钥匙抓了过来。邓桦就一屁股坐在沙发上，用手捂着头半天没吭气。

石依茜问：你是不是喝醉了？

邓桦这才立起身子，垂头丧气地说：依茜，你知不知道你们找的那小姐是谁？是柯小芽，和你侄子出事当天一起吃饭的那个女孩！

石依茜懵了，问道：怎么会是她呢？怎么会是她呢？邓哥，你说说，是怎么回事？

邓桦就把那天与罗丽去找柯小芽的过程向石依茜复述了一遍。说到柯小芽家境如何贫苦，柯小芽还在黑洞洞的房里复习功课，准备今年参加高考等等，说到最后邓桦就捶胸顿足说自己不是东西，伤天害理。接着又是赌咒又是发誓说从今往后再不玩小姐不干那码子伤天害理的缺德事。

石依茜觉得邓桦不是表演，他是真的良心发现，至少现在他在为过去的行为悔恨和痛苦。石依茜又联想到昨天石依蕙告诉她柯小芽的父亲去了石家院，还提及柯小芽给南京的哥哥寄钱的事。今天听邓桦一说事情就全明白了：柯小芽为了资助南京的哥哥念大学，竟做了这样惨重的牺牲，不惜当了三陪小姐。吴姐原先说好一个月给她六千元的，半个月前她取走了三千，其中的一半就是寄给她南京的哥哥了。

石依茜说：邓哥，这件事我们都做错了，但是是她自己找到茶楼去的，总不能说我们逼良为娼吧。你看，我们能不能给她点经济上的帮助，也算安慰安慰我们自己的良心。

邓桦没有答话，其实他早就这样做了。那天见了柯小芽以后，邓桦就一直觉得自己像个罪人似的，成天神魂颠倒不得安宁。一想到柯小芽家那种穷困的情景，想到在这样的环境下柯小芽还在发奋补习考大学，他就为自己的荒唐感到无耻和悔恨。第三天，他就取了五千元钱，打手机让柯小芽到宾馆去。柯小芽来了，进了房间还以为邓桦要干那事，就主动去脱衣服。邓桦就喝住她，又猛打自己的耳光。说了不少对不起柯小芽的话，就把五千元现金递给柯小芽，说是对她的补偿。柯小芽死活不收。邓桦一再求她，她就说大哥谢谢你，我卖身赚钱是正当收入，你给我钱没名没分，我不要。说罢丢下钥匙就走了。

邓桦把这件事告诉石依茜。石依茜说真想不到这小姑娘还挺有骨气的。邓桦说我们想补偿也没法，人家大约是让我们的良心永远不得安宁哩。

石依茜又把柯小芽的父亲去石家院的事告诉邓桦，最后说既然这样，我们再想点办法补救。最重要的，可别让柯小芽父母知道这件事。

16

夏慧天这一阵手头有三个案了，两个经济纠纷案和一个刑事案，刑事案就是石筑行凶致死人命案。对这桩案子夏慧天非常细致，去了铁中，对当天与赵兵一起吃饭的五个同学逐一进行交谈，又去了饭店，向饭馆的老板和服务员询问了引发冲突的具体经过，还去学校找了赵兵的班主任老师，询问赵兵的在校表现和有没有在社会上的不良行为等等。夏慧天记录了近万字的走访材料，对石筑有利的方面几乎微乎其微。最后就是与石筑一起吃饭的女同学柯小芽。夏慧天认为柯小芽虽然重要，但公安局那边一直没提供线索，就索性等公安局的材料落实了再去找她。

夏慧天在把石筑的案子材料整理分类，又忙着整理另一个案子的辩护材料，就忘了吃饭的时间，等他一看表都快一点钟了，忙匆匆下楼打了部的士回家。

余英一见夏慧天进门就满脸的阴云密布。把正在收拾的碗碟弄得叮当直响。夏慧天忙说余英对不起，我一时忙昏了头也忘了打电话回来。说着伸手去收拾桌上的盘子。余英一把夺过盘子，由于用力太猛，没想到盘子里剩下的辣椒水全泼在夏慧天身穿的那件白衬衣上。

婷婷从卧室伸出头来，说请你们轻声点行不，也不让人休息一下。再一看夏慧天身上全是辣椒水，就问道：爸，妈怎么把辣椒水往你身上泼呀……婷婷话没说完，只听厨房里叭的一声，余英把盘子摔碎了，站在厨房房门边又吵又嚷说是我泼的怎么样？你们父女俩今天把我吃了好不好……夏慧天也不答话，就挥手示意婷婷进房间休息，自己也上卫生间换衣服去了。换了衣服又把脏衬衣洗好，不觉已到了上班时间。余英大约是上晚班，正坐客厅里看电视，夏慧天说：余英，我上班去了啊。余英也没有理睬。夏慧天过去拍拍她的肩，转身提着公文包走了。

下午与石依蕙约好去找柯小芽。夏慧天刚来到律师事务所楼下，石依茜从驾驶窗内探出头来向他打招呼，夏慧天忙过去，开了后座门上车。石依蕙早坐在那里了，车一启动，夏慧天就感到石依蕙一只柔嫩光洁的手抚在他的手背上，顿时就有一种热血沸腾、通体躁动的感觉。

到了036厂宿舍区，问了柯大中师傅家地址。三人就一齐向那幢一字排的宿舍房走去。远远就看见一个姑娘坐在门口的树荫下看书，旁边一群鸡咕咕地叫着扒开草寻食。三人走到姑娘身边才见她抬起头来，手里正握着一本英语课本。

石依蕙问道：小妹，这里是不是柯小芽家？那姑娘站起来，一脸惶惑地说：我是柯小芽，你们有什么事？夏慧天见柯小芽有点紧张，就说：小芽姑娘你别紧张，我是石筑案子的代理律师，这两位阿姨是石筑的姑姑，我们来是想找你了解点事。柯小芽就点点头，到房里拿了几条小凳出来，说：屋里乱糟糟的，叔叔阿姨你们坐吧。三人便在树荫下坐了。石依蕙看柯小芽长得端庄秀美，一双大眼睛水灵灵的，是个十分聪明可爱的女孩，就想石筑要没出事，真与这姑娘相好倒也是他的福分。石依茜打从第一眼见到柯小芽，就连声在心里说可惜了可惜了，难怪吴姐说是个小美人儿，怎么干那种事？就连邓桦也悔恨糟蹋了人家。夏慧天先与柯小芽扯了几句闲话，问他爸爸妈妈，柯小芽说是爸爸在城里给人家跑的士，妈妈给农药厂贴药瓶子商标，现在到厂里送货去了。夏慧天这才扯到正题，询问了柯小芽与石筑一起吃饭那天发生的事。柯小芽说这件事公安局的人已找过她，经过她都说了。夏慧天就让她再说一遍。柯小芽说话时夏慧天很认真地听，并详细地记录了。说话间，夏慧天不时插些问题，比如是不是赵兵先动手打了石筑？赵兵的其他同学对石筑干了什么？柯小芽回答虽然主观上是站在石筑这一边，但仍然没有过硬的证据证明石筑杀人是有理的。

问完了有关案件的经过，夏慧天就随便问一句，说道：石筑杀人以后，你是怎么知道的？柯小芽说她第二天没去城里，第三天在城里遇到石筑的一个同学，才知道石筑杀死赵兵的事。石依蕙又问柯小芽石筑出事以后你去看过他吗？柯小芽说去了，还给石筑送了香烟和食品。石依蕙就拉着小芽的手说：小芽，我和你爸是认得的，你给南京的哥哥寄钱的事他来找过我了。柯小芽一听脸马上就白了，难怪这两天她爸还在追问钱的事。石依茜知道柯小芽肯定没法回答她父亲钱的来源，说道：小芽，你就告诉爸，说钱是石筑小姑送给你的。柯小芽忙问阿姨你在哪里做事？石依茜说这个你别管，反正说是我给的，有问题让你爸到石家院来找我。柯小芽听了点点头，但脸色却是沉沉的像有满腹心事。

回来的车上，石依蕙对石依茜说：要是柯小芽的父亲来了，你顺便让他也来见我一下。我看他们家境很苦，想捐一点钱资助他两个孩子上学。夏慧天笑道：观音菩萨又大发慈悲了，我女儿也要上高中哩，也该资助我呀！石依蕙就在夏慧天的腿上拧了一下，说：你是如来佛哩，还要普度众生的。

石依茜在驾驶座的反光镜上将他二人的表情动作看得一清二楚，但只当没看见，慢悠悠地开着她的车。

车进了市区，夏慧天看了表才五点钟，就说依茜麻烦你送我到汇中大厦旁边的皂角巷，我那儿还有点事要处理。石依茜拐了弯把车开到了皂角巷。夏慧天正要下车，石依蕙又问：慧天，我托你的事还没有答复？夏慧天说：你又不相信我了？预算已经请人去做，至于骆力铭那里，听说上什么地方考察去了还没回来。石依蕙说那你得抓紧。

回到石家院，石依茜问：姐，刚才车上你又让夏哥办什么事了？石依蕙说：你不是精灵得很么，这回让你猜去。石依茜就撅了撅嘴说我才懒得猜哩。石依蕙说不猜算了，等有点眉目再告诉你。

这时石依蕙的手机响了，一接，就听出肖禹的声音，是珠海公司那边打来的。石依蕙忙问公司有什么事吗？肖禹在电话那头说：石总，没事就不让给你挂电话啦。最近没听你的消息，大伙想你，我也想你……石依蕙忙打断肖禹的话，说道：肖禹,你正经一点儿行不。就问厂里的情况，问武汉那批货款收回了没有？没有就赶紧去催，说完就要挂断。那边肖禹赶紧说石总石总你别挂，就不愿跟我多聊几句吗？石依蕙拉长了声音像哄孩子似的说道：

肖禹，好好管着公司的事，等我回来了再听你慢慢聊。便叭的一声把手机关了。

肖禹近来电话特多，有时一天就要给石依蕙挂两个电话。偶尔是公司有事，但大部分电话就无事找事地跟石依蕙瞎聊，说有时真想她晚上睡不着觉等等，并问石依蕙你带了笔记本电脑回去没有？怎么不打开了到网上聊聊天也行。石依蕙说家里一摊子事操心都来不及，哪有时间去玩电脑。话虽这么说，石依蕙心想也不便对肖禹太生硬，毕竟一个公司还有工厂让他管着，也够难为他的了。

待石依蕙关了手机，转身就看见石依茜对着她笑。石依蕙问：妹，你笑什么？石依茜就答道：姐呀，我真羡慕你死了，有那么多的人追你爱你，把你当宝贝心肝你还身在福中不知福。石依蕙说：依茜你又瞎贫嘴，刚才是肖禹的电话，都谈些公司里的事。石依茜就哈哈地笑了，说：好啦我的姐，我也不戳你的底，你好自为之。石依蕙笑骂道：你这鬼精灵又胡扯到哪里去了。

这时正巧石二奶从屋里走出来，说你俩姊妹那么高兴有什么好事说来听听。石依茜说妈家里是有好事哩。石二奶就当是石筑的事又有了好消息，说那就好那就好，也该逢凶化吉柳暗花明哩。

石二奶今天正好让徐姨到菜场杀了两只鸡，又买了鱼和排骨。就让郭志凤快去帮徐姨做饭，又叫石依茜给石依苹打电话，让他们一家下了班都到石家院来吃晚饭。石依茜刚与石依苹通完话，就见石依宝迈着优雅的步子跨进屋来，脸上带着几分喜色。石依茜就笑着说：今天我哥准赢钱了，不信你们问他？石二奶看着石依宝，问道：宝，你赢钱啦？石依宝笑而不答，从裤包里摸出一叠钱，都是十元、二十元的大票，在众人眼前晃了晃，从中抽出几张揣给石二奶，说妈你留着用。石二奶也不推让，把钱收进了荷包。

石筑出事以后，石依宝有一阵心里烦躁，什么事也不做，成天就坐在窗前发呆，看窗外的蓝天白云、风雨雷电。这一阵心情好了一点，清晨就去园子里弄弄花草，下午照例到娱乐室里打麻将。石依宝换肾后，是个半条命的人。前一阵看他在家里闷得慌，一家子都生怕他做出什么想不开的事，所以就百般顺着他的性儿，里里外外全不让他操半分心。现在他去玩玩麻将，也就有了些乐趣，大家就放心多了。

这时石依苹与耿林锋带着棠棠来了，一家人围着桌子坐下。徐姨上一道菜，棠棠就指着菜盘子报菜名，说这是辣子鸡，那是清蒸鱼，还有红烧排骨，芹菜炒瘦肉……石二奶今天高兴，石依宝难得好心情，待把菜上完，让徐姨也来坐了。一家人难得团聚吃饭，都怕扫兴，就绝口不提石筑的事。石依茜开了一瓶葡萄酒，大家就提议为石二奶的健康干杯。石二奶平常不沾酒的，今天来了兴致，也跟着喝了两小杯。干红葡萄酒喝完了，石依茜说没过瘾，就又开了一瓶，说是一家人难得这样开心，索性喝个痛快。石二奶和石依宝说喝就喝吧，徐姨已经吃饱了就去厨房收拾，其余的人都斟满了。石依茜端了酒杯看看石依蕙，问道：姐，我们这一杯酒为谁干？石依蕙还没答话，旁边的棠棠却先开口了，说道：为我爸爸干，我爸爸当局长了。大家就一阵惊喜，七嘴八舌地嚷着说这么大的喜事怎么不告诉我们？耿林锋忙解释说昨天才下的文件，还没来得及说哩。石依茜就举起酒杯号召：来，为耿科长荣升为耿局长干杯！

众人举了杯，说庆贺庆贺，就都一饮而尽。一桌人中，却只有石依苹稳坐不动，杯里的酒摆在面前她却不喝。石依茜说道：二姐，你这是怎么啦，锋哥当了局长，你可是堂堂的局长夫人了，还咋个不高兴？大家也就一脸疑惑地看着石依苹。石依苹极不情愿地笑道：林锋当个局长有什么稀奇，值得庆贺么？姐、妹，我看还不如你们实在，自个儿做点生意挣钱，想怎么着就怎么着。我是没那本事，要不，我都下海了。石二奶听着耿林锋升了官，心想着石家人虽说没有当官的，俗话说女婿当半个儿。耿林锋多少也为石家挣了个脸面，正高兴哩。当听到石依苹说了丧气话，就指责道：苹，你咋能这样说？大伙都下海做生意了，这国家事谁来管？石依苹说道：妈，国家的事想管的人多着呢，争得打破脑壳还挤不进官场里去。有的人当官就想趁机捞一把。现在提起官场的腐败，你们到大街上听听老百姓是怎么说的？“当官不发财，请我都不来”。发财怎么发，不贪污就受贿。我看一些人原本好好的，怎么一当了官就吃喝嫖赌什么坏事都干了。有的人，就算要想洁身自好当个清官也不行，你手里有权，总有人要千方百计巴结你，活生生把你拉下水。所以呀，曾国藩最聪明，官做到了两江总督，钦差大臣，算是倾极一时，写了不少家书就叫子孙不要再去做官……石依苹说得兴起，不唯骂了贪官污吏，还要引经据典往下发挥。耿林锋坐在她旁边脸色一阵青一阵白，当着一家人的面又不便发作，就暗暗扯了石依苹的衣襟，说道：依苹，你别把当官的一竿子扫尽了，搞得洪桐县里无好人。

石依苹凭着知识分子的良心，对官场上腐败现象早就深恶痛绝，今晚喝了点酒，正是借题发挥的时候，所以意犹未尽。刚才被耿林锋打断了话，气就上来了，说道：林锋，我又没说你，准确地说现在你还没正式步入官场。我说的是官场的腐败，说是那些打着共产党牌子在官场上贪得无厌利欲熏心的腐败分子还不行吗，前一阵子的厦门远华集团走私案，光一个案件，就牵扯了大大小小几百个贪官。还有成克杰和胡长清，都是共产党的高级干部……

石依宝就接了话头说：这两天一坐上牌桌，大家伙就议论这两个贪官。胡长清和成克杰都成了我们娱乐室的新闻人物了。

石依茜也来发话，说：哥，你那娱乐室有多大？胡长清和成克杰现在是全国人民的议论热点，外国报刊还上了头条新闻哩。

大家再这么议论下去，石依蕙怕耿林锋下不了台，就笑着说：好了好了，大家吃得香香的，别让那些腐败分子倒了我们的胃口，来，继续喝酒……

从内心说，石依蕙对石依苹那番议论是颇有同感的。按常理说，当妻子的都希望自己的丈夫升官发达，加官晋爵。从古到今中国人都讲究夫荣妻贵。石依苹却一反传统，既不愿为夫的“荣”，也不想作妻的“贵”。她对耿林锋升迁存有异议，正是担心耿林锋进了官场有了权力以后放任自己，最后落得个身败名裂。时下有一种很特殊的现象便是一些女人开始总希望丈夫弄顶乌纱帽戴上，自己便成了几品几品夫人（如今叫处级或厅级），一旦男人真当了官，好的哩，要应酬忙碌，宴请吃喝，送往迎来，朝出夜归。这属于公务，不在话下。坏的哩，嫖娼纳妾，醉生梦死，女人在众人眼里看似风光了，这是某某长夫人。其实哩，三天五天也难见那当官的老公一面。这时才生出“悔教夫婿觅封侯”的感慨。如是那男人贪污受贿就更惨了，半夜听到警车鸣叫心里就七上八下，一大堆人民币港元美钞不知往哪里藏。

如石依苹一类女人就想着平平淡淡丰衣足食小两口亲亲热热过日子。不过也有人说你是没吃上葡萄的狐狸说葡萄是酸的罢了，这世道，有的人当了官威风八面财源滚滚，管他妈的谁爱骂谁骂去。

石家的这餐晚饭，真还吃出了许许多多的世态民心、人生况味。

17

石依苹回到家，就忙着给棠棠洗澡，照护女儿上床睡了。待她走出门来，耿林锋一脸阴沉坐在沙发上抽烟看电视。石依苹说：林锋，趁着水热你也洗了吧。耿林锋从石家院吃饭回来就兜着一肚子气，正好抓住了发泄的话柄，说道：还洗什么，都让你弄黑了，跳到黄河也洗不清！石依苹答道：怪了，我们说官场腐败，又没说你耿林锋，你黑什么？耿林锋便横起了眼看着石依苹，说道：今天当着一家人的面，棠棠说我当了副局长，你不表态也就罢了，反倒借题发挥，说什么官场腐败。你这不是明摆着在黑我是什么？石依苹也不想再与耿林锋争下去，就忍了一口气，说道：林锋，我今天说话不是黑你，如果你要听了哩，就算给你敲了个警钟。你是共产党的干部，人民的公仆，当官就要像焦裕禄孔繁森那样廉洁自律，关心民众疾苦，全心全意为老百姓做点实事好事。不要像成克杰那类贪官……没等石依苹说完，耿林锋啪地一脚将面前的垃圾篓踢翻了，站起来冲着石依苹叫道：石依苹，你是市委书记还是纪委书记？你给我敲警钟！我这局长不是你封的，是组织部任命是我凭本事挣来的。给你的学生上课说几句还可以，别在我耿林锋面前来这一套……石依苹见耿林锋那阵势，分明是要跟她大干一仗。她就退了一步，也不发火，平声静气地说道：好，好，耿林锋你有能耐，我不管你这局长是凭了本事争来的哩，还是给人家倒尿壶提裤子花钱子买来的。但我还是要警告你一句，做人做官都要堂堂正正，不要走到哪里都让老百姓背地里往身上吐口水！说罢也不等耿林锋回答就转身进卧室去了。

石依苹进了卧室，脱掉衣服上床随意拿了本书看，可怎么也看不进去。心里就乱糟糟地想着与耿林锋的事。

石依苹与耿林锋结婚七八年了，两人都是大学本科生，知识分子，按说是很般配的一对。但近几年来，石依苹渐渐就发觉了耿林锋再不是从前那个可以信赖的丈夫和伴侣。从他的言谈和行动上，不仅沾染了社会上那套低俗的作风，而且总想找机会跻身仕途往官场上攀。如今算是登高一步，升了副处级，但耿林锋的升迁反倒成了石依苹的心病。她隐隐感到耿林锋每往上攀一步，就离她，离他们这个家远一步。石依苹甚至有一种预感，耿林锋仕途的顺利正是他们家庭婚姻不幸的开始。所以才有了今天在石家院吃晚饭时，她趁机发出的那番感慨。

第二天下班以后，石依苹不想再与耿林锋发生正面冲突，就带了棠棠去石家院吃饭。石依蕙见石依苹脸色不好，问道：依苹，昨晚跟林锋吵架了？石依苹答道：姐，我跟他吵什么，好好叫他洗澡，他就冲我发火。这屁大的官还没当上两天，就摆官架子，这种人，我才犯不着跟他吵哩。石依蕙说道：二妹，你也不要总把问题想得那么复杂。耿林锋在机关里做事你说他不争个职务，人家也会笑他没本事碌碌无为。现在总算争上个副处级了，你又不高兴。我想林锋也够为难的。石依苹说：姐，你能比我了解林锋吗？他才不管别人怎么看，自个儿早就削尖了脑袋往上攀的。凭我的了解，林锋手上真要握了实权，什么事他都敢去做的。所以像他这种人，还不如当个普通的公务员好。石依蕙知道石依苹的担心不无道理，但是哩，这样反对耿林锋升迁又过分偏激了，就说：二妹，你就别操那份心了，一切随缘吧。石依苹说：我操心也没有用，只是想好好的一个家，说不准哪一天就被他给毁了。姐，我告诉你一个才发生在我班里学生的事……石依苹就说她班里有一名叫顾涛的学生，那男孩聪明活泼，平常与同学在一起玩玩闹闹总是乐呵呵的。他爸当了交通局局长，上初二时就车接车送，在同学眼里就够风光了。去年下半学期开学以后，顾涛整个人就变了，成天闷着头不说不笑，也不再与大伙同学一块玩。原来在班里名列前十名的成绩一下跌倒到三十几名去了。后来才知道，顾涛他爸利用交通局长的大权，给人家发包公路工程，受贿一百多万，被检察机关逮捕了。石依苹说到里就感叹一句，说道：姐，你想想顾涛这孩子多可怜无辜，他老爸不当那交通局长，顾涛会变成这样吗？今年升高中没希望不说，连天性都被压抑了。

石依苹如此一说，石依蕙还真觉得她有了道理。你说那些握着实权的领导吧，中央就这么三令五申还弄了许多法儿来制约他们。现在哩，腐败没有堵住，那怪事儿却一桩接一桩的出来了。反贪局长贪污，海关关长走私，缉毒队长贩毒，公安局长嫖娼……一说到公安局长，石依蕙就想到金玉康，为了石筑的案子，自己还得揣了红包往他家里送。上次是为了把案子拖下来，就送去五万。现在哩，正想通过公安把石筑的年龄改小。让邓桦探探口风，如果金玉康那里默许了，还得再送。不仅送给金玉康，管户籍的工作人员也得有所表示。所以石依苹那里骂着贪官，石依蕙心里就想，要是那当官的不贪，我们石筑的命就难保了。

第二天适逢星期天，石依茜约了依蕙依苹去逛街。石依蕙给棠棠买了一条裙子和一双皮凉鞋。到了龙马商场，石依蕙说你们逛吧我想歇会，在休息厅等你们。石依苹和石依茜牵着棠棠上了四楼。石依蕙在休息厅要了柠檬汁慢慢喝着，约莫过了半个多钟头还不见她们下来，石依蕙就自个离了休息厅下楼顺着民主大道往回走。刚走到一家文具店门口，就见里面出来俩母女，那女孩见了石依蕙就笑盈盈打招呼说石阿姨好。石依蕙怔了一下才想起原来是夏慧天的女儿婷婷，那次在百货商场买旗袍时见过一面，忙与婷婷搭话，就再一想那女人一定是婷婷的妈妈夏慧天的妻子了。就要再与她也打个招呼。殊不知那女人也不等石依蕙开口拉着婷婷往前走了。走了十来米远，又返身过来看石依蕙。石依蕙忙将脸转到一间店铺里，假装在看商品。这时石依蕙就故意放慢了脚步，心里就回忆着那女人的形象，感到那女人虽不漂亮却有一点风姿，那双眼睛仿佛有穿透力直逼肺腑令你不敢正视。石依蕙想这大约是职业医生的目光吧。一想到夏慧天多次约她到家里吃饭幸亏没去。后来石依蕙与夏慧天说起这件事，夏慧天就笑她做贼心虚。说偷情的美妙就妙在你与人家妻子丈夫背地里已经耳鬓厮磨如胶似漆了，反倒在他（她）们面前泰然自若那时心里才别有一番滋味。石依蕙笑着说那你一定是情场老手了吧，要不怎么体会得如此深刻！

石依蕙慢慢走回石家院感到有些累了，便上楼到房间躺下休息。正在似睡非睡时，就听见手机响了，是石依茜打来的，开口就问姐你在哪里？石依蕙说我回家了。石依茜说那好，你在家里等着，我马上回来有事跟你说。过了约摸十多分钟，石依茜气喘吁吁上了楼，进门就对石依蕙说：姐，我们说的那个事金局长答应办了。石依蕙听了立马翻身坐在床上，问道：是不是为石筑改年龄的事？石依茜就点点头，在床沿上坐了，说道：刚才邓桦给我打了电话。说是在一品香吃饭时金局就放了点口风的，那意思是让我们去送那个……石依蕙想了一想，说：当时我们怎么没听出来，要明白早就给他送了。石依茜笑道：姐呀，你真傻，人家要那个东西怎么能明说呢？石依蕙就点头说：也是也是，都怪我们没听懂。说罢就打开衣柜，把银行卡取出来递给石依茜。说道：依茜，你去取五万，马上给金局长送去。石依茜瞪大了眼睛说：还送五万，太多了吧？石依蕙说：看你那小家子样，五万我都还怕少了哩。石依茜接了银行卡，问道：姐，到目前为止你知道花出去多少钱了？石依蕙答道：该花多少花多少，反正只要把事情办成，你问那么多干吗？石依茜说：我这里记了笔账，心里也算有个数。说罢从抽屉里摸出个小笔记本来，翻开几页，就见上面挨次记着一笔清单：

×月×日由林锋送苗时忠五万

×月×日邓桦周怀忠各五千

×月×日送金玉康五万

×月×日送邓桦二万

×月×日送周怀忠一万

×月×日送邓桦五千

×月×日送……

石依茜嘴里念着，石依蕙一把将本子夺过来，刷地一声，就把那页清单扯成了两半，再一点点撕成碎块，丢到垃圾篓里去了。

石依茜见石依蕙撕了账单，便将那本子往桌上一扔，说道：姐，你这钱是抢银行还是假币，怎么拿了不当个数？

石依蕙用手点了石依茜的额头，说道：你这哪里是记账，分明是留个证据给人家，万一哪天落到司法机关手里，石筑命没保住。你我两姊妹还得进班房，说你精灵哩，怎么干这种傻事？

石依茜点点头，忽又问道：那以后事没办成，人家不认账咋办？

石依蕙答道：拿人钱财替人消灾，说来这也是约定俗成的事，倘若他今后不认账我们也没有办法。这又不是饭店吃饭签单，你取拿了账单找他收款么？

石依茜就叹了一声说道：也是，我开了美容美发厅和茶楼，也不知给公安工商税务那帮人送了多少，有时人家白吃白拿了还跟你过不去，我私下里虽记了账单，哪还敢去找他们？

石依蕙笑道：你去找他，到时他反咬一口，说你诬陷国家执法人员，让你吃不了兜着走，你说是不是？

石依茜不再说话，将银行卡揣进坤包转身就出门去了。

石依茜一走，石依蕙再也没了睡意。拿起手机想给夏慧天挂电话。一时又不知说什么，于是想到修七星寺山路的事，就拨了夏慧天的手机。电话接通了，那边传来夏慧天柔和的声音说依蕙我正想给你挂电话哩。石依蕙就怨艾地说我不给你挂你也不挂，我一挂了你就说正想给我挂，什么时候学会卖乖了？夏慧天说真的真的，我已经找到骆力铭了。把你的意思一说，那小子高兴极了。石依蕙说你没夸张吧？夏慧天说我用得着夸张吗？你出钱修路他市长树了政绩，干吗会不高兴？骆力铭说抽个时间与你见见面。石依蕙说那我就恭候佳音了。夏慧天又说明天市里“两会”开幕，我在政协会上见了净光法师再给他谈谈，让他也高兴高兴。就问石依蕙还有没有事？石依蕙说没有就把手机关了。

第二天上午，石依蕙突然想起要去买些生活日用品，牙膏没了，那把珠海带来的牙刷也该换了，还有卫生纸之类。于是起身下楼，正准备出门，石二奶坐在客厅里看电视，说蕙你要出去？石依蕙说是要去附近买点小东西。石二奶说你若是走远得带上伞，天要下雨的。石依蕙站在门口看那天边聚着一排排黑云，太阳懒洋洋在云层里晃荡，街上闷沉沉连一丝风也没有。虽说有点像要下雨的样子，但看那天色一时半会儿怕也下不来，就没有拿伞出门去了。石依蕙一般又不大情愿在小店铺买东西，她嫌小店铺东西便宜，但质量差，就想找一家大一些的商铺，走着走着就听见一阵风起，接着呼啦啦一场急雨铺天盖地就下起来了。石依蕙忙闪身躲入临近的一家店铺，进去了才知道原来是一家书店。她看那雨一时两时也停不来，就索性去翻翻书。

这是一家中等规模的书店，书架上的书倒也陈列齐全，琳琅满目。石依蕙就先到书案上看。一眼就看见一本封面十分花哨的《第一次亲密接触》。旁边又摆着《再一次亲密接触》。心想这书名怪好笑。说不定还有第三次第四次第五次亲密接触什么的。拿了本随意翻开，读了几页也没看出什么名堂。再看，就是什么韩寒、郭俊明那一类70后、80后作家们的小说。这才注意案上有块“畅销书柜”的小黄牌子。石依蕙也偶尔去逛书店买些时尚综合类的书回去消遣。她觉得现在所谓的“畅销书”三个字有点像快餐店的意思。那些世界名著和中国古典名著从来不归类到畅销书架上，但它们的生命力却恒久不衰，让一代又一代人读下去。石依蕙离了畅销书柜。就顺着书架浏览，走到“文学艺术”的书架时，刚翻几本，突然看见书脊上“夏慧天著”四个字，再看书名叫《走过夏天》。石依蕙先是有点惊讶，心想从来没听夏慧天说过出书的事，估计是同名同姓了。便好奇地将书抽出来，翻开一看，勒口上果然印着夏慧天的照片和作者简介。石依蕙心里禁不住兴奋，也不及细看，就又抽了一本，拿着两本《走过夏天》到收款台去开票付钱。

夏天的雨来也匆匆去也匆匆。石依蕙出了书店门一看雨已停了，她也懒得再去找商铺，就顺便在附近买了牙膏牙刷卫生纸等日用品，捧了夏慧天的书如获至宝似的回到石家院。

上楼进了房间，石依蕙把门关了。坐到书桌前将书放到桌上，她想静静地品味这本书，这本她所爱的人写的书。

封面是软精装的，大32开本。装帧十分精美，封面是一幅写意的彩墨《荷花图》。几朵荷花欲开未开，数片荷叶浓墨重彩，荷莲是夏天的象征，也是高洁的花，谓之“出淤泥而不染”。这幅荷花图与《走过夏天》的书名寓意贴切，含蓄深远，使石依蕙在观赏中沉醉许久。

这是一本散文集，大约有五十多篇文章。这些散文从篇目和内容上看，绝大部分是夏慧天在当乡村中学教师那些年写的。有写他的人生经历，也有记叙当地的风土民情、自然风光的。石依蕙从第一篇《夏天情绪》往下读。她读得很认真，很仔细。读到一些有关夏慧天个人生活的章节，就停下来思考，体味，然后再复读一次……

门突然被推开了，石依茜闪身进来。石依蕙忙把书掩了。问道：依茜，昨天你办的事怎么样？石依茜说：我昨晚才去的，正好金局长和胡姐都在家，我把那一包东西交给胡姐，金局长就装着看电视。待我坐了一会儿临走时，金局长就说让我放心，那件事他会打招呼叫人去办的，说有什么事给邓桦联系。石依蕙忙问：那你给邓桦说了吗？石依茜说：姐，这种事我能等吗？从金局长家回来的路上，我就给邓桦打了手机，约他到茶楼见面，邓桦来了我便将去金局长家的情况向他说了，邓桦说金局长会跟户籍科的人说，不过具体办事的人还得表示表示。石依蕙忙说：那是应该的。你催邓桦赶紧安排，银行卡就搁在你那儿行了，送多少你自己去取。

这时石依茜看见石依蕙手上握着书一直没放下，就说什么好书宝贝似的，夺过一看，就惊呼起来：哟，《走过夏天》，夏慧天著。原来是夏哥的大作。只说他是个律师哩，没想到还是作家。姐，夏哥送给你的？

石依蕙装作淡漠地答道：在书店买的。

石依茜听了满脸怪相，嚷道：好哇，夏哥的大作还兴我姐花钱去买，明天找他兴师问罪！

石依蕙说：你嚷什么，他的书摆在书店里，不让我买？我还买了两本哩。

石依茜就道：那一本是送给我的吧？

石依蕙说：你成天像三脚猫没歇着，哪有闲工夫读书。我是顺便买了送给依苹的。

石依茜就撅了嘴，说道：姐，你看不起我是不是？告诉你，我读的书可不比你少。正宗的台湾原版《金瓶梅》我都读过两遍了，你读过吗？肯定没读过。

石依蕙摇摇头，睁大眼睛看着石依茜，仿佛不认识她似的。

石依茜这下就有了骄傲的本钱，接着又说：我读过的书还多哩，外国的古典的不说了，就是时下来走俏的比如池莉啦，方方啦，卫慧和棉棉啦她们的小说我都读过。还有贾平凹，他那本《废都》前几年我就读了。姐呀，我看你可别像唐宛儿，给书里那个流氓作家给耍了……

石依蕙忙打断石依茜的话，一本正经地说道：依茜，不许你胡说八道！

石依茜见石依蕙真生气了，忙赔笑道：姐，刚才是开玩笑的，我知道夏哥是个正派人。你俩就算怎么了，他也不会骗你的。

石依蕙听石依茜话里有弦外之音，立即就反驳道：我跟夏慧天怎么了？人家可是有家庭有妻室的，你别坏了他的名声。

石依茜原本不想把石依蕙与夏慧天那层关系戳透的，今天无意间说到了这个，不如就趁着这个机会把心里的想法说了。于是就显出一种很认真的姿态，说道：姐，我姊妹俩谁不清楚谁呀，你和夏哥那点事我早就看在眼里，只是不想说罢了。我知道你俩是老同学，青梅竹马，又久别重逢，两情相悦是很自然的事。再说哩，我看夏哥是个正派男人，你就更是典型的传统女性，你们俩与那些胡乱苟合的男女不同。你们是真正的情投意合，一对天生的才子佳人，只可惜乔太守乱点了鸳鸯谱，把你们俩都错配了。倘若夏哥能离婚，你们俩后半辈子一定是很幸福美满的。只怕由不得他，更由不得你……

俩姊妹坐在床沿上，说着说着就都有点伤感起来。石依蕙没想到妹妹能那样了解她，把她与夏慧天的关系分析得入木三分，眼里就有点湿湿的。石依茜忙伸了手去抚石依蕙的脸颊，几滴泪珠儿就滴到了她的手背上。

石依茜说道：姐，我让你伤心了……

石依蕙拉了石依茜的手来捂住，说道：妹，你把姐的心摸透了，说穿了。真的，姐这样做也是无奈啊。我控制不住自己，我真的特别爱慧天，现在明知是火坑，姐也要往里面跳了……

这时楼下徐姨在喊吃饭了，石依茜说姐我们找时间再谈吧，就拉着石依蕙往门外走。石依蕙刚出门，石依茜就在后边学了尹相杰的男中音唱道：姐姐你大胆地往前走呀，往前走，莫回头……

18

夏慧天参加市政协八届三次会议。上午的开幕式主要是几位领导讲话，宣布了会议日程等事宜就散会了。下午的议程是政协主席作工作报告，分管提案工作的副主席作提案工作报告，反正都是大会。夏慧天也无心去听那长篇大论，便夹了文件袋在会场上打了个晃头，与几个熟悉的委员寒暄几句，找个不引人注意的角落坐了。待大会一开始，夏慧天便悄悄溜了出来。

夏慧天到办公室把文件袋撂了，再提了公文包准备去赵兵家找死者赵兵的父亲。作为石筑一案的代理律师与受害方接触是比较难的。如果是一般的伤害案，代理律师出面调解，被告方愿作出比判决更高的经济补偿，原告按常理还是可以接受的。但夏慧天代理的是一桩无故致死人的命案，法律上没有调解的解释。死者的家属也未必愿意接受经济补偿。自从案子压在市公安局以后，死者的父母已逐级上告，把影响扩大了，所以就加大了去做工作的难度。但不管怎样，为了配合石依蕙那边的步骤，夏慧天还是决定去争取。一旦石筑的案子从轻处理了，赵兵的父母不再提出异议也不上诉，也就达到了他此行的目的。

赵兵的父亲赵师傅接待了夏慧天，这位四十多岁的中年男人一提起儿子的惨死就禁不住声泪俱下。他把赵兵被害的经过说了，就问夏慧天是干什么的？找他有什么事？夏慧天就坦言相告，说自己是石筑的代理律师，受代理方家人的委托，来与赵师傅商量对他们的补偿问题。于是就说到了事情既然已经发生，年轻人血气方刚不懂事，铸成了大错，赵兵无辜受害，被杀死了，人死不能复生，委托方愿就赵兵的死作高额的经济补偿，请赵师傅提个条件。赵师傅很有耐性，他等夏慧天说完了就问道：他们的意思是赔了钱就可以不偿命了么？我知道他们石家有钱，都是做大生意的吧。但请你转告他们，我老赵不稀罕钱，百家姓赵钱孙李我还排在钱的头上哩。想花钱买命？他给十万几十万我揣在兜里对得起死去的儿子么？你走吧，这码事我们免谈。夏慧天仍不罢休，便开导说：赵师傅，你想想就算法律公正把石筑判了死刑。你儿子能活回来吗？赵师傅就说：我儿子活不回来，杀害他的人也甭想活。杀人抵命欠债还钱，这是天经地义的事走遍天下我也不理亏。

看来今天谈不下去了，夏慧天还想留一点余地，就说道：赵师傅，从个人角度我非常同情你的遭遇，也了解你悲伤的心情，希望我们有机会再谈，你有什么要求也可以告诉我。说罢就摸出一张名片撂在茶几上。

从赵师傅家出来，夏慧天感到事态不容乐观。赵师傅根本不愿调解也不接受补偿，就是要杀人凶手抵命。作为律师，夏慧天知道赵师傅的要求并不过分。

夏慧天一路往回走。他的心情因与赵师傅谈话而感到十分抑郁，再看看满街上走的人也没有一个好脸色，行色匆匆也罢，步履悠闲也罢，一个个都阴沉着面孔，仿佛世界末日就要到来似的。难怪现在有句口头禅都说中国人活得累。

夏慧天走着走着听见背后有汽车喇叭声，他急忙靠了边，回转身看见一辆黑色轿车嘎的一声停在他身旁。后座窗口探出骆力铭一张笑脸。夏慧天就想满大街终于看见一张笑脸了。正想打个招呼，骆力铭却先开了口，说道：慧天，你老兄是政协委员，不在礼堂开会反倒跑出来逛大街。夏慧天也就笑着说：政协委员不是要了解社情民意么，坐在会场里可是办不到的。骆力铭把车门开了，说：上车上车，我正找你哩。夏慧天上了车与骆力铭并排坐了。车一开动，骆力铭便说：慧天兄，你说的那个事情怎么样了？夏慧天答道：大市长，我正等你的电话哩，你不是说了要与人家见见面的，怎么没动静？骆力铭解释道：我这两天也在人大那边开会。这样吧，现在怎么样？

夏慧天一看表，都快五点钟了，说道：这么晚了，临时通知人家怕不礼貌吧？骆力铭就笑着拍拍夏慧天的肩膀，说道：是你老同学怕什么。你不会扯个谎，说我早约了的。你才想起来也好给我留点面子。夏慧天也笑了，说：力铭兄，佩服你了，拿我垫背你可是一套一套的。说罢就摸出的手机给石依蕙打电话。电话接通后，自然是照着骆力铭的意思向石依蕙说了。石依蕙在电话那头就问在哪里？夏慧天一时答不上来，忙捂住手机问骆力铭安排在哪里？骆力铭想想，说到江湾海鲜楼吧。这边夏慧天又扯开手说到江湾海鲜楼。说地址石依茜知道的，让她一起来吧。

待夏慧天打完电话，骆力铭说：慧天兄，我那边还有点事要处理，劳驾你到海鲜楼恭候客人，行么？夏慧天答应了，骆力铭让司机先去海鲜楼。车到了门口，骆力铭让司机去订座，说是市政府宴请广东来投资的客商，让老板安排档次高一点的雅座。司机走了，骆力铭与夏慧天在车上聊了几句，大约十多分钟司机就回来了，说安排好了在牡丹厅。夏慧天便下了车，骆力铭说我办完事就来。说着只见那辆黑色的奔驰一个急转便扬长而去。

夏慧天也不想上楼，就在大厅里等石依蕙。大厅左侧一字排的玻璃缸里，喂养着许多形状各异花色美丽的小海洋鱼类和海鲜动物，有点像个小型海洋博物馆。夏慧天就顺着慢步观赏。来到海蟹缸前，只见数十只海蟹爬来爬去，那动作十分有趣。靠边上就见七八只海蟹在互相争斗。其中几只申着前爪围攻另外两只，双方就纠缠在一起，搅得玻璃缸里水花翻腾，气泡弥漫。夏慧天心里就想你们斗来斗去，一会儿都成了人家肚子里的食物有什么好斗的！便又转身去看其他鱼类，走了一圈又回到大门边，正想看看石依蕙她们到了没有？哪知刚站到门口就见石依茜开着红色夏利像一团火直奔大门而来。

石依蕙和石依茜下了车，服务小姐将他三人带上二楼牡丹厅。一入大厅就看见四处金碧辉煌，光彩四溢，连地毯都是鄂尔多斯正牌纯羊毛的。石依蕙惊叹道：我在广州、珠海好的餐厅也不过如此，看来南柯快赶上发达地区了。夏慧天说依蕙这是市委市政府最高规格的接待厅，你可是享受省厅级领导待遇了哩。于是介绍说牡丹厅是南柯第一厅。平常不是政府要员就是大款阔爷们包了的。政府部门高规格的接待必须以是否设在牡丹厅为标准的。商界人士宴请政府官员也必须到牡丹厅才算表示恭敬。所以牡丹厅在某种意义上成了权力和地位的象征。石依蕙听了连说荣幸荣幸。

三人坐下喝茶，随便说着话。石依茜说：夏哥，你与我姐搞阴谋诡计，直到刚才上了车她才告诉我要捐资修七星寺山路的事。夏慧天笑道：这可是你姐自己要办的与我无关，我只是帮她跑腿罢了。石依茜说：听说这位副市长是你大学同学，为什么不早说啊，是不是怕我们沾光了？夏慧天说：你要沾光还来得及的，待会吃饭时多敬他几杯酒就是了……

夏慧天与石依茜说话时，石依蕙就起身去欣赏字画。正壁墙上是一幅大中堂，紫檀木镜框镶嵌着一幅工笔牡丹图。那画大约出自名家手笔，十余朵牡丹花在绿叶的陪衬下显得格外华贵娇艳。牡丹图的两旁是一副笔力苍劲的隶书对联：

国色天香一楼春色已尽味

把酒临江满堂歌舞更醉人

石依蕙正在琢磨这对联的寓意，就听一个声音说各位久等了，抱歉抱歉……转身看见一位中等个儿，西装革履的中年男人缓步迈进门来。石依蕙猜想可能就是骆市长了，忙迎上去。这时夏慧天走过来介绍，说这位是骆力铭副市长，这位是珠海石蕙制衣公司总经理石依蕙。骆力铭握着石依蕙的手半晌没放下，显出十分诧异的表情说：慧天说是他初中同学，我还当是位先生，没想到竟然是一位漂亮女士，失敬失敬。说完才把手松了。石依蕙就笑道：骆市长真会开玩笑，修路的事劳你大驾真不好意思。骆力铭忙说：哪里哪里，这是我分内的工作。

骆力铭与石依蕙握手说话的时候，石依茜站在一旁惊呆了。记得那天夜晚在茶楼结账时看到的一男一女二人，当时只觉得那男人仿佛在哪里见过，可就是想不起来。此刻见了这位骆市长，才想起过去偶尔看本地有线电视的新闻节目，原是在电视里见过的，所以觉得面熟。心想这位市长大人也真够胆量，敢带了情人到茶楼幽会。再就是邓桦说骆市长与歌舞团那位女演员的暧昧关系，这么说来，那晚见到的女人就是骆市长的情人了。你说石依茜怎能不大吃一惊。心想如今女演员与骆市长不知是被她老公棒打鸳鸯了呢，还是藕断丝连？

石依茜正想着，夏慧天就来介绍骆力铭与石依茜认识。说这位是石总经理的小妹石依茜。骆力铭与石依茜握手时眼镜片后面一双眼睛竟光芒四射起来，连说石小姐你好你好……石依茜就满脸媚笑说骆市长是明星，在电视上经常露面的，今天总算幸会了。

二人客套一番，骆力铭就请入席。今晚就四个人。石依蕙与石依茜对面，夏慧天与骆力铭相对坐了。菜陆续上来，龙虾海蟹之类就摆满了桌面。服务小姐开了茅台，一一斟满。骆力铭端起酒杯照例来几句开场白，说了谢谢光临不成敬意之类的客套话，大家碰杯就一齐干了。接着骆力铭就说代表市政府对石总经理捐资修建七星寺山路表示感谢，说难得石总对家乡的一片赤子情怀，先敬石总一杯。石依蕙忙谦让说自己为家乡做一点力所能及的事不值一提。说罢端起酒杯与骆力铭一饮而尽。大家就吃菜，骆力铭转身问石依茜，说依茜小姐在哪里发财？石依茜就笑着答道：骆市长我在你父母官的治下做点小生意混饭吃哩，今后还要靠你多关照。骆力铭说哪里哪里，依茜小姐谦虚了，我敬你一杯。石依茜忙说不敢不敢，你是市长我是小民百姓，怎么受得起？便不肯举杯。骆力铭说依茜小姐不给面子，今天我做东，东道主敬你总可以吧。石依茜忙端了酒杯站起来连说谢谢骆市长便与骆力铭碰杯干了。

夏慧天坐在一旁，心想今天骆力铭真够礼贤下士了，往日多是别人敬他今天他倒反过来特别热情。

大家又说了些闲话，骆力铭就对夏慧天说夏兄你引荐石总为南柯办好事功不可没，我敬你一杯。夏慧天笑道力铭兄我俩不是外人，也别说谁敬谁了，为完成石总对家乡的这份心愿，同干一杯。于是举起杯来干了。这时骆力铭连说吃菜吃菜，大家就去剥皮撕壳。骆力铭正在嚼着蟹爪，侧过脸来就看见石依茜正在剥一只龙虾，眼睛就停在石依茜的手上。待把嘴里的蟹爪吞了，便笑着说依茜小姐你剥虾的姿态真是优雅，就像绣花一般还是兰花手哩！石依茜对着骆力铭做了个媚笑，说骆市长那这朵花就献给你了。说罢将剥好的龙虾递到骆力铭的碗里。骆力铭忙用筷子往嘴里送，一边津津有味地嚼着一边说经了依茜小姐的手滋味果然不同，真香真香。

这时石依蕙端起酒杯敬骆力铭，说：骆市长，我离开南柯久了，这次回来为家乡做点事不值一提，没想到竟要惊动你的大驾，希望在你的大力支持下圆了我这个心愿，诚心敬你一杯。骆力铭忙也端了杯，说石总放心，这件事我一定亲自过问，督促有关部门全力以赴去办。石依蕙说了谢谢两人就举杯干了。骆力铭放下酒杯就问了一句不知石总的资金几时到位？石依蕙说资金早准备好的，只要预算出来随时可以支付。夏慧天问骆力铭城建局那边预算什么时候可以出来？骆力铭抱怨这些部门办事真不得力，明天我打电话催一下。这时石依蕙说骆市长，修路的事我想全权委托夏律师代理，有什么问题请与他联系。骆力铭便问石总要回珠海吗？石依蕙说家里有点事一时半会儿怕难回去，再说母亲身体不好暂时不好离开。骆力铭说那万一找你怎么办？留个名片电话什么的也行呀。石依蕙忙说对不起对不起，刚才忘了。就从身后取下坤包，打开来取了张名片恭敬地递给骆力铭。骆力铭接过名片看了就念出声音来："石蕙制衣公司董事长总经理石依蕙。"念到这里便连声称赞好，好，石蕙就是实惠的谐音，再把依字拆开了，分成人衣两个字，正是为人做衣服的公司，这个公司的函意与石总的名字配合得真是绝了。便又对夏慧天说：夏兄，你这位作家对此有何评价？夏慧天说你老兄都说完了，还让我说什么？倒是要为你生出这么美妙的联想敬上一杯。骆力铭说哪能哪能，我们还是老规矩，互敬了吧。就端起酒杯与夏慧天一同干了。

骆力铭今天兴致极佳，虽然频频干杯却意犹未尽。两边两朵姊妹花又令他左顾右盼目不暇接。尤其是石依茜阵阵体香向他袭来，白皙的手臂不时在他眼前晃动，骆力铭更是眼花缭乱了。这时石依茜已将酒杯高高举起，说道：今天有幸认识骆市长特别高兴，而且骆市长非常随和没有架子就更加令人尊敬，所以想敬市长三杯酒，不知肯不肯赏脸？骆力铭一听就做出惶恐状，说道：依茜小姐竟然是酒中巾帼，我自愧不如……石依茜笑着说：骆市长是不是惧内呀，有几句民谣怎么说的？出门在外，夫人交代，少喝烈酒，多吃好菜……倘若市长夫人真有交代，那我不敬也罢。石依茜故意把酒杯收回来，用了个激将法看着骆力铭。骆力铭就笑了，说道：依茜小姐你别激我，真要喝，别说三杯，三十杯我也陪你了……石依茜说：骆市长三十杯可是你说的啊……石依蕙这边急了，忙喊道小妹不得无礼！石依茜看了石依蕙一眼，说：姐,我今天是给骆市长助兴舍命陪君子的。说话间就与骆力铭一连干了三杯。骆力铭又让服务小姐拿了一瓶茅台来。夏慧天说骆兄我可不胜酒力的。石依蕙也称自己不行了。骆力铭正在兴头上，哪里肯罢休。最后达成协议，石依蕙与夏慧天随意，骆力铭与石依茜再干六杯，说罢就让服务小姐斟酒。大家吃了些菜和面点，骆力铭撕开大中华烟，丢了支给夏慧天，自己打火抽了，夏慧天说我早戒了。骆力铭说戒它干吗，点上点上……随即吐出一团烟雾，就侧过脸去问石依茜我俩干了几杯？石依茜摇摇头，一双媚眼秋波荡漾，两边脸颊红润生辉，只是不说话。骆力铭已有七八分醉意，再看石依茜那副缱绻的娇态就有点神魂颠倒，飘飘欲仙了。骆力铭毕竟还有三分清醒，就说依茜小姐余下的酒我们改天再喝吧。石依茜喝得差不多了，听骆力铭退让，便逞起了强说不行不行，六杯酒还有两杯哩，来，再干。说罢端起杯来干了，却见骆力铭杯里的酒依然满着，说骆市长你可不能赖的，要我给你端酒是吗……说着端了骆力铭的酒杯往他嘴里送。骆力铭也不推让张开口就喝了。

他二人喝得有点酒逢知己的味道，石依茜便问骆力铭要了名片。骆力铭把名片给了石依茜，便也要石依茜的名片，石依茜说没有没有就抄了个手机号码给骆力铭。俩人边喝边说着话，第二瓶茅台所剩无几，石依蕙和夏慧天都说不能再喝，骆力铭看了看石依茜，像是征求她的意见，石依茜却不说话，慢悠悠喝着汤。骆力铭就让服务小姐把剩下的酒分了四小杯，大家就举杯干了。接下来又吃了些面点水饺之类，骆力铭问要不要唱歌？一看石依茜已伏在餐桌上再没答话，像是醉了。

19

石依茜真的醉了，她是怎么出门，怎么下楼回家的一点都想不起来了。第二天早上，石依蕙让徐姨熬了碗绿豆稀饭让她喝，才渐渐舒服一些。石依蕙就责怪她当时逞什么强，非要跟骆市长拼酒量，说人家是政府官员三天两头赴宴，是“酒精”考验的干部，你能拼得过他吗？石依茜说道：姐，你不知道昨晚我是最想喝酒，可能是与骆市长有点缘分吧。石依蕙推她一把，说：你酒还没醒不是，尽胡说些什么。石依茜就笑了，说：我说的是喝酒的缘分，有些人你与他在一起喝酒就特别有趣，我说的是这个意思。石依蕙说你就会鬼白聊精。

到了下午石依茜手机响了，打开听却是骆力铭打来的。骆力铭说依茜小姐实在对不起，昨晚让你喝醉了。石依茜拖着甜甜的声音说骆市长我可是不服气哩，哪一天我做东还要与你比个高下。骆力铭那边就哈哈大笑，说依茜小姐随时召唤，一定奉陪。两人又扯了几句闲话，骆力铭说正在忙哩，改时联系。石依茜收了手机，脸上就露出一个会心的微笑。

石依茜与邓桦约好了晚上到茶楼见面，吃了晚饭就开车回茶楼。石依茜站在吧台边与吴姐说了几句话，就见邓桦来了。二人上楼找了个清静的包房坐下，石依茜问道：邓哥，你与户籍那边联系上了吗？邓桦点点头，说：办事的人找了。一位是局里户籍科的科长李如云，另外一位就是你们家那个片区派出所的陈芳，金局事先跟她俩打了招呼。我去问了，她俩也说有这个事，让我把石筑的户口本拿过去，看看怎样操作。石依茜听了邓桦一说，心里总算落了口气，忙问道：邓哥，你看这两位办事的同志我们总得向人家表示点意思吧，你说送多少？邓桦想了想，说道：每人送一万吧，反正是金局打了招呼的，她俩肯定得办。石依茜说：一万可能少了点吧？说着就把随身带着的一个拎包打开，取出五万元捆扎好的百元币放在邓桦面前，说道：邓哥，这里是五万。那两位办事的同志每人二万，剩下的你留着花。邓桦说：依茜，我就不考虑了，那两位的我负责送到。说罢将一叠钱推到石依茜的面前。石依茜说：邓哥，你嫌少不是？收下收下……

邓桦把钱收好说是要走。石依茜说邓哥，今晚不玩玩啦，让吴姐给你找个小姐……邓桦连连摇头说从今往后改邪归正再不拈花惹草干那缺德事。石依茜笑道那就随你了。心想邓桦原来一个花公子骚公鸡，如今就真的为柯小芽的事收心了。所以坏的人只要天良未灭也总会立地成佛的，何况邓桦本质还不坏哩。想到这里，就说邓哥你要没什么急事就多坐一会儿，我们兄妹俩聊聊也好。于是找了几句话与邓桦瞎扯，说着说着就问道：邓哥，你最近还听说过骆市长与歌舞团那女演员的事没？

邓桦说：听说一些，只不知道确不确实。

石依茜问：管他哩，说来听听，都说了些什么？

邓桦说：那女演员的老公习锦宏从省城回报社了，前一阵我还见了的。听说他要告骆市长，大约手里握有什么证据吧。后来哩，又听说不告了。

石依茜说：女演员的老公干吗出尔反尔呢？是不是怕骆市长的官大，打虎不着反伤身？

邓桦说：也不是这样。听说骆市长送了十万块钱给女演员老公，把事情摆平了。

石依茜笑道：那就算私了啊。

邓桦说：私了也是明智的。他就是把骆市长告翻了，自己还不是落个老婆红杏出墙，背地里偷野男人的臭名。那不是两败俱伤了。

石依茜说：也是，公开给自己戴绿帽子那就是天字第一号的傻瓜蛋了。赔了钱以后，骆市长怕是与女演员再没往来了吧？

邓桦笑道：肯定不敢，除非他不想再当市长。接着忽然问：依茜，你干吗对这件事那么有兴趣？可别拿到外面乱说啊，到时候惹出麻烦来我可不负责任的。

石依茜不屑地笑道：人家骆市长是名人，我敢拿了他的桃色新闻出去散布吗？再说，你几时听说石依茜是搬弄是非的人了？到我茶楼的来潇洒的局长啦主任啦还少吗？我要都给人家抖出去，今后这生意还做不做了？

邓桦就点点头，说：那我走了。临了又补充一句：你赶紧将你们家户口本拿过来。

第二天石依茜回家拿户口本，顺便就把与邓桦见面的事向石依蕙说了。石依蕙听了心里感到有些安慰，说总算有点眉目了，但愿菩萨保佑，看来这事能顺利办成。正说着石二奶从后门进来，石依茜说妈把户口本给我。石二奶问道你要那东西做什么？石依蕙忙说妈，依茜有用场的你给她吧。石二奶把户口本交给石依茜。石依茜揣好了，说，姐我去找邓桦了，得早点把这东西交给他免得夜长梦多。说着就出门开车走了。

石依蕙回到楼上房间，拿了《走过夏天》细细读着。正读到精彩处，就听手机响了。打开手机就听那头传来夏慧天的声音，说依蕙修路的预算已经出来了，你要不要看看。石依蕙问慧天你在哪里？夏慧天说我现在政协会上。石依蕙说那你开会出来也不方便哩……夏慧天忙说没事没事，现在是分组讨论，我给组长说一声就行了。你看我们在哪里见面？石依蕙说就上石家院来吧，我等你。

石依蕙收了手机，心就忽然激动起来，忙打开衣柜，找了件连衣裙换了，再到穿衣镜前梳理头发。石依蕙对着镜子情不自禁地笑了，就想自己怎么就像要会初恋情人似的充满甜蜜。石依蕙梳理完了，就下楼去等夏慧天。

石二奶坐在客厅里拿了把扇子在看电视，电视里正播放《铁齿铜牙纪晓岚》，只见纪晓岚与和坤二人正在耍贫嘴，逗得石二奶抿着嘴笑。转身见石依蕙下楼，就问：蕙，你要上街？石依蕙说：妈，我们为石筑请的律师要来，我下楼等他哩。

石二奶说道：没事你就不下楼了，整日里像坐绣楼似的……

母女俩正说着话，就见的士在门口停住，夏慧天从车上下来，进门一眼就看见石二奶，忙说：伯母，还认得我不？石二奶睁大眼睛瞅了夏慧天半晌，皱着眉头说道：你不是依蕙的同学吗？读中学那阵常来玩的，削了个小平头……名字我可记不准了……夏慧天忙说：伯母记性真好，只要记着我这个小平头就行。石依蕙说道：妈，这个小平头就是我们请的律师，现在叫夏慧天。石二奶说：原来是夏律师，有劳你了，快坐快坐……石二奶就起身让座。夏慧天忙扶住石二奶，说：伯母，你就叫我小平头好，我听了心里高兴，就像找到了当年上你家玩的那个感觉。石二奶说：哪能呢？我还叫你夏律师。你们有事上楼谈吧，我看电视。

石依蕙领着夏慧天上了三楼房间，让他坐了，问慧天你喝茶还是喝饮料？夏慧天一把拉过石依蕙，说我想先喝一口水哩，就搂着石依蕙一阵狂吻。石依蕙趁势伏在夏慧天宽厚的胸脯上全身软绵绵的像没了骨头。

石依蕙与夏慧天亲热完了，才起身去泡了两杯碧螺春，说这茶叶是依茜从茶楼带回来的。夏慧天伸头一闻，果然热气里散出一股幽香沁人心脾，连说好茶好茶。说话时石依蕙又点一炷檀香，这才坐到夏慧天身边，说道：让你过来就想见见你。夏慧天说：我也是的，在那会场里坐着，人家委员发言慷慨激昂关心国家大事，我一句没听进去心里只想着你。石依蕙娇羞地一笑，说道：难怪你刚才把人家搂得气都喘不过来……先说点正事吧。夏慧天就去开公文包，说：那我把市城建局做的预算给你看吧。石依蕙捂住夏慧天的手，说：我不看，你说总计给我听就行了。夏慧天还是把预算拿了出来，一项一项说给石依蕙听，预算下来，材料、运费、工资等共计一十八万六千元。石依蕙听了，说道：我心里估算要二十万哩，就按人家的预算吧，但这钱往哪里拨？夏慧天说：我就是想与你商量这个事，我代理过发包工程的案件，那里面名堂很多，发包人大多从中吃回扣。这样一搞，做工程的就偷工减料，山路的质量也无法保证，我说个例子给你听……

夏慧天就举了一个例子，说一位在台湾有点资产的南柯人，回故乡想办点善事，就捐资三十万人民币让教育局在他小时候读书的乡村小学原址盖一栋教学楼。当时捐资场面搞得热热闹闹，有关领导还出席讲话，信誓旦旦地说一定不负人家热爱家乡的拳拳赤子情怀等等。结果呢，等这位先生两年后回原籍一看，那小学就修了两排平房教室和一个篮球场，总投资不足二十万元。其余的钱呢？就不知上哪儿去了。

石依蕙听了沉思一下，就说：慧天，那我们可得慎重考虑一下，不要弄得油去了灯不亮，还让人家笑话我们。

夏慧天便笑道：这就对了，甩手掌柜是要不得的。

石依蕙说先别说修路的事了，就诡秘地笑道：慧天，你闭上眼，我给你看一样东西。

待夏慧天把眼睛闭了，石依蕙翻开枕头，取出那本《走过夏天》放在夏慧天的双膝上。夏慧天睁开眼睛，一看是自己的散文集，就淡淡地笑道：还当是什么宝贝哩，便把书拿起来，随手一翻，却见扉页上写着几行娟秀的字：

慧天是个大坏蛋
出书不给我们看
今天买来读一遍
明天送人收破烂

夏慧天拍着书页笑了一阵，连说：好诗好诗，我一整本书还没你一首诗好哩！

石依蕙却做出气恼的样子，说：出了书既不说也不送，还让我花了钱自己去买。是不是当我文化浅，读不懂你先生的大作？

夏慧天解释道：依蕙，我是不好意思给你说的，怕你说我在炫耀哩。

石依蕙说：你这就奇了。别人出书，还搞什么新闻发布会，作品讨论会，又上报又上电视，搞得热热闹闹。你却不吭声，倒像做了什么见不得人的事。

夏慧天笑道：依蕙，这你就不明白了。如今出书有多种门路，有自己花了钱出的，有拿了公款出的，再就是名作家有出版社争了出的，还有一种胡编乱造了靠书商出了的。我哩，让我自己掏钱出书吧，我还真舍不得。靠公款吧？我现在当律师是自由职业者没有公款报销。至于出版社和书商哩，我一不是名作家二不胡编乱造人家也不会给我出。所以哩，我这本书就出得有点不伦不类，还敢张扬吗？

石依蕙就做出惊讶状，问道：这更奇了，听你说了半天这本书仿佛是打从天上掉下来的？

夏慧天说：也算是吧。

石依蕙就用手捶着夏慧天的胸口，撒着娇说：你胡说你胡说，你再让天上掉一本来让我看看。

夏慧天顺势握住石依蕙的手，让她坐下了，才把出书的经过告诉她。

三年前，夏慧天接手一家私营企业“大自然食品厂”与省城一家食品商场的经济纠纷案。食品厂一年时间陆续给食品商场发了价值五十万元的各类天然食品，双方订了合同年终结算付款。到了付款期限，食品商场却以这批食品全是腐烂变质被工商部门没收为由拒付货款。食品厂无奈只得将食品商场告上法庭，但一审却宣告败诉。食品厂不服继续上诉，并找到夏慧天委托他作上诉方代理律师。夏慧天详细了解案情，跑到省城一呆两个月，通过追踪走访顾客，并从一些顾客家拿回印有大自然食品厂商标及生产日期的空瓶。又暗地走访当地工商分局职工，终于掌握食品商场勾结工商部门个别负责人所作的伪证。在证据确凿的情况下，二审开庭夏慧天作了《揭开食品商场玩弄的骗局》的上诉词，还出示了与案件相关的证据。在无可辩驳的理由和确凿的证据下，二审法庭推翻原判宣判大自然食品厂胜诉，依法责令食品商场如数付清五十万元的货款并补偿利息及各种损失费四万六千元。食品厂的老板对夏慧天感恩戴德，除付给正常的代理费外，三次将四万六千元现金送到夏慧天家以示谢意。夏慧天一再推辞坚决不受。无奈之下，老板听说夏慧天当教师时写过不少文章，就花钱请作家协会的人把夏慧天的文章收罗起来，送到省里出版社，与出版社签了出书合同付了二万元出书经费。夏慧天知道后，也不想负了老板的一番苦心，只得把文章取回来重新编排归类，取了书名交回出版社，于是便有了这本《走过夏天》。

说完了出书的这段故事，夏慧天幽默地问道：依蕙，你说我这本书是不是从天上掉下来的？没骗你吧。

石依蕙就说：哪一天你再从天上掉一本，我喜欢读你写的书哩。

夏慧天笑道：我不写了。天上掉下来全是真正的天书，读不懂的。

石依蕙说：慧天，为什么不写了哩？你写得挺好的。你的书我一字一句地读了，文辞那么优美，情感那样真挚。你若不写，中国又要少了一个大作家的。

夏慧天就笑了，说道：依蕙，我说你美艳如仙，有沉鱼落雁之容闭月羞花之貌，是当代的西施月里的嫦娥，你信吗？

石依蕙恼怒地看着夏慧天：你胡说什么呀！

夏慧天答道：我没胡说我可是这么看的，这大约就是情人眼里出西施了。

两人又驳了一阵嘴劲。石依蕙正拿着保温瓶要给夏慧天加水，桌上的手机突然响了……石依蕙说慧天你接一下。夏慧天打开手机就问哪位？电话那头传来一个说着一口京腔的男声，反问道你是谁？夏慧天迟疑片刻，就答道：我是石依蕙请的代理律师。说完忙把手机递给石依蕙。石依蕙听了说肖禹有什么事吗？电话那头又问依蕙刚才接电话的是谁？石依蕙有点不悦地说人家不是告诉你了是我们家请的律师，怎么还问。于是肖禹就向石依蕙说了一些公司的事，末了问石依蕙什么时候回来？石依蕙说不知道，还等我侄儿的案子开庭，说罢也不等肖禹再问就把电话挂了。回过头来就有点心事重重地说：都出来快两个月了，还真想回去看看。

夏慧天问道：依蕙，公司那边有事？

石依蕙说：也没什么事，公司有位副总经理管着，就是刚才的那位，他总是……石依蕙说到半句就突然打住了。然后用一种疑惑的目光看着夏慧天，说道：慧天，接触这么长时间了，你干吗从不问我的情况，比如我过去的婚姻，现在珠海那边有没有相好的人？还有我的公司……

夏慧天平淡地笑笑，说：我为什么要问呢？那一切与我们相爱有关系吗？

石依蕙就感叹地摇摇头，说：是的，那一切与我们的现在有什么关系呢？没有那些往事的纠缠，也没有多余的羁绊，只有我们两个人才是最好的……

这时楼梯响了，石依蕙听出是石依茜上楼的声音。忙把修路工程预算单拿在手里，再给夏慧天使了个脸色。两人就装出了正在商量预算的样子。

20

耿林锋当了副局长，感觉就不一样了，办公室主任把原来刘副局长的那间办公室收拾了，又换了张新的办公桌，添置了电风扇，热水器之类。开始办公室孙主任说请他搬进去。耿林锋先是谦虚一阵说原来这间房也可以的，不必了吧。孙主任就说耿局长你这地方还要来人哩，你不走，新科长来了往哪里坐。耿林锋就说也好也好，忙收拾抽屉里的文件资料搬到副局长室去了。

副局长的办公室与局长办公室两隔壁。伍局长偶尔就端了茶杯过来小坐片刻，其实也是谈点工作的事，顺便对耿林锋勉励一番。

这日快下班了，耿林锋就突然想给苗时忠打个电话。上次耿林锋为石筑的事，假托了苗时忠的意思从石依蕙那里拿了五万块钱，给组织部副部长鲁尚志送了三万。给苗时忠先是送去两万，那老兄死活不受，说有事只要不违反大原则帮忙可以，钱是不收的。耿林锋再送，苗时忠就说老兄你是不是要让我犯错误啊。但这钱送不到苗时忠手里就不踏实，这是他的一块心病。万一让家人知道他耿林锋拿了石筑的救命钱办自己的私事，如何还有脸见石家兄弟姊妹。

打了苗时忠办公室的电话没人接，再拨手机也打不通，看看下班时间到了，耿林锋关了办公室的门回家。刚出大门，局里的小车司机小王正好从车库过来，说耿局长要不要开车送你？耿林锋笑着说小王不麻烦你了，我坐公共汽车回去。

其实耿林锋也不想回家。自从上次在石家院与依苹闹了别扭，回宿舍又吵了一架，俩人在家里也没多少话可说。他走了一段就忽然想起给张和民打手机。正好问问苗时忠最近干啥去了怎么联系不上。电话接通了张和民说正从办公室出来。耿林锋说那咱俩找个地方喝几杯去，就约了在香香家常菜馆碰面。

耿林锋来到香香家常菜馆时，张和民先到那儿等他了。两人找个僻静的地方坐定，点了几个家常炒菜，要了瓶酒，就慢慢儿喝着。耿林锋问道：和民，苗时忠这小子跑到哪里去了怎么老联系不了？张和民答道：听说他正在县里办一个案，与反贪局的一个局长蹲在县里，好像是关于一个位副县长受贿的事。耿林锋一听就急了，说：我妻子侄儿那个案子还靠他帮忙哩，这可怎么办？张和民说：林锋，你怕靠不住他哩，苗时忠已经抽到反贪局去了。听说市里有好几起腐败受贿案一直拖着，省里批评了市委，说南柯市反腐倡廉工作搞不上去，群众反应很强烈，所以现在市委抽调人力，加大反腐力度。耿林锋端起酒杯咕了一口，半天没有说话。他想苗时忠一离开检察院，他那五万块钱就没地方“报销”了，当初是借了苗时忠的名拿的钱，石家姐妹追问起来，苗时忠不在其位不谋其政，帮不了忙总得把钱退回来呀！这一想心里就不由得捏了把汗。

二人吃罢，耿林锋付了账，出得门来，张和民说林锋我俩找个地方玩玩去。耿林锋心里有事，就随口说我没多少兴趣。张和民说我有个朋友刚接了个沐浴城，我带你看看去。耿林锋说去就去吧。二人打了的士来到南郊，下了车张和民指着一幢三层楼房说就在这里。耿林锋远远看去，此时已是傍晚时分，华灯初上，楼房正门的霓虹灯夜来香沐浴城五个大字鬼火般地闪着，耿林锋心想这地方肯定又是个卖春楼吧。再推开茶色玻璃一看，靠楼道边的小厅里一字排坐着十余个浓妆艳抹的小姐。耿林锋装着没看见，就与张和民上了楼。

服务台里一位中年女人见了他们，满脸堆笑问道：二位老板要洗澡还是要洗脚？张和民问道：你们袁老板在么？话才问完，只见服务台背后的门却开了，一个肥头大耳的中年男子应声而出。见了张和民，忙说张科长这一阵上哪里去了？张和民拍着耿林锋的肩说这是民政局耿局长，我的朋友，又对耿林锋说这位袁老板外号袁大头，两人就握手。耿林锋心里极不愿意张和民在这种场合透露他的真实身份。袁老板一边与耿林锋握手，一边就连忙说欢迎耿局长光临，这口气有点像领导干部下基层遇到的礼仪，就笑也不是哭也不是。张和民说林锋洗个澡吧。袁老板就让服务小姐领路，耿林锋张和民跟着那小姐拐了弯便见她掀开一道门帘，里面是一排十余间包房。

二人各进了一间。耿林锋进去一看，外间与一般客房差不多，有席梦思床、电视、沙发、空调等，但却封闭得严严实实，密不透风，里间是个大浴池。耿林锋刚坐下，一位服务小姐就端了茶水和瓜子进来，接着就去浴池开水，只听水声哗哗直响，一股热浪飘散出来。服务小姐出来时对耿林锋说：先生我们的浴池都是经常清洗消毒的，请你放心使用。说完便出门顺手将门带上了。

耿林锋以往也偶尔出入这种场所，平常只要打了招呼就有小姐来的。今晚他心情不好，只想洗完澡就回家。刚要脱衣服，门却轻轻地开了，只见一位小女子扭着腰肢闪身进来，随手还把门反锁了。耿林锋说你出去出去，我只想洗洗澡。那小姐拖长了声音说哥，我们老板让我来帮你洗澡哩。说罢就过来帮耿林锋解扣子、脱衬衣、解皮带……耿林锋只觉得小姐身上那股浓浓的香水味像迷魂药似的把他熏醉了，也不推让，就任她摆布。

小姐脱完了耿林锋的最后一条内裤。就又脱了自己的衣裳，先脱了衣裤退了乳罩，一双玉兔在身上抖动。耿林锋已被撩得欲火烧身，急忙先进浴池去了。刚把身子泡在水池里，那小姐也赤条条一丝不挂扑进浴池里来，一边娇声嗲气与耿林锋开着玩笑，一边就伸了两只手往耿林锋身上乱摸……

耿林锋回到家已快十一点钟了。石依苹还没睡，正在收拾客厅里的葵花壳果皮之类。一见耿林锋进来就问：林锋你上哪里去了，怎么手机也打不通。耿林锋早有准备，说：省里民政厅来了两位领导，陪人家吃饭嘛。石依苹就揶揄道：那还得谢谢你给我节约伙食费哩。耿林锋问：谁来了？依苹说：姐来等了你两个小时，你倒快活去了，姐刚走。耿林锋又问：姐有事找我？依苹说：姐是来问问你检察院那边工作做得怎样了。姐说过不了多久公安要把石筑的案子转检察院了，让你早点通知苗时忠。

耿林锋一听心里就犯傻了，也不再与石依苹说话，转身进了卧室要去睡觉。石依苹说这么热你干吗不洗洗就上床。耿林锋在屋里答道我送省里领导时在他们房间洗了。

耿林锋上了床却睡不着。现在存折里就还剩一万五千元。送给伍局长那五千元退回来后，他东拉一点西扯一点三下五除二早花光了。苗时忠那边没搞成，至少得原封不动地把五万块钱交还给石依蕙，现在上哪儿去找这三万五呢？

石依苹收拾洗漱完毕听那声音要进来了。耿林锋忙顺手在床头柜上拿了本书翻着。石依苹进屋问你还没睡？他嗯了一声，装着看书。石依苹上了床就躺下要睡。耿林锋问道：依苹，我们存折里还有多少钱？石依苹说你问这干啥？耿林锋说有个朋友想借点钱说是急用。石依苹抽身坐起,说：林锋,你可别打这钱的主意，这十万块钱是我留了买房的。学校修了新宿舍。一百二十多个平方米的，我把这套旧房退了还得补十几万哩。耿林锋不再吭气，丢了书就躺下。石依苹也侧身睡了，临睡时还说苗时忠那边的情况你得去给姐说说，免得她不放心。耿林锋无精打采地答道那我们明天一起去吧。

第二天吃了晚饭，石依苹耿林锋领棠棠来到石家院。石二奶正坐在后院里乘凉，郭志凤提了竹椅出来，让耿林锋与石依苹坐了。石依苹说；嫂，你这些日子去看石筑没有？郭志凤说昨天才去了来。你不问我忘了哩，石筑说近来想看看书，让我问你要一套高考复习资料。石依苹说那我找到了再给他送去。好久没去看他了，正想见见哩。石二奶说：苹，你就抓紧找了给他送去。筑筑知道用功就好，今后回来了，也要有文化才好做事的。大家又说了些闲话，石依苹问石二奶，说我姐呢？石二奶说是正在楼上坐绣房吧，你去看看。石依苹就起身去楼上。到了三楼房间，石依蕙正在把洗了的衣服折叠好了，往衣柜里放。石依苹说：姐，大热天你待在房里不热？石依蕙答道：在广东待了二十来年，就练了一身不怕热的功夫。还是我们南柯好，四季如春，再热也热不到哪里去。石依蕙说罢，就又问道：依苹，你一个人来的？石依苹说：耿林锋也来了，在楼下院子里跟妈说话。他说昨天回来晚了，今天就顺便过来谈谈苗时忠的事。石依蕙说：我昨晚也是随便问问，何必让他专程跑一趟。石依苹说：姐，那我们下去。石依蕙说：不忙，我正想给你说个事。昨晚听你说不是准备换房吗？我知道你与耿林锋都是工薪族，靠那点工资生活，平常也不会有多少积蓄。我这次钱带了多的，一时也用不完，你就先拿五万去，算姐的一点儿心意。石依苹听了就笑道：姐，你上次回来给我，我都说过了，如果我非用钱而又没有办法的时候，我会向你伸手的，现在我还不到这一步。再说，换房钱我早准备好了，你不用担心。石依蕙就有点生气了，说道：依苹，姐没有别的意思，只是想让你们日子过得宽裕一点罢了，别总是紧巴巴的。石依苹说：姐，你的心意我真的领了，但这钱你还是留着，我明白你带了钱是给石筑办事用的。在石筑的事上我没花一分钱，心里就很过意不去了。如今再往你手上拿，你叫我这个当妹的脸往哪里放……

无论石依蕙怎么说，五万块钱石依苹怎么都不肯收。石依蕙拗不过石依苹，就叹了口气，说道：二妹，我知道你是有骨气的女子。当初我要像你，就不会嫁错人了。虽说现在有点钱，但把钱看得很淡，你哩，虽说没有钱，却把钱看得更淡。在当今这个社会，像我一样的人不少，但像你一样的人就不多了啊！

石依苹就笑道：姐，你也不必把我说得那样清高，我只是觉得在这种物欲横流的世界上，我的精神没被冲垮就行了……

姊妹二人正说着话，耿林锋上楼来了，进门就说道：我还想怎么半天都不见你们下楼，原来你们摆龙门阵了。说着便自个坐下，说：姐，昨晚有点事回来晚了，让你久等。石依蕙说：也没什么，昨晚上你们家去玩，就顺便问了你托苗检察长的那个事。耿林锋早已把谎编好了的，就说：苗时忠那人做事挺稳的，也够朋友，只是最近听说到省党校学习去了。石依蕙说：林锋，公安局这边的工作我们正在努力，如果顺利的话，不久石筑的案子就会转到检察院，在那里又没有别的人，只靠你一条线了。你刚才说他上省里学习去了，一时半会儿回不来怎么办？耿林锋就故作沉思状，说：这的确是个问题，如果案子转到检察院，苗时忠不在家，这事真的有点麻烦……石依苹说：林锋，你抽个时间到省党校去找苗时忠，问他学习什么时候结束？如果时间太长，家里人也好再想别的办法，那就让他把五万块钱退了。石依蕙说：退钱是小事，若是姓苗的暂时真不能回来，我们心里有了底，也好再想办法。耿林锋点着头，表示同意石依蕙的话，于是说道：那我找个出差的机会，到省党校找苗时忠问了情况再说。姐，你看行吗？石依蕙说：那就这么办吧。

回家的路上，耿林锋感觉压在心里那块石头仿佛又加重了，压得他喘不过气来。

21

这天下午石依茜开了车去办事回来，经过市人大礼堂，礼堂门口挂着红标插着彩旗，是在开科技成果表彰会。只见宣传栏上贴着张大红通知，石依茜停了车一看，是会务组贴的通告，说的是市歌舞团排了一台民族歌舞要去省里参加比赛，今晚为庆贺大会胜利闭幕，专程向与会代表作汇报演出。石依茜倒也不怎么喜欢看民族歌舞。只想跟骆力铭通通话，再说，还想看看那位与骆力铭做了一场春梦的女演员。于是回到车上，取出手机拔了骆力铭的电话。电话接通了，骆力铭先是啊了几声，大约身边有人不便说话。后来就说道：我现在正在会上，换个时间再联系，别忘了你说的话，我可要奉陪的。石依茜忙说：骆市长，你们会上今晚上不是有一台民族歌舞演出吗？我姐她们都想看看哩，能弄几张票吗？骆力铭应道：票没问题。我跟我司机说一声，让他办好了打你的手机给你联系。石依茜说了声谢谢就把机子关了。

到了五点多钟骆力铭的驾驶员已经把四张票送到石依茜手上。石依茜拿了票给石依蕙说了，石依蕙说我正要找夏慧天有个事，顺便也约了他一起去。石依茜就笑道：你干脆就明说了让夏哥陪你看何苦要说有什么事。石依蕙就点了石依茜的头，说你真坏，二人来到律师事务所找到夏慧天。夏慧天说：依蕙你们三姊妹看吧我就不去了。石依蕙说：你怕啦？和我坐在一起看场演出能怎么了？夏慧天笑道：我怕什么，便只好答应了石依蕙说去看。

再约好了石依苹，晚饭后三姊妹就说说笑笑就来到剧场。进了大门，场子里大约才坐了一半人，有的拿了票找位子，就显得乱哄哄的。高音喇叭正播放宋祖英唱的《爱我中华》。三人找了座位，因为是市长关照的票，位子当然要好一些，在第八排稍边一点。

观众陆续进场，位子差不多都坐满了。这时就看见从剧场前面侧门外走来一行人。一个个西装革履面带微笑，石依茜看那阵势估计是领导入座了，忙睁大了眼睛找骆力铭。骆力铭终于出现了，大约走在四、五个领导之后。他原来个子不高的，此时夹在两位高个子领导中间就越发显得矮了。石依茜便伸长了脖子，要去看究竟。石依苹就去扯石依茜的衣服，说道：依茜，又不是没见过，都是人又不是珍稀动物有什么好看的？石依蕙笑道：你看人家那架势真还像中央领导步入会场的情景。说话间各位领导已经在写了各自名字的座位上坐好了。

高音喇叭终于停了，大厅里的灯也随之暗下，舞台上驼绒大幕前一位身着苗族服装的报幕员说了几句各位领导各位代表大家晚上好之类的开场白，就宣布演出开始。接着报了第一个节目《苗族芦笙舞》。石依蕙转身看旁边的位子空着，夏慧天还没来。这时舞台上流光四溢，天幕是绿水青山蓝天白云，一群男演员吹着芦笙，女演员翩翩起舞。石依蕙多时没看家乡的民族歌舞，顿时觉得非常新奇。

也不知什么时候夏慧天已坐到石依蕙旁边，石依蕙轻声说我以为你不来了呢？夏慧天说这些节目我都看过无数遍了。石依蕙说那你还来干什么？夏慧天就轻轻在石依蕙耳边吐出两个字：陪你。石依蕙再没说话，又看演出。这时已经是第四个节目了，报幕员出来报幕，说请欣赏布依族舞蹈《娶亲舞》。大幕缓缓拉开，一群身着蓝白色布依族服饰的姑娘随欢快的音乐上场舞蹈。跳着跳着便蜂拥而下，接着从幕后簇拥着一位着了红装的布依族姑娘上场。穿红装的姑娘大约就是新娘了，她上场时娇羞含笑，做了几个优美的独舞动作，博得台下一片掌声，接着就坐在舞台中间让姑娘们梳妆打扮。

石依茜一连看了三个节目都没见那晚与骆力铭在茶楼出现的那个女人。心想难道骆市长还有其他的小蜜么？正想着，就见穿红装扮新娘的女演员出场。石依茜一下就认出来了，嘴里连说是她是她。石依苹说扮新娘的女演员还真漂亮，舞姿极美，你认识？石依茜随口答道认识认识，她是歌舞团的台柱子……

布依族姑娘们为新娘梳妆完毕，就上来一群布依族小伙子，他们是娶亲的队伍。于是男女演员围着新娘群舞，一下子把舞台气氛烘托得十分热烈，台下响起一阵阵喝彩声。接着又是新娘与新郎的双人舞，舞毕，就上来一位年轻的小伙子把穿红妆的新娘背在背上，在男女演员的簇拥和音乐中下场。

石依蕙看不明白，就问夏慧天，那新娘为什么要人背着走呢？夏慧天就解释说这是布依族婚姻习俗，姑娘出嫁，得由女方的兄弟背着出门。石依蕙问她自己走不行么？夏慧天说不行不行，布依族习俗嫁出去的姑娘用脚走出门婚姻不吉利，往后还要离婚回娘家，所以出门时脚不能沾地的。石依蕙就笑了笑说当初就怪我哥没背我出门，如今让我离婚回娘家了。

中间节目那位扮新娘的女演员又出现了两次，还有一次是独舞。石依茜心想骆力铭真不愧采花老手，这么漂亮的女人都让她给搞上了。

演出终于结束了，领导们照例要上台与演员握手的。在欢快的音乐声中，只见各位领导按职位高低依次走上舞台，一一与站在台上恭候的演员握手。石依茜终于看到骆力铭走到女演员面前了。刚才女演员与上面一位领导握手时还微笑着，此时却收敛了笑容，一双眼睛却朝顶棚上看，手伸出去很快就缩了回来也不知握上没有？这些细微的动作一般人是很难察觉的，但石依茜是用了心去观察，所以就特别看得细致入微。

散场以后夏慧天告诉石依蕙，说他今天碰见骆力铭，顺便谈了修七星寺山路的事。说石总看了预算认为可行，预算资金随时可以到位，现在主要担心资金如果没有用到实处而无法保证工程质量这个问题。骆力铭听后对夏慧天说石总的担心不无道理，等散了会我召集城建、旅游、宗教三个局的负责人开个协调会，净光法师那边让宗教局也通知他来。请石总和你参加，顺便把捐资的协议也签了。

石依蕙听了说我是不去的，全权委托你了。你去就代表捐资方，有什么问题你拍板就算数。夏慧天忙说不行不行，以后的事你可以不管，但这次协调会还要签协议一定得参加。石依蕙显出有点为难的样子。夏慧天又说人家市长亲自主持会议，说不定还要搞捐资仪式,你不去就有点不给面子了。石依蕙只得答应说去就去吧，什么时间开会你早告诉我。说罢就与夏慧天分手，跟着去石依茜她们一同回家了。

过了两天夏慧天打来电话，告诉石依蕙说骆力铭说了今天下午三点钟在市政府三楼小会议室开会。石依蕙说不知道地方怎么去？夏慧天说那你两点半在石家院等我，我打了的来接你一块去。

下午三点整，夏慧天带着石依蕙来到市政府三楼会议室。骆力铭与三位局长都在那里等候了。夏慧天与那三位局长是认得的，不用介绍。骆力铭就把石依蕙介绍给局长们认识，说这位就是捐资修建七星寺山路的石总经理，于是石依蕙就与局长们一一握手。刚坐定，净光法师也赶来了。进门忙合十打恭连说来晚了抱歉，说是吃了中午饭就从寺庙走路来的。问为什么不坐公共汽车？净光法师说走路爽快，大家就开玩笑说净光是真正的苦行僧。

于是骆力铭就宣布开会，一位小秘书就坐在旁边作记录。骆力铭把今天协调会的目的和内容讲了，并又代表市政府和三家相关局长，向石总经理捐资修路的拳拳之心表示感谢。末了就说道：现在我们请珠海石蕙制衣公司总经理代表捐献方讲话，大家欢迎。

大家便热情地鼓掌。

石依蕙没有准备讲话的。再说她也不习惯在这样严肃的场合下讲话，骆市长搞了突然袭击，大家又鼓了掌，心想硬着头皮也只得说几句了。于是便说道：市长和各位局长、净光法师、谢谢大家。首先申明一点，这次捐资修建七星寺山路纯属我个人行为，不代表制衣公司。虽然公司是民营企业，但我想个人行为与企业行为应该有所区别。我是从南柯走出去最早一批打工妹，今天能办公司并略有一点资产，也完全得益于改革开放的大好时机。这次回故乡去了一趟七星坪，上了七星寺。家乡的变化和旅游景点的开发使我感触很深。但七星寺的山路损坏严重。路坏了游客无法上山，这就阻碍了旅游事业的发展。为了报答家乡的养育之恩，所以愿意出些钱修路，这就是我的初衷。此外借这次会申明几点：第一，不搞任何留名的碑刻纪念；第二，不搞工程开工仪式；第三，不登报不上电视宣传。请市长及各位局长尊重我个人这点小小的要求。另外再补充一点，因个人原因，特聘请夏慧天律师全权代理有关修路的事宜。再次感谢各位领导倾力相助。

大家又鼓掌。夏慧天坐石依蕙身旁，心想石依蕙这番话还真说得有条有理简明扼要。

骆力铭接着就说请夏慧天律师讲话。夏慧天忙说免了免了，我是受人之托办具体事没有什么要说的。

于是该三位局长表态。三人就说了些感谢石总对南柯的城建，旅游、宗教事业关心支持的话，并表示在市政府的统一领导下一定全力以赴把修路的事办好，让石总经理放心满意。

下面依次就到了净光法师说话，净光开始推辞了的。骆力铭就说这是寺庙的事你怎么不说呢？净光就说：出家人有一条戒律叫不妄语，是不乱说话也不多话说的意思，既然骆市长让我说，我今天就多说几句，算是破戒。这次石总捐资修筑七星寺的山道，意义不在山道本身。佛经说“发菩提心，证无尚果”。菩提心就是善心，觉心、大悲心。有一天我与夏律师谈到庙里香火不旺，游客稀少的原因，归结到都是由于山道不畅所至。石总当时听了没有说话，回去就顿生修路的善愿，种下了善根。佛经又说：“所有善报，心心回向”。意思是说我们做的善事常常能感化更多的人。山道修好了，上寺庙敬香的善男信女多了，游客也多了。佛的智慧就能深入人心，普及光大，同时七星坪的旅游业就会更加发展兴旺。所以说石总捐资修筑山道不在修路这事，而在使那些信仰佛教的众生得到不可思量的福报与功德，这一切都建立在石总“发菩提心，证无上果”的本愿上。石总实在是做了一件功德无量的善事……

净光法师说到这里，就站起向坐在对面的石依蕙拱手合掌表示感谢。

石依蕙连忙说了过奖过奖。接下来就该骆力铭做总结了。

骆力铭把大家的发言归结为三点：第一点是大家对修筑七星寺山路有了

统一的明确的认识，提高到了发展南柯经济、开发南柯旅游事业的重大意义上；第二点是对石总经理捐资修路的满腔热忱给予高度评价，认为这是利于当前发展，造福子孙后代的大功大德。同时尊重石总经理不留名不宣传不搞仪式的意愿。第三点就是关于如何保证修路资金的运用与工程质量的问题。并当场明确以城建局牵头，旅游局与宗教局协作的具体方案。骆力铭特别强调了工程质量问题，说这项工程他亲自抓，谁要是浪费挪用修路资金，降低工程质量甚至造成豆腐渣工程，一定要追究责任甚至撤职等等。骆力铭提议成立一个工程质量监督组，组长由他挂帅，副组长除了夏慧天以外，还有三个局的局长。

总结完了，骆力铭就让秘书拿出三份捐资协议书，让双方签字。协议早先就让夏慧天审核过了，石依蕙也不再详看，骆力铭与石依蕙就在协议上签了名。这时石依蕙就取出一张十八万六千元的银行支票，亲自交到骆力铭手上。

散了会骆力铭对石依蕙说道：石总,真对不起，今晚我有个接待任务，省里的黄副省长和刘秘书长来了。你这里我已经安排，让三位局长他们陪你和夏律师……石依蕙忙谢绝了，说我晚上家里有客人，免了吧。三位局长再三邀请，石依蕙无论如何都不去，就握手告别。

骆力铭与三位局长各自走了，石依蕙、夏慧天与净光法师出了政府大院。石依蕙问净光师傅你走这么远怎么回去？净光说有开往七星坪的公共汽车很方便的。石依蕙说不必去挤公共汽车了，反正现在时间还早，我与夏律师送你吧。说罢又转身看着夏慧天像是征求他的意见？夏慧天显有点为难说到七星坪五六里路走得到吗？石依蕙就笑了说谁让你走路了，我说是开了依茜的车去哩。石依蕙说依茜想去就去，她不能去我开车去。夏慧天说这么久没听说你会开车？石依蕙就从坤包里掏出驾驶证让夏慧天看，说我的驾龄都五年了，只是平常不想动车。净光那里还在推辞，石依蕙已跟石依茜打了手机，石依茜说她有事走不开。石依蕙就说那么你把车开到中心花园门口，就在市政府旁边，我们在那里等你。

22

三人来到中心花园，石依茜已经把车停在门口，靠在车门边等候。石依蕙介绍说：小妹，这位是七星寺的净光法师，我现要用车送他回寺庙。石依茜看着净光法师就说道：哟，净光法师这么年轻就当了和尚，是不是看破红尘了？净光合了掌答道：皈依三宝不在年龄大小，当初释迦牟尼佛二十九岁出家悟道，三十六岁成佛；慧能禅师十几岁就承袭六祖禅宗衣钵，可见出家与年龄无关，与红尘无碍。贫僧只是一个敲钟和尚，不值一提，多言了。石依茜听得似懂非懂，说道：等哪一天山路修好了，我再去给菩萨烧香。今天你们去吧，我还有事呢。说着把车钥匙递给石依蕙，自个转身走了。

石依蕙开了车，夏慧天与净光法师坐在后座。车一出了市区，便加快速度向七星坪驶去。一路上净光不大言语，石依蕙与夏慧天也不便多说话，十多分钟就到了七星坪。石依蕙将车一直开到山脚。大家下了车，说是告别，净光说既然到了山下，不如请石总与夏律师到庙上小坐，吃了斋饭再回去。夏慧天没答话，只把眼睛看着石依蕙，那样子像是听她表态。石依蕙就看看时间还不到六点钟哩，夏日里白天长，要八点过钟才黑。就笑着对夏慧天说：慧天，我们送佛送到西天吧。走，上山，我还正想吃斋饭哩。二人挨次跟在净光后面，向七星寺攀去。一路上难免又说这山道要是修好了，来去也要方便得多。

此时日头已经偏西，山路两旁幽深宁静。一路上虽然坑坑洼洼高低不平，有净光同行，二人也不便相携，只好小心翼翼一步一步向上攀爬，偶尔夏慧天伸手去拉石依蕙一把，费了九牛二虎之力才到庙上。净光将石依蕙与夏慧天请到耳房坐下，吩咐小和尚沏茶，便到厨房安排斋饭去了。

小和尚沏完茶便退下去了。石依蕙站到窗边看看，只见满山绿荫，清风拂面，鸟声啾鸣，心里感到特别舒畅，便回头对夏慧天说：慧天，刚才还置身在熙熙攘攘车水马龙的闹市里，吵得人心里烦躁。顷刻之间来到山上进了寺庙，到处都是一片幽静的风声鸟语，仿佛进入了另一个世界。你说你有没有这种感觉？

夏慧天端起茶杯呷了一口，说道：好茶，好茶。

石依蕙听了再没下文，就装出恼怒的样子说道：我给你说话哩，又没问你茶好不好？

夏慧天也不动声色，放了茶杯，又道：境由心生。

石依蕙这下就真的有点生气，说道：夏慧天，你发什么疯癫呀？

夏慧天这才笑了，答道：依蕙，我这是在给你斗机锋哩，你还真生气了。

石依蕙说：什么机锋，我问东你答西，我看你是神经有毛病。

夏慧天说：这你就真的不懂了。斗机锋是禅宗的参禅境界，禅宗是佛教的一派，又称“禅是佛心”大约就是佛教的核心吧。刚才实际上我已经回答了你的问题，只是你没有开悟罢了。

石依蕙说：你分明没有回答我的，却怎么又说回答了呢？

夏慧天说：依蕙，我再解释也没用。先给你说一个和尚与惟简禅师斗机锋的故事，你听了大约就可能明白的：“和尚问禅师佛与众生是一回事还是两回事？禅师却回答道：花开满树红，花落万枝空。和尚更加不明白，又问究竟是一回事还是两回事？禅师就说：如今只剩下一朵花了哩，大约明天也要随风飘落”。你说惟简禅师回答了和尚的话没有呢？

石依蕙说：那禅师答非所问，怎么算回答了。

夏慧天笑道：禅师说的‘花开满树红，花落万枝空’就是回答。和尚问佛与众生的关系？禅师的两句诗已经解释清楚了。有众生然后有佛，佛是要普度众生的嘛。没有众生，佛的存在还有什么意义呢？你懂了吗？

石依蕙就摇摇头，说：不懂不懂……

夏慧天又说：再比如你问我刚才在山上的感觉如何？我说：‘好茶’，好茶这两个字很有意思，就是说有了好的心情才品得出好茶的，也就是说我的感觉与你一样很好。后来我又说了‘境由心生’就是更明确地回答你清静的环境是因为我们心里清静了才感觉，你现在明白没有？

石依蕙就嗔声骂道：胡说八道放狗屁！

夏慧天听了顿时站起来拍掌说道：开悟了，开悟了，原来你是有慧性的嘛，一点即通。

石依蕙就摇头，心想这就是禅么？

夏慧天说：依蕙，我再给你说一个‘拈花微笑’的故事，说的是有一日如来佛祖召集五百弟子在灵山会上给他们讲经。佛祖上了讲坛一句话不说，只拈了一朵鲜花端坐不动。所有的弟子都不明白佛祖在做什么？只有一个金色头陀迦叶发出会心的微笑，这个迦叶后来就成了禅宗的始祖。‘佛祖拈花，迦叶微笑’，这个美丽的故事道出了禅宗见性开悟的无言境界……

石依蕙笑道：这还有点意思。

这时净光回来，说请二位到斋房用餐。

二人便随着净光来到斋房。斋房就在耳房的侧面，是一分为二的一间小平房。里面小一点的那间是厨房，外间是吃饭的斋房。斋房里摆了两张小餐桌，几条木凳，一排案几上摆着甑子碗筷一应餐具。这间屋子虽不过三十来个平方米，却是四壁光亮、干净整洁。餐具桌凳擦洗得光洁清净，一尘不染。这时夕阳从窗外透了进来，越发显得室内明亮生辉。

一张餐桌上已摆了四盘炒菜，有茄子、豇豆、苦瓜和豆腐，两碟凉拌小菜，再就是一大碗的素瓜豆汤。净光介绍说这些蔬菜都是庙里几个常住居士自己种的，刚从地里摘了回来。三人坐了，夏慧天问其他的和尚居士如何不吃？净光说他们已经先吃了，这些菜是专程为二位现做的，请自便。

因为是斋饭，就免了许多客套。其间夏慧天就问了净光，说过去出家人是日中一餐，过午不食的，现在没有那些清规了吧？净光说一般寺庙都没有这种规矩了，只是有些名刹古寺的老僧还坚持日中一食的习惯。夏慧天说以往出家人的清规戒律太多，比如日中一食，一天就吃一餐饭，而且过了中午就不许再吃东西，那样做对生理健康不利。

石依蕙却不说话，一来她不懂佛法，如何敢班门弄斧。二来哩，今天这一桌素菜令她食欲大增，就埋了头只顾吃饭。

三人都吃好了，净光又说请夏律师与石总过去喝茶。夏慧天一看表都七点半了，忙说谢谢，再不走天黑就不便下山了。石依蕙歉疚地说吃了就走真不好意思。净光将他二人送到山门口，又还要送。石依蕙忙拦住说请法师留步。净光只得止步合掌道一声阿弥陀佛请二位一路好走。

石依蕙与夏慧天总算在天黑前回到山脚，太阳早落山，天渐渐黑下来。二人上了车，此时虽是暮晚时分，但暑气未消。石依蕙驾车，夏慧天坐在她旁边，开了车窗，一阵阵山野清风扑面而来，二人顿觉十分惬意。车眼看就要离开七星坪的桑麻河了，石依蕙突然停住车，说道：慧天，到河边洗把脸去，刚才下山沾了一脸的汗一身的泥怪不舒服的。夏慧天说：我还正想给你说哩，下车吧。石依蕙便从座位底下取出毛巾香皂。二人借着月色顺一条小路走几步就到了河边的一片沙滩上。

这里离七星坪度假村一公里，距市区大约还有四五公里，正是前不挨村后不挨店的荒郊野岭。天早黑尽，一弯新月挂在山腰的草木丛间，显得幽深朦胧，迷离恍惚。再看那月色倒映在缓缓流淌的河面上，便有一种波光粼粼出神入化的幻觉。两人先是赞叹了一番，说这景色真是美到极处，比之白日一眼就能看透的风景还美。说着便脱了鞋挽了裤管涉到浅水处边玩水顺便把脸洗了。夏慧天此时忽然想起上大学读过的《月夜游宝石山记》，心想这篇古人写的小散文与此时此境真是照应得太恰当了。就说依蕙我读一篇古文你听，看看合不合现在的情景，说罢就站在河水里高声背诵：

……夕阳既没，明月在轩，山姿水色，倏焉而变，予情愈豁，飞觞痛饮，巡阑忘寐，盖不知夜之几何，恍然若置身广寒清虚之府，乐可言耶……

石依蕙听了说道：这文章倒也写得好，不过倘若你真要身在广寒月宫，可没有嫦娥做伴。

夏慧天说：有啊有啊，正是有了嫦娥，我才‘乐可言耶’，你不就是我的嫦娥么？

石依蕙就发了感慨，说道：嫦娥苦哩，孤零零一个人有什么意思？广寒清虚还不如百姓人家的半间茅屋，一家子围炉而坐，夫唱妻随儿女绕膝，那才是天伦之乐哩……

此时二人已回到沙滩上，坐下了也不穿鞋袜，就光着脚去拨弄那细碎柔软的沙子玩耍。夏慧天听了石依蕙刚才说那话有几分悲凉，转了脸去看她时，却见石依蕙一双幽怨含情的目光正对着自己。情兴正浓的夏慧天被那眼神撩得像一股火蹿上来按捺不住，转身紧紧搂住石依蕙，二人就顺势躺下了。这时石依蕙只感到夏慧天火热的身躯贴在胸脯上，滚荡的嘴唇在她脸上嘴上狂乱地吻着……石依蕙没有动，她只把双手摊开了，整个身子仿佛就像一片宽阔的草地，任凭夏慧天这匹烈马在草地上狂奔驰骋。渐渐地夏慧天的手伸向石依蕙衬衣的纽扣，解开了胸前的扣子，取下了乳罩，一双厚实的大手就压在她的双乳上……石依蕙本能地想推开那双手，但她已经没有丝毫力量去这样做。石依蕙感到全身酥软通畅，飘飘欲仙，刹那间，她突然感到自己有了那种欲望，那种很久很久没有再冲动过的欲望……这时一只手顺着她的酥胸往下探去，渐渐就触到了她双腿之间，那只手已经在退她的内裤，她感觉到一股热潮从体内里倾泻而出……这时石依蕙身上的这个男人就像即将攻破城池的千军万马，来势汹涌锐不可当了……石依蕙突然清醒了。她一边用力转动着身子，一边哀求般地说道：慧天……不要这样，我……求你了……

夏慧天喘着粗气，问道：蕙，为什么？我爱你，我想要你，不要拒绝我……话说间一双眼睛充满渴望地看着石依蕙。

石依蕙便使劲地推开夏慧天，翻身坐起，接着把裤子套上，把衣服穿好了。

夏慧天复又坐到石依蕙身边，哀楚地摇着她的双臂，说道：蕙，你愿意的，我已经感觉到你愿意的，为什么要拒绝我？

石依蕙哀哀地说：慧天，记得那晚在茶楼时我说过的话吗？我们相爱，你可以拥抱我，亲吻我，但我们不做爱，这是界线。

夏慧天几乎发怒了，用拳头捶打着沙地，吼道：不！我们都是人，而且是相爱的人。人怎么能不做那种事哩？你以为我们是在实践柏拉图似的爱情吗……

石依蕙明白夏慧天这时候的心情，她依稀看见月光照在他几乎扭曲的脸上。于是便用手去轻抚着那张脸，说：慧天，为什么要这样做呢？想念、思恋、拥抱、亲吻，多好多纯洁的爱情啊！做了那种事一切都变了，我怎么再面对你的妻子，你的女儿……是的，我也想，我也是人，也有七情六欲，但我不愿违背自己的良心和我信守的传统道德……

石依蕙一直相信夏慧天不是那种轻易冲动的男人。这么久以来他们有过机会但他从未轻举妄动，从未在她信守的界线之间越雷池半步。他们相爱他们拥抱亲吻是在释放彼此相爱的能量。而做爱就不同了，那是夫妻间的事，要么就是性发泄……但现在石依蕙终于明白自己错了。

回去的路上夏慧天一直没说话。石依蕙也不想再去解释再去安慰他，只专注地开车。她把车速放得很慢，渐渐驶入市区，满街灯火车水马龙让石依蕙感到仿佛刚从梦里醒来，又回到现实生活中。

石依蕙一直把夏慧天送到学校门口，她知道现在正是他要接婷婷回家的时间。

车停稳了，夏慧天打开车门准备下车，石依蕙说：慧天，原谅我。说着就把手伸过去。夏慧天没有说话，他用手托住石依蕙的手，再用另一支手在石依蕙手背上轻轻拍了一下，就下车走了。

石依蕙一直看着夏慧天的身影消失在校门口的拐弯处。

23

石依茜正在茶楼与吴姐说话，手机突然响起，她也未看来电号码就接了。刚要问对方是谁，电话那头传来骆力铭有点失控的声音，像是喝醉了。骆力铭果然说依茜小姐我……我,对不起有点醉了。石依茜就问你在哪里？骆力铭说正在往回走的路上。石依茜问干吗不坐车？骆力铭说不想坐车，让驾驶员回去了。石依茜忙说骆市长我来送你吧，你在哪个位置？骆力铭说我在华中路口，你来吧。

石依茜收了电话，说，吴姐我有事走了，刚才三号包房的客人要求打八折，你就给他八折吧。说完就上楼来到自己的房间，先换了件敞胸的短袖T恤衫，再对着镜子略施点脂粉，便匆匆下楼开了车向华中路口驶去。

石依茜远远就看见骆力铭站在人行道的暗处，大约怕被人看见脸就朝着那间关了门的店铺。石依茜不禁想到若是碰上保安准把市长当了小偷盘问哩，心里就暗自发笑了。她把车开到骆力铭旁边按了一声喇叭，骆力铭转身一看石依茜在车窗里向他招手，就三步并作两步开了车门坐到后座上。

石依茜就问道：骆市长，去哪里呀？

骆力铭说：不知道。随你吧，找个清静地方喝茶聊天也成。

石依茜虽然自己开了茶楼但她绝不会把骆力铭带到那里去，茜子茶楼是骆力铭与女演员杜秋芸曾经去过的地方，她不希望勾起骆力铭的回忆也不希望骆力铭知道她是茜子茶楼的女主人。石依茜便掉转车头，向市郊的西园圃开去。西园圃靠山脚处有间茶楼。装修和档次都还不错，因地理位置稍偏一点儿，平时去的客人也不多，更不会招人耳目了。

车很快就到了茶楼下。石依茜说骆市长你先在车上休息一会，我去订了座位再来请你……石依茜没听答话，回头一看骆力铭靠在座背上歪着头睡了，呼吸里喷出一股浓浓的酒味。

石依茜上了楼，领班就跟在后面问小姐是要包房还是要卡座？石依茜说我看看，便顺着过道往里走。有几间包房已经有客人，石依茜就选了一间靠山而两旁都没有客人的包房，对领班说泡一壶毛尖再来点解酒的酸汁饮料，话梅相思果葵花籽之类，安排好了才转身下楼。石依茜来到楼下打开车门，骆力铭还在沉沉大睡，石依茜正想去摇醒他，此时就听见骆力铭喃喃地在说梦话：……秋芸……我……对不起……你……原谅……石依茜一听就明白了，骆力铭是在梦里与女演员杜秋芸说话哩。原来他心里还惦记着那女人。就想你对不起人家也就罢了，还说来让我听哩。一时来了气，就猛力去摇骆力铭的肩，把他摇醒了。石依茜就说骆市长快上楼喝茶解酒去，你都醉得稀里糊涂了……骆力铭就恍兮惚兮地说怎么就睡着了，这是哪里？石依茜说到茶楼了哩，下车吧。便扶着骆力铭走卜车来，顺手关了车门。

二人上了茶楼包房。茶水饮料果品都上齐了。骆力铭刚坐下，服务小姐问还要不要什么？石依茜就说不用了你去忙吧。服务小姐一走，石依茜便把门闩上了。

骆力铭把眼镜摘下来，取过一张餐巾纸慢慢擦着。那样子很悠闲很文雅，既有做官人的派头，又有点学士风度。石依茜见骆力铭没说话，就问：骆市长今晚喝了多少啊，你这么大的海量，也让人给弄醉了？骆力铭说道：今晚让建设厅那几个家伙整倒了，六个人喝了八瓶茅台，你说醉不醉？石依茜就端了茶壶给骆力铭倒茶，说道：那晚我不是也让你弄醉了，哪一天还找你报仇雪恨哩。说罢在骆力铭对面的沙发上坐了。骆力铭把眼镜戴上，就直视石依茜，笑道：依茜小姐，这仇就别报了，你那点酒量我领教了的，最多半斤。我们今天握手言和怎么样？说着就把手伸向石依茜，石依茜也伸了手过去。握手的时候，石依茜感到骆力铭很用劲，仿佛要把她的手捏碎了似的。握了手石依茜就娇声说道：这一握手就成了不平等条约，说明我认输了是不是？骆力铭笑着点点头以示回答。石依茜忙说：不行不行，我怎么平白无故就认输了？骆力铭就说：你不肯言和，那就算好战分子了。我还是原来的一句老话，奉陪到底。石依茜就站起来，说道：那现在就喝，我去叫领班……骆力铭忙说：不行不行，你这是乘人之危。我这里酒还没醒哩，再喝两杯就给你放翻了，改天改天……我现在不喝酒，喝茶哩。就端了茶杯喝茶。石依茜说：那今天你认输了？骆力铭说：认了认了。石依茜便把手伸给骆力铭，说：握手，我们算扯平了。骆力铭就笑道：你呀，真是个小猾头。便又伸了手与石依茜去握。这次他是轻轻抚住石依茜的手，但很长时间没有松开，眼里闪动着色迷迷的光彩。

握手之后，石依茜拿了一粒酸梅果剥着，便又见骆力铭的眼睛一直盯着她的手，就做出一副娇媚可人的姿态说：骆市长是不是又在欣赏我的兰花手了？骆力铭就点了点头笑道：说真的，依茜小姐那一双手抚弄东西的时候美极了，就像旧时闺房中的小姐绣花，像京戏里花旦起舞。看见这双手就生出许多联想，想到兰花的幽香，荷莲的高洁……石依茜就娇声嗔气地说道：那是因为我的手指长嘛。说着就把剥了的酸梅递向骆力铭嘴里。骆力铭张开口接了，就顺势抓住石依茜的手说道：让我好生看看这手怎么就这样迷人哩。便把石依茜的手凑近眼前，一边欣赏一边轻柔地抚摸着，叹道：这手该是大家闺秀的手了，多细嫩多白皙，古人书上描写的纤纤玉指也不过如此吧……说着说着就慢慢将石依茜的手凑到了嘴上吻着。石依茜也不说话，只任骆力铭把那只手随意摆弄。

如果这时候石依茜倘若顺势坐过去，挨着骆力铭身边，可能那就是另一番风景了。但石依茜没有这样做，她心里想自己才不会那么轻易就让骆力铭得手呢，石依茜知道像骆力铭这样的男人，有地位有权力，在他的权力诱惑下，有的女人就像池子里的鱼，让他任意捕捞。但石依茜不能让自己变成那种女人，绝不能让骆力铭一撒网就捞着，那样就太降低了自己。再说骆力铭刚失去杜秋芸，目下正是他饥渴难耐的时候，他需要有一个女人来填补这段空白。现在不是骆力铭撒网，而是她石依茜在钓鱼，耐着点性子吧，鱼已经上钩了哩。

石依茜缓缓地把手缩了回来，顿时间骆力铭的脸上就显得有点儿阴沉。石依茜忙做出娇羞的样子轻声说：骆市长……

石依茜刚开口就被骆力铭打断了。骆力铭挥挥手说道：依茜，我们换个称呼吧，不要搞得太生分了，今后我叫你依茜，你哩，就叫我老骆，怎么样？

石依茜笑了，说道：你又不老，叫你老骆多不好听。我叫你骆哥，要么干脆叫力铭。

骆力铭马上应和，说道：好，好，你就叫我力铭，这个称呼最亲切了。

石依茜说：这样叫以后我们就是好朋友了啊，力铭，有你这样的好朋友我真高兴。要文化有文化，要风度有风度。又没有一点官架子，交了你这样高层次的朋友，我是三生有幸了……石依茜心里明白，两人改了称呼，关系就进了一步。饭要一口一口地吃，路要一步一步地走，至于“三生有幸”这四个字哩，骆力铭暂时还听不明白，抑或是听明白了假装糊涂。总之，但凡这种关系双方都各有所图，说穿了就是一笔权色交易的默契，只要你不把它戳穿了，外面那层美丽温柔的面纱始终是光彩照人的。

写到这里，就有必要回过头去交代一下骆力铭与杜秋芸之间那段罗曼史：

三年前骆力铭还是分管文化的副市长，那年春节带了歌舞团下县搞文化下乡演出活动。到了县份就不比在市里，演出完了演员可以回家的。在县里，有时还到乡镇，大部分时间里白天演出晚上休息。演完节目就住在招待所里。晚上没事，县里领导就安排活动，无非是到歌厅舞厅唱歌跳舞。骆市长和团长们去了，自然要带上几个女演员陪同，杜秋芸就常常跟了骆力铭们去的。几次下来，两人渐渐地就亲密了，此后也不让县领导再来请，骆力铭与杜秋芸吃了晚饭就相约而出，也不知上哪家歌舞厅潇洒去了。到了临近返回南柯市的头两天，晚上，骆力铭让杜秋芸去他下榻宾饭的房间，二人的关系也就不言而喻了。

回来以后，骆力铭与杜秋芸三五天就要见一次面的，有时在宾馆开了房间，有时候到茶楼卿卿我我一番，躲躲闪闪像做了贼似的总也不是办法。到了去年，有一天报社主编请骆力铭吃饭，酒席上骆力铭就说不少州、市都住省城派驻了特派记者，我们南柯市派了没有？主编说没有哩。骆力铭说往省城里派长驻记者的好处可多了，至少我们可以随时了解省委省政府的动态，加大信息力度，有利于我们工作的开展。主编说那我们回去立即考虑人选，照骆市长的指示办。过了两天，骆力铭就打电话给主编，说是向你们推荐一个人，你们报社那个记者习锦宏，这个同志工作能力不错，抓信息的敏感性很强。骆市长这样说了，主编也不好持反对意见，再说习锦宏这人也没什么可挑剔的，就这样定了。不久。杜秋芸的男人习锦宏就走马上任，到省城当长驻记者去了。习锦宏一走，骆力铭与杜秋芸就如鱼得水，自由多了。杜秋芸五岁的儿子又让退休的奶奶带着，不常回家，骆力铭想什么时候去就什么时候去，两个人放心大胆颠鸾倒凤再也没顾虑的。但正如俗话说的世间没有不透风的墙。日子久了，渐渐就有些风声传到习锦宏耳里。他先是不太信，每次从省城回家来，杜秋芸照样对他恩恩爱爱没有冷落的意思。唯独令习锦宏疑惑不解的是杜秋芸怎么就阔绰起来了，衣裳是名牌，皮鞋是名牌，三五千元一套的真皮套装，七八百元一双的哈森皮鞋都舍得去买，连那手机都要追新潮换了一部又一部。到了今年春天，习锦宏终于坚信外间的谣传不是空穴来风，心想捉贼拿赃捉奸拿双。表面里对杜秋芸不动声色，暗地里做好了准备。有一次回家待了两三天就给杜秋芸打了个电话，说是下午回省城去了。打完电话就把照相机光圈镜头调整好,走进儿子的小房间关了门躲起来。到了晚上约莫十点来钟就听有敲门声然后门开了，再就是骆力铭与杜秋芸二人在客厅里甜蜜的说话声，不久那声音便弱了，好像已经进了卧室。习锦宏算准时间估计他们已上了床，就轻手轻脚地走到客厅一看，卧室的门半掩着，骆力铭与杜秋芸都脱了衣服躺在床上赤身裸体准备要干那事。习锦宏一脚把门踢开了，他用事先准备好的高档相机啪啪啪就连拍了三四张床上照片。待骆力铭与杜秋芸反应过来忙拉毛毯盖住身子时，习锦宏早回转身开了大门扬长而去。

此后骆力铭与习锦宏见过三次面，双方言明利害得失。骆力铭说就算你把我告倒了我不当市长对你也没有好处，反过来你自己的老婆做了那种事对你也不光彩。双方最后谈判的结果是骆力铭出十万元买回那晚拍的底片，保证从今以后不再与杜秋芸接触从此断绝关系。石依茜在茶楼看到杜秋芸的那个晚上，正是骆力铭在付钱给习锦宏之前，把谈判的结果告诉她，所以杜秋芸下楼时曾经哭过让石依茜一眼就看出来了。从那以后骆力铭就真正与杜秋芸割断了关系，他毕竟没有那种不爱江山爱美人的胆魄。不过世间也不唯独杜秋芸一个美人，眼前这位依茜小姐美艳娇情，更何况还是独身且无男人的羁绊，玩起来就放心大胆自由自在多了。

两人说着话，石依茜就问道：力铭，刚才在车上睡着了，记得你说梦话吗？

骆力铭就显得有些不自在，问道：我说了梦话吗？说什么了，你可别骗我。

石依茜就假装做出回忆的样子，想了一阵才说道：你好像说秋……秋什么的。又说什么对不起……是不是把人家怎么了？赔礼吧。

骆力铭就笑了，说道：是的，是的，刚才在海鲜楼吃饭的时候，建设厅那位邱胖子被我泼了一身的酒，大约睡着了还记得这件事吧。我给他赔礼说对不起了是不是？

石依茜点点头。心里就想骆力铭不愧是官场人物，应变能力真的太强了。这种事要遇到自己身上，就算撒谎也要想半天才答得上来，而骆力铭随口编个谎言竟真实得找不到破绽。

两人又谈了些闲话，无意间就扯到了那晚观看演出的事。石依茜说她最喜欢《娶亲舞》这个节目，就夸赞扮演新娘的女演员杜秋芸的舞蹈跳得真好，舞姿如何优美，人也长得漂亮。一边说一边就斜了眼去看骆力铭的脸色。骆力铭却悠闲地抽着烟，慢慢吞云吐雾，脸色平和自然，像听石依茜说一个与自己毫无相干的人。

这时就有人敲门。这种场合按规矩是不随便乱敲门的。石依茜忙问是谁？外面传来一个男人的声音，回答说是派出所查治安的。石依茜说我们喝茶请你们不要打搅。骆力铭也在向她示意别开。但外面的人却不肯离开，说我们执行公务，再不开门就不客气了。

石依茜自己办了茶楼，对这样的突然事件不以为然。就开了门闪身出去随手把门反关上了。两名穿警服的公安干警要进去，石依茜挡在门口，一副盛气凌人的口气问道：你们是哪个派出所的？两名公安本来气势汹汹，一听石依茜问话那派头就给镇住了，其中一名就回答说是西城区派出所的。石依茜知道是敲杠子的来了，因为市公安局每年都给各辖区下达了罚款指标，片区派出所就趁此机会以查治安为名突然袭击娱乐场所。娱乐场所有正常的社交活动和歌舞娱乐，也有借了娱乐场所卖淫嫖娼偷鸡摸狗苟合偷欢之流，一旦被公安逮住，三千五千就随他们任意开价。罚款的钱呢，一般被罚的人不敢追究，执法的想上缴就缴，不想上缴就揣了腰包。上缴的还可以拿百分之二十或三十的回扣，所以派出所的干警们白日里无所事事，到了夜晚查治安是最积极的。

石依茜听那民警回答以后，也不再说话，就拨了邓桦的手机。邓桦接了电话问什么事？石依茜说邓科，我约了个朋友在西园圃喝茶，来了两位西城区派出所的干警打扰，请你让他们走开。说完把手机递到一个干警手里，那干警听了两句，忙把手机还给石依茜，连说对不起对不起就转身走了。

石依茜开门进来，骆力铭脸色不太好看，问道：走了？石依茜这时就坐到了骆力铭旁边，轻轻推了他一把，问道：力铭，让你受惊了是不是？骆力铭答道：我们是正正经经喝茶聊天，怕什么？这帮小公安混蛋！石依茜就问：力铭，你过去常来茶楼喝茶吗？骆力铭赶快申明，说道：这些地方我一般是不来的，今天因为是你，就破例了。石依茜笑着答道：也是也是，像你这样的身份，让那些小干警们碰上了问这问那就不划算了。说时心里就想，骆力铭撒起谎来还理直气壮哩。

骆力铭抚着石依茜的手，说道：依茜，过一阵我给你一个惊喜，往后也不用上这种地方来了。石依茜问什么惊喜你先给我说了。骆力铭说不说不说，说了就有喜无惊了。

民警这一打扰，还真把骆力铭的兴致给降温了，尽管石依茜还柔情似水他却总提不起神来。就说依茜我们走吧。石依茜说我听你的，你说走就走吧。

石依茜按了铃，服务小姐很快拿了账单进来。骆力铭要付钱，石依茜早摸出一张百元币塞到服务小姐手里，一看单上写着九十二元，就说不找了，剩下是你的小费。

下楼的时候，石依茜有意挽了骆力铭的手，大大方方，像一对情侣。

24

自从石依茜把户口本拿走以后，石二奶心里就纳闷了几天，思去想来就忽然想到是不是筑筑不在世上了，人家要把户口本拿去注销他的名字？再一想有时候一家人神秘兮兮的，常常说着话见她走来就不说了，这里面肯定有鬼。就问郭志凤最近去看了筑筑没有？郭志凤回话说前两天才去了的，还给他送了钱送了些食品，在看守所里好好的没事哩。石二奶听了半信半疑，说哪一天我也去看看。

这一天正好石依茜回来了，石二奶就问她把户口本拿去干什么，好几天了总不拿回来。石依茜说妈你那户口本值多少钱，谁能把它吞了，我办完了事会还给你的。石二奶说你办什么事给我说说还不行？石依茜不说，石二奶紧追不放。母女俩正斗着嘴，石依蕙下楼来了，问小妹你和妈吵什么？石依茜就把石二奶逼着她要回户口本的事说了。石依蕙就给石二奶解释，石二奶横竖不听。给石筑改小年龄的事，当初姐妹俩商量了不让石二奶知道，主要怕她老人家嘴里不紧万一泄露出去就麻烦了。再说改年龄牵涉到量刑的事，说了石二奶心里要急，到时急出病来反而麻烦。

今天石二奶追得紧，看来不说是不行了。石依蕙就说户口本拿去是为了把石筑的年龄改小了，改到十八岁以下。石二奶问改小年龄有什么用？石依蕙就说按照法律，石筑杀人抵命是要判死刑的。但法律又规定如果不满十八岁，属于未成年人可以从轻量刑就是可以不判死刑。石二奶算是听明白了，点点头说那你们当初给我说这件事不就行了，干吗瞒着我。石依茜说妈这件事可不能乱说的，乱说了石筑的命保不住，还害了别人。石二奶说你们放心，我老太婆活了几十年，连这种事都不明白就白活了。石二奶又说她还是想去看守所里见见石筑，说昨夜里又梦见那孩子了。石依蕙说妈你身体不好，我们是怕你去看了心里难过才没让你去的。石二奶说两个月没见筑筑了我心里想得很，你们就让我去看看，我不会犯病的。石依蕙就说既然这样哪一天让小妹开了车送你去。石依茜也说好的好的，过两天就去。

母女三人正说着话，只见耿林锋急匆匆地走了进来，开口就说：姐，你捐资修造七星寺山道，我怎么一点儿都不知道？石依蕙说：这个事我也不想张扬，都让夏律师去代办的，你怎么就知道了？没等耿林锋答话，石二奶就问：修什么路啊？林锋不知道连我也不知道哩，怎么都瞒着我了？这时耿林锋从公文包里抽出一张报纸，说道：姐，你看，你还不想张扬哩，《南柯晚报》都登了。石依蕙接过报纸一看，果然在第二版发了一条新闻，眉题是《拳拳赤子心，依依故乡情》，主题是《珠海石惠制衣公司总经理捐资十八万元修造七星寺山道》。石依蕙看了顿时脸色阴沉，也懒得再去看那正文，就把报纸扔到一边去了。石依茜就在一旁说：姐呀，你也犯不着生气，做了善事留个名也值。石二奶也附和道：造桥补路是做善事，修阴功积德哩。咋就不给我说一声，让我也积点阴福。石依蕙就没好气地说：妈，当初要知道他们硬要搞宣传上报纸，我就用你老人家的名捐了哩，省得我花了钱找气来受。也不知是谁多事……石依蕙说罢就给夏慧天挂电话。夏慧天那头听了说我不知道呀，还没看今天的报呢，接着又说可能是参加开协调会那三个局的局长干的好事了，等我问问再给你回话。石依蕙在电话这头说不问了不问了，都见报了再问也没有用。说罢就将电话挂了。

耿林锋给石依蕙倒了杯水，说道：姐，你消消气，就像小妹说的，办了好事出了钱，总不能像扔块石头到水里连个泡都不见。修路的事，还有什么问题你交给我去办，保证让你满意。石依蕙说：林锋，这件事我全权委托给夏律师了，再说市里也开了会，由城建、旅游、宗教三家协调去办，你就别再操心了。耿林锋听了脸色就有些难看，说道：姐，你连自己家里人都不信任？石依蕙说：这不关信任的事，我自己都怕麻烦，哪敢再麻烦你们。

耿林锋不再说话，就把那份《南柯晚报》拣起来看着。这时石依蕙问道：林锋，你不是要去省里找苗检察长吗，去了没有？

耿林锋最怕听苗时忠的事。上次撒了谎说苗时忠到省党校学习，答应了去省里找他。现在呢？说是去了哩，总得有个结果，这个结果现在又说不出来。说是没去吧，又怕石依蕙责怪他办事太拖沓，这么大的案件也不放在心上。想去想来只好又把谎言变成真话，说道：我跟苗时忠联系上，他是临时让市委抽回来，到县里搞一个腐败案子。石依茜就说道：他自己都腐败了还搞别人，这不是大水冲了龙王庙，一家人认不得一家人了么？

几人都被石依茜的话逗笑了。耿林锋也笑，但那笑容极不自然，像是装出来的。石依蕙就说：林锋，那等苗检察长忙过一阵，你说我想请他吃餐饭行吗？就算是见见面大家谈几句话也可以的。耿林锋忙应道：好的好的，等他从县里回来我给他说，一定把他请来。

第二天上午，耿林锋来到律师事务所找夏慧天。夏慧天正埋头整理案子，一边冲茶一边笑着说道：林锋，升了官也不给我们报个信，让我们也为你高兴高兴，讨杯酒喝。耿林锋忙谦虚道：夏律师见笑了，我这官是闲职，没实权的。夏慧天问道：听说伍局长不是要退了吗？耿林锋说：早哩，还有一两年吧。夏慧天就说：那你再熬一两年，正局长退下去你这副局长顶上来是顺理成章的事。接下来就说：林锋，我知道你无事不登三宝殿的，说吧，有什么事用着我的。

耿林锋也不急于回答，就与夏慧天说起石依蕙捐资修路的事。夏慧天就把来龙去脉说了一遍，但却不说石依蕙全权委托他代理这件事情。耿林锋等夏慧天说完，便问道：夏律师，听姐说修路的事全权委托给你了？夏慧天答道：依蕙懒得管那些琐琐碎碎的事，就让我给她办，什么全权委托，是给她跑腿哩。耿林锋点点头，说道：原来是这样，既然姐都让你办了，我是不便过问的，可这件事上了报，朋友知道了，就找上门来说他内弟是个包工头，近来手里没活，就想把修路工程揽下来做，你看能不能考虑考虑……夏慧天一听就显得有点为难起来，说道：林锋，既然你也看了报，就知道这个事是由骆市长牵头召开城建、旅游、宗教三家协调会，工程的事主要由城建局负责。你说的这个事恐怕得找城建局的吴局长商量。

耿林锋听夏慧天一说，知道发包工程的事他也做不了主，便又扯了两句闲话才起身告辞，临走时还请夏慧天有机会到城建局时帮说说话。夏慧天答应了说尽力吧。

耿林锋离开律师事务所，原来准备去城建局的，一路上心里就想，与城建局的吴局长半生不熟的，就是在一起开过两次会，也没单独打过交道，倘若一去碰了钉子，以后就再不好找他了。于是决定暂不去城建局，就又回单位进了办公室关门来自思对策。

耿林锋之所以热心修路工程的事，心里是别有所图的。按时下发包工程的回扣率，一般在百分之八左右，高的可达百分之十。这笔修路工程预算是十八万，倘若耿林锋把工程揽到手，再转给包工头，转手间二万元就轻轻松松拿到手上了。眼下耿林锋正为假托给苗时忠的五万元弄得焦头烂额。且不说苗时忠调不调反贪局，那老兄原来是个油盐不进的铜和尚，当初他要收了那两万块钱耿林锋这边也好有个交代。现在石依蕙这边又要与他见面请他吃饭，万一哪一天石依蕙与苗时忠三头对六面说到钱的事，他耿林锋的这张脸就不知怎么再见三亲六戚了。所以耿林锋就想如何把送给鲁部长的三万块钱和自己花掉的五千块凑足，到时就说苗时忠因工作调动，帮不了石筑一案的忙又把钱退回就完事了。这样一想，耿林锋就下了决心非把修路工程搞到手。

不过事情也还凑巧，张和民的内弟刘万顺就是搞包工的，记得去年还在一起吃过饭。刘万顺家在乡下，几年前就带了本地几个年轻农民到城里来找事做，先挖土方下基础什么的。后来就给人家修厕所砌围墙搞点土建维修之类，后来也接了一两段乡村工路，混得还可以。那时耿林锋还当科长，刘万顺请客在酒席上说，耿科长若能找点小工程给兄弟做，兄弟我是不会亏了你哥子的。后来耿林锋也没揽到什么工程给刘万顺做，渐渐地没来往了。现在摆着一项修造山道工程在那里，又是石依苹亲姐姐出的钱。只要把工程揽给刘万顺做了，钱的问题耿林锋不开口他也会送上门来的。

耿林锋想好了就给张和民挂电话。电话接通了问他内弟刘万顺现在干什么。张和民回答说还在城里搞建筑，关系不广也没多少工程做。就忙问耿林锋是不是民政局有什么维修一类的活？说要有的话一定要关照刘万顺哩。耿林锋说是有个小工程还没最后定，若是定得下来再叫刘万顺吧。是什么工程是哪里的活耿林锋没说，张和民也不便再问把电话挂了。

晚上耿林锋回家吃了饭，自个儿坐在沙发上抽烟。石依苹照例把《焦点访谈》看完了，就准备回卧室去备课。耿林锋说：依苹，你帮办个事行吗？石依苹已经站起来，听耿林锋说要办什么事？就又坐下了，问道：你什么事用得着我了，是不是你们单位职工子弟入学的事？耿林锋答道：什么入学的事。我想问问你，姐捐资修造七星寺山道的事你知道不？石依苹说：知道一点，也没细问。耿林锋说：依苹，你能不能给姐说一声，让她给城建局打个招呼，把修路工程让给张和民的内弟去干。石依苹说：原来是这么个小事，那你自己去找姐说不就行了，干吗非要我去？耿林锋说：依苹,我能跟你比吗？你和姐是亲姊妹，说话就比我管用。石依苹说：林锋，你又不是不知道我的德性，我就烦去说人情啦、拉关系啦这一套。就是姊妹之间，你几时看我找她们办过事了。耿林锋说：就因为你从没找她们办什么，这次去一定成。石依苹说：要去你自己去，反正我是打死不求人的。别说求了，前几天姐听说我换房子，硬要送我五万块。我就是不肯收，弄得姐下不了台，说我不给她面子……石依苹说着就起身进卧室去了。

待石依苹一走，耿林锋就背着她骂道：你以为你是古代圣贤不吃嗟来之食，白送你五万都不要，穷清高……

25

从七星寺回来以后，石依蕙一直没与夏慧天见面。虽然通了几次电话，说了石筑的案子和修路的事，但总也没有见面的机会。夏慧天电话里只说很忙，县里有个案子等着开庭。石依蕙就疑心是夏慧天在骗她。心想是不是那晚的事夏慧天还在生气，就决定亲自上律师事务所去看看。

办公室的门开着，夏慧天正埋着头伏在书桌上整材料。石依蕙径直走到书桌前的红木椅上坐下，也不说话。夏慧天大约感到有人进来了，才抬起头来。一看是石依蕙，就说来啦。脸上虽然有一点儿笑容，石依蕙明显感到笑得很勉强，不像平常笑得那样坦然。石依蕙也就笑着说来了不欢迎吗？夏慧天忙说哪里哪里，我还怕请你也请不来哩。石依蕙看见夏慧天桌上堆了一桌子资料书籍案卷之类，就问道：慧天你真那么忙吗？夏慧天说：依蕙，你可是亲眼看见我没骗你。明天下午秋山县有个案子开庭，我是被告方的代理人，一清早得赶过去。现在有些辩护词和证据还要整理一下。石依蕙也没问什么案子，就问从南柯到秋山有多远？夏慧天说八十多公里，大约要坐两个多小时的车。石依蕙说那你坐律师事务所的车去吗？夏慧天说所里有一部车，其他律师到县里去了没回来，明天清早上车站坐班车去。石依蕙再没问，就自己去倒了杯水坐到沙发那边去了。夏慧天一边写材料一边说依蕙你先坐坐，我把手头这点东西写完……石依蕙说你忙你的别管我。说罢就随手拿起一张报纸看起来。约莫过了半个多钟头，夏慧天总算把手里的事做完了，一边收检桌上的材料案卷，一边就说道：依蕙，这一段时间忙昏头了，真的对不起你。石依蕙说道：那你真是忙了，我还以为你骗我哩。夏慧天就睁大眼睛说：我干吗骗你呢？石依蕙就红了脸，说道：我怕是从七星寺回来那晚的事，你还生我的气。夏慧天就半真半假地说道：我当然还生气。说罢就在石依蕙对面坐了。复又笑着说：依蕙，我们再不提这个事了，好吗？石依蕙就点点头。说：慧天，你也不用去车站坐班车了，我这一段时间闷得很，想出去散散心，明天我开了依茜的车送你去秋山。夏慧天说道：依蕙，你若真想去，秋山好玩的地方多哩。石依蕙温情地看了夏慧天一眼，说：有你在一起哪儿都好玩。于是两人约好了明天一早八点钟石依蕙开车到律师事务所楼下见面。

晚上石依蕙问石依茜要车钥匙，说明天一清早要用车。石依茜说姐又要上哪儿去一天哩。石依蕙说你别管，一天两天也说不准。石依茜就笑了，说姐你不说我也知道，准是约了夏哥上哪儿潇洒哩。石依蕙说你个鬼精灵又胡说八道。夏慧天明天去秋山办案子的事，我送送他罢了。第二天一早石依蕙开了车来到律师事务所楼下，刚停稳车就看见夏慧天提了公文包从大门走出来。石依蕙招了手，夏慧天就径直向夏利车走来，自己开了车门坐到石依蕙旁边，就一路指点往哪个方向开。石依蕙娴熟地驾着车，左弯右拐，直到上了秋山的县道。夏慧天笑道：依蕙，现在我不用指点了吧。石依蕙答道：怎么不用？你是指路明灯，你指向哪里我就走向哪里。夏慧天说：现在我可不敢指点，你看两岸这悬岩峭壁，深山峡谷，我的命可捏在你手里了……

两人就一路谈笑着。这条公路大约有十多公里都在山岭上盘旋，从车上看山脚郁郁苍苍云雾缭绕。石依蕙把车速放到四十码就不敢再快了。大约跑了三个小时，临近中午十一点钟才到了秋山县。夏慧天说是要到水泥厂去找当事人谈点事，作为下午开庭的准备。石依蕙就把车开到水泥厂门口停了。夏慧天从车里出来，石依蕙问谈多长时间？夏慧天说把不准。石依蕙说：那我先到街上看看，你谈完事打我的手机。说罢就开了车往街上去了。

秋山是个仅有四五万人口的小县城。这些年由于银浪谷漂流景区开发，旅游业发展了，经济一好转，城市建设自然就跟上来。市区那几条主街上也是高楼林立，车来人往。人行道上清一色的榕树像两排绿色长廊，把街区衬托得别有风味。石依蕙开着车四处转了一下，想找一个档次高一点的宾馆，但看了两三家都不甚满意。人家就告诉她说秋山上得了档次的只有银浪宾馆，是专门建了接待游客的。石依蕙就照着人家的指点顺着沿河的大道往上行了约摸一公里路，路上就看见许多招引游客的标语牌坊，渐渐就看见亭台楼阁、竹荫树丛，再后面是一栋设计精巧外观雅致的六层楼房,远远就看见“银浪宾馆”四个大字。心里就想，在山区县城这样的宾馆也够气派了哩。到门口就有服务生指路把车开到后院停了，石依蕙去服务台办登记的时候，服务员问要什么标准的房间？石依蕙就说开一个最好的套间吧。

进了房间，石依蕙这才感到累了，把带来的行李包往沙发上一扔，便和衣躺到床上休息。迷迷糊糊好像才睡着哩，就听包里手机在响。石依蕙下床取出手机接了，是夏慧天打过来的，问依蕙在哪里。石依蕙说在银浪宾馆，就问慧天你办完事了么？那我上水泥厂接你。夏慧天说接我倒用不着，水泥厂老板要请吃中午饭，你来吗？石依蕙说吃饭我就免了。夏慧天说那怎么行？石依蕙说我只想休息，好好睡一觉，你的当事人请吃饭你就去吧。夏慧天说那样吧，中午吃饭时顺便还谈点事，下午开庭我就不管你了。晚上人家还要专程请客，你就不好再免了。石依蕙说慧天你忙你的事，下午我们再联系。

收了电话，石依蕙到楼下街上走走，想找一点什么吃的，就见一家粉店十分清洁。便进去要了碗辣鸡粉外加一个卤蛋，把中午饭应付过去了。吃完饭再回到宾馆房间洗了热水澡就上床休息。

石依蕙一觉醒来，已经是下午五点多钟。心里想这时夏慧天大约还在法庭上慷慨陈词哩，就洗了脸下楼到江边看看。刚走了一会儿，夏慧天的手机就打过来了。说是庭审已经结束，水泥厂的陈老板在望江楼酒家请客，让石依蕙过去。石依蕙还想推辞，但夏慧天那边却有点生气，便只好答应说就来就来。接着就问夏慧天你没说我是谁吧？夏慧天答道还没来得及说哩。石依蕙就告诉夏慧天千万别说她是谁。

石依蕙开了车一路打听，很顺利就找到望江楼酒家。远远看见夏慧天已在门口等候。石依蕙把车停了，夏慧天给她开了车门，说走吧陈老板在楼上等着。二人到了楼上小餐厅，石依惠看见包房里已经坐着三位主人。见夏慧天领了石依蕙进门，都站起来迎接。其中一位中等个子满脸黑斑的中年男人见夏慧天带着位女士，先是有点吃惊，便问：夏律师，这位是……没等夏慧天答话，石依蕙已抢先说道：我是汽车租赁公司的，夏律师包了我们的车来秋山，公司让我开车送他。夏慧天就暗自笑道石依蕙扯谎也扯得太不着边际了，你那一脸一手的细皮嫩肉，怎么就像驾驶员哩。陈老板原先以为石依蕙是什么有点身份的人物，一听她自我介绍说是驾驶员，便有点傲慢起来，转身对夏慧天说：夏律师，有这样漂亮的司机送你来……陈老板想说艳福不浅的，一时觉得不当，便改口说：不错，不错！夏慧天没听明白陈老板是说石依蕙长得不错呢还是他夏慧天运气不错，就支支吾吾地笑着顺便介绍了一位副厂长和另一位办公室主任。

大家入了座，服务小姐正在上菜，陈老板的手机响了。石依蕙就听见陈老板接电话时操着一口广普话说快来啦，都在等你……约摸过了五六分钟，只听一阵高跟鞋敲打水磨石地面的笃笃声，接着门口闪身走进一位浓妆艳抹的女人随身带入一股香风。陈老板忙站起来给夏慧天介绍，说这位是夏律师。女人便伸出一只手娇滴滴与夏慧天握了，笑道：没有料到夏律师还是位帅哥呢。陈老板说这是我们厂公关部的谢郁香小姐。夏慧天便也风趣地说：谢小姐不愧公关天才，见面就先把鄙人抬举一番，我可不买水泥啊。接下来陈老板要介绍石依蕙，石依蕙也不等他介绍，就与那位谢小姐握了手，说道：我是开车送夏律师来秋山的，姓石，你叫我石师傅吧。谢郁香一听说是驾驶员，脸上的笑容就收敛了一半，说道：石师傅这种工作很辛苦哰。石依蕙就笑着答道：凑合吧，前世修了是开车的命。谢郁香也不再说什么，屁股一扭就坐到了陈老板与夏慧天中间的位子上。悄声悄气地就对陈老板耳语什么，那嘴差一点就凑到陈老板脸上去了。这时，石依蕙就明白谢郁香是何等人物了。其实石依蕙对谢郁香本人倒也没有什么，小女人们傍个大款也是很正常的事。她只是本能地对“公关小姐”有种反感情绪，这种个人好恶的缘由，大约来自早些年她丈夫就是让广告公司那位公关小姐给攻破的。

这时菜已陆续上来，服务小姐挨次斟酒时，到了石依蕙那里就说自己不会，大家也不勉强。夏慧天给石依蕙要了听椰汁，悄声说了句驾驶员同志今晚就要委屈你了。石依蕙就说：夏律师你陪各位老板，对不起我吃饭了。服务小姐忙给石依蕙盛了碗苞谷饭，石依蕙接过来那掺了些打碎的苞谷粒做的饭，热腾腾直冒香味。一时胃口大开，便埋头吃饭。

众人便开始闹起酒来。先是陈老板说了许多奉承夏慧天的话，说夏律师如何能言善辩，把原告驳得理屈词穷无言以对。这场官司虽然还没有最后判决肯定是胜诉了，于是号召各位共敬夏律师一杯。夏慧天说了几句谦词，也就与众人一齐干了。接下来以陈老板为首每人又敬了夏慧天一杯，这夏慧天就一连喝了五杯了。石依蕙怕夏慧天喝醉就轻轻踩了一下他的脚。夏慧天明白忙推辞说酒量欠佳诸位原谅。陈老板大约看石依蕙有点受冷落，就调侃说：石师傅这么年轻漂亮，搞驾驶员这一行不觉得可惜么。石依蕙就勉强笑了答道：我只会开车别的一无所能，不当驾驶员可得失业了。陈老板笑道：哪能哩，凭石师傅这份气质，到哪儿找不到饭吃。石依蕙本来不想说话的，现在就索性把玩笑继续下去，问道：陈老板，那我就给你开车吧。陈老板忙答道：好说，好说……话未说完就见谢郁香将手伸到他腿上拧了一下。陈老板大约有点疼又不便叫出声来，忙伸了手去抚那痛处。这边夏慧天就端了酒解围，说是敬各位一杯。石依蕙见谢郁香发了醋劲，心里暗自好笑，便说道：夏律师你别忙，刚才陈老板没说完，我还等他回答呢？陈老板就皮笑肉不笑地说道玩笑，玩笑……

众人便喝酒吃菜，说了些闲话。虽然大家频频邀酒，夏慧天却装了一副不胜酒力的样子，心里也只希望这餐饭局应付完了多一点儿时间与石依蕙亲热哩。

这时谢郁香端了杯说夏律师你到了我们秋山，我们地方风俗是要与尊贵的客人喝交杯酒的。说着便将酒杯递到夏慧天嘴边，夏慧天正在推让，就听外面传来嘈杂的人声，仿佛有人在问石总在哪里？石总在哪里……石依蕙感到蹊跷，回头一看，却见服务小姐领着骆力铭向包房走来，他后面跟着四、五位干部模样的人。

原来骆力铭昨天到县里检查工作，今天县政府第一把手也在望江楼酒家另一间包房宴请骆市长。骆力铭吃完了准备就要回南柯的，到了楼下看见石依茜那辆红色夏利停在门口，车牌号他是认得的。心里奇怪石依茜干吗也跑到秋山来了？忙打了石依茜的手机。石依茜就照直说了石依蕙开车送夏慧天到秋山出庭的事，骆力铭听了又领着几位县领导重新找上楼来。

骆力铭进门就与石依蕙握手，连说石总到秋山也不打个招呼。回头才一一向县里领导介绍说石总是珠海石蕙制衣公司总经理。石依蕙就逐一与县领导握手。这时骆力铭拍着夏慧天肩膀说：夏兄你好福气，让石总给你开车。夏慧天忙笑道：骆市长你可别搞错了，石总要去银浪谷玩，让我来给她当导游的。

这边只顾在握手言笑，那边陈老板一帮人都傻了，一个个站在那里呆若木鸡。谢郁香转脸问陈老板，不说是驾驶员嘛干吗骗我们？陈老板说这叫真神不露相，哪像我们这些俗人。

骆力铭听说石依蕙要去银浪谷，就转身对旁边的一位干部交代了，说江县长，石总明天去银浪谷你安排好了。江县长忙说骆市长放心，我会安排石总玩得满意的。接着就问了石依蕙住哪个宾馆，明天一早就让人来接。石依蕙正要推辞，骆力铭却说石总你就尽兴玩吧，秋山的旅游景点多哩。明天上午市里有个会，我就不奉陪了。说完正要走，却见陈老板几人还站在那里。江县长正要介绍，骆力铭就说几位陪石总慢慢喝，我先走了。转身又与石依蕙握手告别才前呼后拥离开餐厅下楼去了。

各位领导一走，大家虽然重新入座，房间里的空气顿时有点窒息，就像一炉原来燃得旺旺的火，突然关了炉门那火就要熄灭了一般。石依蕙顿时觉得非常歉疚，忙站起来说道：对不起各位，刚才不是存心要说假话，只是我不能喝酒不善应酬，就扯了个谎，现在被骆市长给戳破了，我敬各位一杯，请夏律师作陪，向各位表示谢罪。说罢就让服务小姐斟酒，大家就说石总客气谦虚，我们哪里能怪罪呢？于是大家就干了。

撂了酒杯大家客套几句，服务小姐给盛了饭。吃毕，石依蕙说夏律师我们差不多了吧，明天县里还有安排。二人便站起来告别，陈老板一行将他们送到门口各自上了车。

在车上石依蕙拧了夏慧天耳朵一下，怪怨道：我说不来的，硬让你扯起来，怎么样，你高兴了吧，让我出尽洋相。夏慧天摸摸耳朵说：你要装就装到底，谁知来了骆力铭那小子，好好一台戏都给他搅糊了。走吧，司机同志。石依蕙发动了车，笑道：夏大律师，给你当司机我真荣幸哩……说罢车已离开望江楼酒家，向银浪宾馆方向驶去。

26

石依蕙开了门，夏慧天走进房间一看，心里就明白石依蕙为什么要与他来秋山了。

这是一个豪华套房，外间是个小客厅，高级贴墙纸装裱了的墙壁，一盏粉红的壁灯亮着，显得格外温馨。正壁上挂了两幅文艺复兴时期的仿制油画。再进去便是一间大卧室，地上铺着浅黄色的纯毛地毯，正中摆着一张宽大的席梦思床。卧室左侧是一间用玻璃钢窗隔断的卫生间和浴室。夏慧天刚把文件包放了，石依蕙已关了门来到他面前，脸上荡漾着一层淡淡的红晕，一双眼睛脉脉含情地看着她，说道：慧天，满意吗，这是我们的家。夏慧天一时没反应过来，问道：怎么宾馆变成家了？石依蕙点了一下夏慧天的鼻子，娇羞地说道：慧天，今晚我要与你做一夜夫妻……说罢就害羞了，忙将头埋在夏慧天宽厚的胸口上。夏慧天一阵激动，就紧紧将石依蕙搂住不断在她脸上唇上吻着，然后就听见了夏慧天不能自禁的声音：蕙，我爱你，我要你……石依蕙明白夏慧天要做什么，就抬起头来望着他，说道：慧天，不要这么快嘛，我们有一整个晚上哩。夏慧天说那现在做什么？石依蕙说我想和你出去散步，到歌舞厅跳舞，我们像真正的夫妻一样，我需要这种感觉，好吗？夏慧天放开手，说道：依蕙，那我们现在就走。石依蕙说：夫妻说出门就这样走了吗？夏慧天就笑道：你又不化妆的，还要怎样？石依蕙说：你看我穿这身休闲服像你太太吗？我不化妆也总得换件漂亮的衣服才能与你相配的，再说，我们也该洗洗澡，都是一身汗味和酒味。说罢石依蕙就提了行李包往浴室里走，说慧天我洗了你再洗吧。

浴室的灯亮了。夏慧天靠在卧室的沙发上，脸正好对着浴室，透过玻璃窗就看见石依蕙朦朦胧胧的影子在浴室在里晃动。看见她脱了外衣，衬衫，胸罩，内裤……水龙头哗哗地响了。依稀就见一个白如莲藕的玉体在水花四溅中慢慢转动。夏慧天睁大了眼睛但仍旧看不清石依蕙的脸也看不清她的乳房和身体的曲线，只感觉一位体态丰盈周身雪白的女人离你很近似乎又离你很远。你已经嗅到了她散发的气息但却触摸不到她光洁如玉的身体。这是一种美，美到你已经除尽了邪念而只是在欣赏天工造化的一件艺术品……就在这一瞬间，夏慧天突然觉得自己的灵魂升华了，仿佛中就进入了真正的禅境。那是他多年在蒲团上参修打坐所追求的顿悟境界……恍恍惚惚夏慧天就睡着了。也不知过了多久就感觉有一只手在轻轻抚弄他的嘴唇，夏慧天睁开眼睛看时就被惊呆了。石依蕙刚从浴室出来，身上穿了那件月白色缎子旗袍，着了肉色统袜和一双白皮鞋。短发用电吹风吹乱了，周身散发出一种淡淡的清香。那神态和装扮，真像电影里三十年代大户人家的少妇。

夏慧天站起来说道：依蕙，你这身装扮出门，我可是配不上你的。石依蕙笑道：你不用装扮就挺帅了，刚才那位谢小姐还夸你是帅哥美死你了吧。快去洗了好出门。

夏慧天进了浴室，脱了衣裤，开了水喷头，哗哗地从头到脚洗了个舒服。洗完吹干头发，穿上衣服，转身到穿衣镜前一照，果然觉得非常精神。

出了宾馆，任河风一吹，二人顿觉得十分惬意。石依蕙挽紧了夏慧天的手，轻声说道：慧天，我多么想永远挽着你这样走下去，走下去，一直走到人生尽头。夏慧天答道：依蕙，倘若人生没有尽头，我们不是要走得更远么，走到地老天荒。石依蕙听了夏慧天的话，心里顿时涌起一阵热潮。一生一世的爱，就爱这个男人与他朝夕相处百头偕老有多好啊……这样一想未免觉得有点荒唐，只配与人家做一夜夫妻的人，竟然还敢祈望地老天荒？不免又有些感伤起来。但石依蕙立即又责问自己：石依蕙，石依蕙，你说好了的，今夜一定要开开心心与夏慧天做一回真正的夫妻，别去想那些过去和将来的事啊！于是心情立即就舒朗了。笑着问道：慧天，一夜夫妻和一世夫妻有什么区别？夏慧天答道：区别大约是时间吧。一个很长，一个很短。石依蕙摇摇夏慧天的手臂，问道：还有呢，夏慧天又答道：一夜夫妻是非法的，一世夫妻是合法的，对吗？石依蕙又问：还有，你再说。夏慧天想了想说：我真的答不上来了，那你说来我听听。石依蕙就说：最大的区别在于一夜夫妻是没有责任的，而一世夫妻是要负责任的。懂吗？夏慧天听了再没说话，心情却有点沉重起来。

河风吹过，岸边的竹林发出一阵阵刷刷的响声。满天的星光倒映在碧澄如镜的水里，夜色姣美如画。石依蕙把夏慧天的手臂挽得更紧了，将头靠在他的肩上。二人也不再说什么，就这样默默地走着走着……真有点要走到人生尽头，走入地老天荒的感觉了。

回到宾馆房间，石依蕙进了浴室更衣漱洗，这时坤包的电话就响了。石依蕙在浴室里说慧天你接一下。夏慧天就取出电话接了，刚问了句哪位？对方就传来一口浓浓的京腔问你是谁？夏慧天一听这声音就知道是石依蕙公司那位副总肖禹了。忙说请你等等，就把电话递到浴室交给石依蕙，说是你那位副总的。石依蕙接了电话问肖禹有什么事？电话那边就问石总这么晚了你怎么还和律师在一起？石依蕙就回答说我们在谈案子的事怎么不在一起，肖禹你有事明天再说，啪的一声就把手机关了。待石依蕙换了睡衣出来一看，时间正好是十一点钟，心想难怪肖禹那边又吃醋，都这么晚了，一男一女单独在一起会有什么好事。

石依蕙这时才懒得管肖禹怎么想哩？她今晚要做第二次新娘，要把自己的身子奉献给她所爱的男人。想到这里，石依蕙便整理床铺，把两个枕头平放了，然后自己先躺下，轻声对夏慧天说：慧天，我现在属于你了……说罢脸已红了，忙羞怯地闭上眼睛……

夏慧天站在床边，观赏般地看着石依蕙的每一个动作。当她躺下说了那句话以后，夏慧天早不能自禁。他真想扑上去像狼吃小羊一样将这个女人一点点剥离了吞下去。但夏慧天没有这样做，他进浴室去脱了衣服，开了喷头用冷水从头到脚冲了个透，再用浴巾围了身子回到床边，他也没有立即上床，就站在床边看石依蕙。石依蕙仍然微闭着眼睛，慵懒缱绻地躺在席梦思床上，体态异常优美。薄如蝉翼的真丝睡衣透出她身体的曲线和洁白的肌肤，一种柔和而纯正的香水味弥漫在她的周围……夏慧天毕竟不是狼，狼是不会享受性爱的，狼只会发泄。人区别于狼或其他动物的特征是人不仅要做爱，同时还要享受做爱的快乐。夏慧天这时就半跪在床边，一双宽厚的手伸过去触摸到了石依蕙的身子……

石依蕙终于感觉到有一双手抚在她的胸脯上，轻轻地压着她的乳房。手掌先是在乳峰上揉弄，然后渐渐滑向她身体的每一个部位……接着便感到夏慧天的嘴已贴紧了她的嘴唇，滚烫的舌头在唇齿间晃动，继而伸进她的嘴里……这时刻石依蕙仿佛又回到那晚在沙滩上的情景，重复着当时的感受和冲动。但那夜她阻挡了夏慧天，把他千军万马的攻势阻挡在城外。而此刻她却向他敞开了城池，任他进去横冲直撞。石依蕙已经不能自禁，轻轻地呻吟着，喃喃地呼叫他的名字：慧天……慧天……这时石依蕙感到夏慧天的身子向她猛压下来，于是她便感到身体上这个男人像一炉熊熊的火整个将她熔化了……

石依蕙睁开眼睛，天已经很亮了。一线阳光从窗帘的缝隙里透进来，在床对面的壁灯上摇晃。石依蕙抽身坐起，旁边的夏慧天睡得正沉，那睡态像一个玩得疲倦了的孩子，不时还发出点轻微的鼾声。她知道他累了，昨晚那种欲生欲死销魂动魄的感受直到此刻想起来还溢满心胸仿佛要涌出来。

石依蕙不想惊动夏慧天，便轻轻下了床，到浴室漱洗完了，再换了昨天穿的那套休闲服。回到卧室里收拾完后，外面就传来轻轻的敲门声。石依蕙开了门，门口站着服务员说太太下面有人请你。石依蕙知道是江县长派人来带他们去银浪谷的，便跟着服务员下楼。石依蕙心里极不情愿要什么人带，她是想好了与夏慧天自由自在想怎么玩就怎么玩的。当时怕扫了骆力铭的面子，也不好谢绝。到了楼下大厅，两位年轻人一男一女坐在红木沙发上，见服务员领了石依蕙下来，忙站起来打招呼。石依蕙与他们握手坐下后，没等二人开口就问是江县长让你们来的吧？两个年轻人就忙回答说是江县长让他们陪石总和夏律师去银浪谷漂流，又说一切都安排好了不用你们费心。石依蕙说请二位同志谢谢江县长，因为夏律师这边今天临时还有工作要办，所以暂时就不打算去了。两位年轻人听后表示遗憾并留下电话号码，说什么时候去打个电话他们再来，说罢便握手告别出门自个开车走了。石依蕙顺便就在小卖部买了牛奶糕点之类早餐食品，回到房间时夏慧天却醒了，正在浴室洗漱。石依蕙将牛奶糕点摆到小客厅的茶几上，再泡了两杯热茶，就坐在沙发上等夏慧天出来。

夏慧天醒了，穿好衣服洗漱完毕出来，就说依蕙快准备一下，还得去银浪谷漂流哩。石依蕙说那你快吃了早点我们就走。说罢便进里屋去收拾行李。夏慧天吃了糕点喝了牛奶，就进了卧室去收拾东西，打开公文包一看，手机还是关的。这才想起昨晚接了石依蕙珠海那个电话后，生怕再受打扰，就把手机关了，便又把手机打开。石依蕙正在浴室里收拾衣物，接着提了旅行包出来，夏慧天的手机响了。他拿起手机刚一通话，脸顿时就青了，接着就追问道：余英，你再说清楚一点，现在人怎么样？还在医院……好，我马上赶回来……石依蕙看夏慧天接电话的表情知道他家里出了大事，正想问个明白。夏慧天收了手机，拿起公文包边往外走边说：依蕙，快，婷婷她……割腕……石依蕙忙说：慧天，你别着急，婷婷现在怎样？夏慧天说：人还在医院，快走，车上告诉你……

原来夏慧天去秋山的这一天正值余英休班，中午去了一位同事家玩麻将。到了五点多钟，心想今天夏慧天不在家没人煮饭给婷婷吃，就告别牌友独自走了。正好那位同事家就住在婷婷学校附近，余英走在路上就看见许多学生正放学回家。说来也是巧合，这时突然就看见婷婷与景岗夹在一群同学中间。余英便放慢了脚步跟在后面。走了大约两百米，婷婷与景岗进了一家书店，俩人买了本杂志又说说笑笑出来又进了一家礼品店。余英顿时气得火不打一处来，心想自己成天伺候婷婷像大小姐似的，刚才在同事家玩麻将正在兴头上也不敢玩了，还说回家给她做饭哩。她倒好，不抓紧时间学习准备考试，却又与景岗谈情说爱形影不离。一想到这儿就觉得这件事不能再放纵下去听之任之了，余英早就存了心去找景岗的父母的，今天索性现在就去。其实余英早已打听清楚景岗的父亲在市税务局上班，就打了部的士到税务局，找到景岗的父亲。见了面也不把话说得客观一点，就说你们家景岗老缠着我们婷婷谈情说爱，还说有照片有日记为证。景岗当天回家吃晚饭时就被他父亲狠狠训了一通，景岗父亲是位急性子差点没把饭桌给砸了。上晚自习时景岗把婷婷叫出教室，再把她妈妈如何上单位找他爸的经过给婷婷说了。景岗说得有点生气，就怪怨婷婷你妈妈怎么是这种人呢。那以后我再不敢跟你接触了。婷婷听景岗一说，心里冤屈气愤也没法解释，当即连晚自习也不上就赶回家。婷婷回到家就问她妈为什么要这样做？伤害了别人的自尊也伤了自己的心。余英说我亲眼看见你俩那么亲密不是谈情说爱是什么？母女俩就争吵起来。婷婷满腔委屈无法说清，就哭着冲进自己的房间，用刀片断了左腕。幸亏余英及时发现，忙喊邻居帮忙打了的士把婷婷送到医院抢救。经医生检查，婷婷这一刀幸亏没割到主动脉，但仍然流了不少血。

石依蕙把夏慧天送到医院门口，说道：慧天，既然婷婷没生命危险我就不去看她了。有什么事我们再电话联系。夏慧天点点头也不说什么，下了车就直奔医院急救室去了。

27

这天下午石依茜接了邓桦的电话，邓桦告诉石依茜，说他办的那桩事情况有点变化，在电话里不好说，约了今晚八点钟到石家院详谈。石依茜听了，心里就有种不安的预感。于是早早就从茜子美容美发厅出来，回到石家院找石依蕙，石依蕙正好独自坐在客厅看报，石依茜进来在石依蕙旁边坐了，说道：姐，刚才邓桦来电话了，说是办的那个事情况有变化。石依蕙听了忙问：是不是给石筑改年龄那个事？石依茜说：邓桦在电话里不便说，我也不好再问，我估计八成是这个事了。姐，你想想，邓桦拿了户口本去快半个月了，要能办早就该办好了的。拖到现在没办成，这里肯定有文章。石依蕙问道：依茜，会不会是给的钱少了？现在办个事不容易，何况……石依蕙想说何况还是关系到人命的大案。但她又不想把话直白了，一时又找不到恰当的词语来表达，就停住不再往下说。石依茜说：这件事金局长亲自打了招呼的，具体办事人只不过奉命而已，一人收了两万，再嫌少就说不过去了。石依蕙说：我只是这么猜猜，等一下邓桦来就明白了。若是人家嫌少，你明天再去取十万给送去……

刚吃过饭邓桦就来了。楼下人多不便说话，石依蕙石依茜领了邓桦到楼上坐。邓桦坐下就显出一副很为难的样子，说道：实在不好意思，我今天来主要说一个事，给石筑改年龄这桩事没办好，对不住你们……邓桦说着就打开皮夹，先取出户口本，再取出五万元现金搁在桌上。

石依蕙见状，心先凉了半截，仿佛那将要被判死刑的人不是石筑，而是她石依蕙了。

石依茜问道：邓哥，这件事不是说金局长给户籍科的人都打了招呼吗？莫非他们连局长都不看在眼里了。邓桦答道：事情当然是金局长说好了的，要么谁有胆子敢办这个事。所以我送去的钱户籍科的科长李如芸和你们这个片区办户口的陈芳都收了。后来一直拖着没办，主要另有原因。石依蕙没理解邓桦说的原因是什么，就问道：是不是那两位办事人嫌我们给的少了？要是这样，我们再给，何苦把钱退了呢。邓桦说：当初我们也是这么想的，钱收了，事情也该办了，干吗老拖着。就去问片区派出所经办的陈芳。陈芳就说让去问李科长，还说李科长没告诉我们什么事？因为这事由户籍科李如芸与辖区派出所的陈芳在办。我去找李如芸，正好那一阵她去了市委办的“三个代表”讲习班学习。我打了电话去问，李如芸说电话里不便说，等她过几天学习结束了再回来与我面谈……邓桦说到这里便长长地叹了口气，端起水杯喝了口茶，接着才往下说道：李如芸是前天回市里的。当天就到办公室找我，进了办公室把门反锁了，二话没说就从包里取出这四万块钱退还给我。我问她这是怎么了？李如芸才说：邓桦，这事我不敢办，钱请你退还人家。我就问道，金局不是给你说了的，怎么就不办了？李如芸说：邓桦，我给你说实话了，这事谁打招呼我都不办，这种事要是查出来可是吃官司坐牢的，我没那个胆。现在别说两万，就给我二十万我也不敢冒这个风险。后来我再追问，李如芸才告诉我实话。原来她把钱拿回家搁在衣柜里，被她老公发现。李如芸老公是交警队的支书，叫刘庆，我也认得的。刘庆就问李如芸衣柜里的两万块钱是怎么来的？李如芸只得说了真话。刘庆就骂她头发长见识短，怎么敢干这种昧天理良心的事。就算不讲天理良心，这种事被查出来就得吃官司坐大牢的。李如芸就说是金局长让办的。刘庆就问金玉康嘴里说让你办，有没有写条子签名字？若没有，到时候真出了事他不认账，说他没说过把责任全推到你身上，你有一万张嘴能说得清楚吗？还在公安局工作，连这点法律常识都不懂？李如芸经刘庆这么一说，就打了退堂鼓。她不干，连派出所的陈芳也不干了，所以两人把钱凑在一起还了回来。

石依茜问道：邓哥，那这事你给金局长说了没有？邓桦说：昨天我就去办公室里把情况给金局汇报了。金局的意思是这码子事搞不成了，看还有没有别的办法可想。说实话金局是挺乐意帮你们的，所以他说了案子让我先压着，就推说材料没落实暂缓上报。石依蕙说：邓桦，无论事情办成办不成，我们打从心里都非常感激你和金局长。至于下一步怎么走，我心里也没主意，你们搞公安熟悉这一行，也帮着想想看有没有法律空子可钻的。这钱你带回去，有用得着的地方只管花……邓桦忙推辞道：不行不行，有该花钱的地方我会来找你们。

送走了邓桦，姊妹俩又闲扯了几句，总也拿不出个办法来。石依茜说：姐，你不如去找夏哥，他懂法律，主意也多，说不准还能出点什么新招来。石依蕙心想，这一阵子夏慧天为女儿的事搞得焦头烂额，自家的稀饭都吹不冷，哪有时间给我们吹汤团。但婷婷割腕的事她又不想告诉石依茜，就点了点头说：等有时间了找找他吧，反正石筑改年龄的事办不成了也要告诉他的。

石依茜说：姐，那你把钱收了，没事我到茶楼那边看看去。说着自个走了。

石依茜一走，石依蕙回到房间，心里突然就感到特别地烦躁。去了一趟秋山，夏慧天家里就出了婷婷割腕自杀的事，差一点没酿成大祸。回来没几天，现在又听邓桦说改石筑年龄这桩事没办成了。两个事加在一起，不知是天意呢还是巧合，石依蕙也说不清楚，心里就想莫非真是她与夏慧天那一夜情违了天理人伦，犯了清规戒律，要遭此报应么？

往常傍晚时分，石依蕙总要拎了把竹椅到大门口陪母亲坐坐，一边纳凉一边就扯些家长里短。这条古老的小街到了夏夜，纳凉便成为一道亮丽的风景。幽深朦胧的路灯下，各家各户便搬了椅子板凳坐在自家的大门口。石二奶到门口纳凉的时候，石依蕙、郭志凤也到旁边陪她。石依蕙最怕石二奶问石筑的事。要说真话，说到如今什么事情都没办成，又怕伤了母亲的心。说假话吧，总这么做于心又不安。当女儿的怎么能尽编些谎言来对付一位七十多岁的老人哩。别说还是骗自己的母亲，就是骗其他老人也不应该啊。石依蕙这么一想，也就懒得去陪石二奶坐了。

第二天下午石依蕙睡了午觉醒来，手机突然响了。石依蕙接过一听，竟然是肖禹的声音。就问道：肖禹，公司不是说你上武汉去了吗？你现在在哪里？肖禹在电话里答道：石总，你一定很惊奇吧。我在武汉办完事就绕道到南柯来了，刚下火车，我怎样才能找到你。石依蕙一听肖禹没事先打个招呼就来了，真有点突然袭击的味道。忙说：肖禹，你就在车站等着，我过来接你。说完又拨了石依茜的手机，让她现在开车到石家院来，说是有点事。石依蕙放下手机，随便换了件衣服，刚到楼下，石依茜也到了。石依蕙上了车就说去火车站，石依茜有点惊奇，问道：姐，上火车站接谁呀？石依蕙说：接肖禹，他去武汉办事绕道过来了，大约有事找我吧。石依茜发动了车，一上路就说：什么事电话里说还不行，非要亲自跑了来，我看肖禹是想你了。石依蕙说：他想也是白想，我们没缘分的。石依茜就笑了，问道：姐，肖禹什么模样，帅吗？石依蕙突然就说道：当然帅了。我看你们俩倒是很相配的，要不姐介绍肖禹给你做朋友怎么样？石依茜便哈哈地笑了，说：姐呀，你还是多关心你自己吧。追我的人多着哩……

两人才说了几句话，就到了火车站。石依茜把车停到停车处，说：姐，我与你一块进去吧。石依蕙说：不用了，你在车上等着。说着便自个进了候车大厅。大约过了几分钟，石依茜隔着挡风玻璃看见石依蕙与一个男人从候车室出来，心想那男人肯定是肖禹了。认真一看，却见肖禹穿一套藏青色西服，结了红领带，鼻梁上架着茶色眼镜，再看那仪表堂堂的五官和身材，也算得上男人中的极品了。心里就想倘若肖禹真配我姐也不在夏慧天之下，姐干吗不喜欢他呢？正想着他二人已来到车门边。石依茜忙下车要去接肖禹手上那个旅行包，肖禹看着石依茜却不知所从，石依蕙便介绍说：肖禹，这是我三妹依茜。接下又要介绍肖禹，石依茜伸了手说：姐，不用介绍了，是你们公司的副总，肖禹先生。两人便握手，肖禹笑道：想不到我们石总还有位这么漂亮的小妹……那一口带京腔的普通话说得脆朗清亮。石依茜便也操了普通话笑道：我也没想到我姐公司还有肖先生这样英俊潇洒的副总经理哩。

车到了石家院，下车时肖禹打开旅行袋取出个礼品盒，里面装了两盒长白山人参和几样老年滋补品，说是给伯母带的。三人进了门，正好石二奶戴着老花镜在客厅沙发上钉纽扣。石依蕙就说：妈，这是我们公司的肖禹先生，刚到的。肖禹忙双手奉上礼品，说道：伯母，几样小东西不成敬意，请您老笑纳……说罢又给石二奶鞠了躬，一副彬彬有礼的样子。石二奶笑道：肖先生客气了，快请坐。

徐姨泡了茶，大家坐了下来。肖禹很得体地对石二奶说：伯母，我是专程来给石总汇报工作的，你们可别把我当客人。家里有什么事让我办的，说一声就是。石依茜在一旁听着，心里就想：这个肖禹不愧是个人才，两句话就把自己身份摆到适合的位置，倒像他也成了石家人似的。

大家就闲聊。一会儿珠海，一会儿南柯。石二奶就问了肖禹家乡是哪里？肖禹答道老家在福建，但从小就跟着姑姑在北京读书，从小学到大学毕业。石依茜就用普通话与肖禹搭腔，两人谈得十分投机。石依蕙自从去了广东以后，一直都说普通话，回到南柯才说方言，所以与肖禹说话时仍用地方话。肖禹有时听得木瞪口呆，就睁大了眼睛请石总再说一遍。于是大家都笑了。石依茜说肖先生我们南柯话不好懂是吗？肖禹说大约听懂百分之七、八十吧。南柯方言说得快，尾音特重，一不留神就不知道说什么了。肖禹十分健谈，性格开朗。石依宝和郭志凤回来又见面认识，也都能谈得来。

吃了晚饭，肖禹说是去找宾馆住，问哪里好一点。石依茜说那就去南柯宾馆吧，那里环境条件都不错。肖禹说行，就与石二奶等人告别。石依蕙陪了肖禹坐上石依茜的车，几分钟就到了南柯宾馆。石依茜知道肖禹要找她姐谈事的，就借故茶楼那边有事，与肖禹握手告别，自个开着车走了。

肖禹去服务台办了登记，说是506号房间。石依蕙与肖禹上了电梯，两人进了房间，肖禹上卫生间洗脸时，石依蕙就想要走。转念一想，肖禹大老远跑来了，把他一个人丢在宾馆似乎有些不近情理，便坐了下来。肖禹洗完脸，就泡了两杯茶，两人闲谈几句，肖禹说道：石总，电话里问了几次你侄儿案子的情况，你都没说。我估计大约是电话里不便说吧。这次来主要想问问这个事，顺便向你汇报最近一段时期公司里生产销售情况……石依蕙心里就想，你个肖禹真是会卖乖。我侄儿的情况电话里也说过了的，不就是等着判决吗。至于公司里的事，三天两头电话里都说了，还有什么汇报的。石依蕙心里这么想，嘴上却说谢谢你关心，你能来我很高兴之类。接下来又说道：昨天我才给公司去了电话，销售科的老王说你上武汉去了。最近公司的事老王也说了一点，都说你工作很负责，让我放心。肖禹，说真话有你这样一位好助手，我肩上没有负担，心里没有压力。反正你大着胆去干，就算干错了我也不会去追究，我相信你也感谢你。至于我侄儿的案子，肖禹，我不是把你当外人，有些情况真的不好说。反正现在人还在大牢里蹲着，也没审判，暂时就这样拖吧。当然，我们还在做些工作，也很不如意……

石依蕙与肖禹面对面坐着。茶杯里的茶散发出淡淡的热气，光线直射下来，那热气就在空间里飘荡，像一层稀薄的雾。石依蕙说话的时候，肖禹的眼睛紧紧盯着她，那样子似乎是在很认真地听。其实石依蕙明白肖禹是在看她，那目光里有一种奇异的东西。所以石依蕙说话的时候故意避开了肖禹的目光，就去注视那茶杯里的水雾。待石依蕙说完话，肖禹就说：石总，两三个月没见，你瘦了。石依蕙用手摸摸脸，笑道：是吗？我怎么没感觉，大约是为侄子的事操心多了。不过瘦了倒好，不用花钱去吃减肥药。俗话不是说有钱难买老来瘦嘛……肖禹就笑了，说道：石总，别的女人都愿意说自己年轻，你干吗总说自己老哩，其实在我心里，你真的只有三十来岁，一点也不像你自己说的那么老。石依蕙无奈地笑了，说道：再过一年就四十岁了，四十岁的女人还不老吗？你总说我年轻，大约是……石依蕙想说大约是你爱我的缘故，但似乎觉得这样一说就给肖禹找到了话题。肖禹匆匆赶到南柯，还不就是为了这件事吗。石依蕙只能装傻，她极不情愿肖禹再提到这件事。

肖禹突然改了口，说道：依蕙……喝茶。当他发觉石依蕙脸上显出一点惊讶时，立即补充道：我叫你的名字，不介意吧？石依蕙就笑了，说道：怎么会呢？你叫我的名字反而随便一点。其实打心眼里我是最不喜欢让人称什么总经理呀董事长呀这样的头衔。但公司和厂里员工总这么叫，你也不好意思老是纠正人家，反正就当做听个名字，也无所谓了。现在董事长总经理满天下都是。有一次在火车上你一说是总经理满车厢的旅客都把你当了骗子，所以总经理快变成骗子的代名词了，你说好笑不好笑。肖禹便笑道：那以后我就不叫你石总了，免得人家把你当了骗子．依蕙，我这次来南柯有一个目的。你知道的，我一直爱你，非常非常的爱你……肖禹说着眼里就闪烁着一种祈求般的目光，仿佛就要哭出来似的。石依蕙不敢也不想去正视肖禹的目光，也不愿回答肖禹提出的要求。就说道：肖禹，我给你介绍个朋友。肖禹就连忙摇摇头，苦笑着说：依蕙，我是诚心把你当作崔莺莺的，可没让你当红娘啊。石依蕙笑道：崔莺莺我是不配的,当红娘还行。真的，我给你介绍个女朋友，你们刚才见了面的。肖禹一时不知所措，就问：我刚才见过谁了？楼下服务台的那位小姐吗？石依蕙说：肖禹，我直说了吧，你觉得我妹怎么样？今年二十八岁，人才嘛，你们见过了的。肖禹一听便笑了，说道：依蕙，别闹着玩了，感情这种东西，不是随便可以转移的。

石依蕙想把依茜介绍给肖禹，是在车站接肖禹时突然萌生的念头，虽然当时在车上给石依茜提起时像是玩笑，其实她心里倒是认真的。两人除了文化有点差异外，性格爱好都很般配。可石依蕙没想到，肖禹连考虑的余地都不留，便一口回绝了。

尽管肖禹说了许多爱慕石依蕙的话，有的话真还说得情真意切感人肺腑。但石依蕙毕竟已经是个成熟的女人而不再是十八九岁的少女，不会为了几句美妙动听的言语而倾倒陶醉的。理智一直在告诉她，年龄、性格与自己的婚史都是她与肖禹之间无法跨越的鸿沟。这件事，她在珠海时就多次与肖禹谈了的。再说，石依蕙也不想让肖禹风尘仆仆赶了来，就拿几句老调把他打发了。所以就笑道：肖禹，这个事我们以后再谈好吗？你坐了一天的火车也累了，先休息吧，明天我们各处玩玩，南柯虽然是个小地方，自然风光还是很不错的……石依蕙一边说着就站起来要走。

肖禹先是挽留石依蕙，让她再坐一会儿。石依蕙坚持说要走的。肖禹就站起来抢先一步走到门边，石依蕙还只当肖禹去给她开门哩。可肖禹背贴着门却不动了，那眼睛就勾魂摄魄似的看着石依蕙。轻声说道：依蕙，给我一个……我多么爱你……

石依蕙突然打了个寒战。难道肖禹今晚真要强行对她非礼么？自从那次在车上指责过肖禹以后，他在她面前就一直很自重。而此时此刻，宾馆里鸦雀无声，肖禹真要强迫她，石依蕙是毫无能力反抗的。于是便沉住气装了糊涂问道：肖禹，我不明白你的意思，有什么事我们明天还可以谈的……

肖禹带着渴求的声音说：依蕙，给我一个吻，我只想吻你……

石依蕙笑了，说道：肖禹，中国人没有这样的礼节啊。

肖禹说：依蕙，我这么远赶来看你，就只求你给我一个吻，难道连这么一个希望都不肯给我么？肖禹说得如此真切、诚恳，就像一个孩子向大人们乞讨一颗糖果。

石依蕙似乎再也找不到理由来拒绝肖禹。无非就是一个吻，这个吻你也许并不看重它而面前的男人却把它视如珍宝。这个吻对于你不会失去什么而对于他却盼望已久。石依蕙终于决定满足肖禹，就闭上眼睛说道：好吧，我答应你了……这时石依蕙感到她的嘴唇被另一张嘴唇贴紧了，接着一双手搂住她的腰。时间在一秒一秒地过去……石依蕙明白不能再继续下去了，她想推开那双手但那手却像一把钳子把她的腰搂得更紧了……石依蕙突然有一种想倒在肖禹怀里的感觉，她明白这样倒下去就将永远倒下去了……石依蕙使劲拿开了肖禹的手，睁开眼睛把肖禹推开了。

28

第二天清早石依蕙怎么都不想起床，只觉得头沉沉的，还有些痛，四肢软软的没有力。往日里她七点不到就起了，漱洗完毕便到后园里看看花，有时也跟着石依宝浇浇水，弄弄土什么的，然后才去吃早餐。可今天她怎么了呢，反正不想起床。昨晚从宾馆回到石家院已经十一点钟了，先是有些倦意，可上了床总是睡不着。一睡不着脑子里便胡思乱想，这时候仿佛所有的往事都如潮水般涌起。起先想到石筑案子的事，回来快三个月什么结果也没有。又想到夏慧天，想自己怎么就稀里糊涂坠入了爱河，将来如何割舍这段爱情……接着便是肖禹，幸好当时还清醒，还坚强。倘若她软弱一点或者随意一点，此时已不是睡在石家院而是躺在肖禹的床上了。一个女人能在不同的场合与两个男人相爱吗？在石依蕙看来那简直是罪恶，是寡廉鲜耻……这时候就又想起了金满。金满与宋小倩在流光花园小区买了别墅，二人秘密同居了一年多石依蕙居然不知道。金满也回家也与她亲热做爱，和平时并无异样……石依蕙突然间又想起远在异国他乡的女儿。回到南柯后只给金晶通了一次电话，谎称这一段公司不忙正在外婆家休假。金晶说等她放了假回国后也要到外婆家来玩的。石依蕙一想到女儿更无睡意了，索性翻身起来拿了手机拨金晶的电话。按东西半球的时差美国正好是中午，电话接通了母女俩就说个没完。云贵高原的气候不比广东，在南柯再热的天到了午夜便凉爽而且有了寒气。石依蕙穿了件单薄的睡衣坐在床上与金晶一谈就是二十多分钟，忽然感到有些冷，大约就是那个时候受凉了。

到了上午九点钟，石二奶还没见石依蕙下楼，就上楼来敲门。石二奶问：蕙，你今天怎么没起床，是不是病了？石依蕙开了门，答道：妈，我头疼，好像浑身不舒服。说着便又躺下。石二奶就坐到床边伸手去摸石依蕙的额头，嘴里就说：蕙，发烧了吧，头烫哩，是不是赶紧上医院看看去。石依蕙说：妈，不用了，我估计是昨夜睡晚了，再躺一会儿可能就会好的。忽然就想到肖禹还在宾馆里待着，虽说是雇员是下级但人家老远来了也总不能冷落了他。如果打一个电话说自己病了肖禹肯定不相信，说不准还以为是石依蕙故意装了病来回避他。你说早不病晚不病怎么肖禹一来就病了，想到这里就又翻身起床。石二奶说：身子不舒服就躺下休息，干吗又起来了？石依蕙说：妈，我们公司昨天来那位肖先生还在宾馆里，人家专程来找我的，我还是去看看他。说罢先给石依茜挂了电话让她开车到石家院来，自个就上卫生间漱洗去了。石二奶嘴里叽叽咕咕什么也下了楼。

石依蕙洗漱完了，回到房间刚穿好衣服，石依茜就上楼来了。她进门一看石依蕙就说：姐，你气色不好哩，是不是病了？石依蕙说：不知道是怎么的，一大早就起不来床。要不是肖禹还在宾馆待着，我也不想动哩。石依茜说：那你就别去了，要么先上医院看病。石依蕙摇摇说：走吧，先上宾馆见了肖禹再说。

两人进了宾馆大厅，正要上电梯却见肖禹已坐在大厅里的沙发上看报。两人也坐下了，石依蕙说：肖禹，真对不起，来晚了。石依茜说：肖先生今天想上哪里玩，我们陪你。肖禹忙说道：石总，你们要是都忙，我今天就回去了。石依蕙说：肖禹，既然来了就玩一两天吧。我们也没什么事。说罢就转身问石依茜说哪里有好玩的地方？石依茜说那要看肖先生了，是想去看看自然风光哩还是参观民族风情？肖禹就说我没有目的，客随主便，你们说去哪里都行。石依茜就站起来说：走吧，我们先去看看石岩村溶洞，在那儿吃了农家饭再去七星坪……三人都站起来正要走，石依蕙突然感到眼前一黑，身子就像要倒下似的。石依茜忙一把扶住她，说：姐，你……说了让你先去医院的。石依蕙伏在石依茜肩上半晌没有说话，那脸一阵青一阵白。肖禹忙问怎么了？石依茜说我姐生病哩，本来不想起床的，怕冷落了你便来了。肖禹连声说抱歉抱歉，快上医院看看。就与石依茜扶着石依蕙出了大厅上车。

到医院一检查，医生量了体温，说是感冒引起发烧，还烧得不轻哩，三十八度五。再查了血压、心脏，做了B超，也没发现其他病状，就开了药去输液。大夫说也不用住院，每天到诊疗室吊针治疗，三五天就会好的。

石依蕙躺在病床上等石依茜去付款拿药，肖禹就站在床边说：依蕙，我能帮你做点什么？石依蕙就浅浅地笑了一下，说：肖禹，真对不起，原说了好好陪你玩两天的，没想到就病了。肖禹说：依蕙，我这次来已经很满足了。你好好休息养病，就别管我了。石依蕙说：哪能呢？让依茜陪你各处去看看，我是无能为力了。这时石依茜拿了药回来，护士给石依蕙打了吊针。石依蕙对石依茜说：依茜，这里有护士看着，我也没什么大病，你就陪肖禹出去走走。石依茜就问肖禹去不去。肖禹说石总是公司的头，她病了我们当副手的理当照看，哪能走呢？于是二人就都坐在床边陪石依蕙输液。

石依茜与肖禹有一茬没一茬地轻声说着话。石依蕙也不想搭腔，就闭上眼睛养神。这时她心里就想：这病倒也及时，要么肖禹在南柯呆两三天，她拿了时间去陪着玩吧，两个人的时候肖禹总要提出些非分的要求，弄得自己下不来台，说不陪吧，毕竟肖禹到了你的家乡总是要尽点地主之谊。现在倒是好了，躺在病床上反倒省去许多担忧和麻烦。

到了中午吃饭时间，徐姨给石依蕙煮了碗清水蛋面，说是下午没事就在这里照看石依蕙。石依蕙才让石依茜带肖禹去吃饭，说下午徐姨在病房里他们正好去玩玩也不用回来了。

石依茜与肖禹出了医院。石依茜问道：肖先生想吃点什么？肖禹说我可没讲究的。石依茜说那就尝尝我们的家乡菜吧。二人上了车，来到一家黔味餐馆，随便点了几样地方特色菜，就把午饭吃了。吃完饭石依茜说：肖先生，姐吩咐了，下午让我陪你玩的，说，咱们去哪里？肖禹说道：哪儿也不想去了，你开车到街上看看，待会我还想给你说个事。石依茜说那我听你安排。便开了车与肖禹从城南逛到城北，再从商业中心逛到开发区。肖禹一路上就感叹南柯市这么个小城就密密匝匝建了那么多高楼大厦。便又问了南柯市区的人口，房价。听了就非常吃惊。石依茜带着肖禹把新城老城走马观花看了一遍，回到宾馆，肖禹说：依茜，咱们到房间里坐坐，我想给你说个事。二人就上了电梯来到肖禹住的房间。石依茜心里就一直琢磨不透肖禹会给她说什么事？而且搞得那么神秘兮兮的。

二人坐下后肖禹开了两瓶饮料，递了一瓶给石依茜。也没说什么正事，就又问了南柯市有多少房开公司？一般征地拆迁手续怎么办？石依茜把知道的情况略略介绍了，随口就问道：肖先生说是要找我莫非就是这个事？肖禹说道：不是不是。我这是随便问问，看看能不能帮你呢。石依茜说：搞房开我可是一窍不通的。肖禹说：你通不通没关系，我是想问问你和市里领导有没有熟悉的？石依茜心想骆市长这么大的官在那儿摆着，怎么会不熟悉呢？就答道：有哇，我和市长关系不错。肖禹一听就拍了腿说道：这就好。现在搞房开什么都可以没有，就是不能没有关系。你和市长熟悉那就成了。我广州有个朋友是搞房地产的，不如把他介绍给你。他出资金、技术，你出关系，两个人合伙怎么样？石依茜一听，心里顿时就热了。忙说道：好哇，肖先生，到时候若真的赚了钱，那我还得重重地谢你哩。肖禹便笑道：我也不图你谢，反倒想请你帮个忙哩。石依茜当即表示非常乐意，说道：什么事肖先生用得着小妹的，只管讲。肖禹就犹豫了一下，说道：依茜，你和我们石总是亲姊妹，有些话我没地方说，只好给你讲了。可能你不知道，我是两年前应聘到石总的制衣厂去的。那时石总刚离了婚，对厂里的业务又不熟悉。我去了以后，先把厂里生产抓上来，再建议石总成立制衣公司拓展业务，第二年公司就见了效益。也就在与石总配合工作这两三年，我不知不觉就爱上了她。一个雇员爱上自己的老板，这件事看来有点荒唐，但我是真心的，我忍不住还是向她表白了，没想到却遭到石总的拒绝。其实她拒绝的理由在我看来是不成立的。第一石总说她年龄比我大，其实只比我大三岁。第二哩，石总说她是离异的，而我却未婚。依茜，你说这叫什么理由？所以我今天就想给你谈谈这个事。我看得出你们姊妹很合得来，你去开导一下，我想她准会听你的……石依茜听罢便笑了，说道：我当肖先生找我什么事哩，原来是让我当说客。不过说句真话，这个说客我还是挺愿意当的。像肖先生这样好的人，说人才一表堂堂，说肚才是企业管理专家，我姐打着灯笼还难找呢，怎么会拒绝你呢？不会吧。石依茜是个精明的人，她心里想肖禹这样好的条件，别说是企业管理的专业人才了，单凭他的帅气风度，那满大街的佳人靓妹还不随便挑吗？我姐虽说姿色未减温良贤淑，毕竟是离过婚而且年近四十的女人了，怎么就会让他爱得神魂颠倒紧追不舍呢？所以石依茜又想这件事别说是她姐，就是换到自己身上也要考虑再三的。此时哩，石依茜也只装糊涂，抱怨石依蕙有眼不识泰山了。于是又说道：肖先生，其实你还不知道我姐的性格。我姐是个很内向的人，又比较传统，她真要爱谁，可能也不会在表面上显露出来的。再说，我姐因为第一次婚姻遭受打击以后，是不是在个人问题上就比较谨慎了。肖禹就点点头说道：也可能吧。不过我心里总想，石总会不会有了别的男人？倘若是真有了别的男人，我也就只好退避三舍了。石依茜就做出惊奇的表情，说道：没听说我姐爱上什么男人，肖先生，如果你真知道什么，可不可以给我露一点。肖禹迟疑了半晌，笑道：我怎么会知道呢？只是这么猜想罢了。我给石总打过两次电话，有一次已经很晚了，却是一个男人接的，石总说是你们家请的律师……石依茜一听就明白肖禹说的是夏慧天了。他嘴上虽未直说，心里肯定怀疑石依蕙与夏慧天有什么关系。于是笑道：肖先生可能是误会了。因为侄儿案子的事，近一段来我和我姐经常与律师打交道的。有时为了案子的事还商讨得很晚哩，这点你尽可放心。至于你让我给姐说的事，我一定尽力去说服她，有肖先生这样好的人当了姐夫，我真还万分高兴哩。肖禹就连说谢谢，两人又摆了些闲话，肖禹说他想看看情况，要是石总的病好一些，他就准备今晚或明天回珠海。石依茜就建议肖禹到省城坐飞机，说是可以送他到机场。肖禹自然高兴地答应了，说过一会就打电话预订飞机票。二人正说着话，石依茜的手机响了，是石依蕙打过来的，说是吊针已经输完了，准备回家休息，问她在哪里？石依茜就回答与肖先生在一起，马上过去接她。

石依茜开车去医院把石依蕙和徐姨接回家。上了三楼房间石依蕙就问他们去了哪里？石依茜说哪里也没去，就在城里走了几圈回了宾馆。她愣了愣便又说道：姐，你猜在宾馆里肖禹给我说了什么？石依蕙说：还有什么好说的，你们俩玩了半天，也没玩出个感觉来？是不是肖禹喜欢上你了？石依茜听罢就哈哈地笑了，说道：我要是和肖禹玩出感觉来，那他对你就太虚情假意了。其实哇，肖禹是让我当说客做你的思想工作，他说他真是爱你没商量了。

石依蕙吊了半天针，又服了药，精神明显比上午好多了。此时她斜靠在床上，听石依茜这么一说，心里总感到不是滋味。肖禹犯得着这样做吗？自己也不是三岁两岁的连一点头脑没有，感情是个很复杂却非常主观的行为，靠别人指点开导那不叫爱不是感情而是儿戏了。但石依蕙还是很想听听石依茜怎么想的，就问道：依茜，既然人家肖禹让你当了说客，那你说说姐该怎么办？石依茜皱了一下眉头，做出一副很认真的样子，说道：姐，肖禹说了你拒绝他的两条理由。我觉得这件事你处理得很好，要是别的女人，也许早就迷迷糊糊倒在肖禹的怀抱里了，你却很清醒。我心里就想，肖禹这么好的条件，干吗就这样对你倾倒。你不答应也就罢了，还让我来做你的工作。所以我甚至怀疑起来，怀疑他对你的爱是不是另有所图？石依蕙正要说什么，却见石二奶已走进门来，一边走一边说道：蕙，好些了吗？本说上医院看看你的，罗三婶家里嫁姑娘，一去送礼就不让走……石依蕙忙起身说：妈，没事的，感冒了，医生让吊了针，现在好多了。石二奶就在床边坐下，说：你两姊妹又在说什么爱啊爱的。是不是说你们公司那位肖先生呀？石依蕙就笑着说：妈，刚才我在给妹说，把肖先生介绍给她做朋友哩，你看合适不合适？说罢就给石依茜做了个鬼脸。石二奶听了笑道：哪会不合适，就怕人家看不上这鬼丫头，成天东游西荡的，都快三十岁了也不成家。你看刚才我去的罗二婶家，她姑娘二十二岁就出嫁了……石依茜就抚着石二奶的肩说：妈，我不嫁人，在家陪你老还不行？石二奶说：你个鬼丫头好意思说我还不好意思听哩。大牛大马在家好看，大姑娘在家就难看了。回头又问石依蕙：蕙，刚才你说肖先生那个事，是真的么？石依蕙没想到石二奶果然认真了，一时也不知怎么回答，就笑着说：妈，人家肖先生都愿意了，就是我们家三小姐不答应，你来那时我正做她的工作哩。石二奶就问石依茜，说道：这么伸展标致的后生你不答应，还想挑出什么花呀朵呀的来。茜，妈给你做一回主，这桩婚事就定下了。明日找家酒店包上两桌，请几个亲戚朋友来，就当你和肖先生订婚……石依蕙听了忍不住就捂住嘴笑。石依茜就装了认真说：妈，你这不明摆着是包办婚姻吗？《婚姻法》里规定了包办婚姻可是犯法的。石二奶说道：我就犯一回法也不碍事，蕙，你看是不是就这样定了？我待会儿下楼让你嫂去操办。石依蕙一听石二奶动了真格的，就知道这玩笑不能再开下去了，但一时又不好扫了石二奶的兴趣，就说道：妈，我看这事急不得，一来还得征求肖先生的意见，二来哩，我再做做我妹的工作，开导开导她……转了身又给石依茜使个脸色，说道：妹，妈这可是为你好啊。石依茜也就顺水推舟说道：妈，那你得让我考虑考虑，昨天才认识，买件衣裳还得挑半天哩。石二奶这才点头，说道：这样也好，你们就让肖先生多待几天，和依茜再熟悉熟悉，加强了解嘛……那我下去了。说罢便起身出门下楼去了。

石二奶一走，两姊妹就抱着头在床上笑做一堆。说这场戏反串了角色，让她妈这个唯一的观众也跟着假戏真唱了。

第二天早上石依蕙仍旧去医院诊疗室吊针，到了九点多钟夏慧天来了，说是一清早就打手机听到呼叫声总没人接，后来才打了家里的电话，说是在医院输液，忙赶过来了。问了石依蕙的病况，说病了怎么也不打个招呼？石依蕙就说你不是大夫给你说了也没用。问找她有什么事？夏慧天说是关于修路的工程承包问题，说是耿林锋去找了城建局的吴局长，吴局反过来征求我们的意见，看是不是同意让耿林锋朋友的内弟去承接这项工程。二人刚说到这里，就见肖禹捧着一束鲜花进了病房。进门就说石总我是来告别的，希望你早日康复。说罢便将一束水淋淋的鲜花撂在床头柜上。此时却见床边坐着个男人，心里猜想八九成就是那位律师了。石依蕙忙做了介绍，二人握手时都说你好你好电话里见过的。

这时石依茜进来了，说道：肖先生，我们该走了吧，可别误了时间。肖禹忙向石依蕙说是订了中午飞珠海的机票，石依茜开车送他去机场。便又说了几句多多保重早日康复之类的话，才又与夏慧天握手告辞。

石依茜与肖禹走了，夏慧天似乎自言自语地说道：这位肖禹先生不错嘛……

石依蕙没听明白夏慧天的话，就瞪了眼睛看着他。两个人忽然就有了什么心领神会的意思，都微微地笑了。

夏慧天接着谈修路工程的事，他说城建局那边还等着回话。石依蕙说道：慧天，这个事我不参与发表意见，但你可以告诉他们耿林锋是我妹夫，至于工程给谁去做由他们定。给谁做都要保证工程质量，如果搞坏了我就找骆市长。夏慧天点头道：依蕙，你这样做最好。搞一点公益事业不要把人情扯进去，免得到时候力也费了丑也丢了还让人笑话。石依蕙说：慧天，我正好有个事要找你，可偏不巧肖禹来了，接着又生了病，心里想着等病好了再给你联系的。夏慧天就问道：依蕙，有什么事你说。石依蕙压低声音，说道：病房里说话不方便，过两天吧，等病好一点我给你去电话。石依蕙不说具体的事，夏慧天也不便再问，两人就又扯了些闲话。这时徐姨送饭来了，夏慧天就起身告辞，临走时看了肖禹送来的那束鲜花，就抱歉地笑道：对不起，没给你送花。石依蕙也笑了，说道：你没有诚意，就别说好听的话了。夏慧天转身出了门，刚转弯准备下楼，就迎面碰见余英。余英问道：慧天，你上医院看谁来了？夏慧天一时语塞，竟迟疑了半晌才答道：我的一个当事人病了，找他核实一个材料。说罢，就匆匆下了楼。

余英是住院部的儿科医生，这会是到门诊来办事，刚才分明看见夏慧天从诊疗室出来的，心里有些猜疑，就直接进了诊疗室。诊疗室里原来有两张病床的，另一位病人大约是回家吃饭去了，就剩石依蕙还在吊针，这时徐姨正帮着给石依蕙盛稀粥，余英就走了进来。余英穿着白大褂，石依蕙一时也没认出她，只当是值班医生来查房的。余英走到石依蕙床边看了看，就想起在街上曾见过一面的，婷婷当时还叫了阿姨。再看床头柜上那一簇鲜花还沾着水珠子，分明是才送来的。就自言自语说道：还送花了哩，这花挺好看的，家花还是没有野花香……说着就出门去了。徐姨说这医生真怪了，进来也不问病人却说些不明不白的话。石依蕙笑道：女人家嘛，大约是喜欢花花草草的，她再来就把这束花送她了。

29

过了两三天石依蕙的病好了，上午就给夏慧天挂电话。夏慧天接了电话说我正在外面办点事，你来吧我这就回办公室等你。

石依蕙去到律师事务所时，夏慧天已经先到办公室等她了。坐下后两人说了几句闲话，泡了茶。夏慧天把门关上，问道：依蕙，是什么事？石依蕙说：慧天，公安局那边的事没办成，我心里急死了。夏慧天说：是不是给石筑改年龄那件事？石依蕙点点头，说道：原以为是十拿九稳的。前几天邓桦过来说了情况，是具体办事的人反悔了……石依蕙把邓桦说的经过如实告诉了夏慧天。夏慧天听完了就深思了半晌，在办公室里踱了几个方步，就停下来说道：改年龄这个事其实只要把手脚做得仔细一点，为量刑找一个依据，只要案子审理时没人刁难，也就混过去了。当然，万一有什么特殊原因真查起来，那两名户籍警自然是脱不了干系的，所以她们的担心也不无道理。这样一来，我作为辩护人就没有根据去为石筑开脱责任了，那就看能不能再想其他办法吧。石依蕙说：我来找你就是要问你有没有别的办法，你是律师，人家说高明的律师就非常会钻法律的空子。夏慧天就苦笑了，说道：钻法律空子一般是在案情比较复杂的条件下可以。可你们石筑这事儿太简单了，一刀把别人给捅死后就跑了。故意伤害人命罪是明摆着的，你说还有什么空子可钻？石依蕙听夏慧天这么一说，心里更急了。于是说道：慧天，我侄儿一条命交在你手里的，不管怎样你都得给我拿出个法子来。只要石筑不判死刑，判个无期都行，花多少钱只要我拿得出我都拿……慧天，你说还有没有办法，你说话啊，你听我问你了吗？

夏慧天从抽屉里摸出一支烟，找了半天找不着火，便又把烟扔到字纸篓里。他平常是不抽烟的，这时候就突然想抽。偏偏却没有火。扔了烟，便说道：依蕙，你也不要急，让我们都想想还有没有别的办法。俗话说天无绝人之路，我就不相信路都堵死了。石依蕙说：那就再想想吧，可得抓紧一点。夏慧天点点头，说道：只要案子还没有报到检察院，我们还有时间。依蕙，检察院那边你们不是找人了吗？石依蕙说：耿林锋去找了个副检察长，叫苗时忠，你认识吗？夏慧天一听，脸色又沉下来了，说道：怎么去找他呢？苗时忠那人我知道一点，他是不会干这种事的。再说，他现在都调到反贪局抓腐败案去了。石依蕙摇摇头说：不可能吧，耿林锋说苗时忠答应帮忙的，开了口就要那么多……石依蕙说着就伸出个巴掌。夏慧天会意了，他明白这里面有猫腻，又不便直说，就换了个口气说道：那你让耿林锋再去找他，把事情办稳些……

二人正说着话，就听见有敲门声。夏慧天把门开了，却见一个中年男人也不等问话就一头闯进来，说是找夏律师。

夏慧天看那男人上身穿一件掉了纽扣的灰衬衣，衬衣皱巴巴满是污垢，显然已经很久没洗了，一脸的委屈状。夏慧天说道：我就是。请问有什么事？男人听罢脸上就有了点笑容，忙从荷包里摸出包香烟，打开来给夏慧天敬上一支，夏慧天接了，男人又给他点了火，自个也抽了一支。猛吐了一口烟雾才说道：夏律师，我要告状。夏慧天问道：你告谁？那男人说道：告我堂弟。夏慧天说：你堂弟怎么了？一家人有事坐下好商量，干吗非打官司呢？

石依蕙见来了人，本来就要走的，却听那男人说话挺有意思，就坐着喝茶听他的下文。

男人说：夏律师，这场官司你可得为我办。夏慧天说：你得把话说明白了我才考虑能不能给你办，你不说我怎么办呢？男人就点点头，又敬烟。夏慧天接了放在桌上，两人就面对面说起来。

男人说道：夏律师，我姓董，叫董富贵。夏慧天说：你这名字很有意思。董富贵就苦笑了一下，接着说：我是个体户，住在东城巷84号，两年前我堂弟从阳和县跑来找我，说哥弟俩合伙做生意。我问他干吗呀？我堂弟说他会开车，买部车跑长途，从省城运货到广州，再从广州运货回来。一趟来回净赚四五千，一个月跑两三趟，除干打净一个月还赚万多块钱。我问他一部车多少钱？他说买一部加长东风货车也就十二万，最多一年就可把车钱找回来了。我问他那两人合伙怎么分成。堂弟说他东拼西凑也只有四万块钱，让我出八万。他开车算技术入股，双方对半分。我一盘算就答应了，过几天取了八万块与堂弟一起买了部东风车。因为两个人合伙双方都得有人跟车，要不那货款是多少心里就没账。当时我正在给人家盖房子，手头有个小工程也走不开，就让我老婆小秀跟车，每月结一次账。开始跑了两个月，小秀还经常回来一下。后来就说生意好，找车拉货的人多，所以忙着跑车回不来。夏律师，给你说句丑话，我那老婆小秀也有几分姿色，又比我年轻八九岁。要跟了别人跑运输我不放心，想着跟了自家兄弟没事吧。哪知道小秀跟堂弟却搞上了，到现在半年多也没回家。我到阳和县去找，说不知道。后来才听说他二人在省城租了房早同居了。夏律师，你说我冤不冤，八万块钱一分没捞回来，连老婆也赔了进去了，落得人财两空……董富贵说完，早已是一脸的泪。

夏慧天听了说道：董师傅，这事说来你也该告，不过最好还是自己解决。你上省城找你堂弟，先把车收了。董富贵说：我都去五六趟了，人不见车也不见，我上哪儿找去？夏慧天说：那你这官司就没法打了。被告缺席，人证物证也没有，法院怎么给你受理。退一步说就算判你官司打赢了，还得你自己去找人，你说这官司你不是白打了吗？董富贵一听就闷声不语，一脸的愁苦状。

夏慧天问道：你们当初合伙买车，双方订了什么合同没有？董富贵说：当时都说是自家人，也没订什么合同，就写了张条子，各人出多少钱，双方签了字的。夏慧天就又问道：你们那车去车管所办手续，车主写了谁的名字？董富贵答道：车主写了我的名字，手续的底单我都保存着。夏慧天就笑了，说道：那就好。我给你出个主意，官司也用不着打。你先到交警部门报个案，把车牌号运输证都带上，说车被盗了，请他们帮查。然后呢，你再去报社登个查车广告，把车牌号都登上去。到时公安和交警部门就当个案件给你查，真把车给扣住，你堂弟成了偷车贼，要受法律处理的，还用着你告他吗？董富贵一听就乐了，说夏律师这主意真好，我回去就照你说的办。再向夏慧天问了报案和登广告的细节，才站起来走了。

夏慧天把董富贵送出门，回头对石依蕙说：依蕙，你看这社会上什么事情都有。小叔子骗了堂兄的钱一并还把嫂子也拐了。石依蕙笑道：这小叔子也太黑了，吃里扒外伤天害理也不怕报应。夏慧天说：你今天碰到只是一件，平常那些五花八门稀奇古怪的事儿找上门来的，还真让人哭笑不得没法子对付。

石依蕙说；这就叫民间疾苦嘛。慧天，你以前是搞文学的，要多听听这些底层老百姓的故事，说不准能写出好文章来。

夏慧天就叹了口气，说道：以前听了还会愤愤不平，痛心疾首。现在听得多了，反倒麻木了。这个董富贵还好，有几万块钱买车。农村就不说了，城里下岗的，失业的，老弱病残的生活就难过了。现在两极分化拉大，有钱的好挣钱，更富了，没钱的连吃饭都难。依蕙，我就给你说个笑话。那时我还在政协编书，市里有个老板办了个大酒店，开张那天请一泼文化界的人去凑热闹。老板也要附庸风雅，酒足饭饱后备了文房四宝非让大家留点墨迹作纪念。别人都写了些吉利恭维的词。我说不写的，老板不让，就顺便套用古人警句给他写了副对联，联语是这样的：

莫嫌家中财富少
须知世上苦人多

依蕙，你说这副对联他会挂出来吗？肯定不会，说不准我一走就丢到垃圾篓里去了。

石依蕙把这联语反复念了两遍，说道：要是你写给我一定挂，挂在家里最显眼的地方。慧天，哪时你真的帮我写了，我喜欢。

夏慧天点点头，笑道：我相信。你现在不是嫌钱少，是嫌钱多了哩，多得没地方花，所以就到处乱扔，好像那钱不是你挣来的……

石依蕙听了沉吟片刻，叹口气，说道：我知道你早有这种想法的。怎么说呢？好，现在不说了，等哪一天有了空闲再告诉你。你忙吧，我走了。石依蕙临出门又补上一句：慧天，我们刚才说的事可得放在上，我等你的回话哩。

石依蕙出了律师事务所，原要回石家院的，忽然想到时间还早，不如顺便到茜子美容美发厅去修修头发，这一阵头发也没顾得上去剪。好在石依茜的美容美发厅并不远，十来分钟就走到了。石依茜正坐在皮椅上与一位染发的女客聊天，见了石依蕙进来，忙说：姐，怎么上这儿来了，有事吗？石依蕙说：想修修头发，你看，都快长齐肩了。石依茜说：姐，不如做个发型吧，别那么老土了。我让巧玲给你做，做个飞浪式，配你的脸准漂亮透了。石依蕙说道：不做不做，做了我难得打理。还是照我原来的发型修剪就成。石依茜知道她姐的德性。她不喜欢把头发成天盘弄来盘弄去的。现在那拢型短发自然大方，很适合她的个性。所以就不再勉强。便让石依蕙在转椅上坐了，自己亲手给她修剪，再洗头吹风打了摩丝，弄下来就到十二点过钟了。石依蕙说回家吃饭。石依茜说道：姐，都十二点过了，走，我两姊妹吃罐罐鸡去。石依蕙说去就去吧，拿了手机给徐姨打了电话，说不回来吃午饭了让家里别等。跟着石依茜去了一家叫“风味特色罐罐鸡”的店子。那店子不大，但生意却十分好，十几张位子都坐满了人。她二人进去就见一对夫妻吃完起身要走，石依茜忙占了位子。服务员拿了单子过来问吃什么，石依茜要了两份罐罐鸡，两份沙锅焖饭，再点了几样小菜，转眼间菜饭就上来了。吃饭时石依茜问道：姐，你去夏哥那里了？石依蕙点点头说：去了。石依茜又问，把事都说了？石依蕙又点点头，说：说了。石依茜看她姐那样子不大想说话，也不问了。两人吃了出来，顺原路往回走。石依茜说：姐，刚才跟你说话怎么爱理不理的，是不是又听说什么不高兴的事了？石依蕙说：没有呀，刚才正在想个事，所以也没留心你问什么。石依茜问道：那你想什么了，精神那么集中？石依蕙就自言自语地说道：昨晚妈做了个梦，今天一早我还没出门她就对我说了。去到夏慧天那里又没有什么结果，我心里就……石依茜打断了石依蕙的话，问道：妈做了什么梦你说来听听。石依蕙就说：妈说她梦见石筑回家了，穿一身新衣裳，说是要到很远的地方去，心里也不想去的。妈就说那你别去，石筑说是学校让去的，不去也不行……正说着话就有两名公安把石筑带走了。吃饭时我忽然想起妈说的这个梦来，心里无端就惶惶不安。依茜，你说妈干吗做这种梦？妈说石筑出事那天她一清早就打碎了石竹花，还说依苹买了只公鸡进门就死了，后来石筑果然出了事。

按照常规的解梦法，一般都知道梦是反的。石二奶说梦见石筑回来，这怕是回不来的意思。又说石筑要到一个很远的地方去，自己却不想去，是别人逼着要去的，还穿了新衣裳。这梦一听来是个凶兆。人死了通常要穿新衣服，死去的地方自然是一个很远的不归路，石筑还说了本来不愿意去的，那是他不想死的意思。石依茜这么一想，心里不觉倒抽了口冷气，但她从来又不相信梦兆这一类迷信，便说道：姐，大约是妈太想石筑了，所以才做了这个梦。前几天我还用车送妈到看守所看了石筑的，哪一天我再带她去看看。石依蕙点点头说道：依茜，你那里忙，我先回去了。也不等石依茜说什么，就转身走了。

石依蕙回到石家院，正想去楼上房间睡午觉，石二奶大约是听见了石依蕙的声音，就从她房间里出来，手里拿着户口本，问道：蕙，你回来啦，我正要问问你，这户口本是咋回事，不是说拿去把筑筑的年龄改了么，怎么就又原封不动送回来了？

原来那天邓桦把户口本送回来以后，石依蕙也不想把没改成年龄的事告诉石二奶，就撂在书桌上。徐姨今天上午去石依蕙房里打扫卫生，看见户口本撂在那里，就想这东西要妥善保管的，怎么乱扔呢？于是拿了下来交给石二奶。偏偏石二奶心细，一看户口本上石筑的年龄并未改动，心里就犯疑了，所以便拿了户口本问石依蕙。石依蕙一时没准备，也不知怎么回答。想一想才说，妈，人家说了要换个新本，所以这旧的就拿回来了。石二奶说：往时换新本都把旧本收了的，从没见又往回拿，你去问问是咋回事。石依蕙只得把户口本接在手上，走了两步又停下来说：妈，是不是人家把本拿错了，我让石依茜问问去。也不想再与石二奶说什么，就上楼去了。背后却听石二奶说道：你们有什么事别总哄着我啊。

石依蕙听了，直感到一阵心酸。进到房间里忍不住抽泣起来，自个伏在床上哭了一阵，就睡着了。

30

石依苹正在屋里给棠棠洗脚，听见有敲门声，以为是耿林锋回来了，就说道：你自个没钥匙呀，敲什么门？外面没听答话，还只顾敲着，石依苹忙擦了手去开门，却见门口站着一个三十多岁的男人。石依苹问道：你找谁？那男人答道：我是张和民亲戚，找耿局长，这儿是耿局长家吗？石依苹听说是张和民亲戚，忙让他进屋，请他坐了，说道：耿林锋不在家，你有事吗？那男人支吾了半天，也没说出什么事。石依苹说：那你明天上民政局办公室找吧，他一时半会儿可能回不来的。那人就说也好也好，就把手头一个礼品袋放到茶几旁边，临出门时说道：大姐，要是耿局长回来请你告诉他我来过了，我姓刘，叫刘万顺。石依苹答应着把那人送走了，关了门忙着照料棠棠睡觉，也没注意。待她把棠棠安顿到床上睡了，回过头来收拾茶几，才发现旁边有个礼品袋。心里奇怪，就展开来看，礼品袋里装着两瓶茅台酒，两条中华烟。再伸手一摸，就摸出一个厚厚的信封，抽出来一看，却是一扎钱，估计有一万多。石依苹也没数，原封装好了。心里想道：你耿林锋才当上副局长没几天，就有人行贿来了。要是这官再当下去还怎么了得？又想着不如先将这些东西藏起来，待耿林锋回来以后再与他理论。

当天耿林锋回来很晚，石依苹睡着了，也没提这件事。第二天一早又忙送棠棠上学前班，耿林锋没问，石依苹也不提，就走了。到了下午六点多钟，耿林锋下班回来，石依苹正在厨房里做饭，就听耿林锋满屋子在找什么。石依苹心里明白他在找那礼品袋，也不吭气。过了一会，耿林锋探了头进来问道：依苹，昨晚张和民内弟送了个东西来，你撂哪儿去了？石依苹说：林锋，那钱和烟酒是怎么回事，你先说明白。耿林锋一听石依苹的话，就知道事情搞麻烦了。原来下午张和民给耿林锋打了电话，说刘万顺昨晚上他家去了，问送的东西收到没有？耿林锋说没有呀，今天也没听依苹说。于是下了班便回来找。殊不知东西都被石依苹藏起来了。现在石依苹要他说明白，耿林锋怎么说得明白呢！就扯了谎，说道：依苹，那是张和民内弟刘万顺找伍局长办事，他不便出面，就托我转交伍局长的。石依苹哪里肯信，接着又说道：张和民内弟托伍局长办事，他自己不会去伍局长家，干吗要过你的手？林锋，你说明白，是不是送给你的？当了局长没几天，就有人行贿到门上了，你行啊。耿林锋忙赔着笑，说道：依苹，我一个副局长，手头也没实权，人家干吗给我行贿。你快把东西拿来，我好给伍局长送去。石依苹说：林锋，别懵我了。你要不说实话，你信不信，明天我就把这钱和烟酒都交到纪委去。于是任耿林锋怎么解释，石依苹只顾切菜，不再理他。

耿林锋急得满头汗珠，心想再说也是白说了。他深知石依苹的脾气，今天这钱和烟酒的事说不明白，石依苹硬是会提到纪委去的。耿林锋只得开了门出来，到学校门口给张和民打手机。张和民一听他内弟把事情搞砸了，忙问林锋你在哪儿？耿林锋说我在学校门口，张和民说你等着我马上过来。

原来这一段时间耿林锋费了些力气，又打着石依蕙妹夫的牌子，总算让城建局的吴局长答应把修七寺山道的工程交给他了。但吴局长说了还是得让包工头做个工程预算，对照一下与原来的预算差距如何。耿林锋就与张和民找了他内弟刘万顺，把原来城建局做的预算底数告诉他，让他在原来的预算经费上下降两个百分点，少了一千多块钱。刘万顺做了个十八万四千伍佰元的预算，城建局一审核就通过了，刘万顺揽了工程，就按原先说好的百分之十回扣，给耿林锋一万七仟元，那烟酒算是礼品。昨晚刘万顺心急，也没事先打个招呼就送上门去，恰好耿林锋又不在家，就落到石依苹手里了。

耿林锋等了约摸十来分钟，只见一辆的士停在旁边，张和民与他内弟刘万顺从车上下来。刘万顺连声说耿局长对不起对不起。耿林锋沉着脸说道：

一件好事都让你办砸了，弄得我在老婆跟前下不了台……张和民忙站出来圆场，说道：林锋，我们站在这里说话也不方便，不如找个地方喝两杯，边吃边谈。耿林锋说：老兄，你看我急得一头的汗，哪有心思喝酒，还是让刘万顺去把那东西先取回来，免得我老婆真要交到纪委去，我可是吃不完兜着走哩。三人就找个僻静地方谋划一番，编了个谎言，让刘万顺去把礼品袋取回来。

刘万顺来到耿林锋家，进门就问：大姐，耿局长在家吗？石依苹正在摆饭，说道：刚才不是还在说话吗，又不知上哪儿去了。就又问道：你是张和民内弟吧，昨晚你送来那东西是给谁的？刘万顺忙说：那东西是我请耿局长转交给伍局长的。石依苹说道：你这话不对，送给伍局长的东西干吗要耿林锋转。你说实话，是不是送给耿林锋的？他给你们办了什么事？要说不明白，我把东西交纪委，你们上纪委要去。刘万顺忙分辩道：大姐你误会了。伍局长过去对我有恩，我是知恩图报，一点小意思，怕亲自送去伍局长不给面子，就托耿局长帮转个手。耿局长不在家，那我自个去找伍局长好了，大姐，请你把东西给我……正说着耿林锋就进来了， 进门见了刘万顺就骂道：刘万顺，你这家伙还是来了，要不我耿林锋跳到黄河也洗不清。东西你给我拿走，要送伍局长你自个没有腿，凭什么要我帮你转？石依苹听他二人这么一说，就有点迟疑了，便又问道：林锋，这些东西真的与你没关系？耿林锋拍着胸口说：依苹，你也不想想，要是我们真做了什么见不得天日的事，我会让他把东西住家里送吗？你放心好了，绝对没有我耿林锋的事……石依苹纵然不相信耿林锋的话，但又没有确实的证据。再说他二人这场戏倒是演得像模像样，石依苹也没看出什么破绽来，就只好把那礼品袋找出来，还给刘万顺。

刘万顺一走，耿林锋心里像掉下块大石头。

吃罢晚饭，耿林锋说是到办公室加班搞个文件，就出门了。先前三人就约好了的，晚上八点钟张和民与刘万顺在三味茶园等耿林锋。耿林锋到了三味茶园，在包厢里坐了，三人不免又谈到刚才刘万顺去取礼品袋那件事。耿林锋笑道：万顺老弟，你今天要真取不回那包东西，可是要把我坑了。往后做什么事都得动个脑筋，别糊糊涂涂惹出大祸来都不知道。刘万顺忙说道：耿局长放心，往后再不会做这种事了。张和民说：等工程开工了，有什么事先给耿局长打个招呼。耿林锋虽说拿了回扣，但对工程质量问题不敢掉以轻心，说道：万顺，这条路虽是我爱人的姐捐资修的，但工程是骆市长亲自抓，你可马虎不得。我把话讲在前面了。要是工程质量不合格，上面追究起来，我可不承认拿了回扣的。刘万顺就一再保证工程质量绝对不会有问题，说今后我还要靠你耿局长找活干哩，请多关照，说罢就将那个礼品袋递到耿林锋面前。耿林锋也不看那烟和酒，就把信封拆开，抽出钱来数了，果然是一万八千元的回扣款，一分不差。把钱收好了，便面带难色，说道：二位，这笔回扣按说我是可以不要的，都是朋友嘛。只是我目前有个特殊情况，急需用钱，所以就想再借点……张和民说：林锋，有什么难处你只管说，只要能帮忙的，我们一定尽力。耿林锋就把原来在家里拿了五万块钱，说是给苗时忠的，让他帮忙办石筑的案子。可老那家伙油盐不进，硬是不肯收。耿林锋说钱在我手上捏不住，东花一点西用一点就把三万多块钱拉扯用了。眼下苗时忠不在检察院，那五万块钱总得有个交代。现在算下来也还差两万块钱，就想给刘万顺再借两万，刘万顺听了二话没说，答应明天取了钱送到耿林锋办公室去。

刘万顺没有食言，第二天早上取了钱就送到耿林锋的办公室去了。耿林锋写了张两万元的借据给刘万顺，说是过一阵就还的，刘万顺点着头就走了。

耿林锋好歹总算把五万块钱凑足，下午上班前就顺便去石家院。石依蕙正在客厅里与石二奶说话，耿林锋进门就说：姐，我找你有点事，上楼谈吧。到了楼上房间，耿林锋一脸为难地看着石依蕙，说道：姐，苗检察长昨天找我了，说他已经调动工作，没法再帮我们，所以就把五万块钱退回来了。说罢就打开手里那个鼓囊囊的公文包，取出几叠钱摆到桌上。

石依蕙看着那一扎扎钱，心里就不是滋味。原来只说苗时忠收了钱，案子到检察院好歹总算有个人撑着。现在哩，钱退回来这一点希望就破灭了。其实对于耿林锋与苗时忠的这次交道，石依蕙心里总不踏实，甚至还要打个问号。钱拿去两三个月，苗时忠的影儿都没见着。让耿林锋去问呢，一直也没个肯定的回答。后来说是请吃饭，让耿林锋去传话，再也没听下文。那天听夏慧天说苗时忠是位原则性很强的政法干部绝不会干徇私枉法的事。心里就想苗时忠开口便要五万怕不大可能了。那么耿林锋把这笔钱拿去干什么了呢？石依蕙猜想当时钱或许就没有到苗时忠手上，只不过是耿林锋借了苗时忠的名把钱拿去用了，现在追得紧，才又把钱退回来罢了。既退回来，石依蕙也不想再追究，便说道：林锋，往后你办事可得稳当些，别像小孩子玩游戏，你知道这是关系到石筑一条命的事，搞了几个月怎么就弄成这个样子？耿林锋还想解释什么，石依蕙让他别说了，说你该上班了快去吧。

耿林锋走了，石依蕙再也忍不住，正想给夏慧天拨电话，手机突然响了，一看号码是夏慧天的，忙翻开盖接了。没等夏慧天说话，石依蕙便说道：慧天，怎么才来电话，这两天等得人心都快跳出来了。夏慧天说：依蕙，我知道你急，别说那么多了，你晚上约了依茜在石家院等我，我八点钟过来。石依蕙还想问什么，夏慧天说见面再详谈，便把电话挂了。

石依蕙接着又忙给石依茜挂了电话，让她八点前回石家院来，说是夏慧天约的，可能有重要的事。

石依茜听说有事，没到八点就赶回石家院来了。一家人正在吃饭，问她吃饭没有，石依茜说在外面吃了。石二奶见她那样子，便问是不是有什么事？石依茜说没有。石依蕙说你上楼等我，石二奶又疑了心，再问道：没有事你们躲躲闪闪干什么？石依蕙只得说夏律师要来问些情况。

八点钟夏慧天准时到了。石依蕙给他泡了茶，大家各自坐了，只等夏慧天说话。夏慧天也不开口，就端了茶杯在手里摇晃着，看那茶叶一片片在玻璃杯里沉浮。石依蕙沉不住气了，就问道：慧天，你说有事，来了怎么不说话。夏慧天也不急于回答，先喝了茶，轻轻把茶杯放了，才一字一句地说道：我想了几天，想来想去，现在只有一个办法可以救石筑，作伪证。石依蕙和石依茜一时没听明白夏慧天的话，就瞪了眼睛看着他。夏慧天继续说道：这个伪证只有一个人可以办到，如果她敢作伪证，这个案子的结果比我们前一阵所有的努力都要好得多，只是不知道她愿不愿意这么做？石依茜问道：夏哥，你说这个人是不是柯小芽？夏慧天点点头，说道：现在能让石筑免于死刑的人，只有柯小芽了。

自从那天石依蕙去律师事务所以后，夏慧天就一直把精力放在石筑的案子上。他去公安局查阅了所有证人的证词，也看了公安预审石筑时石筑的供状，企图找到一点蛛丝马迹来为石筑开脱罪责。但看完所有的证词和材料后他失望了，夏慧天找不到任何有利于石筑的依据。当他再次查阅柯小芽的证词时，脑子里忽然出现了一个念头，倘若柯小芽与石筑那晚上一起去找赵兵，倘若她证明是赵兵先拔出刀子要杀石筑，而石筑在迫不得已的情况下才自卫还击，与赵兵夺刀时误将对方杀死……而这一切柯小芽都亲眼目睹，并且可以挺身作证，那么，整个案子将急转直下，变得对石筑有利。这样想过以后，夏慧天到铁路家属区宿舍，也就是案情发生的实地察看了现场。那个地方距离赵兵家一百多米，是个拐弯处，两边都是围墙，灯光是从远处射来的，极暗。这种情况下一般是不会有人在案发现场的，这样就为柯小芽的伪证提供了可信的依据。

石依蕙听夏慧天说让柯小芽作伪证。但这伪证怎么作呢？柯小芽有什么理由作这个伪证而且在法律上又成立呢？她一时没明白，于是问道：慧天，你还是把事情说明白，柯小芽说什么，法官为什么相信她的话？

夏慧天说道：我们先来分析一下案件发生的经过。那天唯一与石筑在一起，吃饭时引起事端时在场的只有柯小芽。我们去柯小芽家问她时，她说石筑与赵兵吃饭时发生冲突后他们就走了，这就证明所有的人包括赵兵的同学都看见他们一起走的。柯小芽说后来他们就分手了，但柯小芽与石筑分手时并没有人看见。而石筑杀赵兵时也没有目击证人，那就是说当时只有石筑与赵兵两个当事人。如果我们设想柯小芽与石筑从饭店出来并没有分手，两个人一直在一起。就算石筑想教训赵兵，也只不过揍他一顿罢了，并没想到要置他于死地。可就在石筑与赵兵发生斗殴时，赵兵首先拔出刀子要杀石筑，石筑为了自卫，夺过刀反击时误杀了赵兵，整个事件发生的过程柯小芽全部看见。如果她愿意作这个伪证，石筑从行凶杀人变成自卫还击误伤人命，性质就变了。按照《中华人民共和国刑法》第二十条："正当防卫明显超过必要限度造成重大损害的，应当负刑事责任，但是应当减轻或免除处罚。"的解释，我再在辩护词上下点功夫，这样法院量刑时绝不会判重刑的。

石依蕙听到这里，就有一种绝处逢生的感觉，眼里禁不住闪出几滴热泪。便问道：慧天，你这样一说，我心里就轻松多了，这几日总像有座山压在胸口上，都快把人憋死了。但有一个问题，柯小芽原来已给公安局作了证词，现在要推翻容易吗？石依茜没等夏慧天回答，接口说道：姐，公安局那边你放心，现在是邓桦在办案，把情况给他说了，让他找柯小芽再做一次证词就行了。夏慧天说：依茜去找邓桦估计没问题。除了柯小芽作一个伪证，石筑的供词也要重来。他们两个人的口径要统一，中间不能有漏洞，案发现场我去看过了，那地方很背僻静，光线也暗，当时肯定没人看见。再说，现在一直没找到凶器，估计石筑从火车上丢到荒野里了，这些对柯小芽作伪证都很有利……我现在就担心柯小芽敢不敢做了。

大家又商量了一阵，最后决定还是由石依蕙和石依茜出面去找柯小芽，给她做做工作，主要让她救石筑一命。从这个意义上说，当初柯小芽与石筑谈朋友，想来她会同意的，而且这件事绝不能让柯小芽父母知道。至于公安那边，明天石依茜去找邓桦，让他把石筑的供词和柯小芽的证词全部毁了。夏慧天再为他们草拟一份新的供词和证词，把时间地点以及经过都尽量一致起来，只要做得万无一失，假的就是真的了。

31

从石家院出来以后，石依茜开车送夏慧天去学校接婷婷，然后掉了车头直奔绿野山庄。

今晚石依茜与骆力铭原来有个约会的。骆力铭是中午就跟石依茜打了手机，说他在绿野山庄买了一套房，具体位置是A栋二单元四楼，让石依茜去帮他参谋参谋。石依茜问几点钟去，骆力铭说九点钟左右吧，可没想到后来石依蕙又来电话，说八点钟让她回石家院有急事。石依茜心想夏慧天来了谈案子的事可能一时两时也走不开，又忙给骆力铭去了电话，扯个谎说要十点钟才能到。骆力铭说晚一点没关系，他正好临时有一个应酬，也差不多要那个时候才能去的。所以石依茜迫不及待赶到绿野山庄时，差几分钟就十点了。

绿野山庄是新开发的住宅小区，依山傍水，交通方便。整个小区前临一湾碧流，后靠市里的一片林木场，山上常年绿树成阴，郁郁葱葱，是个环境十分幽静的好住处。因目前小区的开发尚未结束，花园以及配套设施正在逐步完善，许多路灯也未及安装，恰恰是这样的环境，更适合骆力铭这些有点身份的人出没。

石依茜把车停了，直接上到四楼。刚到门口，门却开了，骆力铭伸出半个脑袋向她示意，石依茜也不声张，闪身进去。骆力铭随手便把门关上了。

屋子里没有开灯，石依茜仿佛觉得好像掉进了一个黑洞里。窗帘布是拉上的，一点淡淡的光穿过布帘子透进来，隐隐约约看见骆力铭的影子，再就是他身后模模糊糊的家具和摆设。骆力铭问道：依茜，看见我了吗？石依茜说：看得见一点儿。这时骆力铭已经走到石依茜面前，面对面站着了。石依茜已经感觉到他呼吸里那股浓烈的酒味，感觉到他眼镜片的闪光在阴影里晃动。接下来骆力铭的一双手已经抚在石依茜的脸颊上，轻轻地摩挲着……然后那双手渐渐从石依茜的脸上滑到肩上，顺着两臂慢慢向下移动，突然一下就将石依茜搂住了，紧接着就是一阵狂吻……

石依茜曾经有个两次恋爱的经历。与第一个男朋友恋爱了两年，后来男朋友去了深圳，再后来他们就分手了。与第二个男朋友恋爱甚至同居了半年，结果也弄得不欢而散。现在哩，现在与骆力铭算什么呢？当然不是恋爱，说准确一点倒不如说是游戏，与一个权力在握的男人玩一种权色交易的游戏，这种游戏充满了冒险、刺激和欲望。石依茜明白骆力铭不会真心地爱她，即使爱她也不可能为她舍弃现有的权力和家庭。当然石依茜也不会爱骆力铭，但她爱他眼下握有的那份权力。权力是当今社会的无价之宝，是取之不尽用之不竭的财富，相当于古希腊神话中潘多拉的百宝箱，石依茜是这么想的。

骆力铭的手松开了，灯也亮了。石依茜看见自己站在一间宽大的客厅里，整个客厅华光四溢，异彩纷呈。高档的装饰材料与精巧的设计使这间客厅充满了异国情调，几根白石膏罗马柱与哥特式的门窗边框尤为醒目，强化地板上铺了纯毛地毯，一套乳白色的意大利真皮沙发搁置在客厅中央，紧靠墙壁的音响柜上是一台宽屏彩电和全套音响设备。客厅连接餐厅中间是一个情调十分温馨的家庭吧台。骆力铭带着石依茜欣赏了客厅，又牵着她去看卧室、书房、餐厅、卫生间。所有房间的装饰新颖别致，华贵典雅，十分气派了。

二人回到客厅，在吧台边坐了。骆力铭冲了两杯咖啡，一边轻轻搅动着杯里的咖啡，一边就问道：依茜，你觉得如何？石依茜没明白骆力铭是说咖啡如何呢还是屋子如何？就睁了一双眼睛脉脉含情地看着他。骆力铭就说：依茜，我问你这套住房如何？石依茜就笑道：当然好啦，只是没福气享受罢了。骆力铭就伸了手在石依茜脸上摸着，说道：美人儿，这房子是你的了，你尽可以享受。石依茜故作惊讶状，问道：力铭，你说这房子属于我？骆力铭搂住石依茜的肩，说道：准确地说，应该属于我们，我和你。石依茜就笑了，嗔声说道：你真坏……顺势就倒在骆力铭怀里。

如果没有杜秋芸的老公习锦宏棒打了一对野鸳鸯，今晚睡在这套豪华住宅里的女人就不是石依茜而是杜秋芸了。

这套住宅是绿野山庄的开发商为感谢骆市长帮助征地拆迁而送给他的回报。当时骆力铭与杜秋芸正情深意浓如胶似漆，却苦于没有一个称心满意的幽会场所，即使习锦宏长期不在家但骆力铭出入多了也有所不便。其时绿野山庄A幢楼已竣工，骆力铭稍作暗示，开发商就留下一套住宅并请了省城装修公司进行设计装修。殊不知装修工程还未结束就发生了习锦宏捉奸的那一幕。

这一晚，石依茜与骆力铭是在绿野山庄这套新居度过的。当骆力铭与石依茜颠鸾倒凤一番销魂之后，搂住她说这套新居是专为石依茜买的，眼下还没有办产权证。骆力铭说已经用石依茜的名义付了款，让她随时拿身份证去售楼部办手续。石依茜听了就把头偎在骆力铭胸口上，说道：力铭，那今后我要你常来这里陪我。骆力铭答道：我当然要来的，但我是人在江湖身不由己，可没有你那么自由。石依茜娇嗔地在骆力铭怀里拱着，说道：你不来我一个人住这么大的房间干什么。你要来，你一定要来，每晚都来……骆力铭忙把石依茜搂紧了，说道：美人儿，我恨不得天天晚上陪着你哩……石依茜就做出哼哼唧唧的样子，说道：那你……现在就来……我还要……你来嘛……骆力铭翻了身伏到石依茜身上，那玩意却蔫巴巴起不来。石依茜在下面不住地哼着，骆力铭越急就越不行，弄了十多分钟一直折腾得满头大汗还是无能为力。就连声说累了累了，一头伏在石依茜身上直喘粗气。石依茜就讪笑道：还说你是猛男哩，刚才那一阵还像样，现在就蔫了。骆力铭说：都他妈那酒害人，整日里陪这个陪那个……说着说着已爬在石依茜身上睡着了。

第二天清早骆力铭来了精力，又搂着石依茜玩了一回。骆力铭说要学外国人的玩法，让石依茜骑在他身上。石依茜上去了，突然就想起那天在酒楼大伙开她的玩笑，说她拍马屁还找不到马屁股。石依茜就自个笑了，心想现在不是找到马屁股的问题，而是骑在马身上了。完了，骆力铭才下床到卫生间洗漱一番，说是要去上班，把门钥匙撂在床头柜上，匆匆走了。

石依茜又睡了一觉，迷迷糊糊听手机响。一接听是石依蕙打来的，问依茜你在哪里？石依茜忙答道我在茶楼。就问有什么事？石依蕙说昨晚不是说好今天一早去找邓桦吗？你怎么忘了。石依茜这才想起去找邓桦的事，

就回话说姐我没忘我记得的……石依蕙说那你先到石家院来，还有话跟你说。便把电话挂了。

石依茜忙翻身起床，到卫生间洗了澡，从坤包里取了化妆盒描了眉，涂了唇膏再抹了点粉，把卧室收拾一下才出门下楼，临出门把那房门钥匙小心地揣好了。

石依茜开车来到石家院，石依蕙正在楼上等她。石依茜问道：姐，你还有什么事要说？石依蕙答道：你不是要去找邓桦吗，听说一起办案的还有两个公安，我们总不能没有点表示吧。石依茜说道：对的对的，还有罗丽和小马，他二人都是邓桦的手下，分管这个案子的。石依蕙说：昨天耿林锋把送苗时忠的五万块钱拿回来了，我搁在柜子里。你全部交给邓桦，下面的人该给多少他自己处理。

石依茜听说苗时忠把五万块钱退回来了，心里就觉得有点蹊跷。说道：姐，锋哥交的什么朋友，自己伸手要钱，说是帮忙，现在什么忙也没帮上，人也不来见面，干吗又把钱退了？我看这里面肯定有鬼。石依蕙说：依茜，你也别在林锋面前提这件事，我们心里明白就行了。石依茜脸上露出不屑的表情，说道：耿林锋这个人哪，还把我们当三岁娃儿来哄哩。石依茜说罢就去打开衣柜，找个袋子把五万块钱装了，临走时又问道：姐，我们什么时候去找柯小芽？石依蕙说：你听了邓桦的口气再说吧。

石依茜来到茶楼，上午照例是没有客人的，吴姐也还没来，只有个值班守夜的棒子正在打扫卫生。棒子见了石依茜，说道：老板，这么早来了，有事吗？石依茜说：棒子，你先去楼上收拾个房间，等会我有客人要来谈事。棒子应声去了。石依茜就打邓桦的手机，手机接通了。石依茜问道：邓哥，你现在在哪儿，忙吗？邓桦那头答道：我在办公室，也不怎么忙。依茜，有什么事你说。石依茜说：电话里不方便说话，邓哥，你要有空就到茶楼来，有点急事想找你商量。邓桦说：那好，你等着，我马上就过来。

棒子已把房间收拾干净，用电壶烧了开水。石依茜泡好茶，邓桦就上楼来了，进门就问什么事这样急？石依茜说：你先坐了，有个事要找你商量。说罢就给邓桦倒茶，在他对面坐下，说道：邓哥，我侄子的事让你费了不少

心，真不好意思。但这次没有你又不行……石依茜就照着夏慧天说的话，把为什么只能让柯小芽作伪证才能挽救石筑一命，柯小芽作伪证的依据是什么等等向邓桦说了。邓桦听罢点点头，说道：这主意不错，是谁想出来的？石依茜当然不可能把夏慧天兜出来，那样做万一泄出去了人家律师这碗饭还能吃嘛，再说夏慧天也算有头有脸的人物，不能因为这件事毁了他的名声，于是扯了谎说道：你把我们石家人数一遍，这主意除了我石依茜还有谁能想得出？邓桦就笑了，说道：你早把这主意说出来了，也免得那一阵子瞎忙。石依茜说：我也是急慌了，才逼出来的。邓哥，具体操作的事都拜托你了，你看怎么办？邓桦说：这个事首先得给金局汇报，金局一直是很乐意帮你们的，至少要让他知道。再就是石筑的口供和柯小芽的证词，现在都还存在案卷里，案卷在我手头，取出来销毁就行了。下一步到看守所重新提审石筑，这事我来完成。至于柯小芽那里……邓桦说到柯小芽时忍不住就有点愧疚，继而说道：依茜，你知道我是没脸去见那姑娘的。原来她的证词都是由罗丽和马小明记录的，所以哩，还得他二人出面……石依茜说道：邓哥，就按你说的办。金局那里请你先去汇报了，过些天我再到他家去。另外，罗丽和马小明，我们也想表示点意思……说罢就把装钱的袋子搭到茶几上。又说：这里是五万，我姐的意思是请你转给他们，给多少你定。如若不够，我下午再去取。邓桦说：哪要这么多，每人给二万就顶天了。石依茜说：那余下的一万你留着花，去给宋姐买两件好衣服，你成天在外面跑，宋姐管家管孩子也挺辛苦的。邓桦说：拿了你们这么多，我都过意不去了。这样吧，这一万块算我收了。依茜，你帮忙转给柯小芽怎么样……说罢就从袋子里取了一万块出来。石依茜说：邓哥，柯小芽那件事都怪我们没处理好，你也不要总挂在心上，再说，要资助柯小芽，也由我们石家去出面，你就不管了。说罢又把钱装回袋子里。二人又说了些事，邓桦才起身拎着装钱的袋子走了。临走时又说道：依茜，我这边回去就安排，你们抓紧给石筑和柯小芽说好了，通知一声，我们随时去办。

下午石依茜回到石家院，把与邓桦的谈话对石依蕙说了。石依蕙听罢就想这件事总算有个六七成把握了的。如若要做得稳当一点，不如先去看守所把情况给石筑讲了，再安排柯小芽与石筑见一面。作伪证的事由石筑向柯小芽提出来，想必柯小芽就不会拒绝了。

石依蕙把她的想法告诉了石依茜，石依茜说：姐，你说这样安排最好。

石依蕙说：好是好了，就又得去找周所长，人家已经够帮忙的了。石依茜说：姐，你放心，周所长那人好说话，明天我先揣一万给他送去，反正今后找他的机会还多哩。

第二天石依茜果然去找了周怀忠，顺便送了礼很顺利地把事情安排妥了。周怀忠就说在当天下午吃过晚饭以后，他把石筑带到审讯室来，让他们在那里见面。至于谈什么事，周怀忠没问，石依茜就不说了。

到了下午六点钟，石依茜开车与石依蕙来到看守所。周怀忠把她二人领到审讯室，开了门，石筑已坐在那里等候。周怀忠说：你们谈吧，我在外面走走，一个小时再回来。说着就把门反锁上了。

石筑看上去精神状态还不错。喊了大姑三姑，就摸出烟来抽，说是大牢里不抽烟日子真难熬，胖胖的脸就笑了，仍然是一副大大咧咧无所谓的样子。石依蕙心想我们在外面都为他急死了，他倒悠然自得，好像头顶上的天真有人撑着不会塌下来。

扯了两句闲话，石依蕙就把来的目的向石筑讲了。说是各方面的工作都做好了，只要柯小芽作个假证词，这个案子就会逢凶化吉峰回路转。石筑一听要柯小芽作伪证，就连声说道：不行不行，我个人做事个人当，怎么能连累柯小芽呢？万一把人家扯进案子里来，不是要害她了吗？石依茜说道：筑筑，你知道我们在外边为你东奔西走四处求人，现在工作都做得差不多？柯小芽作个假证词，就一口咬定看见赵兵先拔了刀杀你的，当时又没旁边人看见，怎么会害她呢？石依蕙近乎是在哀求了，说道：筑筑，你要听姑的话啊，姑为你的事心都焦烂了……说着就忍不住流下眼泪。石筑也不管她二人苦口婆心地开导，横竖就是不干，说道：姑，你们别说了，我一人做事一人担，死了也绝不连累柯小芽，我不能害她……

二人再怎么说也没用，石筑就是不听。

回家的路上，两个当姑姑的简直伤透了心。一切事情安排得妥妥当当的，只说是为了救他的命，万没想到这小冤家要充梁山好汉侠肝义胆，就只没说出二十年后又是一条汉子这样愚昧无知的话了。

石依茜一边开车一边骂，说这小兔崽子不知好歹，别人在外面为他求爹爹告奶奶又是送钱又是请吃，忙乎了几个月只为救他一命，他那里全不当回事还活得新鲜哩，末了说道：姐，筑筑这事我不管了，要管你去管，我看他是活得不耐烦了，枪毙活该！说罢就使劲把车喇叭压得嘀嘀直响，弄得沿路上的人都掉过头来看，大约是怀疑这开车的人有毛病吧。

石依蕙一句话也没说，她只是想哭，想找个地方，找个人狠狠大哭一场。她觉得心里有一堆炸药憋着都快爆炸了。

车进了城，石依茜问道：姐，你去哪里？我送你回家吧。石依蕙摇摇头，说：不回家，到你茶楼去。石依茜就把车开到茶楼，心想她姐肯定又要找夏慧天来说什么了，横竖懒得再管。车到茶楼门口停住，石依蕙下了车，石依茜就隔着车窗对站门的服务小姐说：兰兰，你去让吴姐给我姐安排个房间，把小点送上去。说完也不跟石依蕙打招呼，就开车走了。

32

吴姐领石依蕙进了二楼包房，让服务小姐送上茶水小点，就掩上门出去了。

石依蕙独自坐在沙发上，怔了半晌，才掏出手机给夏慧天打电话。夏慧天那头接了，问道：依蕙，是你吗？怎么不说话啊……石依蕙拿着手机半晌没吭气。夏慧天那头急了，忙问道：依蕙，你在哪里，说话呀……石依蕙这才开口说道：慧天，我……在依茜的茶楼，你能来吗？夏慧天说我来我来……就把手机收了。大约十来分钟，夏慧天急匆匆就闯了进来。一看石依蕙双手捂了脸坐在沙发上，忙俯身坐到她旁边正要问话。石依蕙却掉转身一头伏在夏慧天胸前哭了，那哭声显得十分悲痛，泪水如泉涌似的浸湿了夏慧天的衬衣……夏慧天被石依蕙的举动惊得不知所措，就连声安慰道：依蕙，你别哭，别哭了，有什么事慢慢说……石依蕙却像没听见。夏慧天这里越是安慰，石依蕙那里越是哭得伤心。夏慧天无奈，也不劝了，就抚着石依蕙的头，说道：哭吧，你哭吧，不论发生了什么事，哭能让你轻松，哭能释放你的伤痛你就狠狠哭吧。夏慧天说罢，石依蕙反倒不哭了，就抽泣着说道：慧天，我前世作什么孽了，要讨了这份罪来受，你说我为了什么？为了我们石家不断后，为了我妈……我为这些干什么……夏慧天这才扶起石依蕙，让她坐好了，扯了纸巾帮她拭去满脸的泪。说道：依蕙，究竟发生了什么事？你刚哭成那样子把我魂都吓掉了。石依蕙这时就一双眼睛泪光莹莹地看着夏慧天，伸了手去摸他的衬衣，那衬衣前襟已经湿透了，一大片的泪痕。

石依蕙突然动情地说道：慧天，有你真好，要不，今天晚上我会憋死的……

夏慧天轻轻抚着石依蕙的脸，坦诚地说：依蕙，不管什么时候，只要你说一声，我都会随时来到你身边，请你相信，我不哄你的。

石依蕙就温柔地点点头，说道：慧天，我相信你的话，你是活菩萨显了灵来帮助我的，有了你，我就不再孤苦无援束手无策，所以刚才我才给你打电话。

夏慧天说：依蕙，究竟发生了什么事？

石依蕙这才把下午去看守所与石筑谈话的经过向夏慧天说了。还说石依茜回来后发了脾气，说从今以后再不管石筑的事。

夏慧天听了就叹道：唉，你那小侄也真太不懂事了，犯了人命大案，一家人在设法救他，他倒满不在乎把生命当了儿戏。依蕙，别说依茜听了发脾气，你听了只顾哭。我听了都想狠狠揍他一顿哩。世上哪有这么不谙事理的人，都二十岁了也不再是孩子……

女人的痛苦是一团还未蒸发的面疙瘩，你得去抚慰她，加进她需要的发酵剂，让她自然发酵成为面包。夏慧天懂得石依蕙最需要的是对她此刻心情的理解，让她的痛苦像面疙瘩一样发酵释放。所以就顺着石依蕙的心情去开导她。果然，经夏慧天一说，石依蕙渐渐平静下来，心里有了一种如释重负的感觉。于是就期待地看着夏慧天，说道：慧天，你想想我们这一家人，母亲年老了，哥哥病了，嫂和依苹又是本分人，管不得事的。现在连依茜也使了脾气，我要不管，真的就没人管了。要管哩，那分明是找些气来受，你说我怎么办？夏慧天说道：依蕙，今天去找石筑谈柯小芽作证的事，本不该你和依茜去的。石依蕙问道：那该谁去呢？总不能我妈去吧。夏慧天说：你妈去了也没用，要石筑他妈去。你想想，你们再怎么对石筑好，毕竟是姑姑，没有骨内之情嘛。如果石筑她妈去就不同了，母子俩一见面，说到生离死别，那种伤痛就是一般人想象不出的。这个时候当母亲的为了救儿子，出什么主意叫怎么办，石筑还会不答应吗？石依蕙一听就点头笑了，说道：早知道这样，就先请教你了，也免得我今天怄一场气。

石依蕙靠在夏慧天肩上，无限感慨地说道：慧天，现在满社会都在说钱不是万能的，但没有钱是万万不能的。但我就想，即使我有再多的钱，能用它买到我们这一段刻骨铭心的感情吗？我结婚的时候太年轻，什么都不懂，稀里糊涂就嫁给了金满。金满对我的宠爱也只是物质上的，应有尽有。可在精神上我一直是空荡荡的，从来没有像爱你这样的感觉去爱过金满，直到我和他离婚。而你，一下子就打开了我积郁许久的火山，我突然觉得自己爆发了，感情像溶浆一样喷射出来……慧天，你一定在笑话我，都快四十岁的女人，还说这些只有青春少女们才说的缠绵……

说着石依蕙情不自禁就热泪盈眶了。夏慧天惊问道：依蕙，你又哭了……石依蕙挂着泪珠的脸闪出一个浅浅的笑容，说道：是吗？我高兴哩，高兴了也会流泪的……

这一晚石依蕙睡了个好觉。好些日子没睡得这样香甜了，直到快九点才起床。

石依蕙漱洗完了下楼来，正好郭志凤今天休息。石依蕙附在郭志凤耳边轻声说：嫂，等会你和哥到我房间里来，有事跟你们说。便出门吃了早餐回来，郭志凤与石依宝已在楼上等她。石依蕙把昨天与石依茜去看守所的事说了。石依宝一听又是跺脚又是拍桌子，说石家怎么生了这样一个孽子，真是家门不幸祸害无穷。郭志凤就伤心地哭了，说前世欠了他的什么债，这一世要来讨还的么……石依蕙就说道：哥，嫂，你们也别只顾伤心发脾气了，现在还等着办正事哩。嫂，这回要你亲自去一趟看守所，与石筑谈好，只要他答应，我们就安排柯小芽与他见面。若是他再使性子，我这当姑的算尽了心，也没有别的办法救他了。郭志凤流着泪说：大姑，我就照你的办法去给筑筑说。他真要耍那牛劲，你们不管，我也不管了，就让石家断了香火吧。石依宝气得脸青一阵红一阵，也不说什么，就又去看窗外的天。天色却阴沉沉的怕是要下雨了。

石依蕙与郭志凤说好了，就给石依茜打电话，说是再让嫂去看守所找石筑谈一次，让她联系周所长。石依茜那头赌气说：我是不管了的，找谁你们自己去找……石依蕙就耐着性子劝道：依茜，你不看僧面看佛面，妈她老人家这么一把年纪了，就心疼这个孙子，我们就当尽孝心吧……石依蕙好说歹说，石依茜才开了车到石家院来，又给周怀忠挂了电话。周怀忠在电话里答道：你们现在就来吧，我在办公室里等着。

三人立即上了车，直奔看守所。见了面，周怀忠说：还是到审讯室去吧，那地方说话保险。石依茜说：周所长，我和姐不去，就我嫂自个去，又麻烦你了。郭志凤临要走，石依蕙又再三嘱咐，说一定要给石筑说好，这事再办不成就没法了。郭志凤抹着泪连声说我明白我明白的……

周怀忠领着郭志凤走了，石依蕙和石依茜回到车上。石依茜问道：姐，昨晚夏哥来了？石依蕙答道：来了。我把去找石筑的事告诉他，他也气炸了，说恨不得揍石筑一顿。石依茜就笑道：他那样子文质彬彬能揍谁，说说让你消气罢了。石依蕙又说：让嫂去找石筑，倒是慧天出的主意。要不是他来，我昨晚气昏了头，也不知怎么办了。石依茜说：姐，你倒好，恼了烦了，没办法了还有夏哥陪着。你这边“山重水复疑无路”了，他那里又给你指个“柳暗花明又一村”。有个男人还是不一样，尤其像夏哥这样知书达理真诚可靠的男人，那就更不一样了……石依蕙拧了石依茜的手臂，说道：慧天怎么是我的男人，你又胡说八道嚼舌头。石依茜笑了笑，说：我看你们俩这阵势，谁也离不开谁了，迟早有一天他准是你男人的。姐，我要是你，早叫夏哥把他女人蹬了，你俩郎才女貌天作之合，才是般配的一对。石依蕙就做出生气的样子，说道：依茜，再不许你这样说的，让我去拆了别人的家庭，就算和他结了婚，一辈子心里也不得安宁的……石依茜就哈哈大笑了，说道：都什么年代了，我的姐耶。你莫不是从古书里走出来的女子，开口闭口就三从四德什么的……古书里都还有个潘金莲哩，敢于追求婚姻自由，不愿跟那又丑又矮的武大郎受苦，宁肯去跟西门庆作妾做小……石依蕙打断了石依茜的话，说道：不听了不听了。你上哪儿找些诲淫诲盗的书来看了，尽说些不三不四的话。就闭了眼养神，不再说话。

两姊妹都闭了眼在车坐椅上躺着，突然听见敲打车门的声音，石依蕙睁开眼看见郭志凤回来了，忙开车门。郭志凤刚钻进来坐了，石依蕙就急不可耐地问道：嫂，说好了吗？郭志凤答道：说好了。筑筑说他不好意思当着柯小芽的面说这个事，就写了张条让你们带给柯小芽。说着从包里摸出张折了的纸条递给石依蕙。石依蕙忙打开看了，是石筑写给柯小芽的一封信。信的内容大致是请柯小芽按他姑姑的意思，去公安局作一个证明材料。最后还写一段很动情的话，大意是今后如果能活下来，一定报答她的救命之恩，祝她考上大学云云。

石依蕙看得一脸的喜色，把条子递给石依茜了，就激动地搂住郭志凤说：嫂，这下筑筑有希望了，有希望了……郭志凤就把去见石筑的情况简单说了。石依茜笑着叹了口气，说道：人世间还是母子情深啊……说罢便发动车，回石家院了。路上，石依蕙给夏慧天打了手机，告诉他事情办好了。

第二天下午石依茜开了车与石依蕙去柯小芽家。进门一看，柯小芽她妈病恹恹地坐在屋里贴农药瓶子。石依蕙就问道：大嫂，小芽姑娘在家吗？柯小芽她妈抬起头，见是上次来找小芽的两位阿姨，就起身要让座，看看又没的有坐的地方，便要去拿凳子。石依蕙忙拦住说别拿了我们找小芽姑娘有点事马上就走。柯小芽她妈说小芽不在家，到城里给人家当营业员卖衣服去了。石依茜说道：大嫂，小芽姑娘不是要考大学么，怎么又去当营业员了？柯小芽她妈就叹了口气，说道：这孩子成绩好，是要读书的，可眼下这家境，供小芽她哥一个人上大学就紧巴巴的了。上次不说还借你两千块钱，给她哥哥的，前几天小芽她爸跟我一商量，说是再怎么紧手也供不起小芽念大学了，让她死了这条心。小芽知道后哭了一夜，第二天就上城里找事干，说是给人家卖服装当售货员。石依茜听罢转了身拉着石依蕙就要走，石依蕙说你忙什么？城里那么多服装店你上哪里找去。就问柯小芽她妈是在哪一家服装店？柯小芽她妈说也不知道，只听说是卖什么牛仔服的。石依蕙说了声谢谢就与石依茜开车回到城里。城里有三家牛仔服装专卖店，她们就决定一家家去找。找一家西部牛仔城没有，接着就去星力大厦的东方牛仔长廊。石依茜找地方停了车，二人刚走进商场大厅，就看见柯小芽正在给一位女顾客说生意。石依茜上去二话没说一把拉过柯小芽往外走。老板坐在收银台前抽烟，一看是认得的，就站起来说石依茜你怎么拉我的营业员走……石依茜就说王老板她是我侄女你另找人吧。柯小芽见是石筑的姑姑，也不说话就跟着她们上了车去石家院。

到了楼上石依蕙的房间，石依茜就黑了脸问道：谁让你不考大学跑那儿卖衣服的……石依茜是有点气急了问这话等于没问。柯小芽她妈都说过了是家庭困难不让她考大学的。柯小芽让石依茜这么一问，就呆了，也不知说什么。石依蕙把柯小芽扶了坐在桌子旁边。石依茜就赌了气似的自言自语道：我问你干吗，你妈说了供不起你上大学是不是？他们供不起我供……说罢就猛力打开衣柜，抽出一叠百元币扔到桌上。想想不够味，又接连抽了一叠总共两万块撂到书桌上了。

石依蕙抚着柯小芽的脸蛋，说道：小芽姑娘，你是石筑的同学，好朋友，现在石筑不在家，我们就把你当了亲侄女儿一样，家里有什么困难只管说。你不该去卖服装，你是上大学的材料，听说你成绩很好的，今年争取考一个重点大学……

没等石依蕙说完，柯小芽眼泪就泉水般涌出来。哭了一阵，柯小芽喃喃地说道：大姑三姑，我谢谢你们，这钱我不敢收的。我知道你们好心，但我爸我妈不会同意的，我凭什么要拿你们这么多钱……

石依蕙心里明白，柯小芽说的话也有道理，一个女孩子为什么平白无故拿了人家两万块钱，回家给爸妈说得清楚吗？再一想，今天的事怕是办不成了。柯小芽因家庭困难不能考大学，把钱给了人家，又让人家给你作伪证，这不分明是乘人之危吗？

柯小芽在石家院吃晚饭，一家人免不了对柯小芽热情接待，问这问那。石二奶听说柯小芽是石筑同学，又是好朋友，石筑出事那天还在一起吃饭的。就说这水灵灵的姑娘也是百里挑一的，只可惜我们筑筑没那个福分了。说罢感叹一番。

吃罢晚饭，石依茜和石依蕙开车送柯小芽回家，正好柯小芽她爸柯师傅也收班回来了。石依蕙就说明来意，说今天来没有别的意思，只是觉得小芽姑娘这么聪明伶俐的女孩不上大学辜负了，想帮助她成才，不要因为经济困难误了孩子的前途。等石依蕙说完话，石依茜就从包里取了两万块钱撂在桌上，柯师傅一时惊呆了，连忙说道不行不行，柯小芽她妈也要推辞。石依茜说：柯师傅，大嫂，我们姊妹一点心意全都是为了小芽姑娘。再说，两万块钱对于我们不算什么，对于你们就重要了。你们不为自己想，也要为孩子想，别耽误了她的前途。我姐说了的，今后柯小芽和她哥哥上大学的费用，都由我们承担了，你们也不要再让她去卖服装什么的。

柯师傅见她们姊妹俩一片诚意，便显得为难起来，也不知说什么好。柯小芽她妈却感动得热泪横流，说咱家遇到了好人，说罢就要跪下。石依蕙忙一把拉住，说大嫂何苦呢？只要小芽姑娘考上大学，今后好好念书，就算不负我们这一片心意了。大家又说了些话，石依蕙姐妹二人才起身要走。柯小芽她妈和她爸千恩万谢送她们上了车。

回来的路上石依蕙说送了钱资助人家，一时半会儿还不好意思让柯小芽作伪证了。石依茜说那就等一两天再说吧。

殊不知第二天下午柯小芽自己上石家院来了。石依蕙问她有什么事吗？

柯小芽说到书店买几本参考书，顺便想去看看石筑，问大姑家里有没有事要转告石筑的。石依蕙心想这不正是好机会吗，何不如现在就把石筑的信给柯小芽看了。就说道：小芽姑娘，你也不用上看守所了，石筑他妈才去来，说石筑有一封信交给你，你先看看吧。说着便从抽屉里把信找出来交给柯小芽。

柯小芽接过信看了，一边看一边眼泪花在眼里转着，看完把信递还给石依蕙。石依蕙当即划了根火柴把信烧了。问道：小芽，石筑信上让你做的事，你同意吗？柯小芽点点头，就又说道：大姑，你们也不知道，其实石筑去杀那男生，多半与我有关。石依蕙没明白柯小芽这话的意思，问道：小芽，你说来听听，这事怎么与你有关了？柯小芽说：当时石筑和他们在饭馆里闹架的时候，我也跟着与那帮人论理，赵兵就推了我一把。石筑要去打赵兵，那边人多势众，我忙拉着石筑走了。路上石筑就骂赵兵说他竟然敢当着面欺侮我的女朋友，扫我的面子，我今天非教训这家伙不可。我当时也没想到石筑会去杀人，天黑后就与他分手回家了。大姑，你想要不是为了我，这口气石筑也会忍了的。哪知道他果然去把赵兵杀了……柯小芽说着就抽泣起来，心里仿佛有许多的内疚和不安。石依蕙就安慰柯小芽，说道：都怪石筑脾气不好，你也没必要自责。再说事情都过去了，我们能做的就是想想办法看能不能救石筑一命。柯小芽说：大姑，只要能救石筑，你们让我怎么说我就怎么说，往后就算用刀子架着我的脖子，我也绝不反悔。

柯小芽把话说到这一步，态度如此坚定，石依蕙再没有什么可顾虑的了。就说道：小芽，你先去买了参考书再回来，等会我把要做的事详细告诉你，我们还要到出事地点去看看，石筑与赵兵打架的位置，你站的位置都要搞清楚，哪一天再带你见见石筑，把口径都统一了，免得出漏洞。再说一点，这个事绝不能告诉任何人，连你爸你妈都不能说，知道吗？柯小芽点了头，说道：大姑放心，我不会乱说的。石依蕙说：那你先去书店吧，买了书就回来。

柯小芽一走，石依蕙忙给夏慧天打手机。夏慧天接了，石依蕙就问他那个东西拟好没有，柯小芽来了，正等着用哩。夏慧天那头说都弄好了，是我送过来还是你来拿？石依蕙说那就劳驾你跑一趟吧，有些事顺便告诉你，在办公室也不方便说。

夏慧天很快就到了。石依蕙把这两天去找石筑和柯小芽的情况大致说了一遍，就说现在柯小芽上书店很快回来。你看下步怎么操作？夏慧天问公安局那边如何？石依蕙说都讲妥了，邓桦把原来的柯小芽的笔录材料都毁了，只等把重新搞的材料补充进去。夏慧天便从公文包里取出两份手写稿交给石依蕙。一份是石筑的供词，另一份是柯小芽的证词。说道：依蕙，这两份材料我都反复推敲过了，虽然是两个人的角度，时间、地点、经过都经得起检验，但我草拟的手稿绝不能落到别人手里，并不是我怕，是担心案子出麻烦。所以这两份东西让他们抄写的时候你必须在场，抄写完了你立即将所有的原稿烧掉。然后让他们把抄写的材料背熟，在公安那里复述时才不致出错。

石依蕙一一听明白了，说道：慧天，你放心好了，事情都做到这一步了，我能马虎吗？另外，出事现场我没去过，有空你带我去，我也好带柯小芽去看看。夏慧天说：等柯小芽到公安局作了证词再说吧，以辩护律师身份，我还得找柯小芽谈话哩。她现在是我提供辩护的主要证人，我正好反复问她，让她牢记自己作的证词，这样就万无一失了。

石依蕙担心柯小芽回来看见夏慧天，就让他先走了。

柯小芽回来以后，石依蕙就让她在房间里把证词誊抄了一遍。抄完让她带走，说拿回去背熟了过两天公安会找她的。

第二天石依蕙与石依茜又去了看守所，把夏慧天写的供词让石筑也誊抄了。周怀忠把他们领进审讯室，关上门也不知他们做什么。完了石依蕙又给石筑交代了些事顺便说了柯小芽的情况，才与石依茜驾车回家，路上顺便把原稿烧了。

过了几天，邓桦给石依茜打手机，说晚上到石家院来有事，石依茜明白可能是事情都办好了，邓桦是来向她们通报情况的。吃罢饭就与石依蕙在楼上房间里等他。天刚黑邓桦就来了，说事情办得很顺利，罗丽与马小东找了柯小芽，作了证词笔录。他亲自与罗丽去看守所提审石筑，石筑作的供词与柯小芽基本吻合。邓桦说现在案子材料已经齐全，给金局长汇报以后，就可以移送检察机关了。

33

这一阵夏慧天特别忙，三次找证人柯小芽，两次到看守所找当事人石筑，又到法院查阅了柯小芽的证词与石筑的供词，再经过反复核实后，认为没有漏洞了，才着手赶写辩护词。

这天吃完晚饭，夏慧天正准备进书房工作。婷婷撂下碗就要去学校，余英问道：婷婷，你今天干吗去那么早？婷婷已经走到门边，听余英一说，就回过头来没好气地说：我去早了不行吗？你以为我找景岗玩儿是不是……说罢转身出门去了。余英碰了钉子，积郁在心里的气一股脑儿蹦了出来，啪的一声把没吃完的半碗饭往桌上一砸，顿时那饭就溅满了一桌子，碗也碎成两瓣，接下来就又哭又闹说道：夏慧天你看你这女儿，我前世欠她什么债了，偏生就要这样作践我……夏慧天说道：这不都是你自个弄出来的，她要早一点去你何苦又要问什么……余英不听则罢，一听夏慧天这两句话就如火上浇油，一把抓了夏慧天的衣裳说：你说你说，我弄出什么了，我不就为她好么，她要死要活整治我，连你也来帮她说话。你父女俩都怪我不是人，我在这个家待着还有什么意思……夏慧天的衬衣被余英扯住，想走也走不了，就说：余英，你把婷婷差点逼上绝路，如今又要来逼我是不是？这个家你不想待，我还早就不想待了哩……余英一听就歇斯底里嚷开了，说道：你是不想待，你外面有了女人在这个家里哪待得住……夏慧天听余英这话有点来由，也不想再与她吵，转身就要走，余英却死劲地拽住衬衣不放。夏慧天猛一用劲想挣脱，那衬衣刷地一声就撕碎了半块。夏慧天也不说话，随手从挂衣架上捞了件外衣套在身上，转身就出门去了。

来到大街上，夏慧天也不知该上哪儿去。心里感到格外沮丧和烦恼。近些日子来与余英的矛盾，从婷婷身上开始，渐渐发展到两人之间的直接冲突。刚才余英说他在外面有了女人的那番话，想必不是空穴来风，大约就是夏慧天去医院看望石依蕙时引起了余英的怀疑今天爆发出来罢了。一想到这些事，想到余英险些将女儿逼上绝路，心里便对她有一种无法容忍的愤怒。但回头一想，余英毕竟没有说错，自己真的做了有愧于她的事，与石依蕙这段感情，从传统的道德观念来说，毕竟是自己的错……夏慧天想得烦了，便想抽烟。他在烟摊上买了包香烟与一个打火机，把烟点了，就顺着行人稀少的街道漫无目的地一路走去。走到一个拐弯处，却见一个断了双臂的残疾人坐在地上，用一只脚的两个脚趾夹了粉笔在水泥地上写字。两旁围了几个闲人在看稀奇。夏慧天凑上去看了，原来那人正在写他的悲惨经历。大意是几年前他在建筑工地做工时被搅拌机弄断了手，老板让人将他抬到医院做了截肢手术并付了五千元医疗费，待要出院时老板却跑了，交的五千元连医疗费也不够。他本人家在农村是个孤儿无亲无戚，在残疾院也待不下去就自个出来乞讨云云。那脚趾写字的功夫大约是在残疾院练就的，方块字写得端正整齐，一般人用手还难写得这样好。残疾人身边有个搪瓷缸，里面装了些零散的纸币。夏慧天也不忍再看下去，摸了一把零钱丢在搪瓷缸里转身便埋着头走了。一路走心里就想：这残疾人没了双手无亲无故靠乞讨为生还得活下去，自己刚才被余英一折腾就觉得活着没意思了。唉，人哪，坚强和脆弱之间什么是它的界线呢？正想着，就见一辆红色的小轿车迎面开来，夏慧天正要躲闪，那小车却在他面前停住了。这时石依蕙从驾驶室里伸出来头来说道：慧天，我总算找你到你了。夏慧天问道：依蕙，有事吗？石依蕙说：先上车吧，车上再说。夏慧天开了后座车门到车里坐了，石依蕙也不急于发动车，就问道：慧天，是不是跟夫人吵架了？夏慧天说：你怎么知道我们吵架了？石依蕙笑了，说道：找你有事，依茜打了半天手机没人接，就打你家里电话，你夫人在电话里气恼地回答说：夏慧天死了，你上火葬场找他去！

依茜一听这口气就知道你俩吵架了，让我开了车满大街找你。夏慧天叹了口气，把与余英争吵的经过说了，说罢就把那撕烂的衬衣让石依蕙看。

石依蕙看那件白衬衣被撕下一块还挂着没掉下来，就摇摇头，说道：夫妻间哪有不吵的，牙齿舌头挨那么近有时还咬着哩，算了吧。慧天，真有个事要找你。

夏慧天问：是石筑案子的事吗？

石依蕙说；也不是，依茜与一位朋友合作，准备成立一家房地产公司，想请你做个法律顾问，所以才给你打电话。原说要请你吃饭的，现在人家还在酒楼里等着……夏慧天没等石依蕙说完，便打断道：不去不去，我心情不好，跟人家没话说……说着就要开车门准备下去。石依蕙急了，忙伸手去拉夏慧天，正好又偏偏扯住那断了半截的衬衣，整个儿就把一块布撕下来。夏慧天没动了，苦着脸说道：老婆扯了不够，你还要来扯，你们要把我扯成碎块吃了吞了才甘心吧。石依蕙捂住嘴直笑，说道：谁让你夏慧天有了老婆不够，还要找个情人，老婆扯得情人就扯不得么？要扯大家都扯，把你夏慧天扯成两瓣，一人分一半就好了……夏慧天原来一肚子的怨气，听石依蕙这么一说，心情反倒好了许多，便捏住石依蕙的手，说道：依蕙，要是法律准许一个男人有两个女人就好了，一个女人把你惹恼了，另一个女人就逗你开心快乐，这日子就过得有滋有味多惬意。石依蕙甜甜地笑着，说道：那就等你夏慧天当国家主席把婚姻法改了，美死你的。依茜还等着我们哩，你倒是去不去？

夏慧天说道：依蕙，我今天真没心情去谈什么法律顾问的事，你给依茜挂个电话，改天再谈吧。

石依蕙给石依茜挂完电话，就说道：那我也不勉强你了，说，你现在准备去哪儿，我送你。

夏慧天想了想，说道：刚才路上看到一个残疾人，忽然就想起一位文友，也算残疾人吧，很长时间没见面了，想去看看他。

石依蕙就问夏慧天的文友住在哪里，路线怎么走？夏慧天说了地址和路线。石依蕙照着夏慧天的指点，约莫十多分钟就到了郊区一座废弃的养殖场。路上夏慧天向石依蕙介绍说他的这位文友叫范子朋，从小得过小儿麻痹症，手脚不便耳目不灵，原在一家集体所有制鞋厂里当工人。范子朋别无所好，却对文学痴迷得似乎走火入魔。八十年代末期在省级的文学刊物和市里的报刊发了几篇散文小说，在南柯的文学圈里也算得上有点才气的青年作者。五年前，范子朋所在工厂改制了，工人每月仅领到三百八十元的生活补贴费。范子朋却乐哈哈说他因祸得福，也不管父母的反对独自搬到这座废弃的养殖场潜心创作。每日里只埋头写他的长篇小说《伊人春梦》，这部长篇小说已经四易其稿，前后写了五年时间。夏慧天说到这里就不免感叹一番，说当今社会像范子朋这样醉心文学执著追求的人怕是微乎其微、凤毛麟角了。

这个废弃的养殖场坐落在一片小山脚下。此时天已黑尽，除远处有些农舍的灯火外，这一片萧寂的山野就仅有一点暗淡的余光从窗户里透出来。在离那间透着亮光的砖房约莫两百米，车就进不去了。石依慧停了车，夏慧天打开车门，说依蕙你回去吧。石依蕙却也跟着下了车，说道：慧天，我也去看看你的文友吧，听你说来倒也是位怪人哩！夏慧天也没说好或不好，便拉了石依蕙的手踏过一片草丛，借着一点星月的微光总算来到那间小屋前。

夏慧天轻轻叩了两下门。接着便听见屋里传来一个沙哑的声音，问道是谁？夏慧天自报了姓名，说道：子朋兄，慧天来拜望你了。接下来就听见屋里在响动，仿佛是挪动木椅子的声音。接着门嘎吱一声开了，一个有点畸形的人影站在门内，说道：慧天，你老弟半夜三更怎么来了？夏慧天说：与一位老同学去办事回来，路过贵府，特来拜望……二人进了屋子。石依蕙刚进门就感到一股浓浓的烟味夹杂着腐臭味在空气里弥漫，窒息得令人几乎透不过气来。范子朋听夏慧天介绍了石依蕙后，便点点头，挪了把椅子示意她坐，自个与夏慧天说话去了。石依蕙就有了空闲打量这间屋子和它的主人。

这间屋子约莫十多个平方米，一张床，床上是用稻草垫了底再铺上了床单的，那稻草横七竖八地从床单里散落出来。被子都揉成一团堆在床角。书桌其实不是桌子而是一块不知从哪里弄来的旧黑板，下面用两条长凳支了，桌上横七竖八地堆满了书和稿纸。那贴墙处有一摞约莫一尺多高的书稿，估计就是夏慧天说的那部写了四稿的长篇小说《伊人春梦》。再过去就是几样煮饭的餐具，柴炉与锅碗瓢勺之类。全部杂乱无章地放在墙根处的一个旧木箱上……此时范子朋正在与夏慧天说话，关于文学的事。他的头总是向一边倾斜，大约是小儿麻痹症留下的后遗症。范子朋举止迟缓，形容枯槁，面色蜡黄，那样子像一位临近风烛残年的老人。石依蕙怎么看也不相信夏慧天介绍他时年仅四十多岁。

范子朋正在说他的长篇小说。说目下正在写第五稿，于是就骂出版社编辑有眼无珠，只认名作家大作家，不把他范子朋放在眼里。这部《伊人春梦》前后寄出去八次，寄给六家出版社，开始还是退稿，后来连稿也不退。于是便站起来，一颠一跛地走到书桌边，将正在写的第五稿交给夏慧天看，说道：老弟，我他妈横心了，这一辈子我还写，五稿六稿七稿八稿都行。我才写了五年，曹雪芹一部《红楼梦》写了十年，我还差得远哩，如今出版社尽在制造垃圾，跟工厂生产伪劣产品差不多。我的《伊人春梦》不出版则罢，一旦出版将是惊世骇俗之作，成为现代文学的里程碑……范子朋虽然滔滔不绝却有点语无伦次。但他那种坚定不移的自信倒让石依蕙感到几分钦佩。夏慧天大约是听惯了，只笑着，待范子朋说到精彩处，便也点头表示认同。

夏慧天也没看递过来的书稿，就只顾听范子朋说话。石依蕙也不懂文学界的那些事，就顺手接过稿子来闲翻着，范子朋的字写得并不好，但却一笔一画地非常端正。心里想这位文学痴人也够难为他的了，一部四十余万字的长篇小说，这么一个字一个字地写出来，写了四稿五稿有近二百万字。这之中没有一点韧劲和精神支撑怕是做不到的。再随意翻阅里面的内容，仿佛是写了一个大户人家的二姨太或小妾什么的。小说的背景大约是清末民初，还提到了剪辫子护国运动之类的事。又看到那叫春娘的二姨太或小妾坐了轿子说去庙里上香，却偷偷在大雄宝殿如来佛的佛坛背后与旧恋人幽会……石依蕙正看出点趣味，夏慧天却站起来说走了走了，便与范子朋握手告别。其时范子朋就猛烈地咳嗽。这之前石依蕙也经常听他一边说话一边咳嗽的声音，咳嗽也罢，范子朋仍烟不离手。这时夏慧天与范子朋握了手说几句老兄保重的话，正要出门，范子朋却苦笑着说道：慧天老弟，身上带了钱没得……夏慧天没等范子朋说完，就摸了身上仅有的一百多块钱塞到范子朋手里。说今天特殊情况没带钱，顺便把从家里出来时买的那包香烟也留下了。范子朋有点变形的脸歪斜着，露出一点苦涩的笑容，连说不好意思，每次来总让你老弟出血，以后怕不敢来了。夏慧天笑着说子朋兄等你的大作出版拿了稿费再来算账吧。到时连本带息地让你一起偿还……石依蕙临出门向范子朋点头说了再见，范子朋也没怎么在意只说有空与慧天来玩。

二人上了车往回走的路上，夏慧天问道：依蕙，见识了范子朋有何感想？石依蕙说：听你介绍，再看了他的那间屋子，我就想起中学时读过的

《范进中举》，他二人算是家门了。范进熬到六十岁总算中了个举人，疯了也值。我就怕这位范子朋老兄，熬不到《伊人春梦》出版的那一天。夏慧天便叹口气，说：我也是这么想，两个月没来，我看他又衰老了许多、咳嗽也不断，却不住地吸烟。这文学的事嘛，本来应该看得平淡一点的。这范老兄不是在搞文学，倒是在玩命了……石依蕙说道：你这位老兄倒是很自信的，说他的《伊人春梦》出版将会震惊文坛，惊世骇俗，如若一生能写出像《红楼梦》那样传之不朽的作品，也值得吧。夏慧天说道：曹雪芹所处的时代，他年轻时受过的教育与生活的环境，再加上中年的失意才有一部《红楼梦》问世。范子朋的《伊人春梦》我可没拜读，不敢妄加评论。但曹雪芹的才情，恐怕是一般人望尘莫及的。不过文学界里倒有一句俏皮话，老婆是别人的好，文章是自己的好。搞文学的人大抵都有这个通病，总以为自己写的是传世之作。石依蕙听罢就笑了，说道：你们这些文人真无聊，干吗把别人的老婆和自己的文章扯到一块去了……

34

自从柯小芽作了伪证，石筑的案子顿时间就逢凶化吉，有了转机。据邓桦探听听到的消息，检察机关正在核实材料，准备起诉。而且找了柯小芽。柯小芽一口咬定，事实就是她说过的那样。此后，石依蕙与石依西又去找表哥李家栋，把案情的经过对他说了，问这样的案件，法院的判决一般会是什么结果？李家栋是研究法律的，他说如果石筑真是因为防卫过当，不慎致人死命，法院当然会根据刑法量刑，从轻判处，最多也就是十几年。石二奶与石依宝，郭志凤听说后，心里像落下块大石头。虽然案子还没有结果，至少石筑的一条命算保住了，大家暗自庆幸，心情也好了许多。

石依蕙与夏慧天约好见面的，一清早就穿了旗袍下楼来。石二奶正坐在餐桌上吃早餐，见了石依蕙那副模样，拿着筷子的手就不动了，像看稀奇一般盯着她，说道：蕙，几时买件旗袍，总没见你穿过。石依蕙在石二奶旁边坐了，答道：早买了的，往时筑筑的案子没落实，也没得心思穿，这两天的心情舒畅些，才翻出来穿了。妈，你说好看不？石二奶点着头，说道：好，妈年轻那时也穿过旗袍，跟你爸结婚过门就穿了件大红棉旗袍。说着就用手摸摸石依蕙的袖子，说道：真丝的哩，现在的旗袍做得可好看了，那腰收得细，衩口开得高，这旗袍还选人身材模样，你穿了就合适。石依蕙一边与石二奶说话，一边吃了早餐，就又上楼去了，刚坐下，就听楼下传来郭志凤的声音，说：大姑，夏律师来了。石依蕙心里猛一阵颤动，仿佛有一种期盼了几年几载的恋人突然回来的感觉。但又不想在夏慧天面前把这种感觉表现出来，就随手抽了本书假意翻着，偏不巧又是夏慧天的《走过夏天》，正想另换一本，夏慧天已经走到门口了，跨进房间忙道歉，说是文联主席早上要与省里的两位文友见面，拉了他去作陪，刚把人家送走就慌忙赶来了。说话时眼里就看见石依蕙手里正握着那本《走过夏天》，便又笑道：这书你不是看过了吗，怎么又在看了？石依蕙就撅了嘴说：喜欢看，看你当初是怎么坏的。夏慧天过来站在石依蕙旁边，假意问道：你说我哪里坏了？石依蕙当真翻到其中一篇，指着说道：你看，你写你与那个乡村女教师的事，人家女教师夏天晚上光着身子在河里洗澡，你就去偷窥，写人家的肌肤是如何的白皙，在月光下是如何的美艳如仙，你这不是坏是什么？夏慧天笑道：那时我和她正谈恋爱哩，偷看恋人月光下洗澡是在欣赏女人与大自然交融一体的美感，是纯粹的审美，绝对没有邪念……石依蕙便娇羞嗔怨地瞟了夏慧天一眼，说道：谁晓得你有没有？夏慧天一把搂住石依蕙，说道：那我现在就有了……伸了嘴压住石依蕙的嘴唇，接着就是一阵长吻……吻罢，两人又坐下来说话。夏慧天说道：依蕙，明天万泉县有个会，我想邀你同去。石依蕙说：你去开会，我跟着你干什么？夏慧天说道：也不是什么会，万泉县搞一个张三丰道观落成典礼，刚才文联主席给了我一张请柬，说是县里邀请去参加，我也本不愿去的，一想到你也没事，正好出去散散心，就答应了人家。说着把请柬摸出来给石依蕙看，石依蕙拿了请柬也没看，就说：这还可以，那什么时候走？夏慧天说：典礼明天上午开幕，今天下午四点钟县里派车来接。石依蕙笑道：坐人家的车也不方便，再说我和你什么关系呀，这不分明告诉人家你夏慧天有个情人么？还带出来风光风光是不是。夏慧天说道：我还没说完你就抢先挖苦我。我这不是来跟你商量吗？能不能借了依茜的车去，我看车停在门口。石依蕙说：车钥匙在我手里的，依茜也不用，你说，我们什么时候走？夏慧天想了想，说道：这样吧，马上就该吃中午饭了。吃过饭你休息一会儿，我们两点钟准时出发。我也不上石家院来了，到律师事务所楼下等你……夏慧天刚要出门，便又回过头来上下打量着石依蕙，说道：今天怎么想着穿旗袍了，平时也没见你穿的。石依蕙哀怨地说：说好今天约我，一打早就穿了等你，偏不来……夏慧天做个鬼脸转身出门去了。

下午两点钟，石依蕙开车到律师事务所楼下接夏慧天。夏慧天上了车看石依蕙换了一身休闲装，非常精神。石依蕙就问车怎么走？夏慧天指了方向，石依蕙照着夏慧天指的方向离了市区，一路向郊外驶去。路上二人摆了些闲事，说了几句笑话，转眼间一个多钟头就到了万泉县。进入县城，石依蕙问现在到哪里去？夏慧天说道：依蕙，你把车往左拐，顺着那条小路穿进去，我带你上一个好玩的地方看看。石依蕙拐了弯，说道：这么热的天，什么好玩的地方也没兴致玩了。夏慧天说：我说的这个地方越是最热的时候也越是最好玩了。石依蕙说：那就是游泳池吧。夏慧天笑道：你还真机灵哩，让你说对了。这游泳池与其他地方的游泳池不同，叫万泉谷天然游泳池。到了七八月份，省里市里的人都专程开了车跑这儿来玩，待会你就知道它的美妙了。车离了县城向北走约莫两公里，穿过两排绿荫长廊后进入一个低矮的峡谷，顺着峡谷住下走便看见一道瀑布从半山腰间倾注而来，飞溅的浪花注入一汪清亮如镜的小湖泊。湖泊呈椭圆形状，决非人工开凿，而是天然玉成的一个游泳池。湖泊的两岸显然经过人工修整，低处是光洁如玉的鹅卵石沙滩，高处则铺了水泥地坪,连接的地方修了扶梯和跳台。挨近岩壁的琉璃瓦长廊是休闲室，更衣室和小卖部。时值下午，大约有上百名游客，有的游泳，有的在树荫下乘凉，有的在沙滩上玩耍。石依蕙在大门口的停车场把车停了，夏慧天已买好门票，二人便拾级而下。石依蕙一路赞叹，连称奇观，说珠海的银海湾和福建的鼓浪屿哪有山野深谷的天然泳池绝妙。到小卖部买了泳衣泳裤。石依蕙拿了游泳衣去更衣室换了，待她出来时，夏慧天已跳入水中，一边拍打着水面一边向她招手。石依蕙许久没游泳了，却有些怯水，只得沿扶梯试踩着一步步走下池子，半个身子还在水面上。夏慧天一个猛子扎到石依蕙脚下，猛地浮出水面，用手撩了水往她身上浇。石依蕙说着：你坏你坏……就全身扑进水里去了。

石依蕙来回游了两趟，觉得无比舒畅，池里的水缓缓流动，在阳光下，荡起一层层碧绿的涟漪。人浮在水面上却能看见水底的鹅卵石像珠宝般剔透明亮。便又游了两个来回，觉得有些累了，夏慧天一直跟在她身边。石依蕙说：慧天，我上岸了，你自个游吧。就顺着扶梯上岸，披了浴巾，到小卖部要了两杯柠檬汁两份冰淇淋，坐到休闲室拿了吸管慢慢吸着。一边看着夏慧天在水里一会儿蝶泳一会儿仰泳，他那宽厚的胸膛和结实的手臂仿佛有使不尽的力量。

游了一阵，夏慧天终于上岸了，走到石依蕙身边坐下说：太爽了，太爽了……石依蕙逗趣说道：你当然爽了，家里有个女人为你洗衣做饭，外面有个女人陪你游山玩水，天下哪里还有比这更爽的事。夏慧天看看两旁没有人，就大了胆凑近石依蕙身边说道：你怎么没说床上还有个女人陪我寻欢作乐……石依蕙顿时便红了脸，心里直感到一阵涌动，却嗔声骂道：那今晚你快去找一个小姐陪你寻欢作乐爽死你了。夏慧天笑道：我不要小姐，有你就够了，你是一身兼二职的……

石依蕙本是传统女性，以往是绝少开这类黄色玩笑的，即便离婚前与金满也没如此放肆。但与夏慧天在一起，情不自禁就脱口而出，说出来便有一种快意和甜蜜。开始她不明白什么原因，就暗暗骂自己是不是变坏了，堕落了，后来她渐渐明白了，明白和自己所爱的人相处时，人性的全部本能就会释放出来。这种解释大约是在哪一本书里看到的，反正她认同了。

夏慧天虽说搁笔多年，几乎没有写作了。但他毕竟是南柯文艺里的名人，如今当律师也当出了点气候，所以文艺圈里有活动也常请了他去。万泉县的张三丰道观落成典礼，并非政府行为，全由民间操办，牵头的单位是县文联和县宗教事务委员会。夏慧天在文学上有建树，对宗教也略有研究，这次自然就在邀请之例。

张三丰道观建在万泉山上。万泉山紧靠县城，山势平缓，古木参天，且有些奇峰怪石盘亘其间。据说张三丰自武当山修炼之后，下山云游天下，一日经过万泉山时就被它的气象所吸引，便在山上建馆，此地也就成了张三丰的又一道场。道人白日里穿一件破衣烂衫出没民间，为疾苦人消灾治病，祈福禳灾，所以万泉县方圆数十里有许多张三丰的传说故事，称其为邋遢道人。清朝道光年间当地名流绅士为纪念张三丰的功德，募集资金在万泉山北麓修建张三丰道观，到了“文革”时期本来就残破不堪的庙宇便被当做封资修的迷信文化被红卫兵捣毁了。这座新建的张三丰道观是万泉县一位旅居台湾的乡人投资上百万元重建的。据说其规模造型与昔日的庙宇基本相似，只是石阶两旁多了十个斗大的石刻大字，左壁是“武当山修炼”，右壁是“万泉山得道”。夏慧天看了不免有点虚寒，心想，此一说在道教界不知是否会得到认同。

下午夏慧天领着石依蕙到附近景点看了有关张三丰的名胜古迹，看了豆腐桥和仙人渡，石依蕙才开车回南柯。车眼看就进入市区了，到岔路口石依蕙突然停住。夏慧天问怎么停车了？石依蕙说想拐进去看看七星寺的山道修得怎样了，前一段忙石筑案子的事，只听说他们开工了也没顾得过问，今天正好顺路，时间也还早，不如去看看。夏慧天说好的好的。石依蕙就又发动车拐了弯向七星坪方向驶去。从大路往里走也就十来分钟就到了七星寺脚下。其时正有七八个民工在一片空地上钻石头，大片的料石堆满场地，切割机在轰轰地响着。往山路上看，那山道已铺了三十几米，又有十余个民工有的在往山上抬石板，有的在挖基础填路面。二人就在修好的那一段山道上看看，却见青石板打磨得十分粗糙，有的地方还缺边少角，凹凸不平。夏慧天就问管施工的包工头在不在？民工却回答工头只三两天来看一趟，平常很少来。石依蕙说你们这工程不合格吧，怎么连石板都没垫平。民工说我们只管做工拿工钱，哪里不合格你们找工头去。夏慧天就拉了石依蕙往山上走，说到庙里问问净光和尚去。二人来到寺庙，净光听说来客人忙出来相迎，见是夏慧天与石依蕙，便行了佛礼，请他二位到耳房坐了，忙又让小和尚泡茶。

三人坐定，夏慧天说道：净光师傅，前一段有些事务缠身，只听说山道开工了也顾不上过来看看，今天与石总提起这个事，说也不知修成什么样子了，才临时决定来的。石依蕙接着说道：我与夏律师没能过问，修路的事都有劳净光师傅照看了。净光忙打了恭，说道：哪里哪里，这是贫僧该做的事。只是石总与夏律师上山时，不知看了修好的那一段没有？夏慧天说道：看是看了的，只是觉得不甚满意，石板有些没有铺平整，再说那些石板也稍嫌粗糙，好像有些不该用的废料也用上去了。石依蕙就说：我看这工程是做得有点差，也不知净光师傅向工头提过没有？净光听了只是点点头允诺，却并不说话，那样子似有难言之隐。

夏慧天当初对耿林锋为他的朋友出面承揽山道工程就有些猜测了，只是不便提出来。后来耿林锋自己去找了建设局的吴局长，也不知怎么说的就把工程弄到手了，现在路修成这个样子，总得赶紧补救，追究包工头的责任。至于与耿林锋有没有干系，那就要看包工头是怎么说了。于是对净光说：净光师傅，听城建局吴局长说，监督工程质量的事请你代管，我看既然质量不合格，能不能让工头先停工，等城建局派人来看看再说。净光犹豫半晌，终于说道：不瞒二位，工程质量问题一开始我就提了的，那时才修了几级坎子，我对工头说了，工头只是苦笑没说话，第二天我去看新砌的石坎还是那个样子，就问民工。民工说工头早就有意见了，说十七八万的工程别人就拿走三四万的回扣，这条路做下来别说赚钱，不亏本就是万幸了。为这事我去城建局找吴局长，吴局长说是石总的妹夫来承揽的，所以我也不好再追究……说到这里，净光便双手合十道声罪过罪过。

石依蕙听了净光的话顿时就气得脸色一阵青一阵白。心想耿林锋你用钱可以找家里人商量，干吗偏去吃这个回扣，这不明着给我丢脸吗？明白的人不说，不明白的人还说我石依蕙拿了十八万修路又让妹夫弄回三四万，这不明摆着是沽名钓誉吗？

夏慧天看石依蕙一脸愤怒，就说下山去找包工头。三人来到山下净光见刘万顺站在棚门口，夏慧天就过去告诉他先停工。刘万顺却张开嗓门说道不行不行，停工我也得给民工付工钱的，那不亏死我了……夏慧天一再给他说好话，刘万顺横竖不肯停工，就去招呼民工下水泥，不再理睬他们。

石依蕙气得一脸通红，说道：他不肯停工就让他修吧，我们回去找耿林锋问明白了再说。便与净光道别，和夏慧天开车走了。

石依蕙送走夏慧天，回到石家院已近七点钟了。今天是星期天，石依苹带了棠棠过来吃晚饭。吃饭时，石依蕙问石依苹，怎么耿林锋没有来？石依苹说耿林锋出差了，说是近两天就会回的。饭后，石依蕙拉了石依苹到楼上房间，姊妹俩坐下了，石依蕙问道：依苹，最近你们是不是缺钱用？石依苹听了，做出愕然状，答道：没有啊，姐，你干吗问这话？石依蕙就把耿林锋承揽七星寺山道的事向石依苹说了，最后说道：今天下午与夏律师去工地看了，工程质量搞得很差，后来才听寺庙的净光和尚说，民工们向他反映，说接工程的吃了几万块钱的回扣，包工头就偷工减料，把工程质量搞差了。我和夏慧天都想不通耿林锋怎么干这种事，就想问问他。要是耿林锋没吃回扣，那就是包工头的问题了。石依苹听罢就犯疑起来，说道：姐，这事可能与林锋有牵扯的，要不他不会热心干这件事。当初还让我跟你说情，我没理他。后来哩，有一天来个不明不白的人送了两万块钱上家里来。我追问林锋这钱是怎么回事，林锋就说是人家让他转给伍局长的，后来那人就又回来把钱拿走了。今天听你这么一说，我心里就明白这里面有文章。只是我搞不懂，林锋把这钱用去干什么了？

石依蕙沉吟半晌，便说道：依苹，等耿林锋出差回来以后你好好问问他，也不要把事情搞复杂了。还有一件事我没对你说，耿林锋那次不是要了五万块钱说是送给检察院的苗检察长，上个月他又把钱拿回来了。我心里就奇怪，那姓苗的收了钱两个来月连面都不见，怎么稀里糊涂又把钱还回来。反正钱送回来就行了，你也不要再追问林锋。

石依苹点点头，但心里就想，这么大的事情哪能不问个明白。接着便说道：姐，你不是说最近要回珠海吗，在你走前我让林锋把工程的事给你有个交代，如果他真吃了回扣，我非让他吐出来不可。

石依蕙说：你也不要性急，说不定是包工头冤枉了他。走，我们下楼陪妈说话去……

35

那天听石依蕙说修路的民工反映耿林锋吃工程回扣的事，石依苹气得肺都要炸了。只是当着石依蕙的面不好说什么，回到家自己怄气一整晚没睡好觉，心想只等耿林锋出差回来与他论理。

第二天快吃饭时耿林锋从县里回来了。石依苹刚弄好饭，耿林锋就笑着说道：赶的早不如赶的巧，进门就有饭吃哩。石依苹没理会，只顾拿了碗筷摆好饭菜。这时棠棠从外面玩回来，耿林锋就抱着女儿问这问那。石依苹接了棠棠到饭桌边坐了，就哄她吃饭，自己端了碗也吃，就不管耿林锋。耿林锋从卫生间洗了脸出来，自个拿了碗盛饭，说了两句话，见石依苹也没答理。知道石依平心里一定有事，也不想去自找没趣，就埋了头吃饭。吃完饭，耿林锋正想出门，石依苹说道：林锋，你过来，我找你谈点事。

耿林锋打进家门起就没见石依苹好脸色，现在又严肃认真找他问事。耿林锋心里就有些忐忑不安，本来就有些不干不净的事，也不知是哪一茬出了问题，所以心还是有点虚，就二话没说在石依苹旁边坐下了。

石依苹虽说一股怒气已经窜到喉咙里了，但毕竟是知识分子有涵养沉得住气。脸上虽然有愠色嘴却并不咋咋呼呼，只问道：林锋，姐捐资修七星寺的山道，这个工程是你去揽下来给张和民内弟做的是不是？

耿林锋答道：是的，当初张和民内弟刘万顺没活做，说是找我帮忙揽个小工程，我听说城建局管这个事就去找他们了，当初还想让你去和姐说说的……耿林锋嘴里答话，心就有点紧张，暗想这个事不会出什么纰漏吧，又都是熟人。

石依苹说：你把工程给刘万顺做，吃了人家回扣没有？

耿林锋一听石依苹的话，就明白事情有点严重了。也不正面回答，就反问道：依苹，你从哪里听说我拿什么回扣的事，简直是无中生有。你倒是听谁的说的，我去找他……

石依苹目光就直逼耿林锋，问道：你也别去找谁，说一句实话，你拿了回扣没有？

耿林锋说道：没有，真的没有。耿林锋虽说还补充强调一句“真的没有”。但那声音却是软绵绵的，并不理直气壮，听了让人有一种强作镇静的感觉。

石依苹这时语音就加重了，甚至有些严厉，说道：耿林锋，我不是纪委的，我是你老婆，你别再躲躲闪闪了好不好……

这时电话铃又响了，是张和民打来的，耿林锋接了，说家里有点事一时出不来，改天再见，顺便就问一问七星寺的山道修得怎么样？说张和民我可是给你内弟帮忙啊，叫他把工程质量搞好，免得我下不了台……就把电话挂了。后面这两句话显然是说给石依苹听的。

石依苹见耿林锋还在那里装模作样给她看，再大的忍性也按不住了，就说道：林锋，我把实话给你说哩，姐和夏律师到七星寺去了的。那条上山的路修得乌七八糟，庙里的和尚说工程质量不合格，民工就说包工头说揽工程的人回扣拿了三四万。再要求合格就做不下去了。你要不相信我就把姐叫来，一起到七星寺去看看，再找刘万顺问问，他说了你拿了回扣你敢当着面和他对证吗……石依苹说罢就走过来要拨电话，耿林锋忙把话筒压住，说道：依苹，你等等你别急……

石依苹把话说到这一步，耿林锋已经理屈词穷知道瞒不下去了。当初真不知道刘万顺那家伙不是东西，连给他借的两万块钱也算在回扣费里。刘万顺这么一算，肯定要偷工减料在工程上玩手脚。可那路修好修不好是摆在明处的，任你怎么做假也不能像拿白水兑酒精那么容易。

石依苹见耿林锋不让她拨电话，就又坐回沙发上，说道：林锋，你实话说究竟拿了刘万顺多少钱？

耿林锋说：总共拿三万八千，有两万是借的。

石依苹就问：你拿几万块钱干什么用？缺吃缺穿啦。你今天得给我说清楚，要不说清楚我就到纪委去反映。你这也是受贿行为，这钱虽然不是国家的但是是用于公益事业的……再说这是姐好心好意要为家乡做点善事捐的钱，你竟大着胆子拿回扣也不怕报应。你想我怎么向姐交代，我还有什么脸面见人……还有，你给苗时忠那五万块钱是怎么回事，你说他亲口对你要的，怎么拿去两个月又把钱退了。林锋，究竟有什么见不得人的事总得说明白，我求你不要再刁奸耍猾给我说假话好不好……石依苹说得有点伤心，两颗眼泪就滴下来了。

拿回扣的事与苗时忠那五万块钱本来是扯在一起的，要说明白自然要把给组织部鲁尚智的三万块钱说出来才明白，耿林锋实在不愿说这件事，但不说石依苹不依不饶穷根究底，耿林锋捂着头思去想来，也只好豁出去，把事情的经过和盘托出来。

耿林锋说道：依苹，到了这一步，我就把把事情经过全部说出来……

石依苹听得浑身发寒，大热天一个劲地直打冷战。两只眼直直地看着耿林锋，那神情不像是看人，不像是看自己的男人，倒像是在看一个怪物。待耿林锋说完话，石依苹站起来，说道：耿林锋，我当初怎么瞎了眼嫁给你。你真的有一套，拆了东墙补西墙，你还会买官、吃回扣、骗亲人……石筑犯的人命案一家人急死了你却骗了钱去买官，天底下还有没有你这样卑鄙的人！你真枉自读了十几年的书，还是读过大学的知识分子，我平生最厌恶最憎恨的那些事你都干了，我俩还过得下去吗？这样吧，我也不和你吵也不和你闹。这房子是学校的，也快拆了，你住到哪一天算哪一天。我带棠棠去石家院，什么时候办离婚手续你来找我……说着石依苹已经泪流满面，自个儿进了卧室收拾东西，把些衣物书籍装了，又到棠棠房间收拾棠棠的衣物。耿林锋先是跟在后面阻拦说好话赔罪认错，石依苹就不听，任他怎么说都不回答。收拾了几大包，就到校园门口去叫了部的士。的士开到宿舍门口，石依苹扛了箱子袋子往车上装，装完了就到院子旁边拉了棠棠上车，说是去沿江街老城，司机就开车走了。

来到石家院，石依苹大包小包就往屋里搬，石二奶和郭志凤在客厅里看电视，一看石依苹搬东西进来就问是怎么了？石依苹不答话，把东西搬完付了的士车费就往沙发上一坐。石二奶拉棠棠问话，说妈妈怎么啦是不是和爸爸吵架了？棠棠说我不知道我在外边跟小朋友玩游戏，妈妈就拉着我上车到外婆家来了。郭志凤挨了石依苹说道：二姑，有什么事好好说，何苦闹成这样子……石依苹说道：嫂，你给我找个房间吧，我和棠棠两母女能睡就行了。正说着话，石依蕙从楼上下来了。石依蕙刚才在楼上听见汽车的声音还当是石依茜回来，就下来看看，一看屋里堆着箱子袋子一大堆，再看见郭志凤在那里安慰石依苹，心里就明白是什么事了。便走过去坐到石依苹身边，说道：我让你回去好好问林锋，怎么就闹成这样子，早知这样，我就不告诉你了……

石依苹说：姐，一会我告诉你。我和耿林锋是过不下去了，先回来住一段，办了离婚再说……

石二奶一听说闹离婚，心里就来了气，说道：你们是吃什么药了，三句话不对头就离婚。夫妻一场是前世姻缘，好好歹歹总得过下去，你爹在世时我和他没少吵过架，吵了闹了还是夫妻。没听说一吵架就离婚要搬回娘家来住的，我石家可没有这个规矩……

石依苹本来憋着气没地方出，听石二奶这么一说，分明是不让她回石家院的。就站起来说道：妈，你是不让我住吗？不让住我和棠棠就走……说着一把拉棠棠，提了箱子到门口拦的士。石依蕙与郭志凤忙拉住她，石依苹死活不依，说：这是妈的家，她不让住我找旅馆住去，你们别拦我……

别看石依苹表面文雅淑静，却是外柔内刚、骨气强盛的烈性女子。她也不管石依蕙和郭志凤阻拦，硬是把那几包衣物扔到门外。这时就见一辆车亮着车灯直奔过来。石依苹当着是的士，伸手去拦，两旁石依蕙与郭志凤就去拉她。那小车到门口停了，却是石依茜的夏利。石依茜开了车门下来问这是怎么了？谁也没答话，棠棠蹲在门角里哭……

这时石二奶从屋里出来拉着棠棠，对石依苹说道：妈说的气话你也不要在意，都是为了你们好。回去，先住下再说。接下又对郭志凤说：志凤，你上楼把筑筑的那间房收拾了，差什么盖的垫的上我房间来拿。郭志凤应声去了，大家又才七手八脚将东西搬进屋来，顺便拎到三楼石筑原来住的房间。

这间房就在石依蕙的隔壁，把棠棠安排睡了，石依苹才过来，这时石依蕙正在把七星寺修路耿林锋拿回扣的事说给石依茜听。见石依苹进来，石依茜就说：二姐，你问耿林锋他怎么说的？石依苹坐下了，半晌才说：耿林锋真不是东西，拿回扣只是一件事，还有说苗时忠要五万块也是假话……石依苹就把耿林锋拿了钱去买官然后拆东墙补西墙才弄出吃回扣的事来。石依蕙听了没作声，心想耿林锋真够卑鄙的了，这样下作的事都做得出来，难怪当初石依苹听说他升了官就不高兴。

石依茜听了就说：二姐，耿林锋这个人我早看他心术不正，只是看在你的面上不便说，现在我想他也没脸再见石家人。不如早跟他离了好。

石依蕙却不主张离婚，说离了婚再嫁一男人谁又敢保证比耿林锋好。说道：依苹，先分开一段看看。耿林锋要是接受教训以后改了，也没必要去离婚。另外，明天我去工地，把耿林锋拿的钱退还工头，工程要重新返工。这件事不要让市里那几个局的领导知道，特别是不要让骆市长知道，免得我们面子不好看，说不定耿林锋还要受处分。

石依蕙又说：依茜，你给我订张飞机票吧，我想过两天就回珠海……

下午石依蕙约了夏慧天去七星寺。石依蕙开了石依茜的车，一路上速度放得很慢，就把耿林锋拿了修路工程款回扣的事向夏慧天说了。石依蕙又说，已经订了明天回珠海的飞机票，走之前想把事情做得有始有终，所以把耿林锋拿了回扣的一万八千和借的两万元钱退给包工头，保证七星寺山道的工程质量。

说话间就已经到了七星寺山脚下。民工仍在修路，夏慧天问包工头在不在，民工说才来了的，可能在堆材料的棚子里吧。

原来昨天晚上石依苹牵着棠棠去石家院以后，耿林锋打电话给张和民，让他马上约了刘万顺到河边的花园门口见面。待张和民领着刘万顺赶到时，耿林锋二话没说把刘万顺臭骂一顿，骂完了就说三万八千块钱算我借你的，过一阵保证还你，工程质量你得负责……说罢就转身走了，张和民他也懒得理睬。刘万顺今天到工地时就感到有点难办，刚才正在跟民工的头商量返工的事，夏慧天就来了。

夏慧天指着石依蕙对刘万顺说：这条山道是石总捐资修的，你现在偷工减料搞得一塌糊涂，石总看了不满意，你说怎么办？

刘万顺站在那里呆了，也不回答，做出一副为难的样子。

石依蕙说道：工头，我知道你也为难，回扣拿多了你赚不到钱，就偷工减料是不是？你明白告诉我，耿林锋拿了你多少回扣？

刘万顺听罢忙摇头否认，说道：我没说耿局长拿了回扣。你们要说工程质量不合格，那我返工就行了……

石依蕙说：工头，你也不要为难了，我知道你修这条路也赚不了几万块钱的。耿林锋都拿了你不是白干么。

夏慧天说：这条路是市里领导亲自抓的，你要搞不好城建局追究起来你要负完全责任。石总是想来帮帮你，你要不说我们走了后果由你自负。

刘万顺就说：总共拿了三万八千元，有两万说是借的，谁晓得他还不还。

石依蕙说：工头，如果现在把耿林锋拿走的钱补给你，你能不能保证把工程质量搞好。不合格的要全部反工。

刘万顺就拍着胸口答应没问题。

夏慧天当即打开公文包，取出纸笔，让刘万顺写了收据，收据上写道今收到耿林锋归还借款三万八千元。石依蕙当即从坤包里拿钱出来让刘万顺点数。刘万顺清点完了连笑着说谢谢石总。

事情总算完结了。二人告别净光法师，回来的路上，石依蕙对夏慧天说：慧天，明天我要走了，晚上得和家里人聚聚，吃顿晚饭。现在时间还早，我们俩找个地方说说话，顺便有个事情给你说。夏慧天说道：城郊有家凤竹茶楼，我们到那里喝茶去，说着车到了城郊，夏慧天让石依蕙从一条小路拐下去大约四五百米处的山脚下果然有一间竹林掩映的茶楼。石依蕙将车停了，二人进去到楼上找了间包房坐下，服务小姐就跟了来问客人要喝什么，石依蕙说泡一壶好茶再来些瓜子之类。两人刚落座，茶水小点就送上来了。

石依蕙见夏慧天一路不大说话，就问道：慧天，你今天不高兴？夏慧天说：没有啊，只是听说你要走了，心里忽然就像失落了什么……石依蕙问道：那你说为什么呢？夏慧天说：一份真情，刻骨铭心的，转眼之间就又成了一段往事。你一走，也不知什么时候再见面，所以心里就沉甸甸的。其实早知道你要走的，只是到了临分别的这一天，才真体会到那种难以割舍的疼痛……

石依蕙也不说话，就端茶壶给夏慧天斟茶，自己也斟了，端了茶杯，说道：慧天喝茶……却看见夏慧天眼里潮湿了，那表情分明是极力在控制自己，不让眼泪流出来。

石依蕙就喃喃地说：慧天，哭吧，我也想哭哩……突然转身搂住夏慧天，大声地抽泣着，夏慧天的眼泪也大滴大滴淌下来，滴溅在石依蕙头上……

二人哭了一阵，石依蕙抬起头来，泪水汪汪地看着夏慧天，说道：慧天不哭了，我们都不哭了……说罢扯了餐巾纸去为夏慧天拭眼泪。

二人又默默坐了一会，夏慧天便苦笑道：我此刻才体会到李商隐那句“相见时难别亦难”的滋味了。我们高中毕业分别，二十多年后才相见，相见只三个月又要分别了。哪一天再相见，全是冥冥中不可知的事，由不得我们。你走以后，如果我能和余英离婚……

石依蕙忙打断夏慧天的话，说道：慧天，我再不准你提离婚的事，我走以后，你要善待余英，我对她是问心有愧的。好，别提这个事了，我还有事给你说哩……石依蕙说着就从坤包里取出一个信封递给夏慧天，说道；慧天，你先看看，我再告诉你。

夏慧天从信封里抽出一张宣纸，杂志一般大的纸上，用工整的毛笔字写了四句话：

人力难抗命
破财求平安
心心会二人
家在双重山

四句话下面一条落款是：海南诸葛阮坤龙。

夏慧天便问道：依蕙，这是什么意思？

石依蕙说道：这位自号海南诸葛的阮坤龙是珠海一带有名的易经大师，据说大师通风水、识地理，最善看人面相，还能未卜先知。我接到依茜的电话，说石筑出了人命案。当晚专程开车去龙鸣坡找他。我只说家住贵州，家里刚出了件大事，要我火速赶回去，请大师卜一卦凶吉。大师问了我的生辰八字，看了面相，也不问别的，就拿了笔展开纸，为我写了纸上的这四句话，我当初拿回来琢磨了一阵，前两句是这样解的，不知对不对？

夏慧天说道：依蕙，你把你解的前两句说来听听：

石依蕙说道：“人力难抗命”，这一句我取了第一个字“人”和后一字“命”，就是说家里出的是人命案。第二句“破财求平安”，我只解了“破”字，破的左边为“石”，即指我们石家。右边的“皮”字，用一句俗话说：“不死也要脱层皮”。也就是我们石家要受点磨难。

夏慧天笑道：你这样解法我倒是很赞同的。看来这位易经大师非等闲之辈，是位奇人。

石依蕙就说道：后面的两句我一直没解透，所以我想在回去之前让你帮我解了。夏慧天盯着那后两句看了一阵，说道：我先解释一下，你看如何？“心心会二人”这一句是指我和你的事。你看我的“慧”字下边是个“心”字。你的“蕙”字下边也是个“心”字。两个“心”后面这个“会”字是我的“慧”和你的“蕙”字的谐音……

石依蕙听罢就兴奋地说道：那这么说来我俩相爱原是天意安排，大师既不知道我的名字，也不知道你的名字，就算得这样准。这位大师真是神人，我算服他了。那第四句又怎么解呢？

夏慧天就盯着“家在双重山”五个字看了半晌，顿时就像掉进阴洞里，浑身冷飕飕的，心里就不住念道：怎么可能呢？怎么可能呢？

石依蕙见夏慧天没说话，就催问道：慧天，你说话呀，第四句怎么解的？

夏慧天解出来了，但他不敢说，也不敢相信竟是这样的结局。这句话要说难解也不难解，“双重山”分明是个“出”字。再把第一个“家”字放到后面，就是“出家”，这一句暗示石依蕙未来的命运是出家当尼姑的意思。

夏慧天就装作看不懂，反复说道：这句话怎么就让人解不透呢……

石依蕙故意奚落他，说道：读了这么多书的夏慧天先生，怎么连这么简简单单的几个字都解不出来。

夏慧天就说：依蕙，可能是大师一时糊涂写错了吧，这句话我就看不出有什么意思来。

石依蕙就对着那句话念了十来遍，说道：大师肯定不会写错的，里面一定隐藏着什么天机，只是我们解不透罢了……便将纸条收来折起，装回坤包。夏慧天忙岔开话题，说道：依蕙，你回去有空给我写信，我也会写信给你的。

石依蕙笑了笑，说道：现在谁还写信呢？电话那么方便。

夏慧天说：写信和通电话是不一样的，写信有感情色彩，最长于沟通彼此心灵。电话仅是现代通讯的工具，两者不可相提并论。

石依蕙说：那以后你就多给我写信吧，我把你的信当了文章来读，一定像读你书里的散文一样。

夏慧天说：那你也要给我写。

石依蕙说：我写了你可别笑话我……

正说着石依蕙的手机响了，是石依茜打来的，开口就说：姐呀，别情意绵绵了好不好，你看看几点钟了，一家人还在等你吃饭哩……

36

这一晚石二奶吃了晚饭，照例端了竹椅坐到门口，拿了把蒲扇慢悠悠摇着。对门的王大妈和隔壁刘三娘也端了凳子过来坐了。刘三娘刚坐定，就凑近石二奶说：二奶，听说我们这一条街都要拆房啦，你知道么？石二奶就摇摇头，说道：没有的事，城中心的房还没拆完哩，哪就会拆到我们这穷街陋巷了。王大妈就说：前一阵我是看见有人来丈量了的，从河埂那边一直量过来，也不知是修河道还是整路的，就没问。刘三娘说：你问了人家也不会给你说。上次大胜街拆房，住户全不知道，突然就下了通告，弄得满街人上政府去告状，告了也没用，现在不都拆平了么……说着话左右对门邻里已经聚来七八个中老年妇女。也有听说要搬迁拆房的，也有没听说的，就议论了半晚。都说搬迁拆房是关系祖祖辈辈家业的大事，就算要搬要拆，也总得有个说法。

这事才议论了两三天，那日石二奶正在家里看电视，石依宝气喘吁吁就跨进门来，人还没站定就说道：妈，人家要拆房了……石二奶在看《大宅门》，正来劲哩，也没听明白石依宝说什么，便答道：人家拆房关你什么事了，别打扰我看电视。石依宝凑近一步，说道：妈，我是说人家要拆我们家房子，要拆石家院了……石二奶一听像被针刺一般，呼的一声就站立起来，问道：依宝你说什么？谁要拆我们石家院了？

原来石依宝刚才在娱乐室里打麻将，就听一旁有人说沿江街一带要被拆除建花园商住小区。当时他听得不明不白，就问那说话的人是真是假？那人说还会假么，《拆迁公告》都贴出来了，不信你自个去街上看。石依宝听罢牌也不打了，抽身便往外走。一路上就看见沿街的门墙上贴了好几张《拆迁公告》，他凑近去看了，内容大致是为了改造旧城区，决定在河边的沿江街及附近的面条加工厂、米粉加工厂、染织厂等地段建设“水滨花苑”花园商住小区。希望这一片区内的居民住户及国营集体私人企业作好搬迁准备，限期两个月内搬迁完毕，具体拆迁补偿事宜请与拆迁办联系等等。落款是“南柯市政府沿江片区拆迁办公室”。石依宝看得一肚子气，回到门口，他家的墙门上也贴了一张。石依宝见了一时怒火中烧，刷地一把便将那《拆迁公告》撕了握在手里。待石二奶来问时，石依宝将手里那纸片儿抖了几下，说道：妈，你看这《拆迁公告》都贴到我们大门口了。你老却不晓得。说罢便将纸片递给石二奶。石二奶虽然识得些字，接过《拆迁公告》时却心慌手抖，怎么也看不明白，就又让石依宝念给她听。石依宝念着念着，石二奶一屁股坐回沙发上就不听了，哇的一声便哭了起来，两行老泪顺着脸颊往下流，一边哭就一边数落着说：这是什么王法了，我石家祖祖辈辈在这里住了一百多年，怎么事先也不兴打个招呼，就要拆我的房了，这一张破纸莫非就硬要把我石家院这片老宅基毁了不成……

自从《拆迁公告》贴出来以后，老城的沿江街片区这一带再没有原来的平静和安宁。人们开始咒骂、议论，三五成群聚在一起说是要找政府给个说法。晚上在门口纳凉的话题再不是闲闻趣事，再不是张家长李家短。吃罢饭后的沿江街住户也不论男女老少，就端了凳子椅子坐到门口说拆迁的事。尤其是那些临着街面开了小铺子做生意的人家，对拆房的反映就特别激烈。说来也挺可怜，这些人家本来就没工作没职业，以前有工作有职业的现在多下了岗，无奈之下凿了墙壁开了门窗，凑足本钱开了个小饭馆杂货铺烟酒店什么的，勉强也可维持生计。这下好了，要拆房，让你生意做不成了，养家糊口的来源也断了。再加上去拆迁办公室问了补偿的人，回来一说，原先的愤怒火上浇油，人家开发商搞的是花园小区，商业一条街。投资成本高，售房价格自然就更高。给拆迁户的补偿每平方米三五百元左右，可你想买花园小区的住宅楼吗？每平方米拿得出一千八百元，给拆迁户的优惠价也是一千五百元以上。买一套三居室百来个平方米的住宅楼，拆迁补偿费不算了，也还得倒掏十来万元。小街的平民百姓买不起花园小区，人家房开商就把那几万块拆迁补偿费打发你滚蛋。还有那开了门做小生意的人家就更亏了，你那铺面是自己开的，没经过有关部门批准不算数。只能当住宅房补偿。你若还想在花园小区商业一条街要铺面吗？每平方米一万到两万元不等，一个二十平方米的小铺面就少说也要二十几万，这对沿江街的老百姓无疑又是天文数字。买不起你生意也别做了，另谋出路吧。

石依宝常去的娱乐室这一阵像是炸锅了。到娱乐室打麻将的人有两类，一类就是在沿江一带做点小生意的个体户，另一类是这一带国营集体小厂的闲散下岗职工。如今不仅居民住户被拆迁，工厂也要被拆了。工厂领导早两天到拆迁办去反映，说工厂拆了职工怎么办？拆迁办就推说去找开发商，开发商说我们只管开发不管职工生活。于是职工就集体去找政府，政府又推说去找拆迁办，找去找来也没找到管事的单位。那些下岗职工每月还领了两三百元生活补助费，工厂拆了，生活费找谁去要？所以娱乐室里就成了大伙议论的场所，最后得出的结果是既然没人管，就去找律师告状。于是就有一位叫王大牛的下岗工人带头，把石依宝也拉来凑上七八号人，准备去请律师跟拆迁办打官司。

这天下午石依宝与王大牛等人去华夏律师事务所找夏慧天。众人七嘴八舌向夏慧天说了，夏慧天听他们说了半晌没有吭气。石依宝就问夏慧天道：夏律师，我们反映的这些情况都是事实，今天大伙是代表几十家被拆迁户来找你的。过些天我们还把大伙的签名都送来，你懂法律法规，给大家伸张正义，说句公道话。夏慧天说：依宝，这件事不瞒你，我真的很为难，你们说是告拆迁办，告开发商，实质上是告政府。这种事在各地都有，也有人找我要告状的，我都回绝了。这样吧，你们先回去，等我把情况了解一下再联系行吗？王大牛是火爆性子，听夏慧天话里有推诿之意，临走就说道：夏律师，你要不给我们这些受冤枉的下岗工人老百姓争个说法，我看你这律师也算白当了！说罢扯着石依宝等人出门去了。

说真话，夏慧天对沿江街片区这场拆迁官司确实有推诿之意。这类事近两年来找到他做代理律师，与政府官方部门打官司的案子至少有七八次了，开始他真的还为那些被拆迁工厂的工人，为低价征用耕地的农民们愤愤不平，并试图通过法律匡扶正义，维护工人农民们的合法权利。甚至还免费为他们代理诉讼，可案子一送到法院，不是石沉大海就是杳无音讯。再问，法院却回答不予受理，民告官，工人农民告政府，这官司绝对打不下去。

石依宝与王大牛等人走后，夏慧天在独自坐在办公室里想了许久，想了很多。作为律师的他，觉得这些年来无颜面对那么多求助的目光和面孔，负了律师这个神圣的职业，正如王大牛所言，你这律师算是白当了。

夏慧天思量半天，感到十分为难。一来哩，他受理石筑这个大案一时没有了结，检察机关提起公诉没有？法院什么时候开庭？结果将会如何？虽说有了柯小芽作的证词，但他却不敢掉以轻心。二来哩，倘若他真要接了拆迁户的这个案子，岂不是又要与政府作对吗？万一哪一位官员对他夏慧天不舒服了，给法院暗示一下，说不定连石筑的案件都要被牵扯进去，后果更不堪设想。但这件事既然大伙都找上门来了，一点不管也不行，就想先了解了解情况，不能给大伙当辩护律师，至少可以为他们提供相关的法律法规文件，然后建议大家根据相关政策，到上级党委政府上访反映。这样做，可能比打官司更能解决问题。

第二天上午，夏慧天去石家院，顺便带了两份有关房屋拆迁补偿的文件。正好王大牛等几个人都在。夏慧天就把自己的想法给大伙讲了，又把建设部关于拆迁补偿的文件拿出来让他们看。大家就说夏律师的这个建议好，我们就拿文件到省里去反映。

大伙走后，夏慧天就问石依宝，拆迁的事，伯母老人家知道没有？石依宝说这么大的事我妈能不知道吗？石筑的事她老还悬在心里，成天念叨怎么还没结果，如今又要拆房，这不是雪上加霜吗？夏慧天问怎么没见石伯母？石依宝说就为拆房子事，他妈的老毛病又犯了，徐姨陪她到医院看病，大约也要回来了吧。

正说着徐姨扶着石二奶回来了。夏慧天问道：伯母哪里又不舒服了。就看见石二奶面色蜡黄，神情沮丧，连坐下时都让徐姨扶着。

石二奶听夏慧天问话，就叹了口气，半晌才答道：夏律师，你可是亲眼看着的，打从年初筑筑犯事起，家境就一直不顺。娃儿的事还没个着落，成天坐在大牢里受苦不说，还不知道人家会咋个判。如今又要闹拆房。我家祖祖辈辈在这宅基上住了一百多年，人家二话不说就要把房屋拆了，从清朝到民国，水也冲过，火也烧过，没人把我赶走，共产党是人民大救星，怎么下边的人就不把我们老百姓当人看了……石二奶说着就抽泣起来。夏慧天忙安慰道：伯母，你老安心养病，身子要紧。石二奶说：我要活一天他们就别想拆我的房，除非我死了。我死也要死在自家的屋里，我是不做孤魂野鬼的……石依宝忙说：妈，你老好好的说这些干吗，走，我扶你上床休息去。石二奶说：我不去，我要跟小夏讲话，他是律师，懂法律的……

正说着话石依茜进屋来了，见夏慧天便说道：夏哥，今天怎么走错路了，有空到我们家来玩哩。夏慧天笑道：我走错路了才到你家的，你就不欢迎么。我是特地来看看伯母，你别只顾在外面挣钱，伯母病了也不管。石依茜对着石二奶说：妈，你老也想宽一点，万一人家真要拆，我们另盖一栋新楼，石二奶问：就盖在原来这块地基上吗？石依茜说：恐怕不行，人家统一规划的图，我们家住的这一片是商业街……石二奶说：那不成，我们石家上百年就住在这块地方，你爸还有你爷爷奶奶再往上你祖爷爷都在这里去世的。到了逢年过节亡人的阴魂也要回家来，你把家搬了，往后他们上哪里去找？

夏慧天看石二奶一来气色不好，二来话语间也有些颠倒，便说道：伯母，你老病了，不如到医院住下，让医生好好诊治。拆房的事，就让依宝和依茜他们去管，你别担心。石二奶摇着头，说：不去不去，我哪儿也不去的，我去住院人家把房拆了，我死了回来也没个伸脚的地方……石二奶才渐渐好些，又要说话。大家不让她说，硬扶着她进卧室到床上躺下。

待石依宝和石依茜从卧室出来，夏慧天说：依宝依茜，伯母的病你们可得小心。她老人本来身子不好，为石筑的事还一直揪着心，再加上拆迁的事受打击，病情就加重了，最好还是动员她去住院……这时徐姨从厨房出来，听了夏慧天的话，就接着说：我先前陪二奶去医院看病，医生量了血压，又检查了心脏，就说要让她住院，二奶说不住院，就让医生开药回家服。后来医生悄悄给我说老人心尖搏动很弱，心音也很低，血压偏高……徐姨说罢就找出病历本递给石依宝。又说道：刚才老人在这里我也不便说，现在夏律师说了，你们可得劝劝她去住院。石依宝说：我劝得动吗，前两天我就说了让她去住院的，她死活就是不去。石依茜说：这个家妈只听我姐的，除非让姐来劝她。可我一想，姐回去才一个多月，公司里的事又多，总不能又让她跑回来。

大家一时没有了主意，夏慧天把石筑的案子说了，目前也没有什么新的情况，只有等候法院开庭了。

37

这日下午，石依茜刚从石家院出来，准备到美容美发厅那边看看，刚坐进小车，就忽然听手机响了。石依茜也没看号码就接了，一听是邓桦的声音，说：依茜，你现在在哪儿，我有个急事找你……石依茜一听是急事，忙说：邓哥，我在车上。你说的事很重要吗？那我们找个清静的地方，干脆到我茶楼去，下午一般没有客人的。邓桦那头说好的好的，我马上过去你快来啊……

石依茜就开了车直接去茶楼。到楼上包房坐下，刚让吴姐安排服务员泡茶上来，邓桦就到了。

邓桦脸色显得有点严肃，进门后随手把门关了，便在石依茜对面坐下。石依茜端了茶壶给他倒茶，邓桦一口把半杯菊花茶喝了，又去摸了烟来抽。石依茜说：邓哥，出什么事了，邓桦喷了口烟雾，说道：依茜，金局长被“双规”了。石依茜一听就像被火灼了一下，忙问：是什么问题，怎么早没听你说？邓桦答道：我也是才知道的，听说由省纪委派人下来搞的，很秘密。前天我还跟金局长在一起吃饭哩，也没看出他有什么反应，昨天一早胡姐才悄悄到我家来，连电话也不敢打，怕监听。说是昨晚省纪委的一位同志和市里反贪局的苗时忠叫他出去，结果一去就没回来，现在也不知在什么地方。下午市政法委的书记来局里宣布，说金局长有事，让张副局长主持局里的工作。石依茜问道：邓哥，不会与我们家的事有关吧？我们跟金局长送东西，只有我和姐两人，又是我们亲自去的，不可能有别人知道。邓桦说：也很难说，我找你就是让你做好准备。给金局送东西的事，不管谁找你，你都不能承认，要认了，那你侄儿石筑这个案，判起来就重了。石依茜说：我当然不会承认的，怕就怕金局长自己认了我可没办法。邓桦说：不会吧，我想金局长不会那么傻……

金玉康突然东窗事发，被“双规”了，外面没有一点风声，也不知道为什么事？因为石筑的案子，石家给金玉康送了十多万块钱。邓桦担心是不是石家哪一个人走漏了消息，所以才来找石依茜。石依茜斩钉截铁向邓桦保证，说给金局送礼的事，只有她和石依蕙两人知道，就算用枪逼着，她们也不会往外说。

邓桦顺便问了柯小芽的情况。柯小芽是石筑案子的重要证人。万一人家从她身上开刀，小姑娘没有经验，经不住一唬二吓，把作伪证的事说出来那就更麻烦。石依茜就说柯小芽考入北京外语学院，上个月已经离开南柯去北京念大学了。又说别看柯小芽年纪轻，做事倒是很沉着的，不会有事。再说柯小芽知道利害，承认作伪证就是犯法，这个道理她懂。邓桦听了就点头表示同意，临走时说有情况要保持联系，至于金局的事他去打听，有什么消息再告诉石依茜。

邓桦走后，石依茜心里无端又罩上一层阴影，她真担心金玉康在“双规”期间经不住反贪局的攻势，把接受她们送的十多万元这个事交代出来。这样一搞，石筑的案件可能要重新调查，还牵出邓桦、周怀忠等一班人。弄不好，她和石依蕙因为行贿都有可能被扯进去。石依茜越想就越感到事态严重，忙开了车直奔石家院。

石依茜刚进门就看见有两名男人在与石依宝谈话。石依宝对那两个人道：你们别说了，我没什么可给你们谈的。《拆迁公告》先贴了，还在我墙上写了“拆”字，现在才来找我商量……石依茜一听就明白是为房屋拆迁的事，便坐在一旁听。待石依宝说完了，石依茜就问那二人，说道：你们是哪里的？一位约莫三十来岁的男人就站起来说：我们是广福房地产公司的。便又指着旁边一位四十左右的男人说：这位是政府拆迁办公室的沈主任。那位沈主任便微微一笑，有点傲慢地看看石依茜，说道：这位是……石依茜没等他说完，呸的一泡口水就溅到沈主任身上，站起身来指着大门说：你给我滚出去，滚出去！

这位沈主任被溅了一身口水，万万没想到眼前这位看似漂亮且风韵十足的女人，竟然如泼妇一般凶煞。现在石依茜让他滚。若真起身走了，这面子上就实在过不去。一个堂堂政府官员受此奇辱，又不便发作。就弄得走也不是不走也不是。幸好旁边的男人忙站起来解围，拉着沈主任说：沈主任，我们走……沈主任就哼了一声，跟着旁边的男人走出门去了。

待二人一走，石依宝就笑着说：依茜，你今天好样的，给咱石家出了口怨气。

石依茜说：哥，以后这些人上门来了你别理睬他们，有事你就做自己的事，没事你就上街溜达去，让他们坐冷板凳。要真是纠缠不住了，你就给我打手机，我来对付他们。

石依宝说：对，你这办法好。

石依茜说：哥，我回来是有个事要告诉你，石筑的案子，公安局的金局长帮了大忙，刚听说他出事了，现在已经被“双规”，也不知被关在什么地方交代问题。我刚才听邓桦说了，也不晓得金局长犯的什么事。我担心石筑的案子会不会被扯进去。所以来给你打个招呼。你也给嫂说一声，万一有人找上门来，问我们给没给金局长送礼？你就一口咬定从来没送过。再问别的你都说不知道，明白我的意思吗？

石依宝听了先是一惊，就说：明白了，反正有人来问我什么也不说。要说就说我儿子正当防卫过失杀人……

石依茜说：对，你就这样回答。接着又问道：哥，妈的病怎么样，我这几天太忙，也没回来看看。石依宝说：我看妈这场病有点难得好转。让她去医院她死活不去，就在家服降压灵和心律康，前天去叫私人诊所的医生来给她打了两天吊针，也没见有效果，最近我都让你嫂晚上陪她睡。你嫂说妈晚上总睡不好觉，半夜里突然起来开衣柜找东西，问她找什么她又不说。

石依茜说：没给姐打电话吧？石依宝说：没有，怕给依蕙说了她心里急，又要匆匆忙忙赶回来。石依茜说：我看还是想办法让妈去住院，石依宝说：依苹都给她说几次了，我们哪里劝得了她。只有依蕙说话她肯听，可偏偏依蕙又远水救不得近火……石依茜也不再问什么，就进了石二奶的卧室。

一进房间，石依茜顿时惊呆了，只见石二奶躺在床上，两眼发愣，嘴里喃喃地像说梦话：筑筑………筑筑……这下完了……完……了……

原来刚才石依茜在外面与石依宝说公安局金局长被双规审查的事，又说可能牵扯到石筑的案子。石二奶听得明白，她也知道，石筑的事，公安局的局长是帮了忙的，现在局长出事了，石筑还能活得出来吗？这一急，病情就突然加重。要不是石依茜进来，老人可能就撑不下去了。

石依茜一边给石二奶揉身子，一边让石依宝打120叫救护车。十多分钟救护车就到了。这时石依苹，夏慧天闻讯赶来，大家就要抱石二奶上车去医院，石二奶却两手抓往床沿，死活也不肯动。

医院的救护车和医务人员已经等了十多分钟，人家不能再等下去，就给石二奶量血压，打了强心针。然后就说老人的病情刻不容缓，非得去医院诊断治疗，让亲属再动员她，否则就没救了。

待石二奶渐渐闭上眼睡了，众人才回到客厅里坐下。夏慧天说道：我看伯母的病不能再拖下去了，你们得给依蕙打个电话，让她回来看看。石依茜说：中午就打了电话的，我姐说赶明天的飞机回来。郭志凤说道：也难为大姑了，离开才两个多月又要赶回来。石依宝说：我这当大哥的无能，不靠依蕙怎么办，这个家还真少不了她哩。

38

夏慧天在家里吃晚饭，原想吃完饭上石家院看石依蕙回来没有？哪知刚端着碗才吃了几口，余英就问道：慧天，听说你接了沿江街什么拆迁案子要跟政府打官司是不是？夏慧天一边吃饭一边就点头应道：也不是什么案子，就是给人家提供一些有关拆迁的法律法规文件……余英是今天下班时碰见律师事务所的苏会计。两个女人一见面自然免不了聊上几句。苏会计就无意间说到夏慧天近来忙哩，还为拆迁户找什么文件……余英一听就憋了气，说夏慧天神经有毛病了，政府拆迁什么地方与你有什么相干，偏生要去管这种费力不讨好的事。所以吃饭时就把这件事提出来问夏慧天，没想到夏慧天倒回答得干净利落，简直有点理直气壮的味道。余英便把筷子放了，认真说道：慧天，你能不能干点别的正事，少给自己惹麻烦好不好？

夏慧天只当余英随便问问，也就没当回事地说了。哪知余英竟认真起来，仿佛他夏慧天不务正业，搞什么歪门邪道了。就说道：我是律师，给老百姓提供法律依据不算正事？还有什么算正事？余英说：你夏慧天有多大能耐，敢跟着一帮拆迁户瞎起哄，告政府，你这算什么正事，简直是胡闹……

婷婷刚才一直埋头吃饭没说话，现在听余英这么一说，就有点按捺不住了，说道：妈，法律面前人人平等，跟政府打官司怎么算是胡闹呢？人家美国公民还敢告总统……余英没等婷婷说完就打断了她的话。拍了桌子说道：大人说话你掺和什么。美国是美国，咱们是中国！婷婷瞪了余英一眼，把筷子也放了，说道：妈，你别拍桌子吓人，我是在跟你说理。中国怎么啦？中国老百姓就该天生当顺民，政府错了也不敢说错对不对……干脆你让我们再回到康熙乾隆皇帝那个年代去，天天喊吾皇万岁万万岁。像鲁迅先生说的人家打你左脸你再把右脸伸过去让他再打的是不是？我就支持我爸，敢为老百姓讨个公道……

夏慧天一直认真地听着婷婷说话，他真没有想到这一代年轻人再不像他们那个时代的人，那个时代他们盲从，无知近乎愚昧。而婷婷才上高一，就有思考，有主见，有独立见解和判断是非的标准，有用法律维护个人权利的意识。

正当夏慧天欣赏婷婷的一番议论时，余英早已恼羞成怒猛地搁下饭碗，说道：夏慧天，我是为了你，为了这个家，说两句话你父女俩个就围攻我，你以为你是名人，是律师就敢告政府是不是？还有你，婷婷，你才读几本书也敢来教训我！好，今天我安了心听你们教训，还有话就说，有屁就放……余英摆出一副蛮横无理的架势，抄了手坐在那儿直喘粗气。

夏慧天笑着劝道：余英，婷婷说几句话你也犯不着认真，孩子有自己的看法是正常的，婷婷，快吃了饭去上晚自习。

婷婷站起来说道：这个家里没有民主，不让人说话我以后就不说了。也不再吃饭，转身开了门就出去了。

婷婷走后，余英揪住夏慧天唠叨个没完没了。说你夏慧天支持被拆迁户与政府作对，于单位于家庭于自己都没有好处，弄不好得罪了当官的让你吃不完的兜着走……又说夏慧天你现在变了，做什么事我行我素自作主张，也不把她余英当妻子看待，什么事总瞒着不屑说一声……说着说着就哭了，一副十分委屈的样子。夏慧天也不劝她，也不分辨，任余英怎么说他横竖不开口。余英越哭越伤心，最后就说你夏慧天是不是在外边有了女人，才这样来作践我，别以为我是傻子软弱好欺……

夏慧天就问道：余英，我什么时候作践你，什么时候欺侮你了？今天的事你一问我不就告诉你了么，怎么又总是瞒着你？我总不能每天做什么事到哪里去都得给你汇报吧。好了，你还吃不吃饭，不吃饭我收拾了。就端了桌上的碗碟到厨房去，收拾完后就自个出门去了。

夏慧天到法院去，就想了解一下石筑的案子情况，问问什么时候开庭审理。作为律师，这也是他职责范围内的工作。法院熟悉的同志告诉他，石筑的案子已经起诉到法院，什么时候开庭还不知道。夏慧天也不再多问，出了法院大门，却不知道要往哪里去，就信步沿着人行道往前走。夏慧天一路走一路想，突然就听见背后有人喊夏老兄。夏慧天回头一看，却是文联的魏仁杰。魏仁杰是南柯市的诗人，在全省诗歌界中也算小有名气的，如今是文联的秘书长。只见魏仁杰手里拎着一个大包，用报纸捆扎了的，匆匆从后面走来。夏慧天停了脚步，问道：诗人，急匆匆地干什么去了？魏仁杰走近夏慧天身旁。说道：范子朋死了，我去参加葬礼，刚从火葬场回来。夏慧天听了猛吃一惊，站在那里便呆了，半天说不出话来。魏仁杰接着就又说道：听说范呆子在他住的鸡窝里已经死了两三天了，后来还是过路的村民发现后报告了派出所，派出所通知他的家人，今天一早就送火葬场火化了。夏慧天这时仿佛从大梦中醒来，喃喃念道：怎么就死了呢？怎么就死了呢……魏仁杰叹道：他活着我看也是受罪，倒不如死了的好。夏慧天一看正好旁边有家冷饮屋，就拉了魏仁杰往里走，说道：诗人，来，聊几句，我请你喝咖啡。便进去坐下要了两杯咖啡，一边喝着一边就说道：我前两个月还去看过他的，顺便还送去些水果和蛋糕，怎么这样快就没了。魏仁杰说：你是前两个月去的，我是一个多星期前与郑大智、何平才去来的。我听他老咳嗽，就说范呆子你他妈别写什么长篇了，还是先上医院看看病去。你又不是路遥，《平凡的世界》还没写完出版社已先列入了出版计划，死了也值。你一个无名之辈写得再好也没地方出……夏慧天就半是玩笑半是认真地说：好了好了，范子朋肯定是被你这几句话气死的。我知道他的脾气，最怕别人给他泼冷水。魏仁杰就哈哈笑了，说道：我看要早一点儿多几个人给他泼冷水，这老兄也不至于把文学当了饭吃，发呆发痴地写了。说罢便拍拍那个大纸包，又道：你看，写了这么一大摞，他家里人说要连尸体一起烧了，还是我动了善念，说范子朋的手稿文联要保存的，才把它抱了回来。文联也没地方存，说不定哪一天就卖给收破烂的了……夏慧天忙说：诗人，你可别拿去卖破烂啊，你收好，等哪一天我夏慧天发财了，花点钱为他出版。老朋友嘛，也难为他辛辛苦苦写了几年。魏仁杰就笑着说：那我恭祝老兄早日发财，帮范子朋出版这部惊世骇俗的大作，以告慰他的在天之灵。

俩人又说了些南柯市文坛上的事与文友们的近况，喝完咖啡才起身各自走了。

夏慧天原本不逛街，一逛街就遇到不愉快的事，范子朋的死，让夏慧天无法接受。为了什么呢？文学吗，功名吗？即使《伊人春梦》真如范子朋说的是惊世骇俗的不朽之作，可能像《红楼梦》那样流芳百世又如何呢？何况这毕竟只是范子朋的一厢情愿。躲在鸡棚里忍饥挨冻写《伊人春梦》的时候，倒真如某些讥讽的人笑他是“痴人说梦”了。

39

石依蕙风尘仆仆地又回来了。

去珠海不到两个月，虽然公司和制衣厂一大堆的事要办，但只要一闲下来，先是牵挂石筑的案子会是什么结果，后来又听说石家院老屋要被拆迁，接着听说母亲为这件事又犯了病。昨天接到母亲病情加重的电话，石依蕙把公司的事交代给肖禹，就又匆匆乘飞机赶回来。

石依蕙到家，什么也顾不上，就动员母亲去住院。在石依蕙的苦心劝说下，石二奶终于去了医院。到住院部住下后，做了B超和心电图，待检查完毕，主治大夫让石依蕙去他的办公室，详细地介绍了石二奶的病情。说老人已属于严重心脏病晚期，又指着心电图说图上显示连续出现三个甚至四五个室性异位搏动，频率大于百分钟二百次以上，超过了原来的主导心律，血压突然降低，这对老年心脏病人是十分危险的，只要情绪一旦波动，即有生命危险。最后主治大夫说你们家属做好心理准备，我们医院尽力吧。

石依蕙听大夫说完，眼睛禁不住湿润了。她在石二奶的病危通知单上签字时，直感到手在发抖。

石二奶虽然勉强听了石依蕙的话住进医院，但老人心理的压力反而加重了。她躺在家里，那毕竟是自己的家。现在哩，反倒整日里牵挂着那栋楼房，生怕被人拆了。家里人来看她,老人家别的话不说，开口闭口就问拆房了没有？说你们别瞒我，别让我闭眼伸脚了也无家可归的……老人一说到死，说到死了也要死在自家的屋里，大伙就伤心落泪。就安慰说妈你老安心养病，没有人敢拆我们家的房，现在正向上级反映哩。

正说着话夏慧天来了。石依蕙背着脸面对着墙在哭泣。听见夏慧天的声音便不哭了，转过身来喊了一声慧天……夏慧天点点头，说道：刚才先去石家院，听说的伯母来住院了，就过来看看。依蕙，你这是怎么了……石依蕙也不答话，转身出了病房，站在走道上等。夏慧天出来，问道：依蕙，是不是伯母的病……石依蕙就点点头，把大夫的话向夏慧天说了。末了说道：慧天，听说妈的病情后，我心情一直沉重，也没给你打电话。夏慧天说：依蕙，你先别太伤心，伯母的病就是因为要拆房急出来的。现在要紧的是先安慰老人治病，你自己也要保重……

分别两个多月了，却在伤心断肠的境况中见面，那么多的思念一时也不知怎么说。二人就又回到病房，石依蕙对石二奶说：妈，慧天来看你了，夏慧天就凑到石二奶身前，说道：伯母，你老安心养病，房子拆不了的，石筑的案子也没多大的事，你尽管好好养病。石二奶就喃喃自语道：菩萨保佑我们石筑，保佑我们石家院……

二人在病房里坐了一阵，徐姨和郭志凤送饭来了，说是让石依蕙回家吃饭。石依蕙与夏慧天刚出门，迎面就看见余英走过来。夏慧天正要介绍，说道：余英，这位是……余英是住院部儿科医生，在楼下上班，大约是到内科来有事，没想到凑巧就遇上夏慧天与石依蕙在一起。自从那次石依蕙在诊疗室吊针时余英疑心夏慧天去送花以后，心里就一直有了猜疑，今天突然又看见他们二人在一起，一时妒火中烧，但又不便发作。一看夏慧天要向她介绍石依蕙，便扭了头钻进旁边的病房。夏慧天尴尬地向石依蕙做了个苦笑，说道：依蕙，你先走一步，我跟余英说句话。

石依蕙也没回答就下楼出了医院大门。

回南柯已经三天了，石依蕙今天第一次与夏慧天见面，第一次见面就碰上了余英。这是巧合吗？如若是巧合，那么这个巧合一定暗示着某种难以预测的凶险。余英为什么会这样对待她呢？如果其中没有别的因素，那就只证明她的褊狭与小气，证明她对丈夫的不信任，一般来说这是女人缺乏自信的表现。但今天余英的态度十分异常至少对她石依蕙早有戒备并心怀敌意。要不偶尔看见自己的丈夫与一个陌生女人在一起,绝不会无缘无故做出那样无礼的举动。

回到石家院吃了午饭，石依蕙便到楼上的房间休息。她躺在床上似睡非睡，迷迷糊糊做了噩梦，猛地被吓醒了。醒来还隐隐约约记得梦里的情景，余英拿了把手术刀在追她，那手术刀却沾了血。仿佛又是在为石二奶做心脏手术，石依蕙就拼命地跑，跑到医院的顶楼上，余英追上来了。突然看见夏慧天在楼下院子里叫她，喊她的名字，让她往下跳……石依蕙纵身一跳，梦就惊醒了。石依蕙睁开眼睛时，身上竟吓出一身冷汗。

石依蕙去卫生间洗了澡出来，却见石依茜已经坐在房间里。石依茜说我刚从医院回来，听徐姨说你在家，我就赶来说点事。石依蕙就问是什么事。石依茜说：姐，回来这两天都忙妈的事，家里前一段差点出了乱子，我怕你急，也没打电话告诉你。公安的金局长被逮捕了。石依蕙忙问道：什么时候的事？怎么没给我说？会不会与石筑的事有关？石依茜就把经过情况说了一遍，又说：姐，你不知道那几天把我急死了，电话里又不便说。我就怕金局长供出来我们送钱的事，那样一来，不仅石筑的案子要被扯进去，我们都要受牵连。还有妈的病，可能那天我给哥说金局长的事让她听见，所以病情一下加重了。石依蕙叹了口气，说：唉！我们石家，今年连遭厄运，一波未平，一波又起……我怕妈难得挺过这一劫了……

姐妹俩正说着话，石依茜的手机突然响了。一看号码是邓桦打来的，忙问道：邓哥，有事吗？邓桦那头说道：依茜，告诉你一个事，杜秋芸死了……石依茜听罢猛吃一惊，说道：好好的一个人，才三十多岁怎么就死了？邓桦答道：是自杀，今天一早就送殡仪馆去了的，我也是现在才知道，你想去看看吗？石依茜忙说：去，要去的，我们在哪儿碰面？邓桦说：我现在还在局里，到中心广场碰面吧，我马上开车出来，说罢就挂了。石依蕙听说死人了，就问是谁？石依茜说：姐，一个可怜可悲的女人，走，我们一起去看看。石依蕙说：我又不认识，人死了很悲哀的，我倒是去看稀奇，不好，不好。石依茜说：有什么不好，去悼念嘛，是位很出色的舞蹈演员，啊，对了，你看过她跳舞的。那次骆市长送票给我们一起去看演出，就是那个跳《布依族娶亲舞》的女演员。石依蕙听了说道：记得记得，那个舞蹈给我的印象最深了。那位演员长得很美的，舞也跳得出神入化，怎么就自杀了呢？石依茜说：姐，这件事我以后再告诉你，走吧，邓桦还等我们哩！

石依茜的车就停在门口，二人上了车，直奔中心广场而去，到了广场门口，已见邓桦的警车停在那里等候。邓桦见石依茜来了，正要发动车，却见石依蕙在车上，忙下来招呼问候，说大姐你好，是为伯母的病回来的吧？石依蕙忙下车与邓桦握手，寒暄几句，便各自坐回车上，向殡仪馆方向驶去。到了殡仪馆，三人步行来到吊唁厅。凄婉的哀乐如泣如诉地响着，门厅两旁摆满了花圈和奠祭品。灵堂正中黑色的幕幔上挂着杜秋芸的遗照，照片是彩色的，美艳中带着点凄婉的微笑。邓桦与石依茜跟习锦宏说话时，石依蕙看了杜秋芸的生平简历：十二岁进艺校学舞蹈，毕业后就分配到南柯歌舞团至今。现年三十二岁，多次获得舞蹈比赛的独舞奖，双人舞奖，全国少数民族舞蹈比赛大奖等多项荣誉……生平就是那么简单。在舞台上跳了十多年，在金丝绒大幕前和五彩缤纷的聚光灯下获得过无数的掌声和鲜花。现在哩，驼红色的金丝绒大幕变成了一块黑色的幕幔，欢快的舞曲变成了哀乐，灵堂成了舞台，鲜花变成了花圈……杜秋芸平生热爱舞蹈。石依蕙想，那么她一定上天国去舞蹈了，灵魂的舞蹈……想到这里，石依蕙就在杜秋芸的遗照前鞠三个躬，心里暗自祈祷她的灵魂在天国永远舞蹈。

石依蕙就一直不明白杜秋芸为什么自杀，回来的路上，石依茜说：姐，我真的为杜秋芸可惜，她本来不该走这条绝路的。石依蕙说：你说这话我就不明白了，人不到万不得已，怎么会选择自杀来结束生命哩？她一定有什么难言之隐。石依茜说：姐，还真让你猜对了。我告诉你吧，杜秋芸早几年傍上一位当官的，做了人家的情妇。后来哩就被她老公发觉了……石依茜就一五一十地把习锦宏如何设圈套捉奸，拍了两人的床上照片作证据，那位官员用十万元与习锦宏摆平关系。其后习锦宏如何在外面寻花问柳胡作非为，甚至带了女人回家睡觉，而杜秋芸因有把柄握在老公手里，一直敢怒不敢言，最后无奈之下才选择了自杀这条绝路的。

石依蕙听得不寒而栗，问道：那杜秋芸干吗不提出离婚呢？石依茜说：她怎么会不提，可你想她老公会这么轻易就饶她了？那男人狠毒哩，他是要存心报复杜秋芸的。不但不跟她离婚，还要在心灵和肉体上折磨她，直到把她折磨得无法忍受了，就去自杀。石依蕙叹了口气，说道：难怪古人说红颜女子多薄命，世间上有几分姿色的女人，一不小心掉进男人的陷阱里就要生事了。那个男人，开始宠你爱你，另外的男人就来争你夺你，最后把你拿来做交易，当条件。远的不说，一个陈圆圆，先是吴三桂的宠妾，又成了李自成起义军的人质，再后来惹得吴三桂冲冠一怒为红颜，带了清兵入关把李自成打败，把大明王朝灭了。依茜，我说做女人还是长得相貌平平罢了，安安生生过日子免得去招了男人的耳目，落入他们的陷阱。石依茜笑了，说道：姐，你哪来一这番谬论。漂亮也是本钱，看你会不会使。举过例子说罢，比如那武则天啦，慈禧太后啦，要不是凭借着她们年轻时候的花容月貌，再加上一番心计，怎么会登龙位坐天下，垂帘听政当太上皇让所有的男人俯首称臣唯命是从。做漂亮女人要做到这一步才不枉老天给你一副绝代佳人的姿色。石依蕙说：好了好了。依茜，我倒是要问你，杜秋芸与那当官的事你是怎么知道的？石依茜说：邓桦告诉我的，他和杜秋芸的老公熟悉。石依蕙又问：那当官的是不是市里的领导？职务一定不小吧。石依茜就笑着，用了一句外交语言：本人无可奉告。

石依茜把石依蕙送回石家院，就又开车去了绿野山庄。刚进门就看见骆力铭坐在客厅里抽烟。石依茜关了门，也没跟骆力铭说话，自个进卧室洗澡，洗完后换了睡衣才走回客厅里来，在骆力铭旁边坐了，扯了几句闲话，于是随口说道：刚才与朋友去殡仪馆，看见杜秋芸死了，可惜啊……说罢就斜着眼去看骆力铭的脸色。骆力铭未说话，表情也没有丝毫变化。从茶几上掏出了支中华烟要抽，却伸了头去找打火机。石依茜正好把火机拿在手上玩着，就啪的一声把火打燃了，火花子闪着一道蓝光在骆力铭的眼前晃着。骆力铭点着火，吸了一口，又慢悠悠地吐出一串烟雾，才又问道：依茜，刚才你说谁死了？石依茜知道骆力铭明知故问，就又说了一句，歌舞团那个舞蹈演员杜秋芸死了，听说是自杀的。骆力铭就啊了一声，说道：想起来了，她的舞蹈跳得不错嘛，听说还获了奖的，干吗自杀了呢？

石依茜听骆力铭对杜秋芸的死表现得如此冷淡，就暗自骂了一句狼心狗肺的东西，人家不是因为你，哪会落得这样悲惨的下场。索性就把话接下去，故意来刺激骆力铭，说道：在殡仪馆正好遇见一个去参加悼唁的熟人，他说杜秋芸是殉情哩，为情而自杀的。骆力铭就做了个不屑的表情，说道：不会吧，如今哪里还有祝英台杜十娘这类烈女子，去为爱情献身的……

其实杜秋芸在临自杀前十多天曾经给骆力铭打过一次电话。那时候的她已经被习锦宏折磨得心力交瘁，痛苦不堪。她说她只希望骆力铭看在过去的那一段情分上，能帮助她从习锦宏的魔爪下解救出来。她已经向法院民事庭递交了与习锦宏的离婚申诉，只要骆力铭利用关系给民事庭打个招呼，民事庭就可以强制判决离婚。骆力铭听了电话就哦哦地应着，也不说什么，等杜秋芸说完就把电话挂了。他内心里同情杜秋芸，也体谅过她目前的处境。但骆力铭却不敢这样做，他怕习锦宏，怕万一习锦宏知道法庭判决离婚是他骆力铭一手操纵的，把旧账和新账一起搬出来，那他骆力铭这辈子就算彻底完了。更何况习锦宏至今仍在报社工作，他甚至可以利用媒体把事态扩大。骆力铭这样一想，就连想帮助杜秋芸的一闪之念也很快消逝了。杜秋芸苦苦等待骆力铭去为她说句话，凭骆力铭的权势这是轻而易举的事。但她等了十多天，到民庭去问了三次，人家一口咬定你丈夫不同意离婚，本庭没有充分理由强制判决。杜秋芸的最后一线希望终于破灭了，一个狠毒的充满复仇心态的男人和一个玩弄了她感情和肉体的男人把她送上了不归路。在吞服了大剂量的安眠药以后，杜秋芸终于结束了她三十二岁的短暂一生。

现在石依茜向骆力铭提到杜秋芸的死，这其实也是骆力铭意料中的结局。从心理上他有过自责有过内疚，但更多的是他反倒觉得这是一种解脱。于他于杜秋芸也都是最好的解脱。杜秋芸从此不再忍气吞声受习锦宏的折磨，他骆力铭也不担心习锦宏的威胁了。

对骆力铭的淡漠，不管是真实的还是故作的，石依茜都觉得他太没一点人情味了。于是就想再刺激骆力铭一下，又说道：听说杜秋芸红杏出墙，被一个当官的勾引上了，后来不知为什么两个人断了，但杜秋芸却痴心爱着那个男人，为了爱而得不到就自杀了。骆力铭说：不会吧，你别听人家瞎编聊斋，我看歌舞团的那帮演员是演戏演着魔了，尽编些子虚乌有的故事。

石依茜再怎么刺激，骆力铭稳若泰山不动声色，就也没有兴趣再说下去。便说道：我睡觉了，力铭，你今晚还回家吗？说着便起身进了卧室躺在床上。石依茜刚躺下，就听骆力铭进来，脱衣服去卫生间洗澡。洗完出来光了身子在就在石依茜旁边坐下，然后在床头柜上的公文包里摸什么东西，石依茜看见摸出来的是一板药片。骆力铭大概是吃药，又忘了拿水杯，便又起身到客厅去拿水。石依茜就伸手从床头柜上取那药来看，竟然是“伟哥”，还是正宗的美国进口货。石依茜就暗自好笑，想到：往常总以为他精气旺盛，久战不衰，原来竟是靠着美国佬的壮阳药罢了。

40

因为沿江街拆迁户的不断上访，引起了各级党委和政府的重视，南柯市重新出台新的拆迁补偿方案，尤其对一些经济条件确实困难的住户和下岗职工家庭，给了比较优惠的补偿政策。政府专门召集被拆迁的居民开会，除了把新的补偿方案公布外，并表示向大家道歉。石依宝去参加会议后，回来把开会的事向家里人说了。会上解决的问题对其他拆迁户来说有满意的也有比较满意的，就都接受了拆迁条件，与拆迁办签了合同。但对于石依宝一家来说，实际并没有任何意义。拆房已成定局势在必行，石二奶顽固坚持不让拆，所以家里人就一律守口如瓶，不在老人跟前透露半点风声。大家在心里就想好了，只等母亲病好一些，石依蕙就接她到珠海去住一段，也免得给她看见拆房时伤心。

这天下午石二奶刚拔了吊针，徐姨就把热好的参片鸡汤喂她。石二奶才喝了几口，就见一个女人走进来，徐姨认得是楼下儿科的医生，偶尔也上来走动走动，还到病房来看过几次，就问医生你有事吗？徐姨当然不知道这个女人就是夏律师的妻子余英。余英一脸怒气，横眉竖目，也不回答徐姨的话，就恶狠狠地问道：石依蕙到哪里去了，让这个贱女人来见我……徐姨撂下碗，走过来说道：医生你别闹，老人是重病号……余英推开徐姨，走到床边对石二奶说：老人家你也该管管你那不要脸的女儿石依蕙，她勾引我的男人破坏我们家庭，我今天是来找她算账的……说罢就从衣袋里摸出两封信在手上抖着，又道：这是证据，石依蕙写给我男人的信！我今天非要找到这贱女人撕了她的……

徐姨刚才看余英来势不善，忙到病房旁边护士值班室给石家院打电话。接电话的是郭志凤，说依蕙、依茜都在楼上立马开车过来。待徐姨返回病房时，余英还在那里气势汹汹叨叨不休，再一看石二奶面色惨白，眼神呆滞，想说什么却说不出来，嘴唇就不住地上下颤动着。徐姨喊了几声二奶二奶……没听回话，忙转身出门叫大夫。徐姨带着大夫回来时不见了余英。大夫拨开石二奶的眼睛看了看，再一摸心脏，就叫打强心针，又忙让护士推担架车过来说是到抢救室进行紧急抢救。护士刚把车推到病房。石依蕙石依茜和郭志凤同时赶到了。两名护士小心地将石二奶移到担架上，众人就喊着妈妈。只见石二奶睁睁眼，泪花在眼里直转，嘴蠕动着似乎要说什么却说不出来。众人就跟着担架车护着石二奶进了抢救室。

大夫和护理在抢救室对石二奶进行紧急抢救时，徐姨在门口就把余英来的经过说了。余英对石二奶说石依蕙如何勾引他的男人又骂了些下流的不堪入耳的脏话时，石依蕙只低着头流眼泪。石依茜却说道：姐，你别哭，看我如何收拾那臭婆娘。倘若妈今天有个三长两短，我跟她没完……这时石依宝与石依苹闻讯赶来了。石依苹说这件事要先找医院领导，母亲的心脏病原是受不得刺激的，余英是医院医生应当知道，不管出现什么后果她都有不可推卸的责任。

其实余英对夏慧天与石依蕙的关系猜疑已久，只是总没找到证据，不敢来闹。所以她一直在悄悄注意夏慧天的动向，翻他的书房，搜他的公文包，甚至半夜里起来摸他的衣服口袋。石依蕙从珠海给夏慧天写过两封信，信里自然不免流露出一些思恋和亲热的语言。因信是寄到律师事务所的，夏慧天就一直锁在办公室的抽屉里，只当万无一失。没想到今天下午余英到律师事务所找夏慧天，正巧夏慧天在同事的办公室谈事，就忘了关门和锁抽屉。余英正好乘机翻夏慧天的抽屉，果然就找到了石依蕙的两封信。余英拿到证据也不等夏慧天回来，就出门回家了，到家里把信看过后，就直接上医院来寻石依蕙，哪知道石依蕙不在病房，就忍不住对石二奶发泄怨愤。殊不知石二奶是严重心脏病人，哪里受得刺激，几句粗话便差一点儿要了她的老命。

经过一个多小时的紧急抢救。石二奶被送回病房，接着就输氧吊针，老人气息奄奄，睁开眼睛看了围在身边的子女们，终于挤出两个字来：回家……

主治大夫让护士把石依宝和石依蕙叫到办公室。二人刚坐下大夫就说道：刚才院里参加抢救的几位专家和医生统一了意见，认为老人的心脏失去搏动功能，挽救的希望很渺茫，再拖下去也就是十天半月。听说过你们家里的情况，住房面临着拆迁，一般老人到了垂危的时候，都希望回家，所以我们建议你们尊重老人的心愿，最好让她回去。当然，如果作为病人亲属，你们坚持老人留在医院继续治疗，我们一定会尽职尽责全力治疗。不过我还是重复刚才那句话，老人的时间不会太长了，你们赶紧准备后事……

石依蕙也不知是怎么从大夫办公室走出来的，她突然停在病房门口就不动了。接着就感到一阵眩晕，忙伸手扶在门框上，脸贴着墙壁就低声抽泣着……石依宝把石依苹和石依茜叫到门口，简单说了大夫的意见。石依苹就说为了慎重一点，今晚兄妹几个再认真商量，接不接母亲回家明天决定。

正说着话夏慧天匆匆赶来了，满头的汗。就在石依蕙和石依宝去见大夫时，石依茜给夏慧天打了电话，夏慧天听罢打的来到医院，等不及电梯就一口气跑上六楼，一看兄妹几个站在病房门口抹泪，也不知该说什么，就进了病房。病房里郭志凤和徐姨也是一脸泪痕，再看看石二奶输氧又吊针面容枯燥无声无息地躺着，心里就明白老人已是大限临头了。夏慧天就又转身出来，正想说什么，石依茜却先开口，冷冷地说：夏哥，看见了吧，你老婆干的好事。夏慧天低了头，说道：我对不起伯母，对不起你们……说着泪就流下来了。石依蕙这时从墙上转过头来，一脸苍白，说道：慧天，你回去吧。不要责怪余英，都是我不好，我对不起她……石依茜听石依蕙这么说，就更加来气了，说道：姐，你有什么对不起她余英，你们做什么了？无非通了两封信，你说对不起她，我还找她算账哩。……石依苹忙拉了石依茜到旁边，劝她别说。夏慧天噙着泪看着石依蕙，说道：依蕙，我走了。要责备就责备我吧，你是无辜的。说罢就低了头向楼梯口走去。步履显得十分沉重。

夏慧天回到家，余英没有做晚饭，独自坐在沙发上织毛衣。夏慧天径直进了婷婷的房间，婷婷正在玩计算机。他就摸了十元钱递给女儿，说道：婷婷，你去吃快餐吧，吃了顺便到学校上晚自习。婷婷接了钱也没问什么，把计算机关上，揣了本书就出门去了。

等婷婷一走，夏慧天才来到余英面前，说道：余英，把信给我。余英并不知道夏慧天去了医院，只当夏慧天发现办公室的信丢了，来找她要的，就装了糊涂问道：我拿你什么信了，莫非信里有什么见不得人的东西。夏慧天又说道：你别装了，石依蕙写给我的信，你拿出来。余英把手里的毛线往地上一扔，站起来就怒气冲冲地对着夏慧天说道：夏慧天，你与那骚女人干的什么好事，还当我不知道，现在证据落在我手里了，看你还有什么话说……

夏慧天从一进门起就强压住自己不要发火，多年的修身养性参禅悟道已经使他做到大怒而不形于色，所以就一直沉住气跟余英说话，余英却是得理不饶人，以为拿了夏慧天偷情的证据，就要以占了上风来对付男人。于是就滔滔不绝数落夏慧天这些年对她的冷落刁难，帮了女儿来欺侮她，原来都是有了野女人的缘故。末了就说：现在信件就是证据，我是不会拿给你的。

夏慧天也不分辨，任余英说完了，就说道：你还要什么证据，你到医院把人家母亲都快逼死了，石家人还要找你讨人命官司。既然你说我对你不好，在外有了女人，那我们离婚不就完了。这个家我也不回来了，婷婷我安排她住校，你一个人爱怎么过就怎么过。信你不给我也不要了。

夏慧天说完就进卧室拿了几件衣服揣在包里，又到书房拿了几样常用的书籍，装成一包，转身出门去了。

41

兄妹们商量的结果，还是顺从母亲的意愿和大夫的建议，把石二奶接回家。

石二奶回到家，回到石家院，果然就比在医院清醒得多了。她躺在自己的房间里，躺在那张楠木雕花大床上，就时不时伸了一只枯瘦如柴的手去摸那褪了色的床柱，那时的家具都上的生漆，虽然褪了色，却越显得更加光滑，连那镂刻着花草虫鱼的坊板，也是亮铮铮的清晰可现。

家里人虽然希望石二奶的生命会出现奇迹，但也不得不为老人准备后事。郭志凤向单位请了假，忙着为石二奶赶做寿衣。石依宝找来工匠，到后院把原来就准备好的寿木漆了。当然，这一切都在悄悄进行，没让石二奶知道。

自从余英闹了病房，石二奶的病情加重生命垂危，石依蕙心情就一直十分沉重。把石二奶接回家后，她足不出户，不是在楼上自己的房间里呆坐，就到石二奶床边陪老人说话。石二奶绝口不提余英去闹的那件事，她心里是明白的。石二奶打心眼儿里喜欢夏慧天那孩子，常说他沉稳达练，性情最好，眉宇间有贵人福相。只是依蕙命浅，没福气跟了这样的男人过日子。

这天下午石依蕙让母亲服了药，就又坐到她身边说话。石依蕙说：妈，你老好生养病，等到放寒假，我打电话去美国，让金晶回来看你。石二奶就摆摆手，说道：这么远哩，别让孩子来回跑受累。石依蕙说：坐飞机不累，一天一夜就到了。石二奶的脸上露着浅笑，说：我一辈子没坐过飞机哩，也不知是什么滋味。石依蕙说：以前你去广州那阵，我让你老坐飞机你就是不肯。等病好了，我陪你坐，一个小时就到珠海了。石二奶也不答话，把手伸来拉着石依蕙的手腕，摸着那只玉镯，这一对玉镯是石二奶结婚时戴的，后来石依蕙结婚时，石二奶就送给她了。说：蕙，记住妈的话，你出门一定戴着，这镯子护身，能逢凶化吉的……石依蕙忙点点头，说道：妈，我戴着哩，还有一只我留给金晶。石二奶又满意地笑笑。

这时石依茜来了，站在床边与石二奶说了几句话，就拍拍石依蕙的肩，示意她出去说话。等石依茜上了楼，石依蕙才起身出门，到了楼上房间，石依茜说：姐，我想出口怨气。石依蕙问道：出什么怨气，谁得罪你了？石依茜说道：余英，夏哥的那个婆娘。居然敢到妈的面前骂你，又把妈的病加重了，这口怨气不出，我吞不下去。石依蕙听罢叹了口气，说道：依茜，妈的病是迟早的事，我呢，与慧天这一段感情，在心里就一直内疚，余英虽然做得不对，但我有错在先，何必再生事呢？俗话说得饶人处且饶人，我看就不必要与她计较了。石依茜说：姐，你有什么错，要错也是夏哥的错。他都不回家了。说要与余英离婚。石依蕙半信半疑，问道：不可能吧，你是怎么知道的？石依茜说：我昨天遇见他，说是住在司法局的招待所，已经几天没回家了……

石依蕙听了就叹气，摇头，自言自语地说：怎么会闹成这样呢？怎么会闹成这样呢？都怪我当初不该走那一步。我是控制不住自己啊。没想到把一个家庭拆散了……石依茜就冷笑一声，说道：拆散了才好哩，你要真爱夏哥的话就名正言顺跟他结婚，别整天拿什么道德良心这类陈年旧货责备苦恼自己。

听说夏慧天离家出走以后，石依蕙心里变得更加复杂痛苦了。她虽然还爱夏慧天，但又不愿他家庭破裂。过去石依蕙一直想在两者之间寻求平衡，或者权且把这份爱当做一种精神享受带回珠海细细品味。为了不背负破坏他人家庭的道德谴责，石依蕙在珠海这段时间曾闪过结婚的念头，何况肖禹还在一往情深地爱她，等她。但万万没想到回来十余天，事情就变得如此不可收拾。

但是石依蕙还是不想去见夏慧天，母亲的病况使她没有心绪重温旧梦，更不想去体验“相对无言，唯有泪千行”的缠绵悱恻。

石依茜看着石依蕙一脸的怅惘。就说：姐，随便你了。你总同情这个可怜那个，也不知谁来同情和可怜你。我走了，还有一大堆的事，别以为我是闲得无聊来无事生非的。说着就往外走，刚走了两步又掉回头来，说道：姐，忘了告诉你，邓桦昨天给我说，金局长的事与我们无关，听说是放走十多部走私车，拿了车老板几十万，看来这次他在劫难逃了。石依蕙听了叹道：唉，只要不扯到石筑的事，我就放心了。

石依茜走后，石依蕙在房间里待了一会，就情不自禁摸出手机，拔了夏慧天的手机号码。刚拨到第三位数字，就又关上。下到二楼来看郭志凤给她妈做的老衣。衣裳已经做好了，郭志凤正在缝裤子，一针一线缝得极细密。石依蕙看见母亲去世时要穿的衣裳，心里就一阵酸楚。便坐在郭志凤旁边，拿起老衣来摸着，说道：嫂，你的针线活做得好哩，这缎面的料子也不像布好缝。郭志凤说：平常也难得给妈做一件衣裳，就想缝得细密些，妈到了阴间穿着耐实。石依蕙说：那妈若走了，今后一定保佑你平安吉利。郭志凤就闪了两滴泪花，说道：妈真走了，这栋房子早晚也要拆了，往后的日子不知该怎么过。

石依蕙明白郭志凤话里的意思。若是母亲去世了，石筑还在劳改农场服刑，这个家是空荡了。便安慰道：嫂，你说这房子不要宽一点，过几年石筑就回来了往哪里住，总得还给他娶个媳妇。

郭志凤就摇摇头，说道：也不知等到哪一天哩，想着罢了……

姑嫂二人扯着家常，下面徐姨就叫吃晚饭了。石依蕙与郭志凤下楼来，却见耿林锋牵着棠棠在石二奶屋里说话。耿林锋前一阵到党校学习了，大约是才回来。吃饭时石依苹也不搭理耿林锋，石依蕙反倒怕冷落了他，就坐在他旁边与耿林锋扯些闲话。

到了晚上，石依苹说：姐，你陪妈妈睡几晚了，今晚你休息，我来陪。郭志凤说：二姑，你晚上要照看棠棠，大姑也该休息了，还是我来陪妈睡。石依蕙说道：你们都别争，还是我陪，我想和妈说话哩。石依蕙说就这样定了，大家也不便说什么，就都回房睡觉了。

石依蕙进了石二奶的房间，看见母亲侧身靠里躺着，想是睡着了。也没惊动老人，就轻轻脱了外衣，在石二奶旁边靠着床坊自个想事。

时令已经是仲秋，晚上有些凉意。石依蕙看母亲盖得单薄，顺手拉了床毛巾被加在老人的被子上。石二奶就动了一动，说：蕙，你把窗户打开，我闷……石依蕙说：妈，窗子是开着的。又没听石二奶说话了，只是一个劲地出气，却要翻身。石依蕙就搂着石二奶的腰，帮她翻过来平躺着。老人喘着气，渐渐睡去。石依蕙不敢睡，只是听母亲沉重的呼吸声与往时不同，时而说着几句梦话，断断续续的……石依蕙仿佛听见是在唤爹的名字。又说谁拿了石头压在她胸口，接着就说：蕙，你快把石头搬开。石依蕙就喊道：妈，你老做什么？要喝水吗？石二奶果然听见了，说不是喝水，胸口憋气，让石依蕙给她揉揉。石依蕙就用手轻轻在老人胸口上揉着，渐渐地石二奶又睡着了。这样反复折腾到半夜。石依蕙总觉得今晚母亲有些异常，前几晚也是石依蕙陪她睡的。只是感到母亲虽然睡不着，也不像今晚这样翻来覆去喊憋闷，喘气的声音也比前几晚沉重，像用了大力才从喉咙里挤出来的。

石依蕙又让母亲服了速效救心丸，看看表已经是深夜两点半钟，石依蕙感到有些困倦，就闭上眼休息，渐渐就睡着了……也不知什么时候感觉有东西在抓她。猛地睁开眼一看，却见石二奶的手狠命地撕着她的衣服，满头的大汗，嘴唇不住颤动也不知是喘气还是想说话。一双眼睛睁开了却黯然无光……石依蕙心里掠过一阵惊恐，忙对着虚掩的门喊哥嫂。听楼上答应了，又回过头来喊妈妈，你怎么了……

石依宝郭志凤和石依苹陆续进房间来了。众人就七嘴八舌地喊妈，石二奶终于松开手，指着什么。那手就胡乱地在半空里晃荡。

石依蕙看看表，才六点多钟，就把半夜里石二奶反复折腾的事说了。石依宝说：看妈今晚这样子，我怕是不行了。石依苹说再怎么样也得叫救护车，就去拨了急救电话。等救护车赶来。随车医生看了瞳孔，听了心脏，就把兄妹几个人叫到外面说给老人家准备后事吧，不用去医院了。女人们一听都哇哇哭了。石依宝说道：都别哭，妈还没死，你们哭什么。姊妹几个就不哭了，又回到石二奶床边。石依苹忙打石依茜手机，不一会石依茜也赶来了，就都围在床边守护，只见老人躺在床上奄奄一息，悄然无声，时不时地喘一口粗气，喊着石二爹的名字……

邻居的几位老人们陆续来了，家栋表哥和表嫂也来了。石二奶偶尔睁开眼睛，喘着气，等耿林锋带着棠棠进来时，石二奶拉着棠棠的手。棠棠喊外婆外婆。石二奶的手突然松开了，那样子像是气绝一般，众人忙连声呼叫，又哭又喊……

石二奶还不肯走，老人最终一个心愿没有人明白，她想看一眼石筑。可她说不出来，她在和死神挣扎时间，众人怎么就都不明白呢？老人唯一牵挂的长孙石筑不在身边，那是石家的香烟后代，石二奶是要等他来送终的。

大家担心石二奶是不是有什么事要交代，就问这问那，石二奶只是不答，石依茜就凑近一步说：妈，你老是想见石筑，是不是？石依茜话音刚落，石二奶嘴角就露出会意的一点笑容。

众人真是伤心得昏了头，竟没想到石二奶要见石筑这点心愿。可石筑的案子没审判，就一直还关押在看守所。平常家里人去看看，那是可以的。现在要把一个负了人命大案的犯人从大牢叫出来，行吗？石依茜想：幸好看守所的周怀忠所长还可以说话。李家栋表哥也说他愿出面担保，就决定一起到看守所去试试。

一家人悬着心等待。石二奶悄无声躺在床上，像是睡着了，一会儿又发出轻微的喘息，像是在喊石筑的名字。大约过了一个钟头。突然就听见门外停车的声音，众人待要去看时，却见石筑跨进门来，一路喊着奶奶、奶奶……直往石二奶房间奔。来到床边就双膝一弯，跪在石二奶跟前。石二奶伸了手去抚石筑的脸，石筑脸上的泪水就顺着石二奶枯干的手腕淌下来……

过了约莫几分钟，石二奶嘴唇颤动着，似在说话。石筑便贴了耳去听，却听得明明白白。忙转过身来说：妈，奶奶让我扶她起来喝水，快拿水来……众人竟都疑惑。郭志凤忙倒了杯温开水站在一旁。石筑就躬着身去扶石二奶，刚把老人扶坐起，却见石二奶两眼一翻，手耷拉下来便气绝了。

原来石二奶熬了一整天，折腾来折腾去不愿走，就是要等石筑来为她送终的。到了这时老人才撒手人寰，安心去了。

42

办完母亲的丧事，答谢了亲朋好友，石依蕙已经心力交瘁，疲惫不堪。整日待在家里不出门，有人来了，她就陪着，也极少说话。夏慧天偶尔来看看，石依蕙就如待宾客一般奉茶敬烟，然后，就面对面呆坐。夏慧天问一句，她就答一句，不问，她就沉默。这样如是两三次，夏慧天也不来了。然后就听附近一带的拆房声，沿江街的居民住户根据新出台的拆迁补偿方案。得到了合理的补偿和安置。也就与“拆迁办”签了拆房合同。一些收拾得快的住户已搬家，开发商便组织民工开始拆房，整天都听见拆瓦敲砖的响声。

母亲已经入土，石依苹勉强与耿林锋重归于好，已带着棠棠搬回学校宿舍。石依茜靠着骆力铭这棵大树，忙着做生意赚钱。这一阵石依宝与郭志凤也在忙着搬家的事。拆迁办为他们租了一套过渡房，那是套旧房子，忙着雇人粉刷维修，安装水电，这边又要收拾家里的衣物用具，坛坛罐罐，徐姨也是办完石二奶的丧事就回家了。石依蕙为感谢徐姨对老人在世时的护理照料，多发了两个月的工资给她。徐姨临走时含着泪向家里人告别，也是一番苦楚辛酸。

死的死了，散的散了，石家院这栋百年老屋也要拆除了。石依蕙本来也该回去的，但母亲刚刚安葬，尸骨未寒，她一来要留下守孝，为母亲“烧七”，二来想到石家院就要拆除了，这间生她养她祖祖辈辈居住的老屋将不复存在，就还想再多住些时日，下次若回故乡，怕是再也看不见它了。

留在石家院，就难免触景生情，睹物思人。母亲的遗像还供奉在客厅里，石依蕙每日早晚要烧香点烛，叩头拜首，祈求老人的灵魂早升天堂。

石依蕙最不忍心看到的是母亲住的那间房，房间就在客厅旁边。现在门天天敞开着，床空了，柜子也空了。桌上还摆着母亲平常喝水的保温杯，剩下来的药瓶子，一对常被母亲擦得亮铮铮的青瓷花瓶中间，还摆着父亲当年的遗照。桌子旁边是母亲供奉观音菩萨的佛龛，只是没有了昔日袅袅的香火。

后园已经荒疏。自从石二奶这次发病以后，又因要闹着拆迁，石依宝再也没有心思打理园子，任那些花草自开自落，枯萎的枯萎，凋零的凋零，秋风吹过，落叶纷纷，残花片片，那景象令人目不忍睹。石依蕙每每来到后园，就呆呆地站在石阶上凭吊一番。心里更是望秋先零，百感交集。

刚烧了“二七”，也就是石二奶去世的第二个七天，正好半个月。这日下午，石依蕙在楼上的房间里呆坐，突然手机响了，打开一听，却是珠海公司来的，打电话的是销售科科长陆云珠，陆云珠开口就说石总你快回来，公司出大事了……石依蕙听了猛地一惊，忙问道：陆云珠，你慢慢说，出什么事了？陆云珠那头说：肖副总不见了，已经三天没有消息，电话也打不通，还有公司的主管会计周灵灵也不见了。大伙估计一定是出什么事……

石信蕙丢下手机，心里就怦怦地直跳。两个人突然不见了，一个是公司主持大权的肖禹，一个是掌管财务的会计，这是公司里最最关键重要的两个人，而且都是石依蕙最信任最能依靠的两个人。特别是肖禹，石依蕙准备好了回珠海后就答应嫁给他的。母亲去世前后那几天还与肖禹通了电话，肖禹在电话里仍然像往常那样说爱她等她。

为什么两个人都同时失踪了呢？是被绑架了吗？被暗杀了吗？但绑架和暗杀不可能同时发生在两个人身上，那么是为什么呢？石依蕙百思不得其解，心里又急又乱，这才想起给石依茜打手机。石依茜听说石依蕙珠海的公司出事，说马上回来。

石依茜一进门就问道：姐，你公司出什么事了，是肖禹来电话了吗？

石依蕙说：依茜，你先坐下。待石依茜在她旁边坐了，石依蕙继续说道：不是肖禹来电话，是肖禹失踪了。石依茜忙问道：什么时候的事，就他一个人吗？石依蕙说：还有公司的主管会计，财务科长周灵灵，听说已经失踪三天了，珠海公司怎么也联系不上他们，才给我挂电话。石依茜又问：姐，你现在给肖禹打手机了没有？石依蕙答道：没有哩，我都急昏了，我现在打。石依蕙拨肖禹的手机号码，话筒里传来拨号员的声音：你拨的手机不在服务区内，电话无法接通。接连拨了好几次，回答都是同样的声音。就又拨周灵灵的手机，也是照样拨不通。石依蕙为了再核实一下刚才陆云珠说的情况。就给厂里技术室的技术员陈法度挂电话。电话接通了。石依蕙也不提知道肖禹失踪的事。就说道：你是陈技术员吗？我是石依蕙。肖禹在厂里吗？陈法度那头就惊讶地反问道：石总，你还不知道吗？肖禹这几天不见了，还有财务科的周会计，大家急死了，还说准备登报哩，在报上发寻人启事……石依蕙忙说道：知道了，那我打电话到公司去问。说罢才将电话挂了。

石依茜在旁边听见电话里的声音，待石依蕙挂了手机，便说道：姐，这里面肯定有大问题，你公司账上还有多少资金？石依蕙说：我来之前账上仅有二十几万，外面欠我们二百多万货款没追回来。我临走前几天，肖禹说公司要进一批毛料，大约要七八十万，我就批了个八十万的贷款报告，这笔款不知贷到没有，后来肖禹没说，我也没问，石依茜说：姐，那你赶快回去查查这笔贷款。你什么时候走？石依蕙说：明天吧，还得你送我到机场。

石依茜点点头，说：中午的班机，明天九点钟走就行了。姐，要不要给夏哥说一声，他是律师，法律上的事他懂得多一些。

石依蕙说：算了吧，如果真的要牵涉到法律问题我再给他联系。

石依茜突然冒出一句：姐，我发觉你变了，变得坚强了，心肠也硬了。

石依蕙苦笑一声，说道：我不坚强，我是心灰意冷，差不多万念俱灰了吧。如果你见了夏慧天，就告诉他我走了，因为走得匆忙，来不及给他告别，其他的也用不着再说什么。他还住招待所吗？

石依茜说：不住招待所住还住哪里去，他说他是下了决心要跟余英离婚的。石依蕙又是一个苦笑，再没说话。石依茜说：姐，我得走了，那边事情还多哩。待会给依苹打个电话，让她明早也来送你。说完就出门下楼去了。

吃晚饭时，石依蕙对石依宝和郭志凤说：哥，嫂，我明天回珠海，公司那边打电话来，说有点急事等我回去处理。石依宝筷子停在半空就不动了，看着石依蕙，说道：大妹，这一段我忙着搬家的事，也没时间陪你坐坐，还说让你再住些日子，等搬了新地方我兄妹说说话。郭志凤说道：大姑，怎么说走就走，要早说我今晚也多炒几个菜为你饯行。石依蕙说：哥，嫂，你们的心意我领了。本来是想多住些日子给妈烧完“七七”的，没想到公司那边突然出了事，我不走不行。石依宝问道：什么事那么急？石依蕙说：我也不知道，回去再问，哥，你吃饭。石依宝就叹口气，说道：打从石筑出事起，你就奔波劳累来回跑，钱也花了，人也累了，当哥的心里真过意不去。你回去了自己多保重，有事打个电话回来。石依蕙应了一声，不再说话，心里酸酸的，便埋头吃饭。

晚上石依蕙简单收拾了衣物，早早就睡了，第二天一早郭志凤特地跑出去给石依蕙端了碗辣鸡粉，加上卤蛋。石依蕙吃得香喷喷的，说回珠海再吃不上家乡这样美味的粉了。刚吃完石依茜已开车停到门口，接着石依苹耿林锋也来了。兄妹姑嫂坐在一起说了些惜别的话，多是感慨万千，依依难舍之类。到了八点半钟，石依蕙说道：母亲刚去世，石家院这栋老屋要拆，我今天也要走了，就趁这个机会奠祭母亲亡灵，也给石家院这栋老屋告别。说罢就点上香烛，烧了纸钱，在客厅里自东向西向南向北磕了四个响头，然后走到石二奶的遗像前，哀呼一声：妈——依蕙再也不能伺候你了……便双膝跪下，一头叩在地上，久久没有起来。

这时一个收破烂的四川汉子挑了对烂箩筐站在门口大声喊道：有没得破烂，收破烂喽……

43

夏慧天听说石依蕙回珠海，是在石依蕙走了十来天以后了。那天石依茜路过律师事务所，正好碰上夏慧天去上班，夏慧天便请石依茜到办公室坐。石依茜先问了石筑案子开庭的事。夏慧天说快了吧，只是还没接到正式通知。石依茜又问道：夏哥，我姐没给你打电话？夏慧天反问道：没有啊，依蕙什么时候走的？石依茜说：已经回去十来天了。当时公司打电话说那边出事了，就急着回去，也没顾上给你打招呼。夏慧天就问道：她公司会出什么事呢？你知不知道？石依茜说：当时只听说是肖禹和一个主管会计失踪了，我姐回到珠海以后只给我打了一个电话来，说已经报公安局，正在追查，以后就再没接到过她的电话。前几天我不放心，又打了电话过去，我姐就只是支吾几句，说情况有点严重，我问严重到什么程度？要不要我们过去？她也没说。夏哥，姐一个人在外面，她天性软弱，又容易轻信别人，我心里总为她担忧，生怕出什么事。你说，这件事情怎么办？夏慧天沉吟片刻，说道：依蕙没有电话过来，我怕也不会出什么大事。再等几天看看，如果有什么情况，你尽快跟我联系。石依茜说：夏哥，你还住招待所呀？夏慧天苦笑道：习惯了，吃的住的都方便，也不用打扫卫生煮饭炒菜的。就像钱钟书老先生说的那样，婚姻的围墙，我现在总算冲出来了。石依茜忙问：你离婚了？夏慧天说：倒是从围墙里冲出来，可尾巴还让人家捏着，她不肯离，我就等呗。石依茜再没说话，就起身告辞了。

时间约莫是又过了十来天，已经是十一月下旬了，那日夏慧天偶尔从沿江街过，看见四处拆得乱七八糟，砖头瓦片，门窗木板堆得遍地都是，他突然就站到石家院门口不动了。民工们正在拆这栋老屋，顶上的两层已经被揭掉，底层的客厅袒露在天日下，后园的花草盆钵翻的翻仰的仰，在初冬的冷雨中更显得残破狼藉。夏慧天站了片刻，再不忍看下去，转身走了。

回到事务所办公室，管值班收发的小姑娘送来当天的报刊和信件，夏慧天随便翻开，竟有一封从珠海寄来的特挂信。信很沉，信封上是石依蕙的笔迹，夏慧天忙拆开抽出一叠信笺来，打开后便读了：

慧天：

你收到这封信的时候我已经离开珠海，至于我去哪里，你就没必要知道了。

我把我回珠海的情况告诉你：我是二十多天前接到公司紧急电话后匆匆赶回来的。当时公司打电话的员工告诉我，肖禹和主管会计周灵灵同时失踪了。这俩人是我离开珠海后掌管公司实权的主要人物，我对他们是十分信任和放心的。尤其是肖禹，他一直在追求我，而且凭借着他的能力为公司的发展作过很大贡献，所以不由得我不信任他，连我个人的财务印章都交给他保管了。我离开珠海前，公司准备购进一批价值八十万元的面料，因为当时商家还欠我们一百多万元的货款没有收回。公司账上又没有多余的资金，我就批了这笔贷款。回来后我才知道事情出在这笔贷款上。

我回来的第一件事就是查访肖禹和周灵灵的下落，向公安局派出所都报了案还登了报，但一直没有人提供关于他们的任何一点消息。第二件事我去开户银行查那笔八十万的贷款，但银行提供给我的信息资料不是八十万而是八百万，我当时一下就惊呆了。后来经过仔细核查，肖禹勾结周灵灵在贷款报告中做了手脚，将购面料改成购制衣生产线设备，将贷款资金八十万改成八百万。保存在银行的所有贷款手续都是齐备的，银行方面没有任何责任。为此，公司向公安工商部门写了特急报告，请求尽快侦破这桩特大诈骗案件。十天后，周灵灵在香港亲戚家被公安机关抓获。据周灵灵交代，整个诈骗计划都是由肖禹一手操作的，肖禹许诺贷款搞到后给周灵灵一百万。又据周灵灵交代，肖禹是结过婚的，妻子早几年去了加拿大，肖禹把钱搞到手后，就办了投资移民，到加拿大定居去了。据警方调查，目前没有找到肖禹的任何线索，可能肖禹是假名，也可能到加拿大改名换姓了也未可知。

肖禹是以制衣厂抵押贷款的，我背负不起八百万元的贷款和利息，银行已决定将制衣厂交由拍卖公司进行拍卖。据业内人士估计，制衣厂的拍卖价可以在千万以上，除了偿还银行已所剩无几了。制衣厂没有了，公司是个空壳，名存实亡，待处理完债务和收回客商欠我们的货款后，公司就可以注销了。

慧天，我给你写这封信也没有征求你的意见，但我相信你会尽力帮我处理。我已到公证处办了委托书，将工厂拍卖后的善后事务委托你处理，委托书随信寄来，拍卖时间敲定后他们会跟你联系。你也可以事先与他们商量拍卖事宜。因为你是律师，这些手续只有你才能懂得怎样操作和处理，拜托了！

制衣厂拍卖以后，除偿还银行贷款和利息，可能还有两百万元左右剩余，再加上公司催回的欠款和公司所欠的债务，收支相抵下来也还有些结余。可以用作公司解散后发给员工三个月的工资。这件事你可以与公司销售科陆云珠科长商量办理。工厂拍卖后如有工人不愿干的，也请按三个月工资发放。公司与工厂的善后工作就是这些，如临时有什么特殊情况，全权由你处理。

慧天，处理以上事务以后，剩下多少钱对我已经毫无意义了。所以还得请你代劳，这笔钱大约还有两百万左右吧。我已跟哥嫂、依苹依茜各写了一封信，大体想这样安排：我哥是病退工人，嫂是营业员，工资都很低，加上石筑还在牢里，他们生活比较困难，我想给他们留下二十万。依苹和耿林锋都是工薪阶层，过去我多次想资助他们，都让依苹拒绝了。这次给她留十万，请你转告依苹，当姐的最后一份心意，姊妹一场，希望她不要再让我失望。依茜现在发财了，不在乎我这点小数，就不留给她了。余下的钱我想捐给家乡的孤寡老人和残疾人，也不想笼统交给某个单位最后落不到实处。请你想个切实的办法，如能让这点并不多的钱能为那些衣食无着、生存艰难的孤寡老人和残疾人解决一些生活实际问题，那便是我余生最大的安慰了。

另外，再给柯小芽家五万元，作他兄妹上大学期间的费用。啊！突然想到你那位文友，叫范子朋吧，也请拿出几万元把他的《伊人春梦》出版了。记得我还给你说过要帮你出书的，绝不是戏言，要花多少出版费你自己留下，只是怕我再没有机缘来拜读你的大作了。

慧天，记得我曾给你说过这些钱本不该属于我的，我知道总有一天会失去，所以就趁着还没失去之前把它用掉。哪怕用来做善事修阴功积德也心甘情愿。可是没想到竟被一个卑鄙无耻的骗子占为己有了。想来真是可笑，肖禹为了达到目的，竟蓄谋已久精心编织一个爱情童话，扮演一个酷似《西厢记》里张生那样痴情书生的角色，以此来骗取我对他的信任。我在感情上虽然没有被他的甜言蜜语所倾倒，但却妄信了他所谓的真诚，把公司的大权和包括财务印章我都交给他管理。这就使他轻而易举将八百万元巨款席卷而去。一个高明的骗子遇到一个轻信的女人，就有了今天这样欲哭无泪的可悲结局。

慧天，写到这里我已经是百感交集万念俱灰了啊！这个世界上幸亏还有你和你的爱给我一点温存和慰藉，在最艰难的日子里谢谢你的支撑，也就是那段岁月里你给了我一个女人所有的爱和被爱的幸福，我将终生难忘，铭记在心。听说你要与余英离婚不知办成没有？但愿一定不是为了我。我的罪孽已经够深重了啊，你不会再让我罪加一等吧！

慧天，我已经出家了，看到这里你应该明白。在写这封信之前我已经到尼姑庵拜见了师父，她说我尘根已断并答应为我受戒，做我的剃度师，受戒的日子选在农历十一月十七日阿弥陀佛诞生这一天。记得在凤竹茶楼我请你解释易经大师那四句话吗？最后一句“家在双重山”。你说你不懂，其实你是懂的，现在算是应验了。也许这个归宿是我命中定数，所有的造业都在一步步指引我走进佛门，皈依三宝。削发为尼后的日子将是黄卷青灯伴晚钟的漫漫长夜，但我认了，而且誓不反悔。我于佛理很浅薄，不像你那样深究。说句实话，皈依佛门并不是为了往生西方极乐净土，更不敢企望成佛菩萨。今年我们石家连遭劫难，石筑犯命案，母亲去世，老屋被拆，最后到我的家业破产，何止一波三折啊！于是我就想：石门祖宗哪一位做了悖逆世道人心的事吗？做了伤天害理的事吗？他们前世种下的孽缘恶果，就要报应到我们这一辈吗？我是相信因果报应的，如若是这样，那就让我遁入空门之后，苦心修行，念千千万万句阿弥陀佛来为他们赎罪，为我的兄妹亲人消灾免难吧！

关于石筑的案子，我已经倾尽全力，问心无愧了。但愿在你的鼎力相助下，能有一个让他父母满意的结果。

慧天，当决定这样做的时候，我的心反而平静安详了。明天我将启程到寺院去，临行前的夜晚给你写这封信，凡俗中的杂务全都拜托你了，阿弥陀佛！

依蕙写于出家前夕

一口气把信读完，夏慧天竟呆若木鸡般地坐着，就不动了。他也不去抽出还留在信封里的那份《委托书》，心里只感到有一种坠入天荒的悲凉和痛苦……他就这样近似麻木地坐了许久，也或是一个钟头或两个钟头。其间电话和手机接连响了几次，夏慧天也不去接，他想只一个人再反反复复体味那信里的苦涩……

晚上，石家兄妹姑婿全都来了，挤在招待所的小房间里，大家的心情都十分伤痛。石依茜说最近来一直打不通石依蕙的手机，上午接到石依蕙的信后，下午给公司挂了电话，公司职员回答石总已经外出，所有的事务已经委托给一个叫夏慧天的律师处理。再问石依蕙去哪里了，回答都说不知道。

对石依蕙的断然出家，兄妹们表示无法理解。于是决定要找到她，说服她。第二天，石依茜与夏慧天立即去珠海，多方查询，始终没有关于石依蕙的任何消息。无奈，二人只得无功而返。

不久，夏慧天接到电话，又赶去珠海参加了银行委托拍卖公司对制衣厂的拍卖。制衣厂以一千一百万卖给一家私营业主。夏慧天按照石依蕙信上的嘱托，处理了公司的债务和善后事务，追回了欠款，把剩余的两百六十万现金汇到南柯，与石依茜一起分配了给石依宝石依苹的款项，送五万元给柯小芽父亲作他儿女上大学的经费，拨三万元给文联为范子朋出版《伊人春梦》，余下的二百二十万元。由耿林锋所在的民政局负责征地，建了一幢慈善院。慈善院建成后先期收养了四十二位无人照料和供养的孤寡老人和残疾人。石依宝与郭志凤为了实现石依蕙的心愿，到慈善院做管理和看护工作。慈善院开办以后，得到一些热心慈善事业的私营业主和个人的陆续捐助，渐渐发展壮大，做了许多慈悲为怀助困济贫的善事，这已是后话了。

只是关于石依蕙的行踪，她在哪座寺庙出家修行？却始终无人知道。

石依蕙出家两个月后，石筑的案子终于开庭审判了。经过原告被告双方的举证，法院合议庭最后认定：石筑杀死赵兵一案为防卫过当招致的过失杀人罪，根据《中华人民共和国刑法》第二章第二十条之规定，判处有期徒刑十二年，并附带民事赔偿死者家属二十万元。赵兵父母不服判决，已经提起上诉。但夏慧天说，只要原告方拿不出新的证人证据，上级法院一般都会维持原判的。

审判结果出来的第二天，石依宝与郭志凤专程到石二奶墓前烧香叩拜。石依宝对着墓碑说：妈，石筑的命保住了，石家的香火不会断的，你老在九泉之下就放心吧……郭志凤突然感慨万千地喃喃道：唉，可惜依蕙不知道了，石筑能有今天的结果，也不知她操了多少心……

44

时光倏忽之间就过去了两年。两年间夏慧天借外出办案，参观旅游等机会，访遍大江南北的名山古刹、僧院寺庙。尤其是有尼姑修行的庙宇或单独的尼姑庵，夏慧天都要专程去礼拜，以此寻访石依蕙的踪迹。但夏慧天每次都是乘兴而去，失望而归。他拜望过无数的比丘尼，但没有一个是石依蕙。他向无数比丘尼打听两年内出家的女人，见了面也不是石依蕙。

石依蕙到底在哪座山哪间庙修行，天下这么大，中国的寺庙又这么多，何处是她诵经拜佛的圣地净土？夏慧天在茫茫的大海里捞针，几乎要绝望了。

已经是两年后的一个深秋季节了，夏慧天到福建泉州办一个案子，为一桩经济官司去泉州找证人取证。办完了公务，就顺便向宾馆人员打听这一带有没有尼姑庵？服务人员说了几座寺庙，却说不知道什么是尼姑庵。夏慧天也不管它是庙是庵，心想既然来了就得去看看。下午便包了一部的士，一连跑了几座寺庙。这些寺庙要么就都是和尚，有尼姑的庙里那尼姑却不是石依蕙。在回城的时候，的士司机听说夏慧天是为了寻访一位尼姑，就说北面有座小泉山，只听说小泉山上有间小寺庙，也不知住的是和尚还是尼姑。由于道路不畅，寺庙极小，一般游客很少去观光，烧香拜佛的善男信女就更少了。问先生你要不要去访访。夏慧天看看时间已经五点多钟，又听说是间无人问津的小庙，就说不去了。司机听罢加快了速度就往回赶，大约刚走两三里路，夏慧天鬼使神差就说还是想去看看，司机就又掉了车头，往小泉山方向驶去。

的士在崎岖不平的山路上行驶半个多小时，终于来到小泉山脚。司机停下车，指了上山的路，说在原地等候，先生你快去快回。

夏慧天从车里出来往上一看，却见那山并不高，倒也是郁郁葱葱林荫密布，奇峰异石古藤老树在林莽间透出几许绝非凡境的大气象。夏慧天一边赞叹一边登上石阶攀援而上。到了半山腰，就见几片青瓦挑檐掩映在树荫丛中，心想怕是那间庙宇了吧。于是顺着一条幽径穿进去，到了山门口一看，果然是一座小寺庙。山门上没有匾额，也不知庙的名称。两侧墙壁上的石灰粉已多半脱落，露出些砖缝和青苔，墙头上爬满了冬青草和巴壁虎。再一看，庙门却紧闭着，也未闻诵经念佛、木鱼钟鼓的声音。偶尔只听一阵阵山风呼啸而过，显出几分肃杀冷寂。夏慧天疑心这是座空庙，想必再没有出家人居住了的，就试探性地敲了几下木门。敲了半晌没听动静，正想转身离去。却听木门嘎吱一声开了，露出一条手掌宽的缝隙。门缝里探出半个头来，竟是一位小尼姑。没等小尼姑开口，夏慧天就说：小师父，俗人可不可以进去看看，也不知庙里供的是哪位菩萨？小尼姑也不答话，便将半边门开了，闪身让夏慧天进去。夏慧天来到院里一看，不由得暗叹道果然是真正的佛门净土，比之那些游客如云喧声浪语的名刹古寺来说，这里才是真正修行悟道的好去处。

这座小庙清雅幽静，十分整洁。左边一个莲池里的荷花已经凋谢，荷叶依然婀娜，与池边一株老桂花树相映成趣。右边的墙根下是一方水井，一位尼姑正背对着夏慧天在井里打水。再看正面三间庙堂，中间的大间供奉着观音菩萨的立身像，一位比丘尼在蒲团上打坐诵经，看她背影佝偻着腰，想是上了年纪的。夏慧天正想去向那打水的尼姑探听石依蕙的行踪。刚一侧身，却见那打水的尼姑提着一木桶水，迎面走来，夏慧天定神一看，提水的尼姑不正是石依蕙吗？石依蕙虽然剃了发，穿着一套灰布短衫，夏慧天还是一眼就认出来了。他一时惊喜过望，忙迎上去叫了一声：依蕙。那尼姑先是埋头提水，听见喊声抬起头来，瞬间与夏慧天打个照面。尼姑也未答话，急忙将木桶撂在地上，转身便匆匆上了旁边的石阶，穿过右侧的走廊转眼就不见了踪影。夏慧天一时待在原地竟不知所措，想跟上去，又不知石依蕙到哪里去了，再说庙门清规也不便造次。夏慧天正犹豫时，却见先前开门的小尼姑抱了一把柴禾从后院出来，想是要去灶房烧火。夏慧天迎上去打恭问道：请问小师父，刚才提水的师父俗名是不是叫石依蕙？小尼姑站住了，答道：对不起施主，小尼是去年才出家的，只知道师姐的法号叫蕙莲，并不知道她的在家俗名。说罢就要走，夏慧天忙拦住，说道：小师父，有劳你去给蕙莲师姐说一声，请她出来见面说话。小尼姑应了一声，放下柴禾便从台阶上穿过走廊进去了。小尼姑去了一阵，回来说道：施主，我家师姐说她不认识你，也没话与你说，请你回去。说罢便又抱了柴禾往灶房去了。

夏慧天站在庙堂门口，一时竟呆了。他肯定刚才那位打水的尼姑就是石依蕙。而且石依蕙是明明白白看见了自己，才匆匆从走廊里逃避的。那么说来，石依蕙是真的不肯见他了。

天色已渐渐暗下去。晚风吹过，老尼在庙堂上敲打木鱼的诵经声如游丝般地传过来，不绝如缕……夏慧天猛然一惊，想到的士司机还在山下等候，便提高声音说道：依蕙，我走了，再不会来侵扰你的宁静，请多保重，再见了……说罢转了身往山门走去，脚步声显得沉重而缓慢，像是从另一个世界穿越而来。

就在夏慧天转身而去的同时，侧面的窗户悄然开启一条缝，一双眼睛从窗缝里探出去，目送着夏慧天的背影消逝在暮色寂寥的庭院中……

2010年6月9日三稿于归园

(鄂)新登字08号
图书在版编目(CIP)数据
迷情姐妹/张文钧著. —武汉:武汉出版社,2011.11
ISBN 978-7-5430-5926-9
Ⅰ.①迷… Ⅱ.①张… Ⅲ.①长篇小说-中国-当代Ⅳ.①I247.5
中国版本图书馆CIP数据核字(2011)第111734号

书名:迷情姐妹

著　　者:张文钧
出版策划:凤凰树文化
责任编辑:朱纪新
特约编辑:杨罡　高兰
装帧设计:凤凰树文化
出　　版:武汉出版社
社　　址:武汉市江汉区新华下路103号　　邮　编:430015
电　　话:(027)85606403　85600625
http://www.whcbs.com　　E-mail:zbs@whcbs.com
印　　刷:北京市后沙峪印刷厂　　经　销:新华书店
开　　本:787mm×1092mm　1/16
印　　张:17.5　　字　数:280千字
版　　次:2011年11月第1版　　2011年11月第1次印刷
定　　价:30.00元